論黑格爾的精神哲學

張世英　著

唐山研究與批判叢書

研究與批判叢書2　論黑格爾的精神哲學

著　　者／張世英
封面設計／關迪杰
出　版　者／唐山出版社
　　　　　台北市羅斯福路 3 段333巷 9 號地下樓
　　　　　電　　話／(02) 363-3072
　　　　　傳　　眞／(02) 363-9735
　　　　　郵撥帳號／0587838-5　戶名／唐山出版社
印　刷　者／國順印刷公司
　　　　　電　　話／(02) 967-7226
出版日期／民國八十四年十一月初版
定　　價／340元

行政院新聞局局版台業字第1832號

「研究與批判叢書」總序

　　當代人文和社會科學，不論就研究論題、學科結構和相互關係以及研究方法而言，都在發生劇烈的變化。一成不變的思想和理論體系，是沒有生命的。古希臘賢哲亞里士多德早就引證古代箴言警告世人：“Mortal creatures ought to cherish mortal, not immortal thoughts.（總有一死的世人應懷有可死的、而非不朽的思想）”。（亞里士多德著《修辭學》第二卷第廿一章，p. 1394 b, 25.）

　　人文和社會科學，作為世間思想家和理論家的精神活動產品，終究是要隨著社會、文化以及與此相關的人類思維方式的變化而變化的。因此，研究和批判的活動，作為人文和社會科學的內在創造動力，也應是永無止境的。

　　研究和批判是一切新開拓的起點。研究和批判的對象，就是現成的一切傳統本身，包括制度化的、非制度化的和無形的觀念傳統，尤其是已被稱為「經典」的各種理論化的作品。借用尼采的話來說，就是：“Umwertung aller Werte（對一切價值重新評價）”。（F. Nietzsche, *Der Wille zur Macht*）因此，列入本叢書的作品，就是已被公認為「經典」的理論大師們的作品，或者是針對這些「經典」進行研究和批判的反思性作品。

　　這就意味著：一方面，「經典」之成為經典就在於經得起研究和批判；而所謂經得起研究和批判，並不是說那些經典是批判不倒的，勿寧說，它們是新的批判的真正啓蒙者。舉凡真正的思想之物，總是以其不間斷的自我否定，為新真理之脱穎而出創造條件的。另一方面，研究和批判只有在同具有「經典」資格的理論作品的反覆較量中，才能有所思和有所創，才產生出有參考價值的和有深度的思想之物。

　　「研究與批判叢書」力求為人文和社會科學各系、各專業的大學生和研究生們，提供各類型專業和各學科的基本參考書，希望有助於富有進取性和創造精神的青年大學生和研究生的各種研究批判活動。

高宣揚謹識
一九九三年七月十二日於台北

目　錄

原序

　　大約在 1965 年以前，我就準備撰寫《論黑格爾的精神哲學》，當時已細讀了 1830 年第三版《哲學全書》的第三部分即《精神哲學》，並根據《黑格爾全集》格洛克納版比較系統地摘譯了其中重要的段落，還作了一些批語。正打算動筆寫作之際，「文化大革命」開始了，那些材料一直裝在一個紙糊的口袋裡。1982 年初，由於一些同志的催促，加上《黑格爾〈小邏輯〉繹注》一書已經完稿，才正式開始寫作現在的這本著作。17 年的時間過去了，原已積累的那點材料很少翻閱，但經過長時間生活的播遷，那個紙口袋却已磨損得不像樣子，特別是由於我個人的敝帚自珍之心，在動亂中我為了收檢，總愛撫摸它，加上 1982 年開始執筆以來，時作時輟，直到 1984 年「五一」以後才真正集中精力撰寫此書的絕大部分，這就更為這個紙口袋增添了「古色古香」。當此書脫稿之際，我所特別珍惜的，與其說是那些材料，倒不如說是那個紙口袋了，因為它記錄了 1965 年以來我的生活經歷。二十年來的人世滄桑使我深深感到，哲學的中心課題應該是研究人，迴避人的問題而言哲學，這種哲學必然是蒼白無力的。我現在以為，能否認識這一點，是能否真正理解黑格爾思想的關鍵。1965 年我雖已為寫作這本書作了些準備，但那時並沒有這個基本想法，至少是對這點體

會不深，我想，當時即使完成了這本書，也不可能以現在這樣的面貌出現，距離眞正揭示黑格爾精神哲學的精髓將更遠。從這方面說，我倒是應該向時間致謝。當然，這本書的篇幅和質量同 20 年的時間相比，實在太不相稱了，這又不能不使我感到汗顏。

黑格爾的精神哲學是他的全部哲學體系的頂峰，用他自己的話來說，是「最高的學問」。而精神哲學就是關於人的哲學。人的本質在黑格爾看來是精神，是自由。我正是想把黑格爾的這個基本觀點貫穿全書。《精神哲學》從「主觀精神」到「客觀精神」以至於「絕對精神」，講的就是人如何從一般動物的意識區分開來，達到人所特有的自我意識，達到精神、自由，以及精神、自由的發展史。人的精神本質或自由本質是在《精神哲學》所描述的諸如自我意識、理論、實踐、法權、道德、家庭、社會、需要、勞動、國家、藝術、宗教、哲學等等一系列的環節或階段中來逐步實現的，精神、自由和上述這些環節所構成的整個體系是一而二、二而一的統一體。離開這些環節而談精神、自由，則精神、自由必然是空洞抽象的，人生的意義也必然是虛無飄渺的。反之，離開人的精神本質或自由本質而談其中任何一個環節，則這些環節必然成爲僵死的、無靈魂的軀殼。黑格爾的這些思想是建立在唯心主義基礎之上的，但又確實是很深刻的，比起一切舊唯物主義者在這方面的論述要高明得多。黑格爾強調，西方近代哲學的一個重要特徵是重視人的精神本質或自由本質，重視人的「主體性」(subjektivitaäet)。我們極需批判地吸取西方近代哲學的這個優點。

本書所根據的黑格爾原著，是以 1830 年第三版《哲學全書》的第三部分即《精神哲學》爲主（我所用的版本主要是《黑格爾全集》格洛克納版和《黑格爾著作》理論版），兼及他的其餘著作。

「主觀精神」部分幾乎全部取材於《哲學全書》的第三部分。「客觀精神」部分,由於原來在《哲學全書》第三部分中所佔篇幅較少,我在論述中大量增加了與之相應的 1820 年的《法哲學原理》的內容,並較多地引用了伊爾亭(Karl Heinz Ilting)編輯出版的四卷《黑格爾法哲學》(第一卷於 1973 年出版;第 2—4 卷於 1974 年出版)。我不同意所謂黑格爾在 1820 年《法哲學原理》中的觀點和此書出版前後他幾次講課中的觀點包括關於君主權限的觀點有根本不同的說法。1820 年的《法哲學原理》係由黑格爾親自寫作出版,文字上較多修飾,用語比較審慎、嚴謹,沒有像講課那樣爽朗、明快、俐落,但只要仔細閱讀和揣摩 1820 年的《法哲學原理》,並不難闡明黑格爾在這部著作中所貫穿的關於人的自由本質的觀點,不難發掘其進步合理之處,對這部著作作出公允的評價,從而也不難看出黑格爾的這部著作和他的幾次法哲學講演在基本觀點上並無本質的區別(當然,伊爾亭版《黑格爾法哲學》中所包括的一些黑格爾的學生的聽課筆記確實更有助於闡發黑格爾思想的進步合理之處)。本書的這一部分頗想在這方面作些努力,至於其他一些涉及考證的問題,並非本書的課題。就我們國內來說,解放後長期存在著貶低 1820 年《法哲學原理》的思想傾向,我個人雖然沒有寫過這方面的專論,但也曾有過這樣的看法,本書的這一部分就算是我第一次認真鑽研這部著作的讀書筆記吧。「絕對精神」在《哲學全書》第三部分中所佔篇幅最少,而與之相應的美學、宗教哲學、哲學史等幾個講演錄又卷帙浩繁,宜另寫專著,所以本書的這一部分僅以《哲學全書》的「絕對精神」部分為主要線索作簡要的概述,其中也採用了美學和宗教哲學兩個講演錄的內容,至於《哲學史講演錄》的內容,除個別引文外,基本上沒有論列。

　　書末的兩篇附錄都與正文有較密切的關係：第一篇《西方哲學史關於如何把握對立統一的理論》，實際上是論述黑格爾關於人的精神本質是對立統一的思想淵源；第二篇《新黑格爾主義論人》，實際上論述了黑格爾關於人的本質是精神這一思想觀點在現代西方哲學流派新黑格爾主義中的變化和發展。

　　由於個人水平的限制，本書難免有不少缺點和錯誤，敬希讀者批評指正。

張世英

一九八五年二月二日

於北京大學燕園

台灣版序

　　黑格爾的《精神哲學》國內尚無中譯，這本《論黑格爾的精神哲學》大部分是根據我二十餘年前研讀黑格爾的《精神哲學》原文本所作的摘譯和批註寫成的。書中的觀點反映了我在成書前幾年對黑格爾哲學的一些新的探索。

　　此書在大陸已出版多年，這次能有機會編入高宣揚教授主編的《研究與批判叢書》，並由台北唐山出版社出版，我為能增進海峽兩岸的學術思想交流盡一點棉薄之力而感到由衷的高興。謹在此向高宣揚教授和唐山出版社致謝。

張世英

一九九三年七月二十一日

於北京大學中關園

緒　論

　　黑格爾把他的哲學體系分爲邏輯學、自然哲學、和精神哲學三部分，這種分法實源於古希臘哲學。黑格爾說：「這個內容（指哲學的內容——引者）在柏拉圖這裡開始分爲三部分，我們可以區分爲思辨哲學、自然哲學和精神哲學。思辨的或邏輯的哲學古代哲學家叫做**辯證法**。第歐根尼·拉爾修以及其他古代的哲學史家曾明白說過，在伊奧尼亞派創立了自然哲學、蘇格拉底創立了道德哲學之後，柏拉圖又加上了辯證法。這種辯證法……是在純概念中運動的辯證法，——是邏輯理念的運動。」①的確，柏拉圖雖然沒有明白地把哲學分成邏輯學、自然哲學和精神哲學，但他的思想和著作實際上可按這種三分法來劃分。斯多葛派明確地把哲學區分爲㈠邏輯學，㈡物理學或自然哲學，㈢倫理學（即精神哲學）三部分。它把整個哲學比喻爲田地，邏輯學是這塊田地的圍牆，物理學或自然哲學是田地中的土壤，倫理學則是田地的果實。斯多葛派的這個比喻說明它對倫理學、對人的學問之重視。黑格爾的三分法吸取了斯多葛派的這個基本精神。

　　黑格爾認爲，邏輯學是研究萬事萬物（一切自然現象和精神現象都包括在內）之根本、本質和核心的學問，而萬事萬物之根本在唯心主義者黑格爾看來就是概念——理念（最具體的概念，

或者說，概念、範疇的體系，就是理念），因此，邏輯學也就是研究概念——理念的學問。概念不僅是人的精神現象之根本，而且是自然現象之根本，它存在於一切客觀事物之中，故又稱「客觀概念」；這種概念不是指特殊事物的概念，或者像黑格爾所說的，不是指帶有「感性雜質」的概念，如桌子的概念、馬的概念，而是指一切事物都具有的「**最簡單、最初步**的，而且也是人人**最熟知**的」概念，即所謂「非感性」的概念，如有、無、一、多、質、量、因果、必然……等等，邏輯學就以這種所謂「純粹概念」爲研究對象。「**邏輯學**，研究理念自在自爲的科學。」②「**邏輯學**是研究**純粹理念**的科學」③所謂「純粹」，就是說，這樣的概念是撇開了感性事物的，是最普遍、最抽象的，是「邏輯上在先」④的。

　　但是，黑格爾是一個很重視現實的哲學家，他正確地看到，在現實世界中，「一」、「多」、「質」、「量」……等概念總是同感性事物結合在一起的，現實世界中決沒有離開感性事物的概念，例如，沒有離開一塊石頭、一棵樹、一匹馬的所謂純粹的「一」，沒有離開多塊石頭、多棵樹、多匹馬的所謂純粹的「多」，沒有離開石頭、樹木、馬匹的所謂純粹的「質」，沒有離開石頭、樹木、馬匹的所謂純粹的「量」，如此等等。邏輯學既以脫離感性事物的「純粹概念」爲對象，則邏輯學只能是一個不現實的、最抽象的「陰影的王國」。這樣，哲學便不能僅僅停留於邏輯學，它必須前進到自然哲學以至於精神哲學，這也就是說，邏輯學的「純粹概念」必然表現於萬事萬物之中，黑格爾把這種向外的表現叫做「外化」。「外化」並不是指時間上先有「純粹概念」，只是到後來，「純粹概念」才一變而爲自然事物。相反，黑格爾明白承認，儘管理念是「邏輯上在先」的，或者用他自己的話說，是「絕對在先的」，但另一方面，「自然在時間上是最先的東西」⑤「外化」的意思不

過是說，「純粹概念」是萬事萬物的根本和核心，是萬事萬物之所以可能的前提，但是單有可能性，還不是現實性，單有核心，沒有外表，還不是真實的事物，只有通過「外化」，事物才是結合核心與外表、本質與現象於一體的現實的真實的事物。黑格爾說：「包含在單純**邏輯**理念中的**認識**，只是我們思想中的認識的概念，而不是認識的現成的本來的面貌，不是現實的精神，只是現實精神的單純可能性。」⑥我們說「純粹概念」是「邏輯上在先」，這就表明「純粹概念」只是從**邏輯上**講，從道理上講是「在先的」、根本的、第一位的，但它們本身並不是現實的事物。關於這一點，英國黑格爾學者瓦萊士（W. Wallace）講得很好，「純思想的領域只是**理念**的幽靈──知識的統一性和實在性的幽靈，它必須再賦予血肉。邏輯的世界僅僅是（用康德的話來說）自然和精神的**可能性**。它是第一位的，──因為它是**第一原理**的體系，但這些第一原理只能由一種認識到了靠解釋**自然**事實而獲得的心理經驗之意義的哲學而明白表現出來。」⑦黑格爾把邏輯學看成是講事物的「靈魂」的哲學，把自然哲學和精神哲學看成是「應用邏輯學」，這只是就「純粹概念」比起自然現象與精神現象來是「邏輯上在先」而言，但離開了自然現象與精神現象的「純粹概念」，則失去其為**靈魂**的意義，而成為無血無肉、無所依附的**幽靈**。「上帝有兩種啟示，一為自然，一為精神，上帝的這兩個形態是他的廟堂，他充滿兩者，他呈現在兩者之中。上帝作為一種抽象物，並不是真正的上帝，相反地，只有作為設定自己的他方、設定世界的活生生的過程，他才是真正的上帝，而他的他方，就其神聖的形式來看，是上帝之子」。⑧這裡，「作為一種抽象物」的上帝，是指離開自然和精神的理念或「純粹概念」，「真正的上帝」則是指體現著理念的現實世界。我們平常把黑格爾的邏輯學看得最

高，這只是就它的對象——「純粹概念」是自然現象和精神現象之所以可能的前提來說的，其實，邏輯學的內容是最抽象的，最不現實的，只有自然哲學和精神哲學才是研究現實世界的學問：自然包括時間和空間、無機物、植物和動物；精神是指人的精神，它也是現實世界的一部分。

「**自然哲學**，研究理念的異在或外在化的科學。」⑨這話的意思無非是說，自然現象中潛存著理念，潛存著「有」、「無」、「一」、「多」、「質」、「量」、「本質」、「現象」、「原因」、「結果」……等等概念，自然現象不過是理念之表現。例如「一」這個「純粹概念」在自然現象中就表現為一塊石頭、一棵樹、一匹馬，「多」這個「純粹概念」在自然現象中就表現為多塊石頭、多棵樹、多匹馬，如此等等。概念是一種精神性的東西，只不過在自然現象中，概念是以一種無意識的、「冥頑化」的形式而存在的，只有人的意識活動才把概念從自然事物中解脫出來，也就是說，只有人的思想意識才能從現實的自然事物中抽象出概念。黑格爾的這個意思並不難於理解。我們平常說，普遍的東西（共相）存在於特殊的東西（殊相）之中，兩者在現實世界中結合為一個整體，只有我們的思想意識才能從特殊的東西中抽象出普遍的東西，我們所說的這些話，同黑格爾所謂自然現象中潛存著概念，只有人的思想意識才把概念從自然現象中解脫出來，實際上是一個意思：黑格爾所謂的概念或「純粹概念」也是指普遍的東西；區別只在於黑格爾是客觀唯心主義者，他把普遍的東西理解成為一種精神性的所謂「客觀概念」，而我們唯物主義者則認為，普遍的東西本來存在於不依人的精神意識為轉移的客觀事物之中，概念只能是這種普遍的東西在人的頭腦中的反映。

「自然界自在地是一個活生生的整體。」⑩在自然界的發展

過程中，邏輯理念這種精神性的東西能逐步克服自然現象的外在性，逐步克服自己在自然階段中所處的無意識的、「冥頑化」的狀態，從而達到統一性，達到有意識的狀態，這就產生了人，產生了精神。「精神是自然的真理性和終極目的，是理念的真正現實。」⑪「精神是從自然界發展出來的」。⑫「自然並不是一個固定的自身完成之物，可以離開精神而獨立存在，反之，惟有在精神裡自然才達到它的目的和真理。同樣，精神這一方面也並不僅是一超出自然的抽象之物，反之，精神惟有揚棄並包括自然於其內，方可成為真正的精神，方可證實其為精神。」⑬——從這裡，一方面可以看到，黑格爾是承認「自然在時間上是最先的東西」的事實的。不過，另一方面，這裡也包含有更深一層的意義，即黑格爾並不停留於這一簡單事實的承認，他作為一個客觀唯心主義者，認為，精神不僅僅表現為它的抽象形態——邏輯理念，「不僅僅是自然界的形而上學理念」⑭，因而不僅僅**邏輯上**「存在於自然界之先」⑮，而且，精神作為有能動性的東西，有能力克服和揚棄它的否定面——自然事物，它是「自然界的目標」⑯或者說「目的和真理」，而作為預懸的目標，精神也可說是在自然界之先的。當然，這裡的「在先」，不是指經驗上的，而只是指精神暗藏或包含在自然界之中，自然界**預先**以精神為自己發展的終極目的。所以黑格爾說：「自由的精神作為自然界的目標是**先於**自然的，自然界是由精神產生的，然而不是以經驗的方式產生的，而是這樣產生的，即精神以自然界為自己的前提，總是已經包含於自然之中。」⑰

　　黑格爾認為，精神不僅先於自然（就其作為自然界預懸的目標而言），而且就下述意義而言還先於邏輯理念：按照黑格爾哲學的基本理論和方法，他的每一個三一體都是一個對立面的統一

體，都是具體真理，其中的正與反分開來看各自都是抽象的、片面的，而合則是正與反的「真理」，──是具體的和現實的東西，在這個意義下，合比起正與反來，是「在先的」。同理，精神是邏輯理念與自然界的合與統一，因而精神先於邏輯理念和自然。邏輯理念是精神的抽象形態，是未表現於外的精神，不是現實中存在著的精神，因而是片面的；自然**本身**的特點是外在性，沒有統一性，它是抽象精神的反面，因而也是片面的。在人的精神中，精神從自然的外在性中又回復到了自己，不過不是簡單回復到原來的邏輯理念的抽象狀態，而是進一步達到了具體的、現實的狀態。「**精神哲學**，研究理念由它的異在而返回到它自身的科學」。⑱人一方面是自然的一部分，一方面又是有理性的，所以人是自然和理念的統一。黑格爾說：「**對於我們來說**，精神以自然爲其**前提**，而精神乃是自然的**真理**，從而是自然的絕對第一者（absolut erstes，『絕對在先者』）。」⑲「關於精神的知識是最具體的，因而是最高的和最困難的」。⑳這裡所說的「關於精神的知識」，就是指精神哲學。黑格爾在這裡明確地告訴我們，精神是萬事萬物的「真理」，是最具體、最現實的東西，而精神哲學──關於人的學問則是「最高的」學問。這裡所謂「最高」，就是指它的對象──精神，比起邏輯學和自然哲學的對象──邏輯理念和自然來，是最具體、最現實的東西。

　　黑格爾認爲，精神的特點是自由，所謂自由，不是任性。「自由正是在他物中即是在自己本身中、自己依賴自己、自己是自己的決定者」。㉑所以精神乃是克服分離性、對立性和外在性，達到對立面的統一；在精神中，主體即是客體，客體即是主體，主體沒有外在的客體的束縛和限制。整個自然界的發展就是趨向於這種統一和自由的境界，這就是精神出於自然而又高於自然之所

在，也是精神哲學之所以是最高的學問之所在。

根據以上所說，邏輯學、自然哲學與精神哲學三者間的關係可以概括爲以下三點：

一、從「邏輯上」說，理念是在先的東西（即所謂「邏輯在先」），在這個意義下，邏輯學是講事物的「靈魂」的哲學，自然哲學和精神哲學不過是「應用邏輯學」。

二、從時間上說，自然是最先的東西，它先於人的精神，先於邏輯理念。

三、從自然預先以精神爲自己發展的目標來說，精神先於自然；從精神是理念和自然的統一與「眞理」，是最現實、最具體的東西來說，精神更是「絕對在先者」。精神哲學是最高的科學。

黑格爾在《精神哲學》的最後三節（第 575—577 節）和《小邏輯》第 187 節中，談到了哲學體系三部分中的每一部分都可成爲聯結其他兩部分的「中項」，他在那幾處特別是《小邏輯》第 187 節所談的意思，實際上頗相當於我們這裡所總括的三點。

關於自然可以成爲「中項」的問題，《小邏輯》說：「在這裡首先，自然是中項，聯結著別的兩個環節。自然，直接〔呈現在我們面前〕的全體，展開其自身於邏輯理念與精神這兩極端之間。但是，精神之所以是精神，只是由於它以自然爲中介」。㉒說自然是「直接〔呈現在我們面前〕的全體」，意思就是說，自然具有直接性，在時間上是最先的東西。㉓

關於精神可以成爲「中項」的問題，《小邏輯》說：「第二，精神，亦即我們所知道的那個有個體性、主動性的精神，也同樣成爲中項，而自然與邏輯理念則成爲兩極端。正是精神能在自然中認識到邏輯的理念，從而就提高自然使回到它的本質」。㉔這段話正是告訴我們，精神憑著自己的能動性，能克服它的否定面（自

然）而回復到自身，也就是說，精神是自然預定的目標，精神先
於自然。《精神哲學》說，在精神中，「科學（指哲學——引者）
表現爲一種主觀的認識，這種認識的目的是自由，並且，這種認
識本身就是產生出自由的道路」。㉕這裡正是強調精神的特點是
自由，實際上也說明了精神哲學是最高的科學。

　　關於邏輯理念可以成爲「中項」的問題，《小邏輯》說：「第
三，同樣，邏輯理念本身也可成爲中項。它是精神和自然的絕對
實體，是普遍的、貫穿一切的東西」。㉖《精神哲學》說：「理念
把自己判斷爲或區分爲兩方面的現象（§575，576）（按這兩節是
談的自然與精神——引者），這種判斷把二者規定爲它的（自我認
識的理性的）顯現」。㉗這兩段話明確地告訴我們，自然與精神是
邏輯理念的顯現，實際上說明了邏輯理念是「邏輯上在先」的東
西，是「絕對實體」，說明了自然哲學和精神哲學是「應用邏輯
學」。

　　以上這些，既是黑格爾哲學體系三部分的關係，也是精神哲
學在黑格爾哲學體系中所處的地位。

　　黑格爾關於哲學體系的三分法，早在法蘭克福時期就已有了
雛形，那時的三部分是：㈠邏輯學和形而上學，㈡自然哲學，㈢
倫理學。在耶拿時期，邏輯學和形而上學叫做「思辨哲學」或「先
驗唯心論」，而自然哲學和精神哲學則總稱爲「現實哲學」。

　　黑格爾把精神哲學推崇爲「最高的」學問，是他強調人的尊
嚴的表現。他在伯爾尼時期，曾致函謝林說：「人類被提升到了
一切哲學的頂峰，這個頂峰高到令人頭昏眼花。但是人類爲什麼
這麼晚才想到重視人類的尊嚴、讚賞人類可與一切神靈同等並列
的自由能力呢？我相信，人類本身受到如此尊重，這一點乃是這
時代的最好標誌。圍繞在人世間的壓迫者和神靈頭上的靈光正在

消失，就是一個證明。哲學家們正在論證人的這種尊嚴，民眾將學著去體會這種尊嚴，他們不是乞討他們的受到踐踏的權利，而是自己恢復——重新佔有這種權利。」㉘《哲學全書》對人的精神的推崇和青年黑格爾在這封信中對人的尊嚴和自由的尊重，不是沒有聯繫的。

現在的問題是，精神哲學所講的精神既然是指人的精神，那麼，說精神是自然的眞理，是「絕對在先者」，豈不意味著黑格爾的哲學是主觀唯心主義嗎？

黑格爾經常用「我」這個代名詞表示精神的特徵——主體與客體的同一，因爲「我」是有自我意識的，只有在自我意識中才有「我」，而自我意識就是主體與客體的同一。黑格爾說：「思維的本質事實上本身就是無限的。……當我以一個思想作爲思考的對象時，我便是在我自己的本身內。因此，我，思維，是無限的。因爲，當我思維時，我便與一個對象發生關係，而對象就是我自己本身。」㉙又說：「感性的事物是互相排斥，互相外在的。這是感性事物所特有的基本性質。……但思想或自我的情形恰與此相反，無有絕對排斥它或外在於它的對立者。自我是一個原始的同一，自己與自己爲一，自己在自己之內」。㉚「對必然性加以**思維**，也就是對上述最堅硬的必然性的消解。因爲思維就是在他物中**自己與自己**結合在一起。思維就是一種解放，……。這種解放，就其是**自爲存在**著的主體而言，便叫做**我**；就其發展成一全體而言，便叫做**自由精神**」。㉛

不過，黑格爾並沒有因此而得出主觀唯心主義的結論，並沒有因此而認爲**我**這個個別人的精神（例如張三的精神、李四的精神）或人類一般就是「絕對」。

黑格爾所講的「我」，不單純是指張三、李四這樣特定的

「我」,「我」的基本含義乃是指「概念的絕對否定性」或「自我同一性」,亦即指「自我能忍受其個體直接性的否定,能忍受無限的痛苦,即是說,能在這種否定性中肯定地保持其自身,能與自身同一」。㉜——這也就是上引幾段話中關於精神、思維是自我的中心意思。「我」的這一基本特徵不僅是個別人的精神所具有的,也不僅是所有個人的精神都共同具有的,而且也是一切事物的眞理之所在,或者換句話說,一切事物只有在「自我同一性」中,——在最高的統一性即「絕對」中,才是最眞實的。所以黑格爾認爲,「絕對」也就是「我」,就是「精神」。「**絕對是精神;這是關於絕對的最高定義**」。㉝「那使感覺的雜多性得到絕對統一的力量,並**不是自我意識的主觀活動**。我們可以說,這個同一性即是絕對,即是眞理自身。這絕對一方面好像是很寬大,讓雜多的個體事物各從所好,一方面,它又驅使它們返回到絕對的統一」。(重點是引者加的) ㉞可以看到,黑格爾不是主觀唯心主義者,而是客觀唯心主義者。

　　「絕對精神」與人的精神的區別在於,「絕對精神」是指無所不包的統一的整體,人的精神只是這個整體發展過程中的一個部分、一個階段 (當然是其最高的部分、最高的階段);「絕對精神」是最完全的精神,它體現於人的精神之內,但人的精神一般地說是不完全的,因爲人總有其私人的、主觀的方面,人的精神只有當其發展到哲學精神的地步,就像精神哲學的最高階段——哲學的認識那樣,才達到最完全的精神——「絕對精神」的境界㉟,在這個意義下,「絕對精神」可以說是人的精神的最高形態,也正因爲如此,黑格爾的精神哲學——關於人或人的精神的哲學——,其最後階段必然是「絕對精神」。

　　黑格爾往往把「絕對精神」叫做上帝,但他所說的上帝並不

具有個別人所具有的那種人格，因為上帝不是有限的個人；說上帝有人格，那也只是說上帝是精神，並且只是說上帝是最完全的精神，而不是說上帝是有限的精神。

不過，黑格爾在區別「絕對精神」與人的精神同時，却更多地強調二者的同一性。「絕對精神」是包括自然現象和人的精神現象的統一體，「絕對精神」體現於二者之中：自然現象是「冥頑化」的精神，人的精神是達到自我意識的精神，或者換句話說，精神的特徵（「自我同一性」）在自然階段尚是潛在的、不自覺的，而在人的精神階段則是明白發揮出來了的，是自覺的；但無論自然還是人的精神都貫穿著同一個精神。整個「絕對精神」的發展過程（由自然現象到人的精神現象的發展過程）就是由「冥頑化」的精神到自覺的精神的發展過程，也就是由外在性和必然性到達統一性和自由的發展過程，而人或人的精神，特別是人的**哲學**精神或**哲學**認識居於「絕對精神」發展的頂峰。

我們平常強調精神與自然的對立，強調：沒有人，自然也獨立存在。這種強調當然是正確的，但是，這一點，黑格爾也是承認的，要不然，他怎麼會明白宣稱「自然在時間上是最先的東西」呢？不過更重要的是，在黑格爾看來，沒有人的世界，或者說，如果「絕對精神」沒有發展到人的精神的地步，那麼，它（單純的自然）就是一個冥頑不靈的世界，是一個發育不全的世界。說這樣的世界「冥頑不靈」、「發育不全」，就是說它未能發展到把事物的「自我同一性」明白地自覺地表現出來；只有人，只有人的精神、人的自我意識才能做到這一步，就此而言，也可以說，「人為萬物之靈」。這裡應該重複聲明的是，黑格爾這種看法也不表示他是一個主觀唯心主義者；黑格爾的中心思想乃是強調「自我同一性」是萬事萬物的真理，而只有人的精神才能有意識地把這個

眞理表而出之。黑格爾說：「我們可以舉出**我**作爲自爲存在最切近的例子。……當我們說**我**時，這個『我』便表示無限的同時又是否定的自我聯繫。我們可以說，人之所以異於禽獸，且因而異於一般自然，即由於人知道他自己是『我』，這就無異於說，自然事物沒有達到自由的『自爲存在』，而只是局限於『定在』〔的階段〕，永遠只是爲別物而存在」。㊱「自爲存在」是包含他物於自身之內的存在，是「一」。黑格爾舉「我」作爲「自爲存在最切近的例子」，以說明人之所以不同於一般自然，就在於「人知道他自己是『我』」，在於人意識到他是「自爲存在」，即是說，人能意識到「自我同一性」，而「自然事物沒有達到自由的『自爲存在』」，即是說，自然事物沒有意識到「自我同一性」。英國黑格爾學者芬德萊（J. N. Findlay）說：「在黑格爾看來，……意識就是把普遍性和統一性從特殊性和多樣性中解脫出來的活動，是用前者解釋後者的活動」。㊲可見人的「靈明」決不意謂著人的精神能強加給自然以外來的秩序（像康德所主張的那樣），相反，人的「靈明」只在於人能把本來潛藏於自然中的普遍性和統一性「解脫」出來，表白出來。

　　以上這些，說明黑格爾既注意了人的精神和自然的同一，又強調了人的精神區別於自然和高出於自然之處，強調了精神哲學在其哲學體系中的崇高地位。黑格爾的這些思想是很深刻的。黑格爾在這裡所表現的唯心主義不在於他推崇了人，而在於他把整個世界看成是「絕對精神」，把自然看成是精神的「異在」，因爲「異在」的、「冥頑化」的精神畢竟也還是精神。

　　黑格爾把整個世界看成爲「絕對精神」，是針對法國唯物論而發的。法國唯物論者的機械觀使他們看不到眞實的東西是對立面的統一，黑格爾却洞察到了這一點。但他對他所洞察到的東西作

了唯心主義的曲解：他認為只有精神才是對立面的統一；而為了說明整個世界是對立面的統一，他便進而主張世界的本質是精神，自然也是精神的表現（「異在」）。

黑格爾關於最真實的東西是對立統一的思想，在古希臘哲學中已有其根源；十四世紀的神秘主義者艾克哈特（Meister Eckhart）和十七世紀的通神學者波墨（J. Böhme）的思想對黑格爾的精神學說也有重大的影響㊲；但黑格爾這一學說的最直接的來源却是康德的「統覺的先驗統一」說和費希特關於「自我」的哲學。

康德主張，「我思」或自我意識「伴隨」著我的其他一切表象、情感、慾望等等；只有就我能意識到**我自己**是觀察一切對象的唯一中心點而言，這些對象才有可能對於我來說是對象。把這些對象聚集在一個有意識的焦點之上的統一活動，康德稱之為「統覺的先驗統一」或「自我意識的先驗統一」。康德認為自我意識並不是收納外來各種漠不相干的經驗材料的容器，反之，自我意識能**使自身分化為範疇，分化為**客觀性的各種普遍形式，自我意識除了上述的統一作用之外，沒有別的內容，它不是一個具有其他特性的什麼「實體」。——康德關於自我意識的這一基本思想為黑格爾所繼承，黑格爾所講的精神或「我」也不是一個外在於經驗材料的容器，而只是一種統一的活動。當然，黑格爾在繼承康德這一思想的同時，也批判了康德的主觀唯心主義，同時還指出了他所謂「伴隨」的提法的錯誤。

費希特明確地把「自我」規定為斷定自己存在的活動，認為除自我意識外不能有「自我」。費希特企圖在「自我」的範圍內說明「自我」為什麼要設置異於自身的「非我」，特別是說明「自我」為什麼要設置「非我」來限制自己、打擾自己。費希特的哲學揭

示了主體與客體的矛盾，這是費希特哲學的一個進步和優點，對黑格爾的精神學說很有啓發。但是費希特沒有像黑格爾那樣進而認識到「非我」完全不是異己的，認識到「非我」與「自我」、客體與主體的完全的、眞實的統一性；這種統一性在費希特哲學中，永遠只是一種「應該」、一種信仰，而不能成爲現實性。不過，無論如何，黑格爾的精神學說畢竟在很大程度上繼承了費希特的「自我」哲學，甚至黑格爾的很多術語如「向心力」、「離心力」以及「反思」等，也都滲透著費希特的隱喻。

精神哲學按精神發展的階段分爲三個部分：

一、「主觀精神」。「主觀精神」是指個人的精神，如張三的精神，李四的精神。這是尙未表現於外部社會制度之中的精神，所以它是「在**自身關係** (beziehung auf sich selbst) 形式下的精神」㊴，即內在的、未與自身以外的他物發生關係的精神。也可以說，「它的存在是自足的 (bei sich)」。㊵

這一部分頗相當於現代心理學的內容。

精神的發展必然要超出自身而進入自身以外的他物，這就是：

二、「客觀精神」。「客觀精神」是個人主觀精神的外部表現，例如法律、道德、政治組織等等都是。「客觀精神是**現實性**形式下的精神，即實現於由精神所創造和將由精神所創造的**世界**之中的精神」。㊶黑格爾在這裡所說的「世界」，就是指法律、道德、政治組織等等。黑格爾認爲，在這個「世界」裡，「主觀精神」的自由「表現爲必然性」。㊷

黑格爾在這一部分中主要闡述了他的倫理學和政治哲學。

黑格爾認爲，「主觀精神」與「客觀精神」都是「有限的精神」，都意味著主客之間的「不協調」。而精神的本質是無限的，因此，

精神的發展必然要超出有限以達到無限。不過，有限性並不是與無限性絕對對立的，有限性是精神自己設置的，是「它自己內部的幻象」（das scheinen innerhalb seiner）⑬，它潛在地設置這個「幻象」作爲自己的限制，爲的是揚棄這個限制，以實現主客的統一，實現自己的自由，使自己完全地「**顯現**出來」⑭。

三、「絕對精神」。精神在這個階段中認識到了它自己即是萬事萬物的原則和眞理，萬事萬物不過是它自己的表現，認識到了對象和它自己、客體和主體是同一的；正因爲如此，「絕對精神」可以說就是「主觀精神」與「客觀精神」的統一。這樣，在「絕對精神」的階段，特別是在其最高形式**哲學的認識**中，人的精神與「絕對精神」就合而爲一了，也就是說，「絕對精神」在人身上，特別是在人的**哲學認識**中**完全地**顯現了自己。

黑格爾在「絕對精神」部分所講的，是他的藝術觀、宗敎觀和哲學觀。

黑格爾的《精神現象學》是包括邏輯學、自然哲學和精神哲學在內的哲學體系的「導言」⑮。但《精神現象學》所講的人的意識發展史和《精神哲學》的內容約略相當。《精神現象學》中意識發展的前三個階段（「意識」、「自我意識」、「理性」）約相當於《精神哲學》的「主觀精神」部分，第四個階段（「精神」）約相當於《精神哲學》的「客觀精神」部分，第五、六兩階段（「宗敎」、「絕對知識」）約相當於《精神哲學》的「絕對精神」部分。當然，《精神哲學》並非《精神現象學》的簡單重複，特別是《精神現象學》中關於人類社會歷史的許多生動的描述和深刻的見解，其中貫穿的革命朝氣，都是《精神哲學》所不能企及的。不過，無論如何，就現成的兩部著作來看，《精神哲學》有相當多的一部分是按《哲學全書》的要求和模型重寫《精神現象學》的主要內容。

為什麼會發生這種現象？

　　原來黑格爾對《精神現象學》與哲學體系間的關係的看法上，有一個轉變過程：

　　黑格爾在出版《精神現象學》時（1807年），本來計劃把它作為哲學體系的第一部分，把邏輯學、自然哲學和精神哲學作為第二部分：他不僅在《精神現象學》的初版封面上寫下了「科學體系的第一部分」等字樣，而且在這部著作的結束語中預告了第二部分的內容是「邏輯」、「自然」與「歷史」。這個計劃在1812年《大邏輯》第一版序言中又更明確地重申了一次，只不過把原先預告的「歷史」部分改名為「精神」了。1817年，《哲學全書》出版，黑格爾的「科學體系」的兩大部分就算全部完成。但他在寫《哲學全書》的邏輯學部分時，就似乎有懊悔之意，覺得不該在《精神現象學》中把本應在第二部分中具體講述的東西提前講了㊻。黑格爾頗想把精神現象學不再看成是「科學體系的第一部分」，而只把它看成是一個簡單的緒論就行了。也許是因為這個緣故，他在臨死前不久準備修訂《精神現象學》時，把初版時封面上的「科學體系的第一部分」等字樣刪掉了，而且1831年在《大邏輯》第一版序言的有關地方還補注了這麼幾個字：「這個標題（指「科學體系」——引者）在下次復活節出版的第二版中，將不再附上去。」此外，1817年**初版**的《哲學全書》第36節還有幾句話可資佐證：「我早先已經把**精神現象學**，即意識的科學史，作為哲學的第一部分加以研討了。意思是把它看成為純粹科學的前導，因為純粹科學是其概念的產物。**不過同時，意識及其歷史，和每一門別的哲學知識一樣，不是一種絕對的開端，而是哲學圓圈中的一環。**」㊼事實上，黑格爾在1817年《哲學全書》**初版**的「精神哲學」部分中，就已經把《精神現象學》所講的意識發展

史作為「哲學圓圈中的一環」——作為《哲學全書》的「一環」（不是像 1807 年那樣把這些內容作為「開端」、作為哲學體系的「第一部分」），基本上作了一些重述。凡此種種，都說明黑格爾自 1817 年以後，雖然還繼續提到**精神現象學**是**哲學體系的第一部分**，但他已經不再強調這種關係了。

註　釋

① 黑格爾：《哲學史講演錄》第 2 卷，三聯書店 1957 年版，第 199 頁。

② 黑格爾：《小邏輯》，商務印書館 1980 年版，第 60 頁。

③ 同上書，第 63 頁。

④ 參閱拙著：《論黑格爾的邏輯學》，上海人民出版社 1981 年第 3 版，第 39、90—96 頁。

⑤ 黑格爾：《自然哲學》，商務印書館 1980 年版，第 28 頁。

⑥ 黑格爾：《精神哲學》。《黑格爾全集》，格洛克納德文本，斯圖加特 1929 年版（以下簡稱《黑格爾全集》格洛克納本），第 10 卷，第 20 頁。

⑦ 瓦萊士：《黑格爾的精神哲學》，牛津 1894 年版，第 12 頁。

⑧ 黑格爾：《自然哲學》，第 18 頁。

⑨ 黑格爾：《小邏輯》，第 60 頁。

⑩⑪　黑格爾：《自然哲學》，第 34 頁。

⑫⑭⑮⑯　同上書，第 617 頁。

⑬ 黑格爾：《小邏輯》，第 212—213 頁。

⑰ 黑格爾：《自然哲學》，第 617 頁。

⑱ 黑格爾：《小邏輯》，第 60 頁。

⑲ 黑格爾：《精神哲學》。《黑格爾全集》格洛克納本，第 10 卷，第 19 頁。

⑳ 同上書，第 10 卷，第 9 頁。

㉑ 黑格爾：《小邏輯》，第 83 頁。

㉒ 同上書，第 364—365 頁。參閱《精神哲學》。《黑格爾全集》格洛克納本，第 10 卷，第 474 頁。

㉓ 參閱黑格爾：《自然哲學》，第 25、28 頁。

㉔ 黑格爾：《小邏輯》，第 365 頁。

㉕ 黑格爾：《精神哲學》。《黑格爾全集》格洛克納本，第 10 卷，第 475 頁。

㉖ 黑格爾：《小邏輯》，第 365 頁。

㉗ 《精神哲學》。《黑格爾全集》格洛克納本，第 10 卷，第 475 頁。

㉘ 《黑格爾通訊集》，漢堡 1952 年版，第 24 頁。

㉙ 黑格爾：《小邏輯》，第 96—97 頁。

㉚ 同上書，第 121—122 頁。

㉛ 同上書，第 325—326 頁。

㉜ 《精神哲學》。《黑格爾全集》格洛克納本，第 10 卷，第 30—31 頁。

㉝ 同上書，第 35 頁。

㉞ 黑格爾：《小邏輯》，第 122 頁。

㉟ 同上書，第 83 頁：「當我思維時，我放棄我的主觀的特殊性，我深入於事情之中，讓思維自爲地作主」。這裡所說的「思維」就是指哲學的思維。黑格爾認爲，人只有從事哲學的思維、哲學的認識，才能克服個人「主觀的特殊性」即克服私人的、主觀的方面，而「深入於事情之中」，達到最完全的精神——「絕對精神」。

㊱ 同上書，第 212 頁。

㊲ 芬德萊：《黑格爾再考察》，倫敦 1958 年版，第 41 頁。

㊳ 參閱拙文「西方哲學史上關於多樣性統一的認識理論」（載《社會科學戰線》雜誌 1981 年第 4 期）。

㊴㊵ 《精神哲學》。《黑格爾全集》格洛克納本，第 10 卷，第 39 頁。

㊶㊷ 同上書，第 39 頁。

㊸㊹ 同上書，第 41—42 頁。

㊺ 參閱拙著《黑格爾〈精神現象學〉述評》前言。

㊻ 黑格爾：《小邏輯》，第 93—94 頁。

㊼ 《黑格爾全集》格洛克納本，第 6 卷，第 48 頁。

第一章 「主觀精神」

　　全部《精神哲學》所講的精神，實際上都是講的人的意識和認識（包括社會意識）。「精神，在其自我發展的理想性中，乃是作爲**認識著的**精神（der Geist als erkennend）。不過這裡的認識不能理解爲單純邏輯理念的規定性（§223），而是取**具體**精神的意義」。①所以，黑格爾把精神的發展分爲「主觀精神」、「客觀精神」和「絕對精神」三階段，實際上也就是把人的意識和認識過程分成了這樣三個階段。《精神哲學》可以說就是黑格爾的一部講認識論的著作。

　　「主觀精神」之所以叫做「主觀的」，是「因爲精神在這裡尚處在它的未展開的概念中，尚未使它的概念成爲有客觀性的東西」。②精神尚未展現於客觀的道德風俗和社會政治制度之中，這是「主觀精神」所屬各階段的共同特點。

　　「主觀精神」分爲「靈魂」、「意識」和「自我規定著的精神」（簡稱「精神」）三階段。「靈魂」是「人類學」研究的對象，「意識」是「精神現象學」研究的對象，「自我規定著的精神」是「心理學」研究的對象。——黑格爾所用的這些名詞都有他自己獨特的含義，不能完全按通常的意義去理解。

一、「靈魂」（Die Seele）

「靈魂」是「自在的或直接的」③精神，又叫「自然精神」（Naturgeist）。「靈魂」是「人類學」（Anthropologie）討論的對象。

黑格爾認為，精神是自然的真理，是自然所趨向的統一性。「靈魂」，作為精神的最原始的形態，它的出現意謂著自然已初步擺脫自己的外在性而進入自己的統一性的理想境地，進入自己的真理之所在。不過，單就「靈魂」本身而言，它畢竟「只是精神的**睡眠狀態**；——是亞里士多德的被動的理性，這種被動的理性按**可能性**而言是一切事物。」④這就是說，「靈魂」尚未達到清醒的意識，尚未把潛在的、可能的東西實現出來。「靈魂」還只是與禽獸共同具有的一種低級的、模糊的意識。

在黑格爾心目中，「靈魂」不是與身體對立的另外的實體：「靈魂不是僅僅獨立自為的非物質性的東西」。⑤黑格爾認為，根據他的這個觀點，就根本不會發生哲學史上長期爭論不休的所謂身心（身體與靈魂）如何發生關係的問題。他說：只要我們把身體和靈魂看成是彼此絕對對立和絕對獨立的，那麼，它們就不能互相滲透，如同一塊物質不能滲透進另一塊物質一樣，其中的一方只能在另一方的「空隙」（Poren）中即「非存在」（Nichtsein）中存在；伊壁鳩魯斷言神住在空隙中，就是基於這種想法，在他看來，精神性的神和物質性的世界是不能相互滲透的。笛卡爾、馬爾布朗士、斯賓諾莎和萊布尼茨採取了不同於伊壁鳩魯的看法，他們都把上帝看成就是這種「聯繫」，他們認為有限的心和物

的區分是不真實的，上帝則是心和物的「唯一真正的同一性」；但是這種同一性或者像斯賓諾莎所主張的那樣「太抽象了」，或者像萊布尼茨所主張的那樣，上帝（即萊布尼茨所謂「單子的單子」，它能創造事物）之能創造事物只是靠判斷或選擇的活動，其結果，心和物之間的同一性不過是判斷的「系詞」，這種同一性不能發展成為一種體系。⑥

黑格爾反對把「靈魂」看成是獨立於物質實體之外的另外的實體，反對把心和身絕對對立起來，這個思想有其合理之處，我們今天把人的精神意識看成是發展到了高級階段的物質——大腦的屬性，我們這種看法也是同那種把「靈魂」看成獨立於身體之外的實體的看法相對立的。事實上，黑格爾在反對唯物主義的同時，也對唯物主義之反二元論這一點說了好話：唯物主義「把思想表述為物質性的東西的結果」，它「完全忽視思想揚棄了」物質性的東西，「正如原因揚棄自身於結果中，手段揚棄於完成了的目的中」；「不過我們也應該承認，唯物主義勇於超出二元論，二元論認為兩個世界同樣具有實體性，同樣真實，唯物主義勇於揚棄對原來是同一個東西的分裂。」⑦

「靈魂」又分「自然靈魂」、「感覺靈魂」和「實在靈魂」三階段。

第一階段「自然靈魂」

「自然靈魂」（Die natürliche Seele）是精神的最初階段，它是「直接的具有**自然規定性**的靈魂」，⑧它還糾纏在自然之中，它除了具有單純「是」（「存在」）的特性外，我們對它不能說出任何東西，因此，它是沒有任何關係、任何區別的一種單純直接的意識狀態，它在精神哲學中所處的地位就像邏輯學中的「純存在」

一樣。

　　(a)「自然的質」（Natürliche Qualitäten）。

　　「自然靈魂」還遠未意識到外在的對象，對於「自然靈魂」
來說，沒有什麼東西是外在的，它就是一切存在，一切存在都在
它之內。因此，外部環境對「自然靈魂」所激起的各種規定，對
於「自然靈魂」來說，却顯得不是由外物激起的，而是表現爲「自
然靈魂」**自身**的規定，表現爲它自身**所具有**的「自然的質」。「這
些自然的規定性是意識的自然對象，但靈魂本身並不把這些現象
作爲外在的東西來看待，勿寧說，靈魂在自身中具有這些作爲**自
然的質**的規定。」⑨

　　「自然的質」又分爲三個環節：第一，靈魂「參與一般行星
的生活，感到氣候的差異、季節的變換、一日之間的周轉，等等」
⑩也就是說，靈魂所具有的質的差異是和各種氣候、季節、一日
之間的周轉的差異相適應的。動物完全受這些自然因素的支配。
「動物本質上生活於對它們的同感之中，它的特性和它的特殊的
發展在很多情況下完全依賴於這種同感，並且總是或多或少依賴
於這種同感。」⑪而人的靈魂對氣候、季節等的感受和依賴則隨
文明程度之提高而逐漸失去其重要性。第二，靈魂因地理環境之
不同而構成**種族**之間的差異。黑格爾在這裡反對一個種族對待另
一種族像對待動物一樣進行統治：「人自在地是有理性的；一切
人的權利上的平等的可能性就在這裡，——堅持區分有權人種和
無權人種，乃是毫無意義的。」⑫第三，人的靈魂因各個個人的
氣質、性格、才能等等之不同而各異，這裡所說的氣質、性格、
才能等等都還是自然所賦予的，因爲這裡所講的靈魂還屬於「自
然靈魂」。但黑格爾並不否認，人的自然稟賦需要加以教育和完
善。

(b)「自然的變換」（Natürliche Veränderungen）。

「靈魂作為**個體**，它的多樣性就是保持為一的主體的各種變換，就是它的各個發展的環節」。⑬這些「變換」首先是個人「年齡的流逝」，即(1)「童年」，──這時，「精神被包藏在自身之內」；⑭(2)「青年」，──精神發展為「主觀的普遍性」即理想、幻想、希望等與「直接的個體性」即不符合理想的現實等之間的「對立」與「鬥爭」；⑮(3)「成年」，──精神「**承認**世界的**客觀**必然性與合理性」承認世界是個人完成事業的場所；⑯(4)「老年」，──精神「完全實現了與客觀性的統一，從而一方面變得遲鈍了，一方面卻擺脫了有限的利害和外部現實的糾纏」⑰黑格爾認為個人由少而壯，由壯而老的這些變換是人的**自然發展**的趨勢，所以把它們列入「自然靈魂」這樣低級的階段。

其次，「自然的變換」表現為「性的關係」。這裡，「一個個體在另一個個體中尋求自身」。⑱「性的關係」一方面是「主觀性」停留在道德生活與愛情的感受之中，尚未走向政治的、科學的或藝術的目的；一方面則是在個體中所進行的「普遍客觀利益反對現成的自身存在與外部世界的存在的鬥爭活動」，是企圖實現兩者的「統一」的活動。⑲「性的關係在**家庭**中獲得它的精神的和道德的意義和規定。」⑳

最後，「自然的變換」表現為「睡眠與覺醒」。「自然靈魂」原來是完全沒有內在區別的，但就其包含有各種「自然的質」和各種「自然的變換」來說，靈魂本身和它所包含的這些內容之間又是有區別的：黑格爾把靈魂本身叫做「作為僅僅存在的個體」，把它所包含的內容叫做「作為自為存在的個體」。當個體性能作出這種區別時，這就是靈魂的「覺醒」，「睡眠」則是回復到無區別的「作為僅僅存在的個體」，但「睡眠」與「覺醒」並非絕對對立的。

(c)「感受性」（Empfindung）。

關於從「覺醒」到「感受性」的進展過程，黑格爾作了如下的說明：「覺醒」與「睡眠」的相互更換，只是靈魂從有差別到無差別的統一的簡單重複和循環，如果把兩者分割開來，對立起來，便都是片面的，但在這個過程中，「睡眠」與「覺醒」兩者都努力追求它們的具體統一，而「感受性」就是這種統一的實現：當靈魂進行**感受**時，它一方面是面對一種直接的、現成的、「被給予」的東西，但「**同時**」這種東西又「沉入到了靈魂的普遍性之中」㉑，從而否定了自己的直接性，成爲「理想的東西」㉒，這樣，「進行感受的靈魂就在它的他物中回復到了自身」，「它在它所感受的直接物和存在物中，即在它自身中」㉓也就是說，進行感受的靈魂把有差別的東西「放入自己的內在性中，從而揚棄了它的自爲存在或其主觀性（指進行感受的靈魂本身——引者）與它的直接性或其實體性的自在存在（指靈魂所感受的直接物或有差別的東西——引者）之間的對立」。㉔這也就是實現了有差別與無差別的統一，實現了「覺醒」與「睡眠」的統一。簡言之，「感受性」就是把直接存在著的有差別之物納入靈魂內部，但這些直接的東西不是原封不動地存在於靈魂內部，而是作爲一種所謂「理想的」內容而存在於其中。

這裡值得注意的是，「感受性」雖然在某種程度內帶有主——客的結構，但它作爲低級的「自然靈魂」的一個環節，却還不能**意識到**外在的客體。在「感受性」的階段，靈魂仍然就是一切，此外無他物；主客的區別只存在於靈魂內部，而不存在於靈魂與靈魂以外的他物之間。「感受性是無意識的、非理智的個體性精神之遲鈍的活動形式」，㉕所以黑格爾所說的「感受性」，還只是指一些模糊的意識狀態。「感受性是人獸之所同」，㉖「**單純的**

感受性僅僅涉及**個體的東西**和偶然的東西，涉及**直接地被給予的東西**和**現成的東西**；這種內容是作爲感受性靈魂**自己的**具體實在性而呈現在感受性靈魂之前的」。㉗「感受性」不同於下面所說的「意識」，在「意識」中，「我使自己與一個外在於我的世界、一個客觀整體性、一個與我對立的自相聯繫的複雜多樣的諸對象之圓圈相關」。㉘「意識」中出現的東西與「意識」本身的聯繫是很不緊密的，而那不在感性意識中出現的東西，我照樣可以知道。㉙英國黑格爾學者斯退士（W. T. Stace）曾舉「飢餓、疲乏、內在痛苦」作爲黑格爾所謂「感受性」的例子，說明「感受性」是主觀的、轉瞬即逝的，不同於「現象學」所將要論述的「看見一棵樹或一所房子」之類的「意識」。㉚作爲舉例，斯退士這種說法也未嘗不可，但容易引起誤解。對於一棵樹、一所房子，也可以有「感受性」和「意識」兩個層次：動物看見一棵樹，只能是「感受性」，動物不可能「意識」到樹是**外在於**它的、與它**對立**的。人對於一棵樹的「意識」，也要基於對它的「感受性」，不過人的「意識」又超出了單純的「感受性」。

第二階段「感覺靈魂」

黑格爾說：「感覺靈魂」（Die fühlende Seele）的「感覺」（Fühlen）一詞與「感受性」（Empfindung）一詞在通常的用語中本無明顯的區別，不過「感受性」一詞多少帶有敏感性和心情的色彩，「因此，我們可以說，感受性偏重在表示被動的方面，表示我們**發現**我們的靈魂被激動，表示感覺中的規定性的直接性方面，而感覺則同時更多地表示進行感覺活動的自我性（Selbstischkeit）」。㉛「感覺的個體是**單純的理想性**，是感受性的主體性」。㉜所謂「理想性」仍然是指直接存在的東西不是原封不動地存在

於靈魂中,而是作爲靈魂的「理想的」內容而存在於其中。

「感覺」和「感受性」一樣,靈魂也還未能像在後面的「現象學」部分所講的「意識」中那樣,意識到外在的客體。㉝

「感覺靈魂」居於「感受性」和下面要講的「意識」之間。「感受性」的對象不可能是普遍的東西,「說**感受到普遍的東西,這顯得是一種矛盾**」。㉞「意識」則可以把個體性的東西提升爲普遍的東西,從而使感受性中的材料得到獨立性。「感覺靈魂既不囿於**直接的感性的感受性**,不依賴於**直接的感性的現成物**,也不使自己相關於那只有通過純**思想**的中介才能把握的**全然普遍的東西**,反之,感覺靈魂的內容尚未發展到普遍的東西與個體的東西的分離,主觀的東西與客觀的東西的分離」。「這裡,我是**直接出現於**內容中,這個內容只是在以後當我成爲客觀意識時,才成爲相對於我的**獨立**世界」。「感覺靈魂只同它的**內部**規定性相交流。它自己和相對於它的東西之間的對立,仍然包裹在它自身之內」。㉟

(a)「直接性中的感覺靈魂」(Die fühlende Seele in ihrer Unmittelbarkeit)。

上面已經談到,「感覺靈魂」是主動的。按一般的推理,這裡就應該出現了「我」;但根據黑格爾的思想線索,「感覺靈魂」發展之初,還處於直接性階段,它的主動性尚未眞正實現出來,因而尚表現爲被動性,具體地說,直接性階段的「感覺靈魂」還不是「我」在進行感覺活動,而是「我」受另一個「我」的指揮進行感覺活動。例如胎兒的「感覺靈魂」就是受母親的靈魂的指揮而進行活動,胎兒的靈魂實際上不是眞正主動的,而是被動的,胎兒以母親的靈魂爲自己的靈魂。同樣,催眠狀態中受催眠的人的靈魂也是「直接性中的感覺靈魂」,它沒有眞正的自我。黑格爾

在這裡還談了很多像「千里眼」、「靈通」、「感應」之類的奇特心理。他把控制和指揮其他靈魂的主體叫做「感覺靈魂」的「守護神」(Genius)。㊱

(b)「自我感覺」(Selbstgefuehl)。

「感覺的全體 (Die fuehlende Totalitaet) 作為個體性,本質上是在自身中區別出自身並覺醒到**在自身中作出判斷**,按照這個判斷,感覺的全體就有了**特殊的**感覺,並且是作為**主體**而與它的這些規定(「這些規定」指「特殊的感覺」——引者)發生關係。這個主體本身把這些規定作為**自身的**感覺而建立**在自身之內**。主體沉沒在這些**特殊的**感受之中,並且同時通過這些特殊東西的理想性而在其中使自身結合為一個主體性的單一體,這樣,這個單一體就是**自我感覺**」。㊲這段話告訴我們,所謂「自我感覺」就是指靈魂能明白地區別(「判斷」也有區別之意)它自身和它的各種特殊感受與感覺,能意識到這些感受與感覺是**它自身**的各種特殊規定性。

「自我感覺」不同於前一階段——「直接性中的感覺靈魂」之處在於:前一階段中的「自我」實際上是在別人的靈魂之中,而在「自我感覺」階段中,「自我」則在自己的靈魂之中。

(c)「習慣」(Die Gewohnheit)。

「自我」與它的各種特殊的感覺相比,可以說是一種同一性或普遍性;「習慣」就是「靈魂使自己成為一種抽象的普遍性的存在並把各種特殊的感覺(以及特殊的意識)歸結為它(指靈魂——引者)的單純**存在的**規定」。㊳也可以說,「習慣」是「自我作為普遍性而被設置(即被打印的意思——引者)在這種感覺的生活(指各種特殊的感覺——引者)之中。㊴這兩段話裡所說的普遍性,都是指抽象的、形式的普遍性,具體說來,就是指「重

複性」，因此，所謂「習慣」，也就是指貫穿在一系列特殊感覺中的「重複性」(Wiederholung)。⑩

「習慣」是一種「無意識的」活動，可以叫做「第二自然」。「其所以叫**自然**，是因爲它是靈魂的一種直接的存在；其所以叫**第二**自然，是因爲它是由靈魂**建立起來的**一種直接性」，是由靈魂對各種感覺所進行的一種「塑造」。⑪

就「習慣」是自然的東西而言，人不能依靠「習慣」而獲得自由，但就「習慣」可以掌握和擁有各種特殊的感覺而言，就它可以使人由謹慎小心地活動到不加注意地進行活動而言，它又可以給人以自由。例如習慣於不怕嚴寒、不怕疲倦、不怕災難的人，儘管也會感受到這些，但他有力量不爲這些東西所困擾，他對這些一律採取無所謂的態度。

第三階段「實在靈魂」

「實在靈魂」(Die wirkliche Seele) 就是前面所說的普遍性的自我和它的各種特殊感覺的統一。前者是「內」，後者是「外」，「實在靈魂」也就是「內與外的統一」。⑫在「實在靈魂」中，「外」完全從屬於「內」。黑格爾說：「實在靈魂」「以它的形體爲它的自由的形態，它在這個形態中感覺到它自己並使自己被感覺，這個形態作爲靈魂的藝術作品，具有人類的、病症學的和面相學的表現」⑬「實在靈魂」由於實現了內外的統一，所以在這個階段中，人的步態、聲調、面部表情等等都變得不僅是外形的、身體方面的表現，而且同時也是心靈方面的表現。

但是另一方面，在「實在靈魂」中，靈魂完全支配了身體，「內」完全控制了「外」，於是靈魂便有能力超出於自然的存在之上，把自然存在看成是客觀的和異己的，這樣就形成了外在於主

體的客體，從而使「靈魂」過渡到了「意識」，使「人類學」過渡到了「精神現象學」。——這裡，黑格爾關於從「靈魂」到「意識」的過渡的說法，是似是而非、牽強附會的，芬德萊說這種過渡不過是一種「口頭的護照（wordy passport）」。㊹

「人類學」這一部分在整個《精神哲學》中佔了很大一部分篇幅，充滿了豐富的心理經驗的材料，有許多地方都是關於千里眼、感應、夢遊之類的奇異現象的描述，較少哲學意義。這一部分中各個環節的推移、轉化也是很鬆散的，有很多三一體都是矯揉造作、牽強附會的。

二、「意識」（Das Bewusstseyn）

「精神現象學」部分在《精神哲學》一書中佔較少篇幅，其所以這樣簡單，是因為這一部分基本上是《精神現象學》一書前面一部分內容的撮要，其中的三個主要環節的標題也和《精神現象學》前幾章的標題一樣，都是「意識」、「自我意識」和「理性」。

在「靈魂」的階段中，沒有外在於「靈魂」的對象，「靈魂」與其內容之間的區別只是潛在的，「靈魂」的內容仍在「靈魂」之內。「意識」的階段則不然，它把前一階段中潛在的區別明白表現出來，即一方面把「自然靈魂的直接同一性」（指「靈魂」本身——引者）「提升為純粹理想的自身同一性」（即提升為「自我」），一方面使「自然靈魂的內容」成為外在於「自我」的、「獨立的對象」。所謂「意識」，就是「自我」對於「獨立的對象」的意識。㊺黑格爾在 1825 年夏季學期的「精神現象學」第 329 節中說：「感覺靈魂也還圍於肉體和形態之內，只有意識才第一次進入客觀性，只

是在意識那裡，我們才第一次有了外部世界內的區分。」⑯對「意識」的研究就叫做「精神現象學」。因為「意識」還只處於精神的**現象**階段，尚未認識到對象即自我，對象的變換實乃自我自身的變化。

在「靈魂」階段中，「靈魂」包括一切，「靈魂」之外無他物，因此，「靈魂」的各個階段的變化和進展表現為「靈魂」**自身**的變化和進展。現在，在「意識」階段裡，由於有了「意識」之外的「獨立的對象」，主體**自身**或者說「自我」**本身** (Ich'fuer sich) ⑰便成了「形式的同一性」，⑱成了空無內容的東西，因而「意識進展中的規定」（即「意識」的各個階段的變化和進展）便只表現為「**對象的變換**」⑲而不表現為「自我」**本身**的變化。「因此，意識是按照被給予的對象之不同而表現出不同的規定。」⑳

黑格爾在這裡批評了康德哲學，認為它只停留在「意識」的階段：「我們可以最確切地認為，康德哲學把精神理解為意識，僅僅包含精神的現象學的規定，而不包含其哲學的規定，它認為自我與一種彼岸的東西發生關係，這種彼岸的東西就其抽象的規定而言叫做物自身」。㉑黑格爾認為：在「意識」階段中，對象並不是屬於自我自己的，而是異己的，因而也是有限的；但精神不會停留在「意識」的階段，「它的目標是使它的現象和它的本質同一，是把它的**自我確定性**提升為**真理**。」㉒「確定性」只表示對象與我在表面上同一，例如我可以確定那些屬於我的東西，確定我聽見的、看見的東西，但「所有這些內容又是同自我分開的，而這就構成確定性與真理的進一步區別」，人們完全可以確定太陽繞地球運轉，但這種確定性是可以打破的，這種同一性是可以分開的，所以人們才知道原來的確定性並非真理。「確定性只是主觀的，只是我的規定性，只是形式的同一性，它不是最高的東西，

它本身是片面的、抽象的主體性」。㊼黑格爾把由「確定性」到眞理的「提升」過程分爲「意識本身」、「自我意識」和「理性」三個階段。「由確定性到眞理的提高分下列幾個階段：(1)**意識**一般，它有一個和自己對立的客體；(2)自我意識，它以**自我**爲對象；(3)意識與自我意識的統一，這裡，精神直觀到對象的內容就是它自己，直觀到自己是自在自爲地被規定的，──這就是**理性**或精神的概念。」㊔

第一階段「意識本身」

「意識本身」(Das Bewusstseynals solches) 是指意識的對象從「靈魂」自身的深處完全獨立出來，這個對象是異己的，是和主體絕對對立的，精神在這個階段一點也沒有認識到對象不過是自我自身的投影。「意識本身」又分三個環節：

(a)「感性意識」(Das sinnliche Bewusstseyn)。

「感性意識」是「意識」的直接性階段，它對於它的對象只作「單純的、無中介的確定」，㊕也就是說，它所認識的對象是「一個完全**直接的、存在著的東西**」，㊖是一個「單個的東西」。㊗「感性意識只認對象爲**存在著的東西**，爲**某物**，爲**實存著的東西**，爲**單個的東西**，等等。」㊘「感性意識」只認識直接性，不認識間接性，只知道對象「存在」（「是」或「有」），不知道對象是什麼，有什麼特性，與別物有什麼關係。所以「感性意識」就是《精神現象學》所講的「感性確定性」。「感性意識在內容上似乎是最豐富的，但在思想上是最貧乏的。……空間上和時間上的個別性，這裡和現在（我在《精神現象學》第 25 頁以下諸頁把它們規定爲感性意識的對象），嚴格講來，都屬於**直觀**」。㊙

(b)「知覺」(Das Wahrnehmen)。

「感性意識」所告訴我們的只是「這一個」，只是「是」，它是不可用普遍性的言詞來表達的；但如果要進一步認識到「這一個」「是」什麼，那就要運用普遍性的言詞，因爲事實上，「感性意識」所把握的單個的東西包含很多特質（Eigenschaften），這些特質需要用不同的謂語來表達，而言詞、謂語必然是普遍性的東西和間接性的東西。「知覺」就是達到了普遍性和間接性的意識。

「知覺」的對象不僅是單純的、個別的、直接的東西，而且是在關係中的、有普遍性、有間接性的東西，這種對象乃是「感性的性質同具體關係和聯繫的擴大了的思想規定之聯合」。⑩所以，在「知覺」階段中，意識不像「感覺確定性」階段那樣只是達到一種簡單的「確定性」——「意識與對象的抽象的同一性」，而且達到了「知識」，——達到了「意識與對象的有規定的同一性」。⑪

《精神哲學》中的「知覺」階段是《精神現象學》一書中「知覺」階段的縮寫。⑫不過《精神現象學》關於從「感性意識」過渡到「知覺」的論證和《哲學全書》中《精神哲學》的上述論證略有不同。《精神現象學》說：「感性確定性」（即「感性意識」）中的「這一個」或「這裡」、「這時」，都是普遍性的東西：你可以指這匹馬是「這一個」，也可以指那匹馬是「這一個」；可以指正午是「這時」，也可以指夜間是「這時」；可以指這所房子是「這裡」，也可以指那所房子是「這裡」。所以「這一個」或「這時」、「這裡」，不僅是唯一的、單個的東西，而且是一個類詞，可以指同一類（普遍的東西）中的任何一個東西。這樣「感性確定性」就過渡到了「知覺」。斯退士說：《精神哲學》和《精神現象學》的論證之區別在於：《精神哲學》是根據「這一個」**本身內部**所

包含的各種特質及其多樣性，指出它同時具有普遍性和間接性；《精神現象學》則是根據「這一個」**之外**尚有其他許多「這一個」，指出它同時具有普遍性和間接性。但兩處的論證的基本觀點是一致的，兩者都認爲單一的直接的東西是不可思議的，其本身包含有單一性與普遍性的矛盾。㊷我們認爲，《精神哲學》的論證比較合理一些。從「感性意識」到「知覺」的過渡，是對**同一個對象**的認識的進展過程，《精神哲學》就**同一個**「這一個」分析其中尚包含有許多普遍性的性質，這正表示對**同一個對象**有了進一步的認識；《精神現象學》的論證顯然不能確切地表示這一點。

(c)「知性」(Der Verstand)。

「知覺」的對象雖然是個別與普遍性的聯合，但這種聯合還只是一種「混合」(Vermischung)：個體與普遍還處於僵硬的對立狀態，個體是獨立的不依賴他物的「這一個」，而普遍又是一些彼此沒有內在聯繫的東西。實際上，事物的個體性與普遍性、統一性與多樣性、獨立性與依賴性（一物與他物的聯繫）是有機地統一起來的。而「知覺」階段的意識尚不認識這一點，所以它只能看到一些**彼此並列**的諸事物，而不能把握諸事物的**共同本質**。到了「知性」階段，意識所尋求的則是事物的共同本質和法則，是「無條件的、絕對的共相」，㊸它把感性中的諸個體事物看成是「現象」，㊹而「無條件的、絕對的共相」則隱藏在「現象」的背後。

「知性」的觀點是一般經驗科學的觀點，經驗科學用「法則」解釋事物，實際上就是把「共相」（「普遍的東西」）、「法則」看成爲眞實的東西，而個別事物不過是它的表現或現象。

「意識本身」的上述三個階段（「感性意識」、「知覺」、「知性」），其共同特徵都是認對象爲獨立於主體之外的東西，爲異己

的東西，即使它的最高階段「知性」也是如此：「知性」所把握的「共相」、「法則」也是獨立於主體之外的。客觀唯心主義者黑格爾顯然認為認識不能停留在這一步。他斷言，「知性」的進一步發展就是要認識到對象不是異己的，而即是主體自身，這樣的認識就是「自我意識」。

從「意識本身」的最後階段「知性」到「自我意識」的過渡，黑格爾說得非常空洞而晦澀：「法則首先是共同的、永恒的諸規定之間的關係、法則就其差別是內在的而言，其自身就具有必然性；它的諸規定中的任何一個規定都不是外在地同另一個規定相區別的，它直接地就在另一個規定之中。但是這樣一來，內在的差別（真正的差別）就是自身中的差別，或**不是差別的差別**。按照這種形式的規定性，那包含主客相互**獨立性**的意識本身就**自在地**消失了。自我作為下判斷的主體於是有了一個與自身沒有差別的對象，即以**自身**為對象；——**意識**於是過渡到了**自我意識**」⑥⑥這段話的意思就是說，「法則」是一種「不是差別的差別」，而在意識使對象服從「法則」的過程中，這種差別也可應用於**意識**與其**對象**之間，「自我意識」中的**意識**與其**對象**之間的差別恰恰就是這種差別，至於原來在「意識本身」中雙方「相互獨立」的那種差別則「自在地消失了」。

黑格爾這段論述雖然晦澀、空洞，但其用意却很明白：「知性」階段即把握的對象——「法則」、「共相」，尚是外在於主體的，對象（客體）和主體之間尚存在著「帘幕」，從「知性」至「自我意識」的過渡就是「撤銷」「帘幕」，直接見到事物的「內在核心」；在黑格爾看來，事物的「內在核心」——「共相」是有精神性的東西，是思想。⑥⑦

第二階段 「自我意識」

「自我意識」(Das Selbstbewusstsein) 認識到「意識本身」
(在其「知性」階段) 所把握的對象——「共相」是思想，是主體
自身，這在黑格爾看來，就表明，「自我意識」道出了「意識本身」
的根據和眞理之所在：「意識的眞理是自我意識，自我意識是意
識的根據，因此，對於某一別的對象的意識，實即自我意識。我
意識到對象是我的 (對象是我的表象)，因此在對象中我也就是意
識到我自己。」⑱黑格爾在 1825 年夏季學期的「精神現象學」第
344 節中對這段話解釋得更清楚：「沒有無自我意識的意識。……
對象是一個他物同時又是我自己的，就此而論，我是與我自己相
關。對象有兩個方面：從我這方面說，它是我的東西的否定面，
另一方面，它又是我的，是我的對象，在其中我是與我自己相關。
不過，在意識中我之所以也是自我意識，只是因爲對象自在地有
不屬於我的一面。自我意識就在於自我也就是內容。」⑲

「自我意識」分以下三個階段：

(a)欲望 (Die Begierde)。

「自我意識」雖然承認對象即是精神性的主體自身，但在「自
我意識」發展之**初**，其對象仍保有「意識本身」中對象的特點，
即仍保有外在獨立性，只是「自我意識」把這個對象看成歸根結
底是精神性的；這樣，「自我意識」的對象就既是自身又不是自
身，既有「自我意識」的成分，又有「意識本身」的成分，雙方
發生了矛盾：「抽象的自我意識 (指「自我意識」發展的初級階
段——引者) 是對意識 (指「意識本身」——引者) 的**第一次**否
定，因此也被一個外在的對象所糾纏 (意思是說，在「自我意識」
發展之初，其對象尚保有外在獨立性——引者)，或者從形式上

說，被它的否定面所糾纏。這樣，自我意識同時也就是上一階段
——意識（指「意識本身」——引者），並且是它自己之作爲自我
意識和作爲意識（指「意識本身」——引者）之間的矛盾。⑦「自
我意識」爲了克服這種矛盾，就產生了一種企圖完全擺脫「意識
本身」的「糾纏」以充分發展自己的「衝動」（der Trieb）。這個
「衝動」要「實現自我意識自身的內在本性——即給抽象的自我
意識以內容和客觀性，並反過來使自己從其感性中解放出來，揚
棄被給予的客觀性，使之與意識自身同一」。⑦具體地說，「衝動」
也就是「欲望」，「欲望」就是要完全取消對象的獨立外在性，即
把對象毀滅掉，消耗掉，或者用黑格爾自己的術語來說，「規定對
象爲無」。⑦例如飢餓就是一種「欲望」，其對象爲食物，食物本
來是獨立外在的東西，「欲望」就是要消滅食物，使之變爲自己身
體的一部分。所以「欲望」是「自我意識」爲了揚棄主客對立所
採取的最簡單最低級的形式。

　　「欲望」是「個體的東西」（Einzelnes）⑦，滿足只發生於個
體的東西之中，但個體的東西是要消逝的，因此，在滿足中又會
產生欲望。⑦這也就是中國諺語所說的「欲壑難塡」。這樣看來，
「欲望同對象的關係還全然是自私的**破壞**的關係，——而非**創建**
的關係。」⑦爲了使主體與客體之間具有「創建」的關係，「自我
意識」就要揚棄「欲望」的階段，而過渡到「認可的自我意識」。

　　(b)「認可的自我意識」（Das anerkennende Selbstewusst-
sein）。

　　關於從「欲望」到「認可的自我意識」的過渡，《精神現象學》
講得比較清楚：在「欲望」階段中，主體以爲消滅客體即可取消
主客的對立，但這種消滅過程本身或者說欲望的滿足本身就說明
主體需要依賴客體，如果沒有客體的獨立存在，主體也就談不上

取消客體，談不上欲望的滿足。黑格爾的原話：「但是在自我意識的這種滿足裡，它經驗到它的對象的獨立性。欲望和由欲望的滿足而達到的自己本身的確信是以對象的存在爲條件的，因爲對自己確信是通過揚棄對方才達到的；爲了要揚棄對方，必須有對方存在。」⑯這就是說，主體想否定客體，但實際上又擺脫不了客體。因此，「自我意識」要得到充分發展，就只能由客體**自身**來否定它自身，而當客體自身否定自身時，則客體自身只能是有意識的東西，即另一個主體，另一個自我。「由於對象的獨立性，因此只有當對象自己否定了它自己時，自我意識才能獲得滿足；對象必須自己否定它自己，因爲它**潛在地**是否定性的東西，並且它必須作爲一個否定性的東西爲對方而存在。由於對象本身是否定性的，因而它同時是獨立的，所以它是意識。……**自我意識只有在一個別的自我意識裡才獲得它的滿足**」。⑰所謂「認可的自我意識」，意思就是說，主體不是把客體當作**物**而簡單粗暴地加以消滅，而是「認可」對方也是「自我意識」，也是**人**。

《精神哲學》關於從「欲望」到「認可的自我意識」的過渡，說得比較簡單，但意思和《精神現象學》大體相同，明白了《精神現象學》，也就易於理解《精神哲學》中所說的內容。《精神哲學》是這樣表述的：「自我在滿足中所得到的自我感覺，就內在的方面說，或者**自在地**並不停留於抽象的**自爲存在**或**個體性**之中，而是作爲對**直接性**與個體性的否定，結果包含有**普遍性**的規定，包含有自我意識與其對象的**同一性**的規定。這種自我意識的判斷或分化就是對於一個**自由**對象的意識」。⑱這段話的意思，黑格爾在「附釋」中作了解釋：「就外在的方面說」，「欲望」和「滿足」會陷於「單調的相互交替」（即「欲壑難填」），永遠得不到滿足；但「相反地，就**內在**方面說」，「自我意識」可以「否定自己

的直接性，否定欲望的觀點」，「使**對方**從某種**無我的東西**變成為**自由的東西**，變成為一個**有自我性**的對象，即變成為**另一個自我**。」⑦⑨

　　「認可的自我意識」儘管不得不「認可」（「承認」）別的自我的存在，但他總是只希望自我獨立，而抹殺別的自我的獨立，同樣，別人也同樣只希望自己獨立，抹殺對方的獨立，這就很自然地發生了人與人之間你死我活的鬥爭。「為認可而進行的鬥爭是一場生死的鬥爭。兩個自我意識中的每一方都**危及**對方的生命，而且也使自己陷入危險之中，──不過只是**危險**而已；因為每一方都有意象維持他的自由一樣去維持他的生命。一方之死雖然從一方面來看是通過對直接性的抽象的、從而也是粗暴的否定（「對直接性的抽象的、從而也是粗暴的否定」指殺死對方──引者）而解決了矛盾，但從本質的觀點來看，──從認可的定在來看，（瓦萊士的《精神哲學》英譯本把「認可的定在」〔Daseyn des Anerkennens〕意譯為「The outward and visible recognition」）⑧⓪，認可會由於一方之死而同時被取消，──則一方之死又是一新的矛盾，並且是比先前更大的矛盾。」⑧① 這就是說，儘管為認可而進行的鬥爭是一場生死鬥爭，但如完全消滅對方，──殺死對方，則己方失去了對象，等於取消了自己之**被人承認**，取消了「自我意識」；「自我意識」之為「自我意識」，就在於「我在作為自我的他者之中直觀到我自身」，⑧② 完全消滅對方是和「自我意識」的這個要求相矛盾的，這個矛盾就是上面所說的「新的矛盾」。為了解決這個矛盾，自我便不殺死對方，而只是使對方絕對依附自己，主體與客體的這種關係在歷史上就表現為奴隸制度的主奴關係。「由於**生命**同**自由**一樣重要，所以鬥爭首先作為**片面的否定**而以不平等告終，即戰鬥的一方寧願選擇生命以保持自己的個體

的自我意識，而放棄獲得認可的要求，另一方則堅持其自我肯定的關係而為前者所認可，前者是被征服者。──這就是**主人**與**奴隸**的關係。」⑧

在黑格爾看來，「主奴關係」雖然是「不公平的」，但在歷史發展過程中又是現實的和必要的。《歷史哲學》說得很明確：「奴隸制度，就它自身來說，是**不公平**的，因為人類的本質是**自由**的；然而人類首先必須成熟，才能夠達到自由。所以逐漸廢除奴隸制度，實在要比突然撤消它來得聰明、來得公允。」⑧黑格爾認為「強權」是「主奴關係」這種「現象」的「基礎」，而「人類的共同生活」（das Zuzammenleben der Menschen）、「國家」起源於「強權」，也就是說，起源於「主奴關係」。⑧──黑格爾的這些思想，有歷史唯物主義的萌芽。不過黑格爾又認為「強權」只是「國家的**外在的**或**現象的**開端，而不是國家的**實體性原則**。」⑧在黑格爾看來，一事物之開端尚非該事物的本質、本性和原則之**實現**。

「主奴關係」由於「主人的工具──奴隸」要求「同樣地保持自己的生命」，因而是一種「共同的需要」和「對滿足需要的共同關懷」。「主奴關係」不是簡單粗暴地殺死「直接對象」（即奴隸），而是「獲得它、保持它、塑造它」，把它當作聯結「獨立性」和「非獨立性」即主人和物之間的「中介」。這樣，由於奴隸對物進行加工改造，就創造了「**有持久性**的工具」和「考慮將來、保證將來的準備」。⑧《精神現象學》關於奴隸勞動創造「有持久性」的東西這一點，講得更為詳細：「欲望」對於對象只作「純粹的否定」，「欲望」的「滿足」「只是一個隨即消逝的東西」；奴隸的「勞動」則不然，「勞動」使「欲望」「受到限制或節制」，使「滿足的消逝」得以「延遲」，因為「勞動陶冶事物」，「意識」「在勞

動中外在化自己，進入到持久的狀態」，也就是說，奴隸的勞動創造了「**有持久性**的東西」。⑧《精神哲學》比《精神現象學》更強調這裡所說的「有持久性的東西」就是「工具」，是「考慮將來，保證將來的準備」，這不能不說是《精神哲學》的改進之處。

「主奴關係」除了上述「陶冶事物的勞動」一面之外，還有主人與奴隸的「區別」的一面，即「恐懼」的一面。「其次，就區別來說，主人在奴隸及其服役中看到自己**個體的**獨立自為存在的威嚴，而且是憑藉取消另一方的直接的自為存在（「另一方」指奴隸——引者）而看到的。——不過，奴隸在為主人的服役中逐漸耗去了自己個體的和自由的意志，揚棄了欲望的內在直接性，並在這種放棄（Entaeusserung）和對主人的恐懼中開始了智慧，——即過渡到**普遍的自我意識**。⑧

《精神現象學》在「主奴關係」之後，還講了「斯多葛主義」，「懷疑主義」和「苦惱的意識」。《精神哲學》把這些環節都省略掉了。芬德萊說：這「也許是」由於它們「與**主觀**精神的研究不相干」的緣故。⑩我們認為：《精神哲學》比起《精神現象學》來，更嚴格地按照三一式安排它的各個環節，這裡之所以省掉這些內容，也許還出於這種考慮。

(c)「普遍的自我意識」（Das allgemeine Selbstbwusst-sein）。

就奴隸失去了自己的獨立性而言，奴隸也就不成其為「自我意識」，而只居於「意識本身」的地位，因為奴隸是以物為自己的對象；但他不是簡單地消滅物，而是通過勞動對物加以「陶冶」和「加工改造」，好讓主人享受。這樣，主人的「自我意識」的獨立性就變成了對奴隸的依賴性；而奴隸在「陶冶物」的勞動中，「外在化」了自己，從而使自己從「意識本身」變成了「自我意

識」，達到了自己的獨立性。——「主奴關係」由此而過渡到了相互承認對方爲獨立的「自我意識」的關係，這種交互承認的「自我意識」就叫做「普遍的自我意識」。黑格爾的原話：「**普遍的自我意識**是在別的自我中肯定地意識到自我，其中的每一方作爲自由的個體具有**絕對的獨立性**」，「每一方都是普遍的自我意識和客觀的」，「每一方都意識到自己在自由的對方中受到承認」，「每一方都承認對方並意識到對方是自由的」，「每一方都有作爲交互性的眞實普遍性」。⑨黑格爾關於奴隸獲得自由的看法顯然是唯心主義的，但他也的確深刻地看到了，人只有既承認自己的獨立自由也承認別人的獨立自由，才能最終獲得自由，深刻地看到了人類意識和歷史是朝著相互承認對方的獨立自由的方向發展的。

第三階段「理性」

「精神現象學」的最後一個環節是「理性」（Die Vernunft）。關於從上一階段「普遍的自我意識」到「理性」的過渡，黑格爾在《精神哲學》中是這樣表述的：在「普遍的自我意識」中，自我的對象也是自我，此對象既是獨立的他方，又是自我，所以「在這種同一性中，自我與對象的差別是十分模糊的多樣性，或者勿寧說，是一種不是差別的差別。因此，它的眞理是自在自爲地存在著的普遍性和自我意識的客觀性，——即**理性**」。⑨這段話告訴我們，「普遍的自我意識」階段已經潛藏著主體與客體兩個對立面的同一性（即所謂「不是差別的差別」），而主客的對立同一正是「理性」的原則，它是「自在自爲地存在著的普遍性」即「具體普遍」和「自我意識的客觀性」（「自我意識的客觀性」就是意識、主體與客觀性的統一）。就「理性」中的對象是獨立的他方而言，「理性」包含著「意識本身」的成分；就這個對象是自我而言，

「理性」包含有「自我意識」的成分。所以「理性」也可以說是「意識與自我意識的統一」。⑬

　　就「理性」是主客的對立統一而言，「理性」頗相當於邏輯學中的「理念」。《精神哲學》說：「理性是自在自爲地存在著的眞理。」⑭《小邏輯》第 213 節說：「理念是**自在自爲**的眞理，是**概念和客觀性的絕對統一**。」⑮不過，在「理性」這裡，**概念**與**客觀性**的對立卻採取了「意識與外在的、同意識對立的、現成對象」之間的對立「形式」。「意識」是「獨立自爲地存在著的概念」（即抽象的邏輯概念在精神領域中所表現的現實形式），所以，**意識**與對象之間的對立又可以說是「**獨立自爲存在著的概念**」與對象之間的對立。⑯

　　「理性」所把握的普遍性，正如上文所說，是「自在自爲地存在著的普遍性」，即「具體普遍」或「具體眞理」（「自在自爲地存在著的眞理」），這種普遍性既有對象的意義，又有自我的意義，既表示對象雖然「僅僅是在意識本身中被給予的」，但其本身卻「貫穿著自我，掌握著自我」，又表示「純粹的自我」「佔有了對象，掌握了對象」。⑰

三、「精神」（Der Geist）

　　「精神」是黑格爾所謂「心理學」的研究對象，這一部分在《精神哲學》一書中，比「精神現象學」部分多出很多的篇幅。這裡的「精神」並不和《精神現象學》一書中的「精神」相應，前者仍屬「主觀精神」部分，後者則相應於「客觀精神」部分。

　　「**精神**規定其自身爲**靈魂**與**意識**的眞理。」⑱「靈魂」（「人

類學」的對象）包括一切存在於自身之內，沒有外在的對象，可以說是一種「單純的直接的整體」；⑨「意識」（「精神現象學」的對象）有外在對象與主體的對立，但當「意識」發展到最後的「理性」階段時，主體與對象已達到了既對立又同一的境地，這時的「意識」乃是「對於既非主體的亦非客體的實體性整體的意識」。「精神」（「心理學」的對象）作為「靈魂」與「意識」的統一與眞理，其對象當然不是異己的、外在的，「精神」中的主客之分只是主體範圍之內的區分。因此，「精神」超出了自然和自然的規定性之上，超出了外在對象的糾纏，「精神只從它自己的存在開始，並且只與它自己的規定性發生關係。」⑩具體地說，「**心理學**所考察的是**精神本身**的能力或一般的活動形式，──直觀、表象、記憶等等以及欲望等等。」⑩黑格爾說，「心理學」在對待這些內容時，並不是簡單重複地從「靈魂」與「意識」的角度來進行考察的。⑩可是「心理學」所講的這些內容（直觀、表象、思想等）又「不是一種任意的抽象」，而是前面講過的「感受性」等等的「提高」。⑩可見黑格爾的「心理學」並沒有像奧甫相尼科夫所說的，「完全」「忽視」「心理之物質的生理基礎，」⑩當然，黑格爾對「精神」作了唯心主義的解釋，這一點也是很顯然的。

黑格爾在這裡所作的很多推演是牽強附會的。芬德萊在談到從「靈魂」到「意識」和「精神」的過渡時說：「應該承認，黑格爾的**心理學**部分並不眞正地依賴於先前的**現象學**，它是一篇獨立的論述，實可直接地跟隨在**人類學**的部分之後。插入**現象學**部分，也許是為了符合三一體的框架，或許簡單地是因為黑格爾不忍略去他青年時期的光輝論述。」⑩若就「主觀精神」部分突然插入像「主奴關係」這樣的社會歷史理論來說，芬德萊的評語有一定的道理。因為「主觀精神」的內容只是講個人意識和個人認

識。不過，黑格爾之所以在這裡講「主奴關係」之類的社會歷史理論，也許只是以**例證**的方式說明個人意識、個人認識發展的水平和程度，而就「精神現象學」之爲主客對立的「意識」來說，則「主奴關係」等所說明的個人意識水平卻是「主觀精神」部分所不可缺少的環節，是個人認識過程中不可缺少的階段。（見本章末附注）

《精神現象學》明確地認爲，「理性」的原則是「實在即理性，理性即實在」。《精神哲學》中的「精神」約略和《精神現象學》中「理性」階段的內容相似，也是以理性與實在、主體與客體的同一爲原則。「**自由的**精神或精神**本身**就是理性。……所以精神是**完全普遍**的、**徹底擺脫對立的自我確定性**。」⑩「精神」的具體存在形式是「知曉」（das Wissen，瓦萊士英譯本譯作 Knowledge），「知曉」就是以「理性的東西作爲自己的內容和目的」，也就是說，「知曉」的目的是要認識到「實在即理性，理性即實在」，客體即主體，主體即客體。——根據這個唯心主義的基本原則，黑格爾反對孔狄亞克（Condillac, 1715-1780）的唯物主義的感覺主義。

「精神」的發展分爲「理論的精神」、「實踐的精神」和「自由的精神」三個階段。「正如**意識**以先前的自然靈魂（§ 413）爲其對象一樣，**精神**則以**意識**或者勿寧說使**意識**爲自己的對象；——即是說，意識只是自我與其對方的**自在的**同一性（§ 415），而精神卻是要把這種同一性建立爲**自爲的**，使這種同一性成爲只有精神才能認識到的**具體的統一**。精神的產物以理性的原則爲依據，理性的原則是，內容旣是**自在的存在著的**，又就自由來說是**屬於精神自己的**。因此，就精神的最初的規定看，它的規定性是雙重的，——即**存在的規定**和**屬於自己的規定**；按照前一種規

定，精神在自身之內發現某種**存在著的東西**，按照後一種規定，精神設定這種東西只是**屬於自己的**。精神的發展道路因而是：a) **理論的**〔精神〕，……b) **意志或實踐的精神**，……c) **自由的精神**。」⑩「理論的精神」只是「在自身之內發現某種**存在著**的東西」，「實踐的精神」是要「設定這種東西只是**屬於自己的**」，「它不像理論的精神那樣，開始於表面上獨立的對象，而是開始於它的**目的和利益**。從而開始於**主觀的**規定，並首先趨於使主觀的規定成為一種客觀的東西。」⑩「自由的精神」是理論與實踐的統一。

但是，黑格爾在這裡比在《小邏輯》中更進一步說明了「理論的精神」的主動性。「理論的精神和實踐的精神都還屬於**主觀精神**的範圍。不要把它們分為被動的和主動的。主觀精神有產生東西的能力，不過它的這種產生的能力是形式的。」⑩「只有**靈魂是被動的**，——而**自由的精神**則本質上是**主動的**，**有產生東西的能力**。因此，如果人們作這樣一種區分，認為理論的精神是**被動的**，反之，實踐的精神是**主動的**，那麼，他們就犯了錯誤。從表面現象看，這種區分確有其正確性。理論的精神顯得只是吸收現成的東西。……但真正講來，……理論的精神並不單純地是對一種他物或一種被給予的對象的被動吸收，它表明自己是主動的，因為它把對象中自在的理性內容從外在性與個體性形式提升到了理性的形式。」⑩「理論的精神」（「認識活動」）否定對象的外在性與個體性，使之成為普遍的東西，成為「理想的東西」，這就是「理論的精神」所產生的東西，也是它的主動性之所在，那種單純把它看成是被動的看法，只是一種假象（ein Schein）。⑪

第一階段「理論的精神」

「理論的精神」（Der theoretische Geist）就是「認識」

（Erkennen）。在此階段中，精神尚處在直接性中，它的內容是現成的，精神的活動——「認識」只是「發現」這個內容現成地存在著，所以精神在這個階段「**發現**它自己是被規定了的」。⑫但是，作爲包括「理論的精神」與「實踐的精神」兩環節在內的整個「知曉」（das Wissen）來說，「認識」的目的却是要進而「把被發現的東西建立爲它自己的東西」。⑬「理論的精神」所包含的各個小階段，就是要逐步提高到這個目標的過程。黑格爾在這裡強調了「理論的精神」和「實踐的精神」或「認識」、「理智」（Intelligenz）與「意志」的統一：「認識」、「理智」、「發現」、內容、對象爲現成的、被給予的；「意志」則是「鑄造」內容、對象，使之成爲主體自己的。但兩者是不可分割的，客觀現成的東西也就是主體自己的。無意志、無情感的理智和無理智的意志、情感，都是不眞實的。黑格爾在這裡表現了對於實踐的重視。但他却又根據對象屬於主體自己的唯心主義觀點，攻擊唯物主義的反映論。他說：有很多關於「理智」（Intelligenz）的看法，例如認爲「理智從外面接受和**收納印象**，表象起於作爲原因的外部事物的**作用**，等等，這些都屬於非精神的和非哲學考察的觀點。」⑭

　　「理論的精神」分爲「直觀」、「表象」和「思想」三個小階段：

　　(a)「直觀」（Anschauung）。

　　「直觀」有點像「人類學」部分的「感受性」（Empfindung）和「精神現象學」部分的「感性意識」（Das sinnliche Bewusstsein），但「感受性」（如飢餓、疲乏等）只是自然的特徵，主客的區分都在「靈魂」內部，「感性意識」雖然以外在的東西爲對象，但它只意識到此對象是單個的「這一個」；「直觀」則比它們都高級，它包括理智的內容。「所有我們對於外部自然、法權、倫理和

宗教內容的表象、思想和概念，都是從我們的感受性的理智中發展出來的；反過來說也一樣，在它們獲得了全部展示之後，它們又濃縮成感受性的簡單形式。」⑪這就是說，「直觀」雖以最低級的「感受的簡單形式」出現，但它實質上高於「感受性」，它「濃縮」了「我們對於外部自然、法權、倫理和宗教內容的表象、思想和概念」於自身之內。黑格爾強調，「直觀」是對於對象整體性質的把握（黑格爾也稱這種整體性為個體的東西），而不單純是在一些個別的零碎的東西中胡亂摸索。「直觀是一種**充滿了理性**的確實性的意識，它的對象具有**合理性**的規定性，因而不是一種割裂成雜多方面的**個體物**，而是一個**整體，充滿了結合**各種規定於一體的內容。早先，謝林就是在這種意義下談到**理智的直觀**（intellectuelle Anschauung）的。無精神的直觀是單純感性的意識，停留在外在對象的意識，反之，充滿精神的、真正的直觀則把握住對象的**真正實體**。例如一個天資獨厚的歷史學家就能在活生生的直觀中見到他所描述的狀態和事件之**全體**，反之，在敘述歷史方面沒有天才的人則執著於個體性的東西，而忽視了實體性的東西。」⑯很顯然，作為「理論精神」的第一個小階段的「直觀」，不是指「感性意識」，「感性意識」是「無精神的直觀」，尚未達到「精神」，未達到「認識」。這裡所講的「直觀」則進入了「認識」（Erkennen）的階段。

「直觀」有兩個因素：一是「注意」（die Aufmerksamkeit），這是指精神集中於某一點的一種沒有私見的凝神狀態，通過這個因素，精神把與自我分離開的對象重建為精神「自己的東西」。做到「注意」，不是一件容易的事，需要有教養才行，「野人幾乎不注意任何東西，他讓一切東西自在地從旁溜過而不專注於它。只有通過精神的教養，注意才獲得力量和成就。例如一個植物學家

就會比一個對植物學無知的人能在同一時間無比多地注意一個植物。」⑪所以，沒有「注意」，就談不上「精神」。當然，在「感覺」階段已出現了「注意」，但在那裡是主客的統一在靈魂內部佔主導地位，而在「直觀」中，兩方面既是統一的，**又是有區別的**：「直觀」就是要把內部感受性的東西客觀化、外在化，例如詩人通過詩的形式把自己的悲痛情緒從自身分離開來，從而獲得安慰，這就是對自己的悲痛進行「直觀」⑱。所以直觀乃是「使感受性的東西從我們自身轉移開來，使之變形為外在於我的現成的對象。」⑲所以，「直觀」的第二個因素是把「靈魂」階段中單純主觀的內部的「感覺」「建立為一種**存在物**(ein Seyendes)」，「把感受性（Empfindung）的內容規定為**外部存在著的東西，**──把此內容投射到**時空**之中，**時空乃是理智進行直觀的形式**。」⑳「直觀」是上述「兩個環節的具體統一」，這也就是說，「當理智在這種外部存在著的材料中直接凝神於自身，又在這種自我凝神狀態中沉入外部存在，這就是直觀。」㉑

這裡特別要注意的是，「直觀」，同它以前的低級階段「感受性」、「感覺」的區別，尤其是同「感性意識」的區別：後三者都未具有理性的內容，都未達到主客的對立統一，這是它們低於「直觀」的共同之處。「感受性」是人獸之所同有的東西，是主客渾然一體的東西；「感覺」是「感受性」的主體方面，它以「感受性」為自己的對象，但兩方面都還在「靈魂」自身之內，沒有真正達到「自我」，沒有達到與外部世界（客體）對立的主體；「意識」階段出現了主客的對立，「在這裡，感覺的規定乃是與靈魂**分離了的、以獨立對象**的形態出現的意識材料」；在「直觀」中，感覺的內容則既克服了「感覺」階段中僅僅客觀的片面性，也克服了「意識」階段中僅僅客觀的片面性，因為「現在，這內容自在地既有

主觀的規定性又有**客觀的**規定性；精神的活動現在僅僅指向把內容設定爲主客的統一」。⑫具體地說，在黑格爾看來，「直觀」就是理智旣把感覺內容即「感受性」同自身分離開，又把它建立爲自身所有：前者是「**揚棄**我與他物的統一」，後者是「**重建**我與他物的統一」，所以我們也可以說，「直觀」就是分離主客和統一主客的「雙重性活動」。⑫「直觀」不同於「感性意識」的地方不僅一般地在於前者是主客的統一，具有後者所缺乏的理性內容，而且在於：「感性意識」除了其對象是「單純**存在**」和「一種**與我對立的獨立的他物**，一種與作爲**單個的直接物**的我相對立的自身反思的東西、單個的東西」兩點之外，沒有任何其它規定性，而「直觀」中把握的東西則具有**時空**的規定性。「通過直觀，感受性被建立爲空間的和時間的。」⑫前面說過，對於一棵樹、一所房子可以有「感受性」和「感性意識」兩個層次，現在可以看到，還可以有「直觀」這一更高的層次：「直觀」一棵樹不同於「感性意識」中的一棵樹，前者是直接地從整體上把握到了一棵樹的理性內容，並且把它放在時間與空間的規定性之中，後者只意識到這棵樹是單純存在，與我對立。

不過，「直觀」還「只是認識的開始」，⑫它還沒有把它的對象的內容加以展開和發展。「以爲人只要對事情有一種**直接的**直觀，就已經眞正認識了事情，那完全是一種誤解。**完全的**認識只屬於**通曉事物的理性的純粹思想**；而且也只有那種把自己提升到了這種思想的人，才具有一種完全的、有規定的、眞正的直觀。」⑫所以，完全的認識需要經過「後思」（Nachdenken）。「人們自以爲詩人和一般藝術家一樣只講**單純直觀地**看待事物，其實完全不是這樣。一個眞正的詩人在闡述他的作品之前和闡述過程中，勿寧是反複**沉思**和**後思**（nachsinnen und nachdenken）。」⑫

(b)「表象」(Die Vorstellung)。

「表象是回想起來的直觀,它居於理智 (Intellingenz) 發現自己直接地被規定的階段 (即「直觀」──引者) 和理智的自由的階段即思想之間。」⑫「表象」就是把「直觀」中的直接的東西變成主體內部的東西,但尚未達到「思想」的階段。「按單純**直觀**的觀點,我們是**在我們之外,**──在兩個**外在性**的形式**空間性**和**時間性**之中。……表象著的精神**具有**直觀,這直觀在表象中**被揚棄**了,──不是**消失了**,不是**僅僅**過去了。」例如我們說:「我看過了這個,」這就表示「直觀被揚棄而成爲表象」,這話所表示的,不單純是過去了的東西,而且也有當前的東西,表示完成式時態的字眼"haben"就有當前的意義,「因爲我已經看到的東西並不單純是我**過去所有**的某種東西,而也是我**現在所有**的某種東西,──因而也是當前在我之內的東西」。⑫「直觀」中的東西是「直接的當前的」,但我却可以把外部時空中離我最遙遠的東西「表象」於我之前。所以在「表象」中,「直觀由於成了圖象而使自己暗淡不清。」⑬「表象」又可細分爲下列三個環節:

第一,「回想」(Die Erinnerung)。「回想」是「理智把**感覺**的**內容**放入自己的內在性中,──放在它自己的時空之中」。⑬換言之,「回想」就是把原先在外部時空之中的東西轉移到主體內部的、自己的時空之中,也就是說,把「直觀」中的東西變成主體心目中的「圖象」(Bild)。「此圖象擺脫了它原先的直接性和相對於他物的抽象個體性,並被接受到了自我的普遍性之中。圖象不再具有直觀所具有的全部規定性,圖象是任意的或偶然的,根本上抽離了外部的地位、時間以及直觀所處的直接聯繫。」⑬芬德萊根據黑格爾的原文復述和解釋了「回想」的含義:「在回想中,有一種直觀的圖象,這個圖象爲主體所有,意思就是說,此圖象

離開了**時間**和**空間**之普遍的、連續的結構，而繫縛在精神所**私有的空間**和**時間**之中。說這個圖象爲主體所有，還有一層意思，就是，此圖象在一瞬間的出現以後，便沉入到了主體的無意識的、僅僅實際的『自我存在』（being-in-self）的『黑暗深淵』之中，主體在任何時候都隨身攜帶它。」⑬例如實際的桌子存在於外部的空間之中，它和其他的東西有直接聯繫，但我對於桌子的印象或圖象，則擺脫了外部的時間和空間，而只爲我所有，它處於我私人的空間和時間之中，並「沉入到」我的下意識的「黑暗深淵」：我什麼時候在什麼地點「注意」到這個圖象，那就是此圖象的時間和空間，就是它的「何時」與「何地」（Wann und Wo）。不過圖象是「消逝著的」，當它消逝以後，它又潛藏在下意識中，它「無意識地被保存著」。⑭說圖象有普遍性，就是指同一圖象在任何時候都可以被我們從下意識中「回想」起來的意思。這裡的普遍性尚未達到思想、概念的普遍性的地步。

第二，「想像力」（Die Einbildungskraft）。「想像力」是精神支配圖象的能力，──即喚起圖象的能力，將各個圖象按照自己的主觀意願聯合起來的能力，以及把圖象當成一種符號或標誌來運用的能力。

「想像力」又細分爲「再現的想像力」（Die reproductive Einbildungskraft）、「聯想的想像力」（Die associirende Einbildungskraft）和「能創造符號的幻想」（Zeichen machende Phantasie）。⑮「再現的想像力」頗似「回想」，其不同之處在於：「回想」乃是新的「直觀」引起了原先潛在意識中的圖象，沒有新的「直觀」，就沒有「回想」，回想中的圖象是無意地出現的；「再現的想像力」則不然，其圖象的出現帶有任意性，它「不需要直接直觀的幫助」。⑯

　　「聯想的想像力」不是單純地再現已有的圖象，而是使各個圖象相互發生聯繫。這種聯繫是「由我設定的」，「通過這種設定，理智給予諸圖象以一種**主觀的**結合，而非客觀的結合。」⑬⑦而當理智有能力支配豐富的圖象和表象時，它就可以把它們聯繫起來。把它們包攝在特殊的內容之中，從而產生幻想，產生象徵性的、諷喻性或詩意的想像力。⑬⑧

　　「能創造符號的幻想」是使**普遍性**的表象與圖象的**特殊物**統一起來的活動，它能使特定的圖象具有標誌普遍物的符號的意義。「符號（Zeichen）不同於象徵（Symbol）」。⑬⑨「象徵」與它所表達的內容多多少少是同一的；「符號」與它所代表的東西則可以彼此漠不相干。黑格爾在這裡談到了他對語言文字的看法，認為拼音文字比象形文字要優越，他批評了中國文字。⑭⓪

　　黑格爾把「創造符號的活動」叫做「**有生產力的記憶**」（das Productive Gedaechtniss），「因為記憶在日常生活中常常可以與回想、甚至與表象和想像力互相通用，記憶總是僅僅與符號相關的。」⑭①

　　第三，「記憶」（Gedaechtniss）。名稱作為直觀與其意義的聯繫本來是轉瞬即逝的，因為這種作為內在物的表象與作為外在物的直觀的聯繫是外在的，人們可以不必給予某個名稱；「記憶」則是使這個聯繫的外在性在回想中內在化。「記憶」分為三種形式：一是「保存名稱的記憶」（das Namen behaltende Gedaetchniss），即保存名稱意義的記憶，也就是借語言符號，回想起與之有客觀聯繫的表象。語言是一個符號的系統，語詞就是一個發聲的符號；就此而言，語詞是一種外在的東西，但當它進入意識之後，它就變成為內在的東西，成為表象，從而具有普遍性的意義，也就是說，與它所代表的普遍者融合為一。這裡，語詞或名稱可

以說是「直觀」與「意義」或外與內的結合，符號（名稱）與意義被**同一起來而成爲一個**「**表象**」，「表象」因而是具體的，它以意義、內容爲自己的具體表現（「定在」）。正因爲離不開語詞的意義來記憶，所以當我們聽到一個外文字時，雖然知道其意義，却不會說出與我的表象相應的外語。我們是先理解一種語言然後才學說學寫。「記憶」的第二種形式是不需要直觀與圖象的記憶，叫做「再現的記憶」（das reproducirende Gedaechtniss）。例如「有了獅子這個名詞，我們就旣不需要對這樣一個動物的直觀，甚至也不需要圖象；當我們**理解**（Verstehen）這個名詞時，這個名稱就是無圖象的單純的表象。我們正是運用名稱**進行思想**（Es ist in Namen, dasswir denken）。」⑫「要想不用語詞進行思想，似乎是一種非理性。」⑭第三種形式是「機械的記憶」（das mechanische Gedaechtniss），即完全把語詞當作無意思的東西而聯繫起來，也就是平常所說的死記硬背。死記硬背根本**不理解**語詞之間的聯繫。這樣，單純的「記憶」就成爲不講意義的東西：「只有當我們不賦予語詞以意義時，我們才算能背誦一篇文章。」⑭黑格爾認爲，精神能機械地背誦語詞這樣的符號而不管語詞的意義，乃是精神的一個進步。黑格爾在這裡旣強調了思想與語詞之間的不可分離的聯繫，也指出了思想是沒有圖象的理解。這樣，「理論的精神」便由「表象」的階段過渡到了「思想」的階段。

(c)「思想」（Das Denken）。

前面已經說過，「記憶」需要通過「無圖象」的符號——語詞，而「思想」正是沒有圖象的理解，這樣，「記憶就成了從單純的圖象到達『思想』的過渡性階段。」

「**思想是理智**（Intelligenz）的**第三個**和**最後一個**主要發展階段。」⑭

　　「思想」不同於整個「表象」的特點就在於，它是擺脫了圖象的認識活動。「誰把思想掩蔽在象徵中，誰就沒有思想。」⑭當然，思想活動事實上往往有表象活動相伴隨，但思想活動**本身**是擺脫了表象和圖象的。⑭黑格爾對思想的這一看法是很深刻的。他告訴了我們，那種以為思維、概念**本身**是有形象的看法顯得多麼膚淺，多麼不符合事實。

　　在「思想」中，語詞所代表的普遍的東西和特殊的表象、圖象已經融合為一（「記憶」已有這種情況），也可以說，表象、圖象已經消失於普遍的東西之中。這樣，「思想」就成了普遍的東西和直接存在或特殊物的統一體，亦即主觀與客觀的統一體。「理智（Intelligenz）具有雙重意義，即普遍本身和作為直接物或存在物的普遍，因此，這種普遍就是真正的普遍，它是包攝了它的他物（即存在）的統一性……理智的產物，被思想的東西（der Gedanke），就是事情或實質（die Sache），是主觀的東西和客觀的東西的單純的同一。」「理智知道，**被思想的東西是存在著的東西，存在著的東西**只是就其為被思想的東西而**存在著**（比較第5，21節）。」⑭簡言之，「思想」就是思想與存在的統一，或者說，就是思想本身與其對方的統一。

　　黑格爾說：「思想」這個範疇曾出現在邏輯學中，在那裡，它是「自在的」；在精神哲學的「意識」階段，「思想」又曾作為它的最後階段「理性」出現。「思想一再出現於科學的這些不同部分，是因為這些部分只是由於對立面的成分與形式的緣故而各不相同，可是思想却是對立面所回復到的同一個中心，對立面回復到這個中心就如回復到自己的真理一樣。」⑭黑格爾對「思想」的基本原則（思想在對方中即在自身中）一再出現於哲學各部分、各階段的解釋，是很不清楚的。

　　黑格爾在這裡把「思想」分為三個層次：一、「思想是知性」，二、「思想是判斷」，三、思想是「**形式的理性或推論式的知性**」。黑格爾指出：「知性」使對象分裂為形式與內容，普遍與特殊；「理性」使對象成為「自在自為地被規定的東西」，成為「**內容與形式，普遍與特殊**的**同一性**」。儘管「知性」有上述的缺點，「但它是理性思維的一個必要環節。它的活動一般在於**抽象**。」理智當然不能停滯於把直接統一在單個對象中的諸規定進行抽象的分離，而必須進而使對象與這些普遍的思想規定相關聯。一般人以為只要做到關聯，就算是**把握、領悟、**（Begreifen），但這是不對的，因為這樣的關聯還只是把對象看成是一種**被給予的東西**，一種**依賴於別物**的東西，這是「無概念的必然性」，「判斷」就是如此。只有思想的第三階段才能認識**概念本身**，在這裡，普遍的東西自我特殊化，它使特殊的東西進入個體性，這樣，普遍的東西不再是外在於內容的形式，而是內容自身的形式。「按照這種觀點，思想沒有別的內容，而只是以自身為內容，……思想在對象中只是尋求和發現它自身。」總之，理智的頂峰和目標就是「思想與其對象同一。」這才是**真正的把握、領悟**，亦即「形式的理性。」⑮這裡，黑格爾更多地是從思想與其對象、內容的關係來考慮「知性」、「判斷」和「推論」的。「思想」的這三個階段實際上相當於邏輯學所講的「知性」、「消極理性」（其中的規定是「反思」）和「積極理性」三階段。

第二階段「實踐的精神」

　　「理論的精神」儘管在其最高階段「思想」中已經是思想與存在的統一，但這種統一還是很不完全的：「精神作為認識，乃是在概念的普遍性的基地上。」⑮這也就是《大邏輯》所謂「認

識」「只具有普遍的東西的地位」的意思。只有到了「實踐的精神」
(Der Praktische Geist) 階段，「精神才進入實在性。」⑮²所以，
「實踐的精神」是思想與存在的統一過程中一個前進的步驟。

　　關於從「思想」到「實踐的精神」(「意志」) 的過渡，黑格爾
是這樣表述的：「思想，作為自由的概念，就內容來看，也是自
由的。但當理智意識到自己是內容的決定者，內容是屬於理智自
己的，正如存在也是被規定為理智自己的一樣，這樣的理智就是
意志。」⑮³從這裡可以看到，「意志」不同於「認識」的根本特點
在於，「意志」是一種「決定」內容和對象使之成為己有的活動。
黑格爾在《精神哲學》中關於從「認識」到「意志」的過渡的說
明，同《大邏輯》、《小邏輯》是一樣的，只不過《精神哲學》沒
有涉及到「必然性」的因素。

　　「實踐的精神」(「意志」) 分為三個環節：

　　(a)「實踐的感覺」(Das Prakrtische Gefuehl)。

　　「實踐的精神」一般說具有自主性、主動性，不像「理論的
精神」那樣有被動性；但在開始時，這種自主性、主動性只是採
取「直接的方式，因而是形式的」⑮⁴，在這種方式下，「精神**發現
它自己在其**內在**本性**上是被規定的**個體性**。這樣的精神就是**實踐
的感覺**。」⑮⁵黑格爾在這裡所用的「發現」(findet) 一詞，表明
在這個階段裡，精神的內容還是「被給予的」、「被規定的」，或者
說現成的，尚非精神自身活動的結果；所謂主動性只是「形式
的」，也就是這個意思。例如「適意」與「不適意」、「高興」與「憂
愁」等感情，其內容就有現成的性質。說「實踐的感覺」是「個
體性」，意思就是說，它不是以普遍性、必然性為依據的，而是一
種具有主觀性與偶然性的東西，上述的「適意」、「不適意」等感
情就是如此。不過，黑格爾認為，「實踐感覺」並不是與普遍性、

必然性絕對對立的；「實踐感覺」也包含著普遍性、必然性。黑格爾極力主張情理統一，他既反對離理談情，也反對離情談理。「我們不能這樣設想，人一方面是思維，另一方面是意志，他一個口袋裝著思維，另一個口袋裝著意志，因爲這是一種不實在的想法。思維和意志的區別無非就是理論態度和實踐態度的區別。它們不是兩種官能。」⑯

(b)「衝動與隨意選擇」(Die Triebe und die Willkuer)。

「實踐的感覺」如「適意」、「不適意」只是「發現」現成的東西是否與精神自身一致，一致的叫做「適意」，不一致的叫做「不適意」；但是「實踐的精神」(「意志」) 的特點在於，它是主動的活動，它能主動地鑄造對象，使其與自身一致。這樣，「實踐的精神」就必然要從「實踐的感覺」階段發展爲「衝動與任性」的階段。**衝動和傾向**」(Trieb und Neinung) 就是主體、精神主動地使對象與自己一致的活動，⑰而對於許多「衝動和傾向」中的某一個別「衝動和傾向」的「專注」，就叫做「熱情」(Leidenschaft)。⑱黑格爾非常強調「熱情」的重要性：「衝動和熱情不是別的，而只是主體賴以達到目的和實行這個目的的活力。」⑲「沒有一件偉大的事情是沒有熱情而被完成的，它也不能沒有熱情而被完成。只有一種僵死的、經常是過於僞善的道德，才會非難熱情的形式本身。」⑳黑格爾在這裡反駁了康德那種排斥「衝動」的爲義務而盡義務的觀點。

「衝動」具有多樣性，每一「衝動」都是特殊的，而「意志」則是統率各種「衝動」的普遍性，這樣，「意志」就會對各種「衝動」進行「隨意選擇」。「隨意選擇」和「衝動」屬於同一個階段、同一個層次。

(c)「幸福」(Die Glueckseligkeit)。

「衝動」總是特殊的，一個「衝動」滿足了，另一個「衝動」又會接踵而起，因此，「意志」永遠不能在特殊的「衝動」中得到滿足。這樣，「意志」就必然要進而追求「普遍的滿足」，⑯「普遍的滿足」就是「幸福」。「各種**特殊的**滿足的眞理是**普遍的東西**，而能思的意志作爲**幸福**則以普遍的東西爲目的。」⑯

第三階段「自由的精神」

儘管「作爲幸福的意志」以普遍的東西爲追求目標，但「幸福」逃不出特殊衝動的範圍，它所追求的普遍的東西不是眞正的普遍的東西，「幸福乃是關於內容的僅僅表象的、抽象的**普遍性**，這種普遍性只是**應該**。」⑯眞正的普遍只能是精神、主體自身，所以「意志」要追求眞正的普遍，就只能是精神「意願自己成爲自己的對象」，而這就是「自由的精神」（Der freie Geist）。「在意志的自我決定的眞理中，概念和對象是同一的，這樣的意志就是**實在的、自由的意志。**」⑯自由的最根本的含義在於不受他物限制，而「自由的精神」正是自己以自己爲對象，自己決定自己，而不受他物決定。

所謂精神「意願自己成爲自己的對象」，意思就是說，精神使自己表現於外，表現爲法律、道德、政治組織等等，而這就是「客觀精神」。在黑格爾看來，個人的「主觀精神」是有限的，個人的「衝動」永遠得不到滿足，只有超出個人，超出「主觀精神」的範圍，到社會中，到「客觀精神」中，才能找到眞正的普遍物，從而使主體、精神得到眞正的滿足、眞正的實現。「客觀精神」建立在「意志」活動的基礎之上，「客觀精神」所包含的法律、道德、政治組織等等，都是「意志」的外部表現，它們既是精神性的東西，即是說，是精神**自身**，又是普遍性的東西，即是說，是客觀

的東西,而非有限的個人所私有的東西。這樣,精神的發展就由
「自由的精神」過渡到了「客觀精神」。

＊　　　　　　　＊　　　　　　　＊

黑格爾的「主觀精神」部分頗似現代心理學的內容。在西方
思想史上,亞里士多德的《論靈魂》早已奠定了心理科學的基礎。
但是,就在這部著作中,我們已經可以看到心理科學中兩種互相
關聯而又互相對立的成份:亞里士多德在《論靈魂》第一卷第一
章中說:從一方面看來,靈魂好像是可以脫離軀體而獨立的,「因
為在思維中,它是獨立的。」但從另一方面看來,它也好像是不
能脫離軀體的,「因為在感情中,它是如此不可分地和軀體聯繫在
一起;感情顯得是物質化了的思維或概念」。黑格爾在引證了亞
里士多德的這段話之後指出:「在這上面,亞里士多德所認識的
關於靈魂的雙重觀點就結合起來了,這兩種觀點是:純粹理性的
或邏輯的觀點和物理的或生理的觀點,這兩種觀點,直到今天,
我們還能看見它們齊頭並進。『按照一個觀點,例如『憤怒』就會
被認作渴望報復或類似的東西;按照另一觀點,憤怒就會被當作
人的心血上升或熱度上升;前者就是對憤怒的理性的觀點,後者
則是對它的物質的觀點。正如有人把房子規定為遮蔽風雨的東西
或其他的東西;另外的人則把它認作由木石所構成的東西;其一
是舉出了該物的規定和形式(目的),另一則是舉出它的質料和必
然性』。」⑯的確,這兩種觀點一直影響著心理科學的發展,至今
仍然如此。

黑格爾《精神哲學》的「主觀精神」部分表明,他的心理學
的特點,就是要把亞里士多德以來心理學研究中的這兩種觀點有
機地結合起來:他把最低級的意識活動(「自然靈魂」)一直到最
高級的精神活動(「自由的精神」)都看作是心理科學(不專指「主

觀精神」的第三部分）的研究對象，認爲精神、自我、人格的全部發生、成長、發展的過程都是心理科學所應該闡明的主題。黑格爾的這個基本思想，影響很大，甚至他的反對者叔本華，赫爾巴特的心理學也和黑格爾有共同之處：叔本華認爲，心理學上的純粹經驗主義是一種虛構，人本質上是形而上學的動物；赫爾巴特對現代心理科學的研究起了很大的激勵作用，他不單純是一個研究心理學的自然科學家，而且是一個哲學家，他對心理學的研究是和他的哲學、形而上學緊密地聯繫在一起的。

附　註：

參閱佩特里：《黑格爾的主觀精神哲學》第 3 卷第 359 頁：「這個標題（指「精神現象學」這個標題——引者）是全書第 2 版首次加上的。1817 年的這一部分還是簡單地用『意識』作抬頭，甚至在 1827 年以後，黑格爾還繼續通告他關於主觀精神哲學的講演爲『人類學和心理學』，但這並不表示他心目中對於現象學**在全書之內**的地位有任何懷疑。顯然，從整個人類學和心理學中關於意識的無數參考材料來看，現象學是主觀精神的全部辯證法中一個清清楚楚被構思的和必要的部分，而且這個範圍的發展史證明，它和黑格爾關於它的主題的評定完全一致。例如在《高年級哲學全書》這樣早期的基本著作的第 129 節（荷夫麥斯特編：《紐倫堡時期著作》，萊比錫 1938 年版）中，它就已經被規定爲人類學的後續和心理學的前提。……**黑格爾的早期編輯者和解釋者令人吃驚地對現象學的真正意義表示不重視。**卡爾·道布（1765—1836）視之爲『精神的歷史』：《哲學的人類學講演》（柏林 1838 年版），第 121—155 頁。C.L.米希勒（1801—1893）強調，『精神現象學不能科學地在兩處被引入體系之中，因爲它既然構成邏輯學的科學開端，那它就不能再引進來作爲主觀精神的一個環節』：《人類學

和心理學或主觀精神哲學》（柏林 1840 年版），第 V 頁」。第 361 頁：
「黑格爾 1807 年的《現象學》主要地是他在耶拿時期精心計劃**精神**哲
學所作的嘗試的成果。就像以後的精神哲學一樣，它可以看作是邏輯
學的直接前提，但它沒有仔細注意到後來那部著作所特有的關於它的
主題的精確結構（全書第 25 節）。因此，它本質上是主觀的、印象派
的，它和成熟的精神哲學之間只是在體系的內涵方面有著特質上的或
近似的相關」。第 363 頁：「關於這類爭執的這個解釋（按指黑格爾在
《精神哲學》第 413 節附釋中所說的『自我進入與外部對象的鬥爭』
——引者）證實了第 431 節和後面討論的鬥爭或爭執，意思乃是舉例
說明一種一般的『認識論』觀點，而不是要**建立**一種關於**社會**的特殊
理論」。第 373 頁：「這一點（按指黑格爾在《精神哲學》第 430 節所
說的『**認可**的過程』與 1817 年版的第 352 節相應——引者）證實，黑
格爾把全部認可的問題看成是具有『人類學』背景的**個人**意識之事，
而不包含一種僅僅由於主旨在於對**社會**作理性分析而具有重要性的概
念。」第 377—378 頁：「黑格爾關於主奴關係的辯證法最早出現於《倫
理體系》（1802；1913 年版，第 445—447 頁），在那裡，這個關係是就
經濟的和人的關係的角度來解釋的，就像後來在**法哲學**第 189—208 節
中所討論的一樣。在《耶拿體系草稿第一部》（1803—1804，1975 年版，
第 307—314 頁）中，這個關係按同樣的角度得到了更廣泛的討論。在
《耶拿現實哲學》（1805—1806；1969 年版，第 212 頁）中討論的角度
仍舊，但講得極其粗略。可見在所有這些早期著作中，這個關係顯然
被理解爲對社會內部**實在的人的**關係的**分析**。但是在 1807 年的《現象
學》（第 228—240 頁）中，以及在所有以後的情況下，這個關係都是
在『自我意識』的抬頭下來談論的，都把『意識』作爲它的主要前提，
『理性』作爲它的主要後續。可見主奴關係是用來**作爲例子證明意識**
的一個層次的，因此它失去了包含在早期解釋中的那種分析的特性和

直接規定的很多似乎吸引人的地方。……和全書其他部分的**主題**不一樣，黑格爾**例證**意識的辯證法這個範圍所用的材料不應該看成是具有體系上的地位，而只能被簡單地看作是服務於教誨人的目的，使一個抽象的困難的主題成爲較易於理解的。」第 466 頁：「黑格爾引入主奴關係的方式可以讓我們看得頗爲清楚，它本質上是一種關於**意識**的辯證法，只是『從意識的方面』（von Seite des Bewusstseyns）涉及到對社會的理解」。

註　釋

① 　《精神哲學》。《黑格爾全集》格洛克納本，第 10 卷，第 46 頁。

② 　同上書，第 47 頁。

③ 　同上書，第 46 頁。

④ 　同上書，第 53 頁。並參閱亞里士多德《論靈魂》，第 3 卷，第 5 章。

⑤ 　同上書，第 52 頁。

⑥ 　《精神哲學》。《黑格爾全集》格洛克納本，第 10 卷，第 54 頁。

⑦ 　《黑格爾著作》理論版，第 10 卷，第 49 頁。

⑧ 　《精神哲學》。《黑格爾全集》格洛克納本，第 10 卷，第 60 頁。

⑨⑩ 　同上書，第 63 頁。

⑪ 　同上書，第 63—64 頁。

⑫ 　同上書，第 71 頁。

⑬⑭⑮ 　同上書，第 93、94 頁。

⑯⑰ 　同上書，第 94 頁。

⑱⑲⑳ 　同上書，第 109 頁。

㉑㉒㉓㉔ 　同上書，第 120 頁。

㉕ 　同上書，第 122—123 頁。

㉖ 　同上書，第 124 頁，並參閱第 247 頁。

㉗㉘ 　同上書，第 149 頁。

㉙ 　同上書，第 150 頁。

㉚　斯退士：《黑格爾哲學》，倫敦 1924 年，第 333 頁。
㉛　《精神哲學》。《黑格爾全集》格洛克納本，第 10 卷，第 148 頁。
㉜　同上書，第 155 頁。
㉝　同上書，第 157 頁。
㉞　同上書，第 150 頁。
㉟　同上書，第 150、153 頁。
㊱　同上書，第 158 頁。
㊲　同上書，第 204 頁。
㊳　同上書，第 235 頁。
㊴　同上書，第 234 頁。
㊵㊶　同上書，第 236 頁。
㊷　同上書，第 246 頁。
㊸　同上書，第 246 頁。
㊹　芬德萊：《黑格爾再考察》，倫敦 1958 年，第 297 頁。
㊺　《精神哲學》。《黑格爾全集》格洛克納本，第 10 卷，第 255 頁。
㊻　佩特里（M. J. Petry）：《黑格爾的主觀精神哲學》，荷蘭銳德出版公司 1979 年版，第 3 卷，第 272、273 頁。
㊼㊽　《精神哲學》。《黑格爾全集》格洛克納本，第 10 卷，第 259 頁。
㊾㊿(51)　同上書，第 259 頁。
(52)　同上書，第 260 頁。
(53)　黑格爾：1825 年夏季講授的「精神現象學」，第 330 節。佩特里：《黑格爾的主觀精神哲學》，第 3 卷，第 276、277 頁。
(54)　《精神哲學》。《黑格爾全集》格洛克納本，第 10 卷，第 261 頁。
(55)　同上書，第 263 頁。
(56)　同上書，第 264 頁。
(57)(58)　同上書，第 263 頁。
(59)　同上書，第 264 頁。並參閱拙著《黑格爾〈精神現象學〉述評》，上海人民出版社 1962 年版，第 38—39 頁。
(60)(61)　《精神哲學》。《黑格爾全集》格洛克納本，第 10 卷，第 267 頁。
(62)　參閱拙著《黑格爾〈精神現象學〉述評》，第 39—44 頁。
(63)　斯退士：《黑格爾哲學》，第 343—344 頁。
(64)　黑格爾：《精神現象學》上卷，商務印書館 1979 年版，第 85 頁。。並

參閱拙著《黑格爾〈精神現象學〉述評》，第 42—45 頁。

⑥⑤　《精神哲學》。《黑格爾全集》格洛克納本，第 10 卷，第 269 頁。

⑥⑥　同上書，第 271 頁。

⑥⑦　《精神現象學》上卷，第 144 頁。

⑥⑧　《精神哲學》。《黑格爾全集》格洛克納本，第 10 卷，第 272 頁。

⑥⑨　佩特里：《黑格爾的主觀精神哲學》，第 3 卷，第 314、315 頁。

⑦⑩⑦①　《精神哲學》。《黑格爾全集》格洛克納本，第 10 卷，第 273 頁。

⑦②⑦③　同上書，第 276 頁。

⑦④⑦⑤　同上書，第 279 頁。

⑦⑥⑦⑦　黑格爾：《精神現象學》，第 121 頁。

⑦⑧⑦⑨　《精神哲學》。《黑格爾全集》格洛克納本，第 10 卷，第 280 頁。

⑧⓪　瓦萊士：《黑格爾的精神哲學》，第 203 頁。

⑧①　《精神哲學》。《黑格爾全集》格洛克納本，第 10 卷，第 283 頁。

⑧②　同上書，第 280 頁。

⑧③　同上書，第 285 頁。

⑧④　黑格爾：《歷史哲學》，三聯書店 1956 年版，第 143 頁。

⑧⑤⑧⑥　《精神哲學》。《黑格爾全集》格洛克納本，第 10 卷，第 285—286 頁。

⑧⑦　同上書，第 287 頁。並參閱拙著《黑格爾〈精神現象學〉述評》，第 50 頁。

⑧⑧　黑格爾：《精神現象學》上卷，第 130 頁。

⑧⑨　《精神哲學》。《黑格爾全集》格洛克納本，第 10 卷，第 287 頁。

⑨⓪　芬德萊：《黑格爾再考察》，第 300 頁。

⑨①　《精神哲學》。《黑格爾全集》格洛克納本，第 10 卷，第 289 頁。

⑨②　同上書，第 291 頁。

⑨③⑨④　同上書，第 291、292 頁。

⑨⑤　黑格爾：《小邏輯》，第 397 頁。

⑨⑥　《精神哲學》。《黑格爾全集》格洛克納本，第 10 卷，第 291 頁。

⑨⑦　同上書，第 292—293 頁。

⑨⑧⑨⑨　同上書，第 294 頁。

⑩⓪⑩①　同上。

⑩②⑩③　同上書，第 294—295 頁。

⑩④　米·費·奧甫相尼科夫：《黑格爾哲學》，三聯書店 1979 年，第 237 頁。

�105 芬德萊：《黑格爾再考察》，第301—302頁。

⑩106 《精神哲學》。《黑格爾全集》格洛克納本，第10卷，第295頁。

⑩107 同上書，第302頁。

⑩108 同上書，第303頁。

⑩109 同上書，第304頁。

⑩110 同上書，第305頁。

⑪111 同上書，第301頁。

⑫⑬112113 同上書，第307頁。

⑭114 同上書，第308頁。

⑮115 同上書，第317頁。

⑯116 同上書，第325頁。

⑰117 同上書，第319頁。

⑱118 同上書，第320頁。

⑲119 同上書，第322頁。

⑳120 同上書，第317頁。

㉑121 同上書，第324頁。

㉒122 同上書，第315頁。

㉓123 同上書，第318頁。

㉔124 同上書，第265、322頁。

㉕㉖125126 同上書，第326頁。

㉗127 同上書，第327頁。

㉘128 同上書，第328頁。

㉙129 同上書，第327—328頁。

㉚130 同上書，第311頁。

㉛131 同上書，第330頁。

㉜132 同上書，第330頁。

㉝133 芬德萊：《黑格爾再考察》，第303頁。

㉞134 《精神哲學》。《黑格爾全集》格洛克納本，第10卷，第332頁。

㉟135 同上書，第337、342頁。

136137 同上書，第338頁。

138 同上書，第339頁。

139 同上書，第345頁。

⑭ 參閱黑格爾：《歷史哲學》，第 177—179 頁。

⑭ 《精神哲學》。《黑格爾全集》格洛克納本，第 10 卷，第 345 頁。

⑭ 同上書，第 353 頁。

⑭ 同上書，第 355 頁。

⑭ 同上書，第 356 頁。

⑭ 同上書，第 359 頁。

⑭ 黑格爾：《哲學史講演錄》第 1 卷，三聯書店 1956 年版，第 87 頁。

⑭ 參閱黑格爾：《小邏輯》，第 20 節及拙著《黑格爾〈小邏輯〉繹注》，吉林人民出版社 1982 年版，第 72—76 頁。

⑭ 《精神哲學》。《黑格爾全集》格洛克納本，第 10 卷，第 359 頁。並參閱《小邏輯》，第 74 頁，第 70—71 頁。

⑭ 《精神哲學》。《黑格爾全集》格洛克納本，第 10 卷，第 361 頁。

⑮ 同上書，第 361—364 頁。

⑯⑰ 同上書，第 365 頁。

⑱ 同上書，第 364 頁。

⑲⑳ 同上書，第 367 頁。

⑯ 黑格爾：《法哲學原理》，商務印書館 1961 年版，第 12 頁。

⑰⑱ 《精神哲學》。《黑格爾全集》格洛克納本，第 10 卷，第 373 頁。

⑲ 同上書，第 377 頁。

⑳ 同上書，第 375 頁。並參閱黑格爾《歷史哲學》，第 58—59、62 頁及《精神現象學》上卷，第 258—260 頁。

⑯⑰⑱ 《精神哲學》。《黑格爾全集》格洛克納本，第 10 卷，第 378 頁。

⑲ 同上書，第 379 頁。

⑳ 黑格爾：《哲學史講演錄》第 2 卷，第 336 頁

第二章 「主觀精神」在黑格爾哲學體系中的意義

　　從現代心理科學的觀點來看，「主觀精神」部分的確有很多想像的、非科學的、牽強附會的東西，但它在整個黑格爾哲學體系中佔有重要地位，它說明黑格爾不是抹殺而是重視人的經驗認識的哲學家，說明黑格爾的邏輯學不是只講空洞的外殼的學說，而是以經驗認識爲基礎的。可以毫不誇張地說，不懂得「主觀精神」，就不能眞正理解黑格爾的邏輯學。

　　《小邏輯》第 24 節的附釋三講述了「認識眞理」的三種「方式」：第一種方式是「直接知識」，又稱「經驗」，即在紛然雜陳的現象中「洞見到」其中的眞理而無需通過抽象的分析，「這種形式包括道德觀點上的所謂天眞，以及宗敎的情緒，純樸的信賴，忠、愛和自然的信仰。」第二種方式是「反思」，即將統一的整體加以分離割裂，「用思想的關係來規定眞理」。這兩種方式都是「有限的」都「不是表述自在自爲的眞理的眞正形式」：前者的認識結果只是渾然一體、未加分析的東西，是「直接的天籟的和諧」，後者的認識結果又只是零散的、推論式的、間接的知識。黑格爾認爲，只有第三種方式「哲學的認識」亦即「思維的純粹形式」，才是「認識眞理最完美的方式」，才「可以把握絕對眞理的本來面目」，這種方式就是要將「分裂境地」「加以揚棄」，以求「返回」到「精

神的統一」，而「導致返回到這種統一的根本動力，即在於思維本身。」思維不僅具有分析、割裂的能力，而且具有綜合、統一的能力。這裡需要著重指出的是，黑格爾在強調「思維的純粹形式」能把握統一的整體因而是最高的認識形式的同時，決不是要簡單拋棄前兩種「有限的形式」，而是主張最高形式是前兩種形式的綜合，包含前兩種形式於自身之內：「精神不只是直接的素樸的，它本質上包含有曲折的中介的階段」。「這種人與自然分離的觀點」「屬於精神概念本身的一個必然環節」①。黑格爾邏輯學的對象是「思維的純粹形式」即「純粹概念」，他關於認識真理的三種形式學說的一個重要方面就是主張「純粹概念」包含「有限的」經驗認識於其自身，邏輯學乃是把經驗納入哲學認識的系統性和必然性之中。沒有經驗認識，邏輯學就是空洞的。《大邏輯》的導言明確指出：「邏輯的東西，只有在成為諸科學的經驗的結果時，才得到自己的評價」②。不僅如此，黑格爾在邏輯學的「理念」部分還進一步申述了這個觀點：「理念」——真理——發展的過程分為三個階段：第一是「生命」，這是主體與客體的直接統一，是「直接性形式下的理念」；第二是「認識」（《大邏輯》的標題為「認識的理念」），是「理念」的「中介性或差別性的形式」，這裡包括理論與實踐，分析與綜合；而「認識」的過程則「以恢復那經過區別而豐富了的統一為其結果」，這個結果就是「理念」的第三個形式即「絕對理念」③。所以「絕對理念」是直接知識與間接知識的統一，是主體與客體的統一，是理論與實踐的統一，也是分析與綜合的統一。這裡，黑格爾實際上是以邏輯概念（「生命」、「認識」、「絕對理念」都是邏輯概念）的方式重申了關於認識真理的三種方式的理論，重申了哲學的認識不脫離有限的經驗認識的觀點。

　　黑格爾《精神哲學》的「主觀精神」部分，就是以個人有限的經驗認識爲對象和內容的學說。邏輯學所描述的，是一系列的「純粹思想」、「純粹概念」；「主觀精神」所描述的,則是個人如何通過漫長的經驗認識的各個階段以形成「純粹思想」、「純粹概念」的過程，它把「純粹思想」、「純粹概念」所由以構成的各個組成部分及其階段性和聯繫性加以展開的說明。就邏輯學是自然哲學和精神哲學的靈魂，邏輯概念是自然現象和精神現象的「核心」和「命脈」而言，前者**先於**後者，這種「在先」可以稱之爲「邏輯上在先」；但就個人如何形成概念而言，則「按照時間的次序，人的意識，對於對象總是先形成**表象**，後才形成**概念**，而且唯有**通過**表象，**依靠**表象，人的**能思的**心靈才進而達到對於事物的思維地認識和把握」④。顯然，這種意義的「在先」是「時間上在先」。簡言之，在客觀唯心主義者黑格爾看來，概念是在本體論的意義下「邏輯上」先於個人的經驗認識；但從個人的認識過程來說，黑格爾仍然承認表象等經驗認識**在時間上**先於概念。「主觀精神」所講的經驗認識的各個階段，基本上是按時間的先後而發展的，當然，這裡的時間先後又貫穿著邏輯的必然性。

　　個人的經驗認識的發展過程有如下一些特點：

　　一、低級階段是到達高級階段的基礎和必經之路，高級階段不是拋棄而是包含低級階段作爲自己的必要成份。

　　首先就「主觀精神」的三個大的階段來說，人的意識的低級階段「靈魂」是主客不分的狀態，意識和自然，心理的東西和生理的東西糾纏在一起。但不通過這個階段，不可能達到自我意識，不可能有自覺，即不可能有主客分離的「意識」階段；黑格爾非常強調以「意識」爲對象的「精神現象學」必須以論述「靈魂」階段的「人類學」爲前提條件。同樣，「主觀精神」的第三大階段

「精神」，也不能不以前兩個階段爲前提條件，它是主客的對立統一，也是前兩個階段「靈魂」與「意識」的對立統一。「正如意識以先前的自然靈魂階段爲自己的對象一樣，精神又以意識爲自己的對象，或者勿寧說，使意識成爲自己的對象」⑤。

再就每一個階段而言，這種特點就顯得更爲具體。黑格爾所講的「靈魂」不單純地是一種生氣，也不單純地是心理狀態，而是兩者的合一，但他強調心理狀態既以生理狀態爲基礎，又比單純的生理狀態更複雜、更高級，當然，就意識尚未超出「靈魂」的範圍而言，它還沒有達到眞正自覺的階段，它還是不清醒的意識，頗有些類似我們所說的下意識。總之，黑格爾的「人類學」是建立在生理學基礎之上的。就「意識」階段而言，黑格爾強調，其最高階段「理性」既包含有第一個階段「意識本身」的成份，又包含有第二個階段「自我意識」的成份⑥。最後就「精神」階段來說，他認爲「自由的精神」是「理論的精神」與「實踐的精神」的統一，同時，作爲「主觀精神」的最高階段，又包含「靈魂」和「意識」等各個階段在內。就「理論的精神」中最高階段「思想」來說，黑格爾明確主張「思想」是普遍的東西和特殊的東西的統一體，它包含感覺、直觀、表象等等一系列低級的成份在內⑦。當談到「直觀」時，黑格爾生動地用了「濃縮」（Concentrirt）這樣的術語來表述他關於「直觀」**包含**低級階段的觀點⑧。他在批評貢蒂亞克的感覺主義時，也不是精神不依賴於感性的東西，不包含感性的東西，而是指責他「把感性的東西不僅當作經驗上第一位的東西，而且認爲感性的東西聽其自然就應該是眞正的實體性的基礎」⑨。

二、「主觀精神」由低級階段到高級階段的發展趨勢，是由主客渾然一體經過分離對立達到對立統一；這個過程也是向「主體

性」目標前進的過程。

「靈魂」是人的原始心理狀態，它和自然渾然一體，「意識」階段的特點是主客分離對立，走向對立統一，「精神」階段則以主客的對立統一為特徵。

(1)「人類學」所講的「靈魂」階段，其最終目標是達到自我覺醒，認識到自我的「主體性」。所謂自我的「主體性」也就是使自我擺脫自然的糾纏，意識到個人的自我有獨立自主性和能動性。「靈魂」階段從「自然靈魂」到「感覺靈魂」更進而到「實在靈魂」，就是這樣一種過程。「睡眠與覺醒」是「自然的變換」的一個環節，而「覺醒之所以發生，就是由於主體性的閃光突破了精神的直接性形式」⑩。也就是說，「覺醒」使人從較低的自然狀態進入較高的主體狀態。有了「覺醒」，然後才有「感受性」，「感受性」已帶有客觀的結構，但它仍屬低級的「自然靈魂」階段，主客的區別仍在靈魂內部，所以「感受性」仍然是被動的、不自覺的意識狀態。到了「感覺靈魂」，意識由被動轉向主動：「能感覺的個體是**單純的理想性**，是感受性的主體性。因此，這裡的工作乃是把它的實體性、僅僅**自在地**存在著的充塞**建立**為主體性，佔有它自身，以及實現自我掌握」⑪。所以「感覺靈魂」可以說是人的意識初次從自然狀態轉向自我的階段。《小邏輯》說：「人能超出他的自然存在，即由於作為一個有自我意識的存在，區別於外部的自然界」⑫。「個人進入對立面，即是人本身意識的覺醒」⑬。而「感覺靈魂」的階段就是人與自然的初步區分。「只有當靈魂把它的個體世界中多樣性的、直接的內容看成是否定的東西，使之成為一種單純的東西，成為一種**抽象的普遍的東西**」，亦即成為「一種完全自我相關的普遍者」——「自我」，這時，靈魂才走出了它的「主觀感覺」(指「感覺靈魂」)而到達「真正的客觀意

識」。而「靈魂本身」却尚未完全發展到「自我」⑭。「感覺靈魂」
中的各個小階段都是向著自我而發展的，這三個小階段的前進過
程，乃是自我的主體性程度逐步增強的過程：第一個小階段「直
接性中的感覺靈魂」是以別人的自我爲自己的自我，尚未達到自
己的自我，第二個小階段「自我感覺」是以自己的自我爲自我，
第三個小階段「習慣」是有了初步自由的自我，因爲「習慣」具
有**支配**自己身體的主體性或能動性，它是對自然存在、對肉體的
一種超出。至於比「感覺靈魂」更高的階段「實在靈魂」，則是自
我支配身體的能動性的進一步深化。荷蘭鹿特丹伊拉斯莫斯大學
哲學史教授佩特里說：「整個感覺靈魂」，在「主體性的程度上是
一種前進」。「整個範圍的頂點使之成爲意識的直接前提，這個頂
點就是自我」⑮。佩特里的論斷是符合黑格爾的實際的。總之，
「自我」是整個「靈魂」階段的終極目標，人的意識只有進展到
了「自我」，才能超出自然，超出肉體，進入「精神現象學」所講
的「意識」階段。有了「自我」，意識到了「自我」，才有作爲「自
我」的主體與客體的分離，才有「意識」。「自我」是「意識」的
前提，「人類學」是「精神現象學」的前提。只有到了「意識」階
段，人才開始有對外部世界的認識。黑格爾在這裡啓發了我們，
講認識論，首先得講如何意識到自我的過程；不講這一個階段，
直接就從自我對外部世界的認識開始，這種認識論是不完善的。

　　(2)「意識」階段的發展，是從主客分離、對立開始，而其最
終目標則是克服主客對立，達到主客統一。黑格爾認爲，「意識」
乃是主客雙方間的「獨立性和同一性的矛盾」，也可以說是雙方間
的「獨立性」和「理想性」(Idealitaet) 的矛盾。一方面，有獨立
於我們之外的外部世界，一方面這個世界又被我意識到，即被揚
棄而成爲觀念性的東西，「被設定在我之內」。所謂我「意識」到

某物或某對象，其實就是這兩方面的矛盾的意思，就是「一個對象被設定在它的理想性中，因爲它被設定在我之內」。就一個對象進入「自我」之內來說，它就失去了它自己的獨立性而成爲「我的」。而「意識的前進運動就是要解決這個矛盾」⑯。「意識」的第一個階段「意識本身」的特點，在於把意識的對象看作是異己的、外在的，第二個階段「自我意識」的特點在於把意識的對象看作就是自我自身，第三個階段「理性」的原則是主客的對立同一。這三個階段的進展也和「靈魂」階段一樣，是主體性逐步增加的過程，只不過「靈魂」階段向主體性的發展表現爲由主客不分到分離出主客，從而意識到作爲主體的自我，而「意識」階段向主體性的發展則表現爲，在主客分離之後主體逐步克服客體的外在性、異己性，使客體從屬於主體，使客體成爲主體、自我所有。就「意識本身」所屬的三個小階段來說，從「感性意識」經過「知覺」到「知性」，就是一個逐步走向客體內部，或者說認識客體的過程，而在唯心主義者黑格爾看來也是逐步走向主體自身的過程。不過在「意識本身」的範圍內，包括其最高的「知性」階段在內，主客之間仍在原則上存在著「帘幕」。從「意識本身」到「自我意識」的過渡，是撤銷「帘幕」的關鍵性步驟。再就「自我意識」所屬的三個小階段來說，從「欲望」經過「認可的自我意識」到「普遍的自我意識」，乃是一個使客體越來越具有主體性、精神性的過程：「欲望」的對象尚具有外在性和物質性，「認可的自我意識」則承認對象不是物而是自我意識，「普遍的自我意識」更進而達到**交互**承認對象爲自我意識的地步。「意識」階段所講的主奴關係，按照「主觀精神」其他部分的嚴格系統來說，本不應該在這裡出現：主奴關係已經是社會關係和社會意識，而整個「主觀精神」的內容尚屬個人意識、個人認識的範圍。黑格爾之所以

在這裡講主奴關係，窺其用意，也許只是以**例證**的方式說明個人意識、個人認識發展的水平和程度。這一點，前面已經講過了，茲不再贅。

總起來說，「精神現象學」的第一個階段「意識本身」是以物為對象，第二個階段「自我意識」是以意識自身為對象，以人為對象。個人的意識由對物的認識發展到對人的認識，這是符合人的認識發展規律的，而且也只有這樣的認識才是比較全面的。黑格爾在這裡實際上包含有這樣的思想：認識論不能只講對物的認識，也不能只講對人的認識，只有兩者的統一，而且在這兩者之中承認有低級高級之分，這樣的認識論才是比較完善的。「理性」是「意識本身」和「自我意識」的統一，這個意思實際上也就是說，真理應該是對物的認識與對人的認識的統一，而且對人的認識應該居於全部認識過程的頂端。也就因為這個緣故，在「精神現象學」後面「心理學」部分所講的「精神」階段，其中，無論「理論」也好，「實踐」也好，它們的對象都是人和物的統一，主體與客體的統一。

(3)「人類學」的最終目標是意識到自我，從而區別於自然存在，「精神現象學」的最終目標是解決自我這個主體與客體之間的分離對立，而「心理學」所講的則是**精神本身**，「精神」的特點在於揚棄一切外在於主體、精神的異己性。1817 年版的《哲學全書》第 363 節說：「a) 精神不再受自然變化的影響，不再陷入自然的必然性之中，而是受自由規律的支配。它不再是靈魂，不再受外部影響，b) 不討論一般的對象，c) 而只單純地討論它自己的諸規定。**它是自我相關**」。總之，在「精神」中，一切對立的成份都合而成為一個有機的整體，主體的對方不在自身以外，而即是主體自身的規定，主體在他物中即在自身中，主體受他物的限制與

決定即是受自身的限制與決定，因此，「精神是自己限制自己，自己決定自己，是自由」。「就意識（按指「精神現象學」所講的「意識」階段——引者）而言，自我的前進性規定顯現爲獨立於自我活動的對象的變換，因而在意識階段，對這種變換的邏輯考察還只屬於**我們**；——但是就自由的精神來說，則正是自由的精神自身，它從它自身中產生出對象的自我發展著的和變換著的諸規定，——它使得客觀性成爲主觀的，使得主觀性成爲客觀的。被它所意識到的諸規定雖然只是寓於對象之中，但同時又是由它自身所建立的」⑰。正是基於這種看法，黑格爾繼續說：在精神之內沒有「僅僅直接性的東西」，當我們談到「**意識的事實**」似乎是現成地、直接地呈現於精神之前時，我們也應該注意到，「自由的**精神**不會使這些事實保持爲被給予的、獨立的**事情**，而是把它們證明爲從而解釋爲精神的**活動**——即被**它所建立**的內容」⑱。

在「意識」階段，自我與其對方的同一性還只是「自在的」⑲，「精神」階段則是把它們建立爲**自爲的**，精神現在是要**知曉**（wisse）它們是「**具體的統一體**」⑳。所以「精神」的存在形式是知曉（das Wissen），而「就**知曉**在自身內部以自在自爲的規定性亦即理性的東西爲其內容和目的而言，精神的進展是一種**發展**，因而也是一種轉換、翻譯的活動，此種活動純粹地只是形式上轉換爲顯現（按指將內在目的和內容轉換爲顯現——引者），而在這裡，也是返回到自身」㉑。顯然，這裡所說的「發展」是指同一個有機整體之「由潛在到顯現」㉒。

總之，「精神」具有「意識」所缺乏的能動性，「精神」活動的目標就是要憑著「知曉」的能動性，使「精神」這個整體內部的主客分離越來越被揚棄，向著進一步增加主體性程度的方向「發展」。「精神活動的唯一目標就是揚棄自在的理性對象所具有的那

種表面上的**自我外在性**（在「精神」階段，主客都在「精神」內部，所以它們之間的分離性和外在性只是表面的──引者），從而也是駁斥那種視對象為外在於精神的假象」㉓。

「精神」的最低階段「直觀」，不是指廣義的直觀，不是指「意識」階段的「感性意識」：「感性意識」以物為對象，是無中介的、單個的對象，是抽象貧乏的；這裡的「直觀」不僅以物為對象，並進而以人為對象，「直觀」的對象具有「理性」的特性，它是整體性，具有由相互聯繫的許多規定構成的豐富性。如果可以把黑格爾在「主觀精神」部分所講的認識論分為廣狹兩義，那就可以說，廣義的認識論是從「感性意識」甚至是從「靈魂」開始，狹義的認識論則可以說是從「精神」階段的「直觀」開始，黑格爾把「直觀」列為「知曉」的最低階段，大概就包含有這種意思。

就「精神」範圍的內部來說，「直觀」是渾沌的東西，尚具有外在性。由「直觀」到「表象」又進而到「思想」，乃是一個越來越深入到事情的實質亦即黑格爾所謂主體自身內部的過程：「表象」是把「直觀」中的東西變成主體內部的東西，「表象」所屬的第二個小階段「想像」是把它所屬第一個小階段「回想」中的圖象進一步主體化、精神化；「思想」是「理論的精神」的最高階段，它是把「表象」所屬的第三個小階段「記憶」加以主體化，「思想」比起「直觀」和「表象」來更能深入到事情的本性，深入到主體內部。「思想」是理智的**第三個**和**最後**的主要發展階段，因為在思想內，那呈現於**直觀**中的主客間**直接的自在的統一性**由於後繼的**表象**中主客雙方之對立，而被重新表達為**自在自為的、**豐富了的統一體。因此，**終點**又返回到了**開端**。這樣，按表象的觀點，某種**主觀的**東西還保存在主客統一體之中，「……反之，在**思想**中，主客的統一體則被賦予了既是**主觀的**又是**客觀的**統一體

的形式,因爲思想知道**它自己**是事情的本性」㉔黑格爾著重指出,這裡所講的「思想」「當然不應停留於**抽象的、形式的**思想,——因爲這會分裂眞理的內容,——而必須使自身發展成爲**具體的**思想,成爲**領悟著的認識**」㉕。抽象的思想在「意識」階段已經出現。

這裡,特別有意義的是,黑格爾認爲整個「理論的精神」不單純是被動的,而且作爲「精神」的一個階段,也同時具有主動性,即逐步把外在的、個別的東西提升爲普遍的東西。不過,「理論的精神」所作的提升,還不是主體實際上作用於對象,後者乃是「實踐精神」的功能,「實踐的精神」正是要「鑄造」對象,使之成爲主體所有。「實踐的精神」所包含的各個小階段是主體越來越發揮自己的能動性(主體性),越來越佔有客體的前進性過程。「理論的精神」與「實踐的精神」如不相互結合,便各有片面性:前者的出發點是把對象當做被給予的、獨立的,它的目標是揚棄這種獨立性;後者的出發點是主觀的意圖和目的,其目標是使主觀的方面客觀化。「自由的精神」則是理論與實踐的結合,就**個人的「主觀精神」範圍內來說**,它是認識的最高階段,是主客的最高結合,是異己性的完全克服和主體性的完善境地。

三、全部「主觀精神」的發展,基本上是一個由感性認識到理性認識的發展過程。

「主觀精神」所考察的,是個人有意識的活動的一切組成部分,黑格爾並沒有用感性認識和理性認識這樣的術語把個人的全部認識過程劃分爲這樣兩個階段,不過實際上,黑格爾所描述的認識過程同感性認識和理性認識的劃分大體上是符合的。如果以人超出自然存在、達到自我作爲認識的起點,那麼,從「人類學」的高級階段開始出現自我起到「精神現象學」的第一個階段

——「感性意識」止，便是**感性認識**，因爲只有到這裡才有了自我及其對外部世界的認識；如果把人尚未超出自然存在、達到自我以前的心理狀態都看作是人的認識的起點，那麼，整個「人類學」所講的「靈魂」便也屬於**感性認識**。但無論如何，**理性認識**的階段是從「精神現象學」的「知覺」階段才開始的：在「知覺」階段以前，「感性意識」所把握的還只是單純的個別的直接的「這一個」，「知覺」的對象則進而達到有關係的、有普遍性的、有間接性的東西。看來，在黑格爾那裡，從「感性意識」到「知覺」的過渡，就意味著從感性認識到理性認識的飛躍，這個飛躍的關鍵就在於把渾沌的「這一個」能分析爲一些普遍的規定，從而能用言詞加以表述。黑格爾的這個思想對於我們理解感性認識與理性認識的質的區別，是很有意義的。從「知覺」、「知性」起到「理性」、「精神」止，這是理性認識階段中由分離到結合，由主客對立到主客統一的過程。這個過程包含從「知覺」到「自由的精神」等一系列細小的階段。從這裡可以看到，如果我們用感性認識和理性認識來劃分黑格爾的「主觀精神」，那麼，黑格爾在這個問題上的貢獻之一就在於，他把感性認識和理性認識又分別細分成爲許多小的階段。

　　能否把「理論精神」中的「直觀」階段看作是感性認識的起點呢？這是從字面上看問題。黑格爾明確指出，這裡的「直觀」不是「感性意識」，後者只是一種「無精神的直觀」，這裡的「直觀」充滿了理性的內容，它遠遠高出「知覺」、「知性」，早已具有普遍性的特點。

　　能否認爲「理論精神」中的「思想」階段就是全部個人認識的最高階段？在黑格爾看來，「思想」是「精神」的本質：「**思想才使靈魂成爲精神**」㉖。「思想」是「精神」的「最高的內在性」，

是「它的原則、它的真純的自身」㉗。如前所說，認識的最高階段「哲學的認識」是「思維的純粹形式」，是「精神的統一」。按照這個觀點，個人認識的最高階段誠然也可以說是「思想」。不過黑格爾又認為，「理論的精神」必須與「實踐的精神」結合為「自由的精神」，這才是「精神」的頂點，從這個角度來說，當我們把「思想」看作是個人認識的最高階段時，我們則切不可把「思想」理解為脫離「實踐」的單純理論的活動。黑格爾強調「思想」是「精神」的「最高的內在性」，是「它的原則，它的真純的自身」，乃是相對於（「**相反於**或僅是**相異於**」㉘）「精神」的其他階段「感覺」、「直觀」、「想像」等而說的，乃是就「思想」既「是思想的自身又是思想的對方」㉙而說的，因為「思想」的這種性質恰恰表達了「自由的精神」的本性：「自由的精神」之「自由」，也「正是在他物中即是在自己本身中、自己依賴自己、自己是自己的決定者」㉚。黑格爾在這裡並沒有意思要認為「思想」無需進一步與實踐相結合，無需進一步發展自己的主客統一。

　　黑格爾所謂認識真理的三種方式是否與「主觀精神」所描繪的從感性認識到理性認識的過程相呼應呢？回答是肯定的。黑格爾關於第一種方式「經驗」或「直接知識」的界說和解釋不是十分清楚的，按其主要意思來看，似乎是指人「超出他的自然存在」㉛以前的心理狀態，指「自然素樸的狀態」㉜，就此而言，「人類學」所講的「靈魂」階段大體上屬於第一種方式，「精神現象學」所講的「意識」階段大體上屬於第二種方式「反思」即分離對立的認識方式，「心理學」所講的「精神」階段大體上屬於第三種方式「哲學的認識」即主客對立統一的方式。這樣，我們就可以說，第一種方式相當於感性認識，第二和第三種方式相當於理性認識。不過這些說法都不是很嚴格的，因為「精神現象學」所屬的

「感性意識」階段既有了明確的主客對立，又屬於感性認識：就其有明確的主客對立而言，屬於第二種認識方式；就其停留於只能意謂的「這一個」而言，屬於感性認識，而不屬於理性認識。黑格爾關於第一種方式「經驗」的解釋之不清楚，主要表現在他又認爲「經驗」有如歌德這樣「一個偉大的精神」所創造出的「偉大的經驗」（grosse Erfahrungen）。這種「偉大的經驗」顯然不能解釋爲未超出自然存在以前的自然素樸狀態，應該說更近乎「理論精神」中的「直觀」階段㉝。如果按照這樣的解釋，那就不能說黑格爾所講的第一種認識方式是感性認識；反之，我們倒是更有理由認爲「經驗」、「反思」、「哲學的認識」這三種認識方式，頗與「直觀」、「表象」、「思想」三階段相應：在「直觀」中，主客只有「**直接的自在的統一性**」，在「表象」中，「主客雙方對立」，在「思想」中，主客雙方又達到了「**自在自爲的、豐富了的統一體**」㉞

　　以上說明了「主觀精神」關於個人經驗認識發展過程的一些特點。明白了這些，我們就可以更具體地理解黑格爾的邏輯學與「主觀精神」之間的關係。

　　「邏輯學以知識（Erkennen——引者）爲研究的對象」㉟。邏輯學所研究的「純粹思想」、「純粹概念」，不僅是通過「主觀精神」中漫長的經驗認識過程而形成的，而且邏輯學的一系列「純粹概念」本身的進展也是以「主觀精神」中漫長的經驗認識過程爲依據的，也就是說，邏輯學中「純粹概念」的發展序列同「主觀精神」中經驗認識各階段的發展序列**大體上**是相應的。邏輯學不過是以邏輯的「純粹概念」的方式表達人的認識過程的學說。我們平常說，黑格爾的邏輯學就是認識論，這只是在上述意義下來說的，但二者還不能完全等同，邏輯學是關於思想、概念的學

說，它只是**以思想、概念的方式**表述人的認識過程，至於直接地具體地描述人的認識過程，則是精神哲學的任務。

邏輯學把概念的進展分為「存在」、「本質」、「概念」三個階段，這和「主觀精神」把意識、認識的進展分為「靈魂」、「意識」、「精神」三個階段大體上相應：「人類學」所講的「靈魂」是主客不分，尚無異己的對象，這是人的意識、認識的直接性階段；到了「精神現象學」所講的「意識」階段，出現了自我和獨立於自我的對象這兩個方面的對立，這是意識、認識的間接性階段；「心理學」所講的「精神」則是二者的統一。這種情況反映在邏輯學上就表現為：

(1)「存在」論講的是關於直接認識階段的概念如「質」、「量」、「度」等，這裡尚未出現表與裡雙層的間接性認識，所以「存在」論與「人類學」相應。最明顯的一個例子是，「自然靈魂」只具有「直接的、**自然的規定性**，它僅僅**存在**」㊱，「尚無定在，無規定的存在，無特定的東西，無實在性」㊲。這就是說，把「自然靈魂」的意識狀態用邏輯學的概念來表達，就是「純存在」㊳。「但是正如在邏輯學中存在一定要過渡到定在一樣，靈魂也必然要從它的無規定性進入有規定性，這個規定性正如前面已經提到的，首先具有自然性的形式」㊴。而最初的自然規定性就是「人類的**種族差異**和民族精神的區別」㊵。

(2)從「存在」論到「本質」論的過渡相應於從「人類學」到「精神現象學」的過渡：「由於靈魂達到了感覺到自己力量的限制，它就反思自身並把肉體的方面作為**異己的東西**排斥出去。通過這種**自身反思**（Reflexion-in-sich），精神就完全從**存在**的形式下得到解放，給予自身以**本質**的形式，並成為**自我**。誠然，靈魂就其為主體性或自我性而言已經是**自在的自我**，但自我的**實在性**

則多於靈魂的**直接的、自然的**主體性，因爲自我乃是這種普遍的、單純的東西，自我只有當它以自身爲對象時，——當它成爲**單純東西中單純東西**的**自爲存在**時，成爲**普遍東西**與普遍東西的關係時，——它才眞正存在。自我相關的普遍東西不存在於別處而只存在於自我之中」⑪。這段話不但說明了從「靈魂」到「意識」的過渡相應於從「存在」到「本質」的過渡，說明了「意識」階段相應於「本質」，而且說明了這個**過渡的關鍵在於達到自我**，只有意識到了自我，才有可能超出直接的認識而進入間接的認識，進入對事物的**本質**的認識。黑格爾在 1825 年夏季學期講授的「精神現象學」的第 329 節中也說：「『意識構成精神的反思階段或關係階段，使之成爲現象。自我是精神的無限的自我相關，不過這是就其爲主觀的而說的，就其爲自我確定性而說的』。自我現在就是這種主體性，這種無限的自我相關，不過，在其中，亦即在主體性之中，有否定的自我相關、有分離、有區別、有判斷。自我進行判斷，正是判斷使之成爲意識，它從自身中排斥自身，而這就是一種邏輯的規定」⑫。這裡的「意識」是指「精神現象學」所講的「意識」階段，這裡的「反思階段或關係階段」恰恰就是邏輯學的「本質」階段。黑格爾在這段話裡著重指出，有了自我，才有間接性，有區分，有判斷，而這正是「意識」之成爲「意識」的特點之所在，也是「本質」認識的特點之所在。黑格爾還說：「自我是自我相關的普遍者，是在其完全普遍性中的主體，所以我是作爲普遍的自爲存在與世界發生關係的，亦即以思維的態度與世界發生關係的。思維是自爲的普遍性，是能動的普遍性」。「自我在意識中是作爲思維而能動的……意識是思維著的靈魂」⑬。「意識」、「自我」、「思維」(「思想」)大體上是作爲同一層次的概念來使用的 (當然，這裡的「思維」還是「抽象的」⑭，尚未達

到「精神」階段的「思想」)。這段話也說明，只有出現了自我、「意識」，才能有「思維」，——有對事物的「本質」的認識。

不過，嚴格講來，從「存在」到「本質」的過渡，應該是相應於「精神現象學」的第一個小階段「感性意識」到第二個小階段「知覺」的過渡：黑格爾說：從「感性意識」到「知覺」的「邏輯進展」可以表述如下：「最初，對象是一種完全**直接的東西，存在著的東西**，這樣，它表現爲**感性**意識。但這種**直接性**是沒有真理的，它必須前進到對象的**本質**的存在。當物的**本質**成爲意識的對象時，意識就不再是**感性的**，而是**知覺的**。正是按照這個觀點（指「知覺」的觀點——引者），**個別的物才被認爲是普遍的東西**」⑮。1825 年夏季學期講授的「精神現象學」的第 336 節講得更清楚：「感性的活動是把握對象的外在性、直接性，知覺乃是按照反思來把握對象，是把單個的對象放在關係中，……。這就是從感性意識到知覺或反思的過渡，從邏輯的角度說就是從存在的範圍到本質範圍的過渡」⑯。

(3)邏輯學中的「概念」論大體相應於「主觀精神」的「心理學」，「理念」相應於「理性」、「精神」，兩者都是主客的統一。「理念可以理解爲**理性**（即哲學上眞正意義的**理性**），也可以理解爲**主體——客體**」⑰。也就因爲這個緣故，邏輯學中的「理念」部分包含「認識」與「意志」，或者說「理論」與「實踐」，「主觀精神」的「精神」部分也包含「理論的精神」與「實踐的精神」兩部分。

需要著重指出的是，以上這些相應的情況在黑格爾的著作中並不多見，而且，只是就其基本傾向，從大體上來說如此，決不能作機械的類比。例如黑格爾在談到「精神現象學」所講的「意識」與邏輯學的「本質」相應時說：「精神作爲自我就是**本質**，但由於本質範圍內的現實性（die Realitaet）被設定爲直接存在

著的東西並且同時被設定爲觀念性的東西，所以精神作爲意識便僅僅是**現象**」⑱。佩特里對這段話作了如下的注解：「如果邏輯學的範圍（§§ 19—244）和主觀精神的範圍（§§ 387—482）各自作爲一個整體來考慮，那麼，本質這個小範圍（§§ 112—59）就和現象學（§§ 413—39）相應。但是假如從精神範圍（§§ 377—577）（按指整個精神哲學的範圍——引者）的**充分**意義的觀點來考慮，把它看作是相當於邏輯學的東西，那麼現象學就和量的範圍（§§ 99—106）相應」⑲。這段注解是專門針對黑格爾所謂「現實性被設定爲直接存在著的東西」而說的。佩特里還針對「精神作爲意識便僅僅是**現象**」這句話作了這樣的注解：「§§ 131—41（按指《小邏輯》第 131—141 節「本質」論的「現象」階段——引者）。黑格爾在這裡，心目中是把本質範圍（§§ 112—59）作爲整體看作是和主觀精神的範圍相應的」⑳。黑格爾從來不認爲「主觀精神」所描述的個人意識發展的過程只是邏輯學三部分的重述和投影㉑。但是，有一點却是肯定的，即由於邏輯學有其經驗認識上的基礎，所以「主觀精神」中個人經驗認識過程的一些特點也表現爲邏輯學中「純粹概念」進展中的特點：

關於高級階段必須經過低級階段而又包含低級階段在內這個特點，《邏輯學》有一段精釆的著名結論：「認識是從內容到內容向前轉動的。首先，這種前進是這樣規定自身的，即：它從單純的規定性開始，而後繼的總是**愈加豐富**和**愈加具體**。因爲結果包含它的開端，而開端的過程以新的規定性豐富了結果。普遍的東西構成基礎；因此不應當把進程看作是從一個**他物**到一個**他物**的流動。絕對方法中的概念在它的他有中**保持**自身；普遍的東西在它的特殊化中、在判斷和實在中，保持自身；普遍的東西在以後規定的每一階段，都提高了它以前的全部內容，它不僅沒有因它

的辯證的前進而喪失了什麼，丟下什麼，而且還帶著一切收穫和自己一起，使自身更豐富、更密實」㉒。這段話講的是邏輯學中「純粹概念」進展的過程，但其「愈加豐富和愈加具體」、「結果包含開端」的特點顯然有其經驗認識上的基礎。

關於認識是主客對立統一和向主體性目標前進的過程這個特點在邏輯學中也是表現得很明顯的：邏輯學的三部分從「存在」經「本質」到「概念」就是一個從直接知識經間接知識到更高的直接知識的過程，也是一個由主客渾然一體經過分離對立走向對立統一的過程，「理念」、「絕對理念」就是主客統一的頂點。黑格爾把「存在」論和「本質」論稱為「客觀邏輯」，把「概念」論稱為「主觀邏輯」，就是因為在他看來，從前者到後者，是一個愈來愈走向精神的主體性即愈來愈走向自由的過程。「客觀邏輯」基本上是必然性的王國，是客體性的王國，「主觀邏輯」才是自由的王國，是主體性的王國。這一點我在其他論著中作過較詳細的論述，這裡不再重複。

邏輯學從「存在」論到「本質」論、「概念」論，也可以說是從感性認識到理性認識的一種邏輯的表達：「存在」論所講的，大體上是關於表面的、直接的感性認識階段的「純粹概念」，換言之，「存在」論是用「純粹概念」的方式表述人的感性認識；「本質」論和「概念」論所講的是關於理性認識階段的「純粹概念」，換言之，「本質」論和「概念」論是用「純粹概念」的方式表述人的理性認識，不過，我們所說的理性認識，在黑格爾看來，又分兩個階段：一是在分離對立中思維的階段，一是在對立中把握統一或在統一中把握對立的思維階段，前者是「本質」論所講的，後者是「概念」論所講的。這樣，從「存在」論到「本質」論又到「概念」論，就可以說是從直接的「感性」到間接的「反思」

又到二者的統一「理性」的認識過程。西方許多黑格爾學者就是這樣看的⑤。但這決不是說，邏輯學的「存在」論就等於是直接地講人的感性認識。後者是「主觀精神」的任務。邏輯學的全部對象和內容**都是**講的概念、思維，亦即理性認識，否則，就不是邏輯學，只不過黑格爾的邏輯學是同認識內容和認識過程一致的，所以他在邏輯學的低級階段——「存在」論中所講的一系列概念，是和認識過程中低級的感性認識階段相應的。但如專就邏輯學是關於思維、概念的學說而言，則黑格爾又把思維、概念即「邏輯的東西（Das Logisehe）」⑤分為「知性」、「否定理性」和「肯定理性」三個方面⑤。感性認識如果不用邏輯的概念來表述，則不能在邏輯學中佔一席之地。

由於整個邏輯學的概念系列都是講的思維發展的過程，所以邏輯學把「邏輯的東西」分為「知性」、「否定理性」和「肯定理性」，把整個邏輯學分為「存在」論、「本質論」、「概念論」的這種三分法，是和「主觀精神」的「思想」部分把「思想」（「思維」）分為「知性」、「判斷」、「形式的理性」三個層次相互呼應的。本書在前面講「思想」的三個層次時已經談到，「知性」是指抽象、分離的思維活動，「判斷」是指一物與**別物**的相互依賴、相互關聯，「形式的推理」是指普遍東西的**自身特殊化**或自我分化。邏輯學中所講的「邏輯的東西」的三分法正是以「思想」的這三個層次為基礎的：「存在」是「知性」的產物，它所包含的各個規定性是彼此分離的，相互「過渡」的，內在聯繫和內在矛盾只是潛在的；「本質」是「否定理性」的產物，它所包含的各個規定性是具有相對獨立性的雙方相互「反思」、相互依賴的關係，相當於上述「思想」的「判斷」階段；「概念」是「肯定理性」的產物，其中的各個規定性已合而為一個有精神性的整體，相當於上述「思

想」的「形式理性」的階段⑯。

　　黑格爾爲什麼把理性認識的最高階段「肯定理性」既看作是對立面的統一，又看作是最高的主體性呢？在黑格爾看來，沒有統一性，就沒有眞理性；另一方面，沒有精神性、主體性，也沒有眞理性。辯證法和唯心主義這兩個方面在黑格爾那裡是有機地結合在一起的：「最豐富的東西是最具體的和**最主觀的**（Subjektivste，即最具有主體性的意思——引者），而那把自己收回到最單純的深處的東西，是最強有力的和最囊括一切的。最高、最鋒銳的頂峰是**純粹的人格**，它唯一地通過那成爲自己的本性的絕對辯證法，既把**一切都包攝在自身之內**，又因爲它使自身成爲最自由的」⑰。黑格爾在邏輯學和「主觀精神」部分都給了我們一個很重要的啓發：愈是發揮人的主觀能動性或「主體性」，就愈能達到豐富的、具體的眞理，從而也愈能達到自由。馬克思指出，人的主觀能動的方面由唯心主義抽象地發展了。我們應該可以從黑格爾的「主體性」思想中批判地吸取一些有益的營養。

　　黑格爾的邏輯學不僅以「主觀精神」部分爲基礎，而且也以他的哲學史爲基礎。也就因爲這個緣故，他的邏輯學的概念進展同「主觀精神」部分所講的個人意識、認識的發展以及哲學史的發展過程三者間也大體上相應。關於邏輯學與哲學史之間的關係，不是這裡的主題，這裡專門談談「主觀精神」部分與哲學史的對應關係。我們現在都承認，個人的意識發展大體上要經歷整個人類認識發展的過程，這一點，從黑格爾「主觀精神」部分與哲學史兩者間的對應關係尤其可以看得很清楚。在黑格爾看來，哲學的發展和個人意識的發展一樣，也是由主體與客體渾然一體到分離、對立逐步達到對立統一的歷史，是愈來愈走向「主體性」的歷史：

古希臘哲學一般說來把思維與存在看成是渾然一體的,「希臘的哲學思想是樸素的,因為還沒有注意到思維與存在的對立,這種對立還不是它所考慮的對象。……認為被思維的也是**存在**的,並且是像被思想所認識到的**那樣**存在著,因此便假定了思維與存在不是分離的」58。柏拉圖儘管明確區分了感性世界與理念世界,但他的哲學問題和古希臘一般哲學問題一樣,主要是本體論的問題,他只是從本體論的角度來劃分兩個世界,他並沒有把人當作具有「主體性」的方面即具有能動性的方面而與客體相對立,也就是說,柏拉圖還沒有達到主體與客體對立的觀點:「關於知識限度,關於主體與客體對立的問題,在柏拉圖時期也還沒有提出。自我本身的獨立性或自為性,對於柏拉圖也是生疏的。人尚沒有回復到他自己,尚沒有建立他自己為一獨立自主的人。……至於談到一個人本身就是自由的,依照他的本質,作為一個人生來就是自由的,——這點柏拉圖不知道,亞里士多德也不知道,西塞羅不知道,羅馬的立法者也不知道」。59到了中世紀,「哲學是在基督教世界中」60。「宗教生活」的世界與「外部世界,即自然界,人的心情、欲望和人性的世界」「各不相涉和分離隔絕」。61所以中世紀「仍然還沒有達到認識自由構成人之所以為人的概念的看法」。62只有近代哲學才「意識到了思維與存在的對立」,並力圖「通過思維去克服這一對立」,「把握住統一」。63只有近代哲學才把思維著的人,理解為具有獨立自主性的主體,近代哲學意義下的思維與存在的關係,確切講來,就是主體與客體的關係,所以近代哲學的主要特點在黑格爾看來就是達到了「主體性」即人的能動性、獨立自主性。他說:「在近代哲學的原則裡,主體本身是自由的,人作為人是自由的」。64不過黑格爾認為主客的對立統一在近代哲學中也不是一蹴即就的。笛卡爾、康德、費希特

等近代哲學家的觀點都還只相當於「主觀精神」部分「精神現象學」所講的「意識」階段，尚未達到「精神」：他們達到了「自我」的「主體性」，代表了人類意識的自我覺醒，但又以主客間的對立爲特點。「我們可以最確切地認爲，康德哲學把精神理解爲意識，僅僅包含精神的現象學的規定而不包含其哲學的規定，……費希特哲學也有同樣的觀點，非我只被規定爲自我的**對方**，只被規定爲在**意識**中；它仍然只是作爲一種無限的障礙物，即作爲一種物自身」。⑥⑤所以，「康德哲學和費希特哲學的觀點是意識」⑥⑥。黑格爾認爲康德、費希特是「現象學者」。顯然，在他看來，只有他的哲學才達到了「主觀精神」的最高階段——「自由的精神」。

註 釋

① 以上均見黑格爾：《小邏輯》，第 87-92 頁。

② 黑格爾：《邏輯學》上卷，商務印書館 1977 年版，第 41 頁。

③ 參閱《小邏輯》，第 404 頁。

④ 同上書，第 37 頁。

⑤ 《精神哲學》。《黑格爾全集》格洛克納本，第 10 卷，第 302 頁。

⑥ 見本書第 1 章「理性」部分。

⑦ 見本書第 1 章「思想」部分。

⑧ 見本書第 1 章「直觀」部分。

⑨ 《精神哲學》。《黑格爾全集》格洛克納本，第 10 卷，第 300—301 頁。

⑩ 同上書，第 113 頁。

⑪ 同上書，第 155 頁。

⑫ 黑格爾：《小邏輯》，第 92 頁。

⑬ 同上書，第 90 頁。

⑭ 黑格爾：《精神哲學》。《黑格爾全集》格洛克納本，第 10 卷，第 153—154 頁。

⑮ 佩特里（M. J. Petry）：《黑格爾的主觀精神哲學》，荷蘭銳德出版公司

1979 年版，第 1 卷，第 Ⅳ 頁。

⑯　黑格爾在 1825 年夏季學期講授的「精神現象學」第 330 節。佩特里：《黑格爾的主觀精神哲學》，第 3 卷，第 274、275 頁。

⑰　《精神哲學》。《黑格爾全集》格洛克納本，第 10 卷，第 299 頁。

⑱　同上書，第 300 頁。

⑲　同上書，第 302 頁。

⑳　同上書，第 302 頁。

㉑　同上書，第 300 頁。

㉒　參閱黑格爾：《小邏輯》，第 329 頁。

㉓　《精神哲學》。《黑格爾全集》格洛克納本，第 10 卷，第 317 頁。

㉔　同上書，第 359 頁。

㉕　同上書，第 360 頁。

㉖　《黑格爾著作》，美茵法蘭克福祖爾坎普出版社 1970 年理論版（以下簡稱理論版），第 8 卷，第 25 頁。

㉗㉘　黑格爾：《小邏輯》，第 51 頁。

㉙　同上書，第 71 頁。

㉚　同上書，第 83 頁。

㉛　同上書，第 92 頁。

㉜　同上書，第 89 頁。

㉝　《精神哲學》。《黑格爾全集》格洛克納本，第 10 卷，第 325 頁。

㉞　同上書，第 359 頁。

㉟　黑格爾：《小邏輯》，第 89 頁。

㊱　《精神哲學》。《黑格爾全集》格洛克納本，第 10 卷，第 60 頁。

㊲㊳　同上書，第 61 頁。參閱本書「自然靈魂」部分。

㊴㊵　《精神哲學》。《黑格爾全集》格洛克納本，第 10 卷，第 61 頁。

㊶　同上書，第 253 頁。

㊷　佩特里（M. J. Petry）：《黑格爾的主觀精神哲學》，1979 年版，第 3 卷，第 270、271 頁。

㊸　黑格爾：1825 年夏季學期講授的「精神現象學」。佩特里：《黑格爾的主觀精神哲學》，第 3 卷，第 286、287 頁。

㊹　同上書，第 288、289 頁。

㊺　《精神哲學》。《黑格爾全集》格洛克納本，第 10 卷，第 264 頁。

㊻　佩特里：《黑格爾的主觀精神哲學》，第 3 卷，第 302、303 頁。
㊼　《小邏輯》，第 400 頁。
㊽　《黑格爾全集》格洛克納本，第 10 卷，第 258 頁。
㊾㊿　佩特里：《黑格爾的主觀精神哲學》，第 3 卷，第 363 頁。
(51)　同上書，第 1 卷，第 45-46 頁。
(52)　黑格爾：《邏輯學》下卷，商務印書館 1981 年版，第 549 頁。
(53)　參閱開爾德：《黑格爾》，倫敦 1883 年版，第 166 頁。瓦萊士：《黑格爾哲學及其邏輯學研究導論》，倫敦 1894 年版，第 304、306 頁。斯退士：《黑格爾哲學》，倫敦 1924 年版，第 129 頁。
(54)　《黑格爾著作》理論版，第 8 卷，第 168 頁。
(55)　參閱拙著《黑格爾〈小邏輯〉繹注》，吉林人民出版社 1982 年版，第 211—213 頁及附錄《黑格爾論「反思」(Reflexion)》。
(56)　同上書，第 224—226 頁及附錄《黑格爾論「反思」(Reflexion)》。
(57)　黑格爾：《邏輯學》下卷，第 549 頁。
(58)　黑格爾：《哲學史講演錄》第 1 卷，三聯書店 1956 年版，第 106 頁。
(59)　同上書，第 51 頁。
(60)　同上書，第 3 卷，商務印書館 1959 年版，第 233 頁。
(61)　黑格爾：《哲學史講演錄》第 4 卷，商務印書館 1981 年版，第 3 頁。
(62)　同上書，第 1 卷，第 52 頁。
(63)　同上書，第 4 卷，第 7 頁。
(64)　同上書，第 1 卷，第 104 頁。
(65)　《精神哲學》。《黑格爾全集》格洛克納本，第 10 卷，第 259—260 頁。
(66)　黑格爾：1825 年夏季學期講授的「精神現象學」。第 330 節。佩特里：《黑格爾的主觀精神哲學》，第 3 卷，第 278、279 頁。

第三章　「客觀精神」（上）——「抽象法」

　　「主觀精神」是個人內部的精神，「客觀精神」則是個人內部精神的外部表現。這裡的外部表現不是指自然界，自然界只能是**「絕對」**的外部表現；這裡的外部表現不僅一般地是「絕對」的外部表現，而且具體地是指現實的、有血有肉的人的精神所創造的法律、社會、國家、風俗、習慣、倫理道德的世界。所以「客觀精神」部分所討論的主題是倫理學、政治哲學，其中包括法哲學、歷史哲學。《哲學全書》第三部分《精神哲學》關於「客觀精神」的部分，講得比較簡單。本書的這一部分，除《精神哲學》一書外，更多地依據了 1820 年的《法哲學原理》，並參考了伊爾亭編的《黑格爾法哲學》。

　　在黑格爾看來，「客觀精神」的各個發展階段都是理性、理念的體現，其間具有邏輯必然性。財產、法律、道德、家庭、政府等等，都不是爲了某種偶然的、主觀的目的而創立的權宜之計。那種以爲懲罰是爲了制止不良後果，道德是爲了選擇方便，國家是爲了保護生命財產的觀點，都是沒有價值的。這裡，黑格爾所反對的是英、法等國的功利主義和社會契約論。

　　但是，黑格爾也不同意康德的倫理道德觀。黑格爾儘管和康德一樣主張把道德建立在理性的基礎之上，但康德的道德原則是

抽象的普遍性，黑格爾的道德原則是具體的普遍性，康德脫離感情和欲望，主張爲義務而義務，黑格爾所主張的道德則是包含感情和欲望在內的，是有內容的。精神發展的高級階段既超出了低級階段，又包括低級階段在內，它以低級階段爲自己的內容。

「主觀精神」的最高階段是「自由的精神」、「自由的意志」。「客觀精神」以「自由意志」爲出發點，因此，「客觀精神」部分所講的全部「法哲學」就以自由爲基礎：「法的基地一般說來是**精神的**東西，它的確定的地位和出發點是**意志**。意志是自由的，所以自由就構成法的實體和規定性」。①「法的理念是自由，爲了得到眞正的理解，必須在法的概念及其定在中來認識法。」②簡言之，「法就是作爲理念的自由」，就是「**自由意志的定在**」。③這裡的「定在」就是體現或實現的意思。

「客觀精神」的三個發展階段或環節是「抽象法」、「道德」和「倫理」。這三個環節都是「法」或「權利」④，每一環節就是一種特殊的「法」，就是自由在一種特殊形式下的體現：「抽象法」的階段體現著抽象的自由，是「自由意志」的外在化和客觀化；「道德」階段體現著主觀的自由，是「自由意志」的內部狀態，是個人內部的良心；「倫理」階段是自由的充分實現，是內與外、主與客的統一。

黑格爾認爲，「自由是意志的根本規定，正如重量是物體的根本規定一樣。……重量構成物體，而且就是物體。說到自由和意志也是一樣，因爲自由的東西就是意志。意志而沒有自由，只是一句空話；同時，自由只有作爲意志，作爲主體，才是現實的」。⑤人人都有意志，人人都有自由，因此，人人都有伴隨自由意志而俱來的「權利」（「法」），這種「權利」就叫做「抽象的法」（das abstrakte Recht，「抽象的權利」）。其所以是「抽象的」，是因爲

這種「權利」的所有主只是單純的個人，而非具體的國家公民；換言之，我只是作爲一個單純的人而享有「權利」，而不是作爲一個國家的公民享有「權利」，這樣的「權利」便是「抽象的權利」。

「抽象法」只講抽象的「人格」、個人的「自由意志」。「自爲地存在的意志即抽象的意志就是人。人間（Mensch）最高貴的事就是成爲人（Person）」。⑥「法（按指「抽象法」──引者）的命令是**成爲一個人，並尊敬他人爲人。**」⑦如何尊敬他人的「人格」呢？如何尊敬他人「爲人」呢？就是要承認他人和自己一樣，都享有「權利」；「權利」（「法」）就是「自由意志的定在」，「權利」是人所固有的。黑格爾作爲資產階級的哲學家，他對於「法」的這一基本思想在當時條件下具有反封建的性質，他強調了在封建制度下被踐踏了的個人尊嚴。

黑格爾關於人人都有「自由意志」因而人人都享有「權利」的思想頗與「自然權利」說類似，但黑格爾的思想立足於「絕對」和「理性」，他認爲國家是「理性」的必然產物，這却是和「自然權利」說不同的。

「抽象法」（簡稱「法」）又包含三個環節：一、「所有物」，二、「契約」，三、「不法」。

第一環節「所有物」

具有「自由意志」的人首先有佔有物的「權利」，個人的「所有物」──「財產」（Eigenthum）⑧，是個人自由的外在表現或者說「外部領域」⑨。「佔有物作爲佔有物是**手段**，作爲人格的定在則是**目的**。」⑩這也就是說，「所有物」是個人藉以實現自己的手段；沒有「所有物」，人就不能成爲有「自由意志」的存在，不能成爲合乎理性的存在：「人爲了作爲理念而存在，必須給**它的**

自由以外部的領域……，所有權（Eigentum，即「所有物」或「財產」——引者）所以合乎理性不在於滿足需要，而在於揚棄人格的純粹主觀性。人唯有在所有權中才是作爲理性而存在的。」⑪**佔有**不等於**所有權**，前者是「把某物置於我自己外部力量的支配之下」，後者是自由意志的表現，是「佔有的眞實而合法的因素」。⑫前者是「外表方面」，後者是「實體方面」⑬。「在所有權中，我的意志是人的意志；但人是一個單元，所以所有權就成爲這個單元意志的人格的東西。由於我借助於所有權而給我的意志以定在，所以所有權也必然具有這個單元的東西或我的東西這種規定。這就是關於**私人所有權**的必然性的重要學說」。⑭簡單一句話，私人所有權是理性的必然，這就是黑格爾爲私有財產所作的理論辯護。

黑格爾反對把私人所有權的理論建立在滿足欲望和需要的基礎之上：「在形式法中，人們不考慮到特殊利益、我的好處或者我的幸福，同時也不考慮到我的意志的特殊動機、見解和意圖」。「在人格中特殊性尙未作爲自由而存在，所以關於特殊性的一切東西，在這裡都是**無足輕重的**」。⑮黑格爾的理論建立在理性和自由的人格的基礎之上，他認爲具有「自由意志」的人對不自由的、非人格的物應該具有佔有和支配的「權利」。據爲己有，歸根到底無非是：表示我的意志對物的優越性。「如果把需要當作首要的東西，那麼從需要方面看來，擁有財產就好像是滿足需要的一種手段。但眞正的觀點在於，從自由的角度看，財產是自由最初的**定在**，它本身是本質的目的」。⑯

黑格爾反對廢止私有財產的任何方案，他斥責柏拉圖的理想國，認爲，「**柏拉圖理想國**的**理念**侵犯人格的權利，它以人格沒有能力取得私有財產作爲普遍原則。人們虔敬的、友好的、甚至強

制的結義擁有**共有財產**以及私有制原則的遭到排斥，這種觀念很容易得到某種情緒的青睞，這種情緒誤解精神自由的本性和法的本性」⑰。黑格爾甚至連修道院這樣的團體所有權也加以反對，他說：「許多國家很正確地解散了修道院，因爲歸根到底團體不像人那樣擁有這樣一種所有權」。在說到羅馬土地法包含著關於土地的公有和私有之間的矛盾鬥爭時，他明確地斷言，「後者是更合乎理性的環節」。⑱由此可見，黑格爾法權觀念的資產階級本質是極其鮮明的。

馬克斯在斥責黑格爾關於土地私有權的理論時指出：「沒有什麼還比黑格爾的關於土地私有權的說明更引人發笑了。當作人格的人，必須把他的意志當作外部自然的靈魂，給它以現實性。因此，他必須把這種自然，當作他的私有物來佔有。假若這就是人格的定義，是當作人格的人的定義，每一個人爲了要當作人格來實現，就都必須是土地所有者了。土地的自由私有權——一種極爲近代的產物——據黑格爾說，不是一個確定的社會關係，而是當作人格的人對於自然的關係，是人對於一切物的絕對的佔有權利（黑格爾：《法律哲學》，柏林 1840 年，第 79 頁）。首先這是很明白的：各個人不是單憑他的『意志』，就能夠在別人的意志面前，主張自己是土地所有者，因爲別人的意志，會要體現在同一塊地上。所以，在這裡，決不是什麼善意的問題。並且，『人格』是在什麼地方確立他的意志實現的限界，他的意志的存在是要在一整個國家內實現呢，還是要有許多國家讓他佔有，爲了要『表示我的意志對於物的優越性』呢？這又是絕對不能理解的。黑格爾在這裡是完全垮台了。」⑲

黑格爾反對那種認爲身體雖受虐待而靈魂未受傷害的觀點。他說：「只要我是活著，我的靈魂（概念和較高級意義上的自由

的東西）就與肉體分不開，肉體是自由的定在」。僅僅根據「**我的意志**」，我固然可以認爲我的身體是「外在的東西」，認爲「雖在枷鎖之中我也可以是自由的」，但「**對他人說來**」，我却不是與我的身體分離的，「我是在我的身體中」。「**對他人說來**」，我是自由的，這同我在**定在**中即在身體上是自由的，乃是同一回事。所以，「他人加於**我的身體**的暴力就是加於我的暴力」。⑳

　　黑格爾認爲，抽象地、一般地說，人作爲人、作爲目的，應該是一律平等的，因此，每個人都有權擁有財產；但具體地看，各人的「才能」、「外部情況」等等各不相同，因此，各人所擁有的財產數量也應該相應地各不相同。「在對外在事物的關係上，**合理的**方面乃是我佔有財產。但是**特殊的**方面包含著主觀目的、需要、任性、才能、外部情況等等（第 45 節）。佔有光作爲佔有來說固然依賴於上述種種，但在這種抽象人格領域中，這一特殊方面還沒有與自由同一化。所以我佔有**什麼**，佔有**多少**，在法上是偶然的事情」㉑「人們（Mensch）當然是平等的，但他們僅僅作爲人（Person），即在他們的佔有來源上，是平等的。從這意義說，每個人必須擁有財產。所以我們如果要談平等，所談的應該就是這種平等。但是特殊性的規定，即我佔有多少的問題，却不屬於這個範圍。由此可見，正義要求各人的財產一律平等這種主張是錯誤的，因爲正義所要求的僅僅是各人都應該有財產而已。其實特殊性就是不平等所在之處，在這裡，平等倒反是不法了」。㉒正是根據這個基本觀點，黑格爾反對平均分配財產，認爲人們要求**平均**分配土地甚或其他現存財富，乃是「一種空虛而膚淺的理智」。㉓

　　「所有物」又依意志對物的不同關係分爲三個不同的環節，即「直接佔有」、「物的使用」和「物的轉讓」。

(a)「直接**佔有**」（Besitznahme）或「取得佔有」（Besitzer-greifung）

　　僅僅內在地、主觀地意願到外物是我的，那還不能使外物成為我的所有物，所有物必須通過積極的佔有活動。「事物通過佔有的判斷而首先在外在的獲取中得到**我的**這一自為的單純實踐的謂語，不過這個謂語在這裡具有這樣一種意義，即我把我個人的意志輸入到事物中去。由於這種規定，佔有物就是**所有物**（財產）。」㉔「表示某物是我的這種內部意志的行為，必須便於他人承認。我把某物變成我的，這時我就給該物加上了『我的』這一謂語，這一謂語必須對該物以外在的形式表示出來，而不單單停留於我的內部意志之中」㉕，「取得佔有使物的**實質**變為我的所有物」。㉖由於在佔有中，我的所有物必須為別人所承認，於是物成了人與人之間的「中項」。㉗黑格爾在這裡，以抽象的方式接觸到了資本主義社會中一切物都可以成為買賣對象的事實。

　　佔有（亦即「直接佔有」、「取得佔有」）的活動分為（甲）「直接的身體把握」、（乙）「給物以定形」和（丙）「單純的標誌」三種。

　　（甲）我用手佔有某物，便是「直接的身體把握」。黑格爾認為，這種方式的佔有「完全是零星的；我不能佔有比我身體所接觸到的更多的東西。其次，外物比我所能把握的更為廣大。因此我所佔有的任何物體，總是與他物有聯繫的。我用手佔有，但是手的遠程可以延展。」㉘馬克斯在引述了這段話之後指出：「但這個他物再有其他物和它聯結起來。這樣，我的意志，當作土地靈魂注到土地去的限界，就消滅了。」㉙黑格爾在上引那段話之後還接著說：「當我佔有某物時，理智立即推想到，不僅我所直接佔有的東西是我的，而且與此有聯繫的東西也是我的。實定法

必須把這一點規定下來，因為從概念中得不出更多的東西來」。㉚
馬克斯又針對這段話評論道：「這是『概念』的一種極其天真的
自白，證明了，一開始就犯錯誤的概念，把一個完全規定了的，
屬於資產階級社會的，關於土地所有權的法律觀念，當作絕對的
東西來理解時，關於這種土地所有制的現實形態，是『什麼』也
無從理解。同時又在其中包含這種自白：隨社會發展即經濟發展
上的變化著的需要，『成文的法律』會能夠變更並且必須變更它的
規定」。㉛

　　（乙）「給物以定形」的明顯事例是耕種土地、栽培植物、馴
養、飼育和保護動物等。黑格爾在這裡實際上看到了通過勞動而
佔有物的事實。

　　人也有對自己的佔有問題。人「只有通過對他自己身體和精
神的**培養，本質上說**，通過**他的自我意識了解自己是自由的**，他
才佔有自己，並成為他本身所有以對抗他人。倒過來說，這種佔
有，就是人把他在概念上存在的東西（即**可能性**、能力、素質）
轉變為**現實**，因而初次把他設定為他自己的東西，同時也是自己
的對象而與單純的自我意識有別，這樣一來，他就成為有能力取
得**物的形式**」。㉜這就是說，人只有培養自己，使自己的潛在的能
力發揮出來、「轉變為**現實**」，這才是「佔有自己」，使自己「成為
他本身所有」，否則，人就只是「自然的東西」、「外在的東西」㉝，
只「具有**自然的**實存」，是一種「本身尚在最初的直接性中的人」。
㉞

　　為奴隸制作辯護的人把「把人看作一般**自然的存在**，看作不
符合於人的概念的**實存**。」㉟反之，認為奴隸制是「絕對不法」
的人則「拘泥於人的**概念**，把人作為精神，作為某種**自在地**自由
的東西看」。㊱這兩種觀點在黑格爾看來都是片面的：前者「死抱

住無概念的實存」，不了解人不單純是自然的東西，而是可以培養自己、「了解自己是自由的」；後者「把人看做**生而**自由」，不了解「**自在地**存在的」人，作爲「直接的自然實存」的人，尚未經過培養而達到自由。㊲所以這兩個正相反對的主張（「二律背反」）「都建立於形式思維之上」，各執一端，而不能把兩個方面結合起來。㊳黑格爾認爲，主張人生而自由的觀點「包含著眞理的絕對**出發點**」，但「還只是一個出發點而已」，因爲「人作爲自然存在，而且僅僅作爲在自身中存在的概念，尚有可能成爲奴隸」，㊴這樣的人是未經過「培養」的人。「人之所以絕對不應該規定爲奴隸」，不能「僅僅作爲理應如此來理解」㊵，因爲作爲「自然的存在」的人，未經過「培養」，他就可以「出於他自己的意志」，而當奴隸。㊶因此，「不僅僅使人爲奴隸和奴役他人的人是不法的，而奴隸和被奴役者本身也是不法的。奴隸產生於由人的自然性向眞正倫理狀態過渡的階段，即產生於尚以不法爲法的世界。在這一階段不法是**有效的**，因此，它必然是有它的地位的。」㊷黑格爾在這裡顯然是用他的唯心論觀點來解釋奴隸制的歷史必然性：他認爲奴隸制的產生是由於奴隸只是「作爲自然存在」，未受「培養」而「佔有自己」。

（丙）對物加上**標誌**，這是一種「自身並非現實的但只**表明**我的意志的佔有方式」。標誌的意義是：「我已經把我的意志體現於該物內。」「標誌的概念就在於對事物不是如其存在的那樣來看，而按其所應具有的意義來看」。㊸用徽章來標誌某個國家的公民資格，就是一個例子。

(b)「物的使用」（Gebrauch der Sache）

佔有是「意志對物的**肯定**判斷」，在這裡，意志具體體現於「作爲**肯定**的東西的物內」㊹。「通過佔有，物乃獲得『**我的東西**』這

一謂語，而意志對物也就有了**肯定**的關係。」⑮「使用」則不然，「使用」乃是「通過物的變化、消滅和消耗而使我的需要得到實現」，這裡，物成了被否定的東西，我的需要是肯定的東西，物「**專為我的需要**而存在，並為其**服務**」。⑯所以「物的使用」是「意志對物」的「否定判斷」。⑰黑格爾在這裡實際上是說的物的消費問題。

使用或利用某物，除簡單地「直接把握而加以**利用**」外，尚有更為複雜的情況，即「出於持續的需要」和「反覆利用」而不斷再生產某物，並「為保持其再生而限制其利用」。這就使「對單一物的直接把握」「具有普遍佔有的意義」，因為要這樣做，就不能限於僅僅佔有該單一物，而且要「對這種產品自然的或有機的基礎或其他條件加以佔有」。⑱黑格爾在這裡接觸到了消費與生產的關係問題。

「使用」分為「完全使用」與「部分使用」兩種。「部分使用」顯然不同於「物本身的所有權」，但「完全使用」則不然，「完全使用或利用一物」，是「指**該物的全部範圍**而言」。如果一物的「使用權完全屬於我」，那麼，「我就是物的所有人」，因為此物在整個使用範圍以外，再無「可供他人所有」的餘地。所以在黑格爾看來，「使用」比起「所有權」來，是更為內部的東西。「誰使用耕地，誰就是**整塊**耕地的所有人」，反之，完全不加使用，而只承認所有權，那不過是「空洞的抽象」。例如，一物的全部使用範圍屬於我，而該物的所有權屬於他人，則他人的所有權只是一種「抽象所有權」，他人貫穿於該物中的意志只是一種「空虛的意志」。所以「完全使用」（「全部範圍的使用權」）同「抽象所有權」是具有同一性的，只有「空虛的理智」才把兩者「截然分開」。⑲

特別有意義的是，黑格爾在「物的使用」中看到了物的「特

種有用性」和「價值」，實即物的使用價值和交換價值。每一被使用之物，都能滿足某一「特種需要」，都有其「特種有用性」，這是該物在使用中的「質」的方面。黑格爾在這裡所談的實際上就是物的使用價值。但一物之「特種有用性」也可以「從這一特種的質中抽象出來」而歸結為「有用性」的量之大小，這樣，甲物之「特種有用性」就可以與乙物之「特種有用性」相「比較」，於是「特種需要」化成了「一般需要」。「物的這種普遍性」「就是物的價值」⑤。黑格爾在這裡所談的實際上就是物的交換價值。在「價值」中，「質是在量的形式中消失了。也就是說，當我談到需要的時候，我所用的名稱可以概括各種各樣不同的事物；這些事物的共通性使我能對它們進行測量。於是思想的進展就從物的特殊的質進到對於質這種規定性無足輕重的範疇，即量。……在財產方面，由質的規定性所產生的量的規定性，便是價值。」⑤黑格爾在這裡顯然只是從需要、消費的角度，而不是從生產的角度談論使用價值和交換價值，他還不懂得用創造商品的勞動的二重性即具體勞動與抽象勞動來解釋使用價值和交換價值。

黑格爾還深刻地看到，貨幣、票據僅僅具有符號的意義，它所代表的是「抽象物的價值」。「當我們考察價值的概念時，就應把物本身單單看做符號，即不把物作為它本身，而作為它所值的來看。例如，票據並不代表它的紙質，它只是其他一種普遍物的符號，即價值的符號。物的價值對需要說來可以多種多樣。但如果我們所欲表達的不是特種物而是抽象物的價值，那麼我們用來表達的就是貨幣。」⑤

(c)「物的轉讓」（VeraeuBerung der Sache）

一物之所以是我的財產，只是因為我把自己的意志體現於該物之中，我的意志是我的財產的根本構成因素。因此，我把財產

轉讓給別人，這正是我佔有財產的表現。「從全面看也可以把轉讓理解爲眞正的佔有取得」53。反之，如果我不能**轉讓**自己的財產，那就表明財產不屬於我，表明我的意志並未體現於該物之中。就是在這個意義下，「轉讓」可以說正是「意志由物回到在自身中的反思」，是意志對物的「**無限**判斷」。54「直接佔有是所有權的第一個環節。使用也同樣是取得所有權的方式。然後第三個環節是兩者的統一，即通過轉讓而取得佔有」。55其所以說「轉讓」是「無限判斷」，是因爲「無限判斷」（例如「獅子不是桌子」）的主詞與謂詞完全不相容，毫無聯繫，而「轉讓」正是物完全脫離意志，謂詞完全脫離主詞。

與財產相反，每個人的整個人格、意志自由、倫理和宗教，則是「不可轉讓的」，它們都是構成個人人格的「**實體性的規定**」，56如果這些規定可以轉讓，人就失去了自由和獨立的人格。

如前所述，人，作爲「自然的存在」、作爲「**自在地**存在」的人，尙未經過「培養」而達到自由，他不同於經過「培養」的人，後者是達到自由的人，是「**自爲地**存在著的東西」57。自在的人與自爲的人本應該有同一性：「精神根據它的概念或**自在地**是什麼，那麼在定在中和**自爲地**它也就該是什麼（從而是一個人，他有取得財產的能力，有倫理和宗教）」58。但要達到這種同一，還需經過一個矛盾的過程：「這種精神的概念（指「自在」與「自爲」的同一，即「理念」59——引者）**只有通過它自身**、而且作爲從它定在的自然直接性**無限地返回到自身中**，才成爲它之所以爲精神的概念」。60黑格爾認爲，正是人的「自在」與「自爲」的這種矛盾或不同一性，才產生了「**割讓人格**和它的實體性存在的**可能性**」。61例如奴隸就是由於自己還沒有從自在的人達到自爲的人，他才割讓了自己的人格。

但是，人格、自由意志、道德、宗教信仰等，本質上是「不能讓與的東西」，它們沒有「外在性」，而「惟有這種外在性才使他人能佔有這些東西」⑥。黑格爾由此出發，認爲奴隸有權成爲自由人：「按照事物的本性，奴隸有絕對權利使自己成爲自由人」。⑥同理，個人的「內心生活問題只能由他本人自己去解決」，個人的宗教感情也不應向牧師「和盤托出」，因爲「精神只能是一個的，而且應該定居於我的內部。自在存在和自爲存在的結合應該屬於我的。」⑥黑格爾在這裡強調了個人的獨立自由和尊嚴。

黑格爾看到了資本主義社會出賣勞動力的現象。他說：「**我可以把我身體**和**精神的特殊技能**以及活動能力的個別產品讓與他人，也可以把這種能力**在一定時間上的**使用**讓與**他人，因爲這種能力由於一定限制，對我的**整體**和**普遍性**保持著一種外在關係」。⑥這就是說，個人的「**整體和普遍性**」「**總體**」⑥——個人的人格固然不能出讓，但部分的體力和精神力量都可以轉讓給資本家「**在一定時間上**」使用。奴隸和資本主義社會的雇傭工人之不同，就在於奴隸把自己的「全部活動範圍都已讓給主人了」。⑥

黑格爾還看到了資本主義社會中精神產品的商品化。「學問、科學知識、才能等等固然是精神所特有的，是精神的內在的東西，而不是外在的東西，但是精神同樣可以通過**表達**而給它們以外部的定在，而且把它們**轉讓**，這樣就可以把它們歸在**物**的範疇之內了」。⑥「精神技能、科學知識、藝術、甚至宗教方面的東西（講道、彌撒、祈禱、獻物祝福）、以及發明等等，都可成爲契約的對象，而與在買賣等方式中所承認的**物**同視」。⑥黑格爾對資本主義社會中精神能力物化的現象似乎表示了不以爲然的態度：「如果把這類技能、知識能力等都稱爲**物**，我們不免有所躊躇，因一方面關於諸如此類的佔有固然可以像物那樣進行交易並締結契約，

但是另一方面它是內部的精神的東西，所以理智對於它的法律上的性質可能感到困惑，因為呈現在理智面前的僅僅是一種對立；**或是**某物**或是**非物，非彼即此（像**或是**有限**或是**無限那樣）。⑩

此外，黑格爾還進一步說到了「複製」精神產品的問題。「複製」或「仿製」精神產品，就是用不同於原作者的表現方式和方法來生產某精神產品，複製者「取得了這種物之後可因而把其中所展示的思想和所包含的技術上發明變成他自己的東西」。⑪複製品可分為「藝術作品」和「工匠產品」兩種：藝術作品的仿製「本質上是仿製者自身的精神和技術才能的產物」。工匠產品的「製造的方式和方法是屬於普通的技藝」⑫。

正如「抽象所有權」不能同「全部範圍的使用權」截然分開⑬一樣，把「物的所有權」跟「複製它的可能性」分離開來，這「在概念上是否容許，是否就不會取消了完全和自由的所有權」，乃是一個「首先要解決的問題」。複製一物，包含「對物的外部使用的特殊方式和方法」，正是這種「特殊方式和方法」，才使得該複製物「不但可被佔有，而且構成一種**財產**。」黑格爾認為，在首先確定了這一基本原則的前提下，「然後應該認為重要的」才是原作者關於保留或出讓複製可能性作出自己的「任意決定」的問題。⑭

促進科學和藝術的「純然消極的然而是首要的方法」，是保證從事這項工作的人「免遭**盜竊**，並對他們的所有權加以保護」。⑮但對於精神產品如何不遭到「**剽竊**」，這却是一個不好辦的問題。精神產品的目的本來就是要讓人理解、學習和掌握而「化為己有」。學習的人把所學到的東西加以表達，而「這種表達總是很容易具有某種獨特的**形式**的，其結果他們就把由此產生的財產看做屬於自己所有」。⑯一般的知識傳授和科學普及等就是這樣。複述

者在何種程度上把別人的精神產品「變成複述者的特種精神上財產，從而使他有權利把它們變成他的外在所有權？又達到何種程度還不能使他有這種權利？著作品的複述到何種程度成爲一種**剽竊**」，這是一些「不大好作出精確規定的問題」。黑格爾把「剽竊」歸結爲一個「**面子**問題」，他認爲只有依靠面子來制止剽竊。⑦黑格爾對剽竊和剽賊作了辛辣的諷刺。

黑格爾認爲，儘管人在一定限度內可以轉讓自己的精神能力，但一般地說，轉讓只適用於可以與個人存在相分離的**物**，因此，個人的生命，和人格一樣，也是不能轉讓的。生命是表現於外的活動之「總和」，但它並不是與人格相對立的外在的東西，離開了生命就沒有人格，正如每個人的人格只是「這一」人格一樣，每個人的生命也只是「這一」生命；生命是人格的「定在」，放棄或犧牲生命就是否定了「**這個**人格的定在」。所以，人並不是凌駕於自己的生命之上和之外的「主人」，他「沒有任何**權利**可以放棄生命」，即是說，他無權自殺。只有比有限的個人更高的「倫理理念」、「倫理整體」即國家（參閱《法哲學原理》，第 257 節）才享有讓個人放棄自己的生命的權利，國家是「對人格的**現實**權力」，「當國家要求個人獻出生命的時候，他就得獻出生命」。「單個人是次要的，他必須獻身於倫理整體」。總之，個人之死不能出於自己內部的意志，而只能「來自外界」：或出於自然原因，或爲「倫理理念服務」爲國家服務，而死於外人之手。⑦⑧

黑格爾關於個人必須獻身於國家的主張，並不妨礙他關於財產私有的理論。黑格爾說：「由於我借助於所有權而給我的意志以定在，所以所有權也必然具有成爲這個單元的東西或我的東西這種規定。這就是關於**私人所有權**的必然性的重要學說。國家固然可以制定例外，但畢竟只有國家才能這樣做。然而尤其在我們

時代，國家往往重新把私權建立起來了。例如，許多國家很正確地解散了修道院，因為歸根到底團體不像人那樣擁有這樣一種所有權」⑦芬德萊聯繫黑格爾這段話所作的一段評語，頗值得參考：「黑格爾進一步主張，財產就其本性而言是私人的、個人的；共產表示對財產的理性理念的偏離。雖然國家可以對這個原則作出例外，但只有**它**才可以這樣做，並且是謹慎小心地這樣做的。一般地說，可以認為，黑格爾充分地承認『基本的』個人權利，他在他的著作的後部所說的決不容許掩蓋這一事實。」⑧

　　具體的存在之物都不能離開他物而獨存，即是說，都是「為他物的存在」，這正如前面已經說過的⑧，僅僅主觀的、內在的、沒有實現於外的東西，還不是「對他人說來」也存在著的東西，例如主觀意志上以為「雖在枷鎖之中我也可以是自由的」，這種自由就不是「對他人說來」的自由。財產是一種外在物，因而也是「為他物的存在」，它與「其他外在物」的必然性和偶然性有著相互聯繫；但是財產不僅僅是一般的外在物，它同時又是意志的體現（「意志的定在」），從這方面看，財產作為「為他物的存在」，就是為他人的**意志**的存在（「為了他人的意志而存在」），正是這種「意志對意志的關係」「構成**契約**的領域」，它使人的自由獲得具體體現。⑧

第二環節「契約」

　　黑格爾在《精神哲學》中對「契約」(Vertrag) 下了這樣一個明確的定義：「財產的偶然的方面在於，我把我的意志放在**這個物**中，就此而言，我的意志是**任意的**，我既可以把我的意志放入其中，也可以不放入其中，既可以從物中收回它，也可以不收回它。但就我的意志被放入一物中而言，只有我才能收回我的意

志，只有依隨我的意志，它才能讓渡給別人，它也同樣只有依隨別人的意志而成為他的財產；──這就是**契約**」。⑧簡言之，契約就是財產的轉移，就是從物中收回自己的意志，將此物轉移給別人，使之成為他的財產。「契約」來於「所有物（財產）的轉讓」。我願意把我的意志從物中「收回」，你願意把你的意志「放入」該物之中，所以契約包含雙方的「共同意志」亦即「絕對區分中的獨立所有人達到意志同一」⑧，包含著「雙方**互認**為人和所有人」這一根本前提⑧。

契約關係是意志與意志的關係，它「出於理性的必然」⑧，出於人的自由。自由的人格的概念**必然**包含擁有財產的權利，而擁有財產的權利**必然**包含轉讓財產的權利，從而也就**必然**包含締結契約的權利。財產的概念潛在地、必然地蘊涵著契約的概念。「我不但**能夠**轉讓作為外在物的所有權（第 65 節），而且在概念上**必然**把它作為所有權來轉讓，以便**我的**意志作為**定在的**東西對我變成客觀的。但在這種情況下，作為已被轉讓了的我的意志同時是**他人的**意志」。⑧

契約關係中的「共同意志」或「同一意志」，不是「自在自為地普遍的意志」，後者是客觀的神聖的理念，前者只是當事人雙方從各自的「任性」出發而「設定」的，⑧因此，契約關係總是既可以訂也可以毀。根據契約的這一基本性質，黑格爾反對國家契約說和婚姻契約說。

契約有「贈與」與和「互易」之別。「贈與」是當事人中的一方具有「否定環節」即「讓與某物」、「放棄所有權」，而另一方具有「肯定環節」即「接受某物」、「取得所有權」，這種契約僅僅是「形式的」。「互易」則是當事人中的每一方同時具有肯定與否定「這兩個中介環節」，它「既放棄所有權又取得所有權」，「因而在

契約中成爲而且始終成爲所有人」，這種契約才是眞正的契約（「實在的契約」）。「互易」就是等價交換：一方所取得的和他所放棄的是「永恒**同一**的東西」，即**價值**，它是「契約中**自在地**存在的所有權」。在「互易」中，表面的所有權因相互轉讓而變更了，但潛在的所有權是同一的。⑧

契約是兩個人的意志之間的關係，他們的意志一般說來是應該進行等價交換的，是「自在地同一的」，⑨但每個人都是特殊的、「**直接的人**」，都有各自的「**特殊**意志」，這種「**特殊**意志」旣不是神聖的「普遍意志」，因而也就具有任意性，他可以遵守契約中的「共同意志」（亦即「**自在地**存在的意志」）而與之「相符合」，也可以不遵守這種「共同意志」而與之不相符合，這就產生了「法」與「不法」。⑨

第三環節「不法」

《哲學全書》與這裡相應的標題是「法反對不法」（Das Recht gegen das Unrecht），⑨內容基本相同。

契約中的「共同意志」不是神聖的「普遍意志」，它「只是相對的普遍意志，被設定的普遍意志」，個人的特殊意志可以與這種被設定的「普遍意志」「相對立」，——可以違反「自在地存在的法」（「自在的法」）⑨而行動，這就是「不法」。

法的原則（「自在的法」）即是「普遍的意志」，它在契約中作爲「共同意志」（「雙方的任性和特殊意志的**共同的**東西」）而出現。當個人的特殊意志（法的本質體現於個人特殊意志之中，所以個人特殊意志乃是法的本質的「定在」）與法的原則「相互一致」，從而履行了「共同意志」時，這種「相互一致」就叫做法的「現象」：法（「自在的法」）是「本質的東西」；個人的特殊意志偶然

與之一致，不過是它的表現、現象，是「非本質的東西」。至於不法的行動，則是個人的特殊意志與法的原則「相對立的局面」，這裡，「現象」變成了「假象」。「假象是不符合本質的定在，是本質的空虛的分離和設定」。而不法正是「不符合」法的原則的表現，是與法的原則「分離」的表現。⑭

「不法」的形式即是「法」的「假象」的形式，計有三種：

(a)「無犯意的不法」（das unbefangene Unrecht）

「由於與假象（指「不法」──引者）相反的**自在的法**」是「作爲肯定的東西而被設定、被意願和**被承認的**，因而分歧便只在於，**某一特殊的物**（diese Sache）被**這些**個人中的**特殊**意志包攝在法之下。──這就是無犯意的不法。」⑮簡言之，「無犯意的不法」就是在「承認」「自在的法」即承認法的普遍原則的前提下，這個特殊的人的意志把這個特殊的物置於法之下，而那個特殊的人的意志却把那個特殊的物置於法之下，你以此爲法，我以彼爲法，民事權利爭訟就是如此。這種「不法」是「**自在的**或直接的假象」，──是「潛在的而非自覺的」「假象」，所以這種「不法」是「以不法爲法」：對法的普遍原則說來是不法（「對法說來是假象」），可是對犯有不法行爲的人來說，却不是不法（「對我說來却不是假象」），因爲他自以爲合法。⑯

「無犯意的不法」是「一種**單純否定的判斷**」⑰：「民事訴訟裡對於法權的爭執，只是簡單的否定判斷的一個例子。因爲那犯法的一方只是否定了某一特殊法律條文，但他仍然承認一般的法律。簡單否定判斷的意義與這種情形頗爲相似：這花不是紅的，──這裡所否定於花的只是它的這一種特殊的顏色，而不是否定花的一般的顏色。因爲這花尙可能是藍的、黃的或別種顏色的。」⑱「在**民事訴訟**中，某物只有作爲另一方的財產時才被否

定；假如另一方對此物有權利，便必須承認此物是另一方的，但此物也只是在法的名義下才被提出要求的；所以普遍的範圍，即法，在上述的否定判斷裡也是得到承認和保持的。」⑨黑格爾認為，為了調停民事權利爭訟，「就需要一個**第三者的**判斷，它作為**自在的法**的判斷是公正無私的，它是一種權力，能使自己具有反對假象的定在。」⑩

(b)「欺詐」（Betrug）

與「無犯意的不法」相反，「欺詐」是特殊意志受到承認，而「自在的法」、普遍的法却遭到否定，因為被欺詐者自以為他的特殊意志受到重視的，自以為別人對他所做的是合法的，而實際上普遍的法却沒有被尊重。「假如法本身的假象（指不法的行為──引者）被特殊的意志所意願而成為與自在的法**相反對**，此特殊意志因而成為惡意的，那麼對法的外部的**承認**就是與法的**價值**分離的，只有前者受到尊重，而後者則遭到破壞。這就是**欺詐**的不法。」⑩

「欺詐」是「肯定的無限的判斷」⑩（即「同一的判斷」⑩或同語反覆），──它「保持了形式上的關係，却丟掉了實際的價值。」⑩因為在契約中，一個人之所以要取得某物的所有權，乃是由於該物的特殊性而需要它，同時，他之取得該物，又受該物的「內部普遍性」即交換價值的制約，可是假如另一方根據自己的「任性」而欺騙此人，給此人所取得的東西以「虛偽的假象」，那麼在這個契約中就「欠缺自在地存在的普遍物這一方面」⑩，即欠缺等價交換，而「肯定的無限的判斷」例如甲是甲就是缺乏內在普遍性的判斷。諾克斯對這一點作了比較淺鮮的解釋：「肯定的無限的判斷是一種簡單同一性的表達：個體就是個體。儘管這是正確的，但缺乏思想的普遍性。謂語本應該是一個普遍的東

西，應該對於主詞能告訴我們一點東西，但在這種情況下，主詞却是由它自身來描述，這個判斷是虛偽的，是一種假象，因為它聲稱是一個判斷，聲稱要告訴我們一點東西，但實際上不然。欺詐也是如此。在出售這一物品例如股票時進行欺詐，買者自願接受股票，因而欺詐表面上是純正的交易；但是作為出售，它應當包含一個普遍性的因素即價值。出售者聲稱要出售這個普遍性，而這張印紙僅僅被假設為這個普遍性的象徵，但由於沒有普遍性，交易便成為欺騙。」⑩⑥

　　黑格爾主張對「無犯意的不法」不作任何刑罰的處分，但對「欺詐」就得處以刑罰，因為「這裡的問題是法遭到了破壞。」⑩⑦

　　(c)「強制和犯罪」（Zwang und Verbrechen）

　　「犯罪」是真正的不法，在「犯罪」中，無論法本身（即普遍的法）還是個人所認為的特殊的法，都沒有受到尊重，「法的主觀方面」（個人所認為的法）和「客觀方面」（法本身）都遭到了破壞。⑩⑧「犯罪」是公開反對法，「這無論自在地或對我說來都是不法，因為這時我意圖不法，而且也不應用法的假象」。在「犯罪」中，法既不像在「無犯意的不法」中那樣「只是潛在的而非自覺的假象」，也不像在「欺詐」中那樣是「被**主體**設定為**假象**」，「**簡直是被主體化為烏有**」。⑩⑨

　　「犯罪」是一種暴力強制，這並不是說個人的自由意志本身受到強制，而是指個人自由意志在「外在物」的「反映」中受到強制。⑪⑩人作為生物可以被強制，因此「他的身體和他的外在方面都可以被置於他人暴力之下」，但「他的自由意志是絕對不可能**被強制**的（第 5 節）」，⑪⑪因為意志包含「**純無規定性**或自我在自身中純反思的要素。在這種反思中，所有出於本性、需要、欲望

和衝動而直接存在的限制，或者不論通過什麼方式而成爲現成的和被規定的內容都消除了」。⑫當然，假如意志**不從**它所受拘束的**外物中收回自身**，不從它對這種外物的表象中**收回自身**，即是說，假如意志，「自願」受制於外物，那它就仍然會受到強制。⑬黑格爾在這裡要我們參閱《法哲學原理》的第 7 節，這是因爲第 7 節告訴我們：意志是普遍與特殊、無規定性與規定性、「光希求抽象普遍物」與「希求某事物」的「兩個環節的統一」，因此，意志是自己規定著自己，「它知道這種規定性是它自己的東西和**理想性**的東西」，它不受這種規定性或特殊之物的「拘束」，它可以把「自身設定在其中」，也可以從中收回自身，而「這就是意志的自由」。⑭假如意志自願受「拘束」，那它當然也就可以被強制。諾克斯關於這一點的注解如下：「只有當我具有把財產視爲體現我的意志的觀念時，我的意志才體現在財產中。這個觀念是我的意志的一種『規定』或『內容』。因此需要參考第 7 節，在那裡，黑格爾說：自我規定著的意志知道它的規定是它自己的東西並且僅僅是『理想的東西』是一種觀念，意志可以從中收回自身，如果它願意這樣做的話」。⑮

「犯罪」是「否定的無限判斷」，「它不僅否定了**特殊的法律**，而且同時否定了普遍的範圍，即否定了**作爲法那樣的法**。」⑯換言之，「既否定了類（die Gattung），也否定了特殊的規定性，在這裡就是指否定了表面的承認」。⑰諾克斯對於爲什麼「犯罪」是「否定的無限判斷」作了如下的解釋：「犯罪者對某人犯罪，實際上是否認他的受害人有任何權利，也就是說，他斷言，他的受害者和權利之間，兩者完全不相容。因此，『你沒有權利』乃是一個『否定的無限判斷』」。⑱

「犯罪」既然是用暴力強制了或取消了別人自由意志的「定

在」（例如用暴力取消了別人的財產），所以它是不法的。這種不
法的強制顯然應該被合法的強制所揚棄，「作爲揚棄第一種強制
（指不法的強制即犯罪──引者）的**第二種強制**（指處罰──引
者）」，「不僅是附條件地合法的，而且是必然的」。⑲這樣，我們
就可給「抽象法」下個定義：「抽象法是**強制法**」。⑳

　　「犯罪」是否定的東西，即否定了法本身的行爲，而「刑罰
不過是否定的否定」。㉑這也就是說，刑罰是爲了恢復法本身。黑
格爾反對把刑罰看成是爲了威嚇、預防、儆戒等等說法，例如假
若以威嚇爲刑罰的依據，那就像舉杖對狗一樣，是不尊重人的尊
嚴的表現。黑格爾站在唯心主義的立場，認爲人是「理性的存在」，
犯人自己也是有法的概念的，所以處罰犯人，「正是**尊敬**他是理性
的存在」，㉒正是爲了喚醒他本來就有的理性。黑格爾說，「犯人
自己的意志」也「要求自己所實施的侵害應予揚棄」，他甚至認爲
對人處刑要得到同意。㉓他認爲對殺人者應處以死刑，但也應該
愈來愈少，他在這裡表現了對意大利人道主義刑法學家培卡利亞
（1738─1794）的一些觀點的同情。㉔

　　刑罰不等於私人復仇，後者是「主觀意態的行爲」，往往「重
又導致新的不法」，「永不止息」。爲了解決這種存在於「揚棄不法
的方式和方法」中的矛盾，就需要從個人主觀利益中解放出來，
需要按代表普遍意志的「正義」即「刑罰的正義」行事。這樣，
「抽象法」就要過渡到「道德」。

　　眞正的意志乃是自我決定、自我規定，是「自我相關的否定
性」，即作爲普遍與特殊的統一的具體的個體性。㉕但是要達到意
志的這種「現實化」（「實在化」），需要經過一個「進展過程」：它
首先是處於「抽象法」的領域，在這個領域裡，意志一步一步揚
棄其「直接性」，揚棄普遍意志脫離特殊意志或單個意志的抽象狀

態。從「所有物」經過「契約」到「不法」,就是意志揚棄其由以出發的「直接性」的過程。(1)在「所有物」階段,意志把自己的普遍性體現於物中,使物成為「我的」,這裡,沒有間接性,只有直接性的對象——物;(2)在「契約」中,意志的普遍性被建立為意志對意志之間的關係,有了間接性,但契約的雙方仍然是直接的個人,契約的內容不是根據普遍意志的自我特殊化;(3)不法是特殊的單個人的意志的具體表現,它使意志的特殊性環節變得明顯起來,變得不再是意志以外的東西像單純的欲望那樣,而是意志的一個成份,或者說具有意志的形態,這樣,法與不法的矛盾,犯罪與復仇之間的矛盾就成了意志自身普遍與特殊間的矛盾,而對於這個矛盾或對立的揚棄就是道德。道德是自我決定、自我規定。一個人只要按道德行事,就是按普遍意志行事,這時,個人特殊的意志也就是普遍的意志,只有這樣,才能克服犯罪人個人意志與普遍意志的不合。黑格爾把按道德行事的原則叫做「**自為地**無限的自由的主觀性」(fur sich unendliche Subjektivitaet der Freiheit,按「主觀性」亦可譯作「主體性」——引者)⑫⑥。

　　眞理是具體的東西符合概念,或者用黑格爾自己的術語來說,是「概念的定在與概念相符合」。就意志而言,也有一個意志的定在是否與意志本身符合的問題。在「抽象法」中,意志的定在是外在物即「所有物」,意志只是作為佔有「所有物」的人格而存在;到了「道德」領域,意志是自己決定自己,是自由,它的對象就是它自身,是「某種內在的東西」,也就是說,道德意志「把人格作為它的**對象**」,所以道德意志使人成為「主體性」,(Subjektivitaet),——成為能動的、獨立自主的主體。

註　釋

① 黑格爾：《法哲學原理》，商務印書館 1961 年版，第 10 頁。

② 同上書，第 1─2 頁。

③ 同上書，第 36 頁。

④ 德文「Recht」，既可譯作「法」，亦可譯作「權利」或「法權」。──作者

⑤ 黑格爾：《法哲學原理》，第 11─12 頁。

⑥ 同上書，第 46 頁。Mensch 指一般意義下的人，Person 指法權意義下的人。參閱伊爾亭編：《法哲學原理》，第 1 卷，第 254 頁。

⑦ 黑格爾：《法哲學原理》，第 46 頁。

⑧ 德文 Eigentum 既可譯作「所有物」，亦可譯作「財產」；此外，還有「所有權」之意。──作者

⑨⑩ 《精神哲學》。《黑格爾全集》格洛克納本，第 10 卷，第 386 頁。

⑪ 《法哲學原理》，第 50 頁。

⑫ 同上書，第 54 頁。

⑬ 同上書，第 84 頁。並參閱第 85、89 頁。

⑭ 同上書，第 55 頁。

⑮ 同上書，第 46─47 頁。

⑯ 同上書，第 53、54 頁。

⑰ 同上書，第 55 頁。

⑱ 同上書，第 54 頁。

⑲ 馬克思：《資本論》，人民出版社 1956 年版，第 3 卷，第 803─804 頁。

⑳ 黑格爾：《法哲學原理》，第 56─57 頁。

㉑ 同上書，第 57 頁。

㉒㉓ 同上書，第 58 頁。

㉔ 《精神哲學》。《黑格爾全集》格洛克納本，第 10 卷，第 386 頁。

㉕ 黑格爾：《法哲學原理》，第 59 頁。

㉖ 同上書，第 60 頁。

㉗ 黑格爾《精神哲學》。《黑格爾全集》格洛克納本，第 10 卷，第 386 頁。

㉘㉚ 黑格爾：《法哲學原理》，第 63 頁。

㉙ 馬克思：《資本論》第 3 卷，第 804 頁。

㉛ 馬克思：《資本論》第 3 卷，第 804 頁。

㉜㉝㉟　黑格爾：《法哲學原理》，第64頁。

㉞　同上書，第51頁。

㊱　同上書，第64—65頁。

㊲㊳㊴㊵㊶　同上書，第65頁。

㊷㊸　同上書，第66頁。

㊹　同上書，第61頁。

㊺　同上書，第66頁。

㊻　同上書，第66—67頁。

㊼　同上書，第61頁。

㊽　同上書，第67頁。

㊾　黑格爾：《法哲學原理》，第68頁。

㊿　同上書，第70頁。

51　同上書，第71頁。

52　同上書，第71頁。

53 55 56　同上書，第73頁。

54　同上書，第61、62頁。

57　同上書，第74頁。

58 59　同上書，第73頁。

60 61 62　同上書，第74頁。

63 64 65 66　同上書，第75頁。

67　同上書，第75頁。

68　同上書，第51—51頁。

69 70　同上書，第51頁。

71 72　同上書，第76頁。

73　同上書，第68頁。

74 75　同上書，第77頁。

76　同上書，第77—78頁。

77　同上書，第78頁。

78　同上書，第79頁。

79　同上書，第55頁。並參閱第82頁：黑格爾反對把財產私有制與國家概念混爲一談。他說：把「一般私有財產關係摻入到國家關係中，曾在國家法中和現實世界造成極大混亂。過去一度把政治權利和政治義務看

做並主張爲特殊個人的直接私有權，以對抗君主和國家的權利」，這種
觀點是「把私有制的各種規定搬到一個在性質上完全不同而更高的領
域」。

⑧⓪ 芬德萊：《黑格爾再考察》，第 311 頁。

⑧① 黑格爾：《法哲學原理》，第 56—57 頁。

⑧② 同上書，第 80 頁。

⑧③ 黑格爾：《精神哲學》。《黑格爾全集》格洛克納本，第 10 卷，第
386—387 頁。

⑧④ 黑格爾：《法哲學原理》，第 81 頁。黑格爾對這句話的解釋是：「它的
含義是，一方根據其本身和他方的共同意志，**終止**爲所有人，然而他**是
並且始終是**所有人」。這是因爲每一方雖然「放棄」了此物之「單一的
所有權」，從而「終止」爲此物之所有人，但他又「接受」了他人的所
有權，從而**仍然是**所有人。

⑧⑤⑧⑥ 同上書，第 80 頁。

⑧⑦ 同上書，第 81 頁。

⑧⑧ 同上書，第 82 頁。

⑧⑨ 同上書，第 83—84 頁。

⑨⓪ 同上書，第 90 頁。並參閱第 83—84 頁。

⑨① 同上書，第 82、90 頁。

⑨② 《精神哲學》。《黑格爾全集》格洛克納本，第 10 卷，第 388 頁。

⑨③ 黑格爾：《法哲學原理》，第 91 頁：「自在的法即普遍的意志」。

⑨④ 同上書，第 91 頁。

⑨⑤ 《精神哲學》。《黑格爾全集》格洛克納本，第 10 卷，第 388 頁。

⑨⑥ 黑格爾：《法哲學原理》，第 92 頁。

⑨⑦ 《精神哲學》。《黑格爾全集》格洛克納本，第 10 卷，第 388 頁；又《法
哲學原理》，第 93 頁。

⑨⑧ 黑格爾《小邏輯》，第 348 頁。並參閱《法哲學原理》，第 94 頁。

⑨⑨ 黑格爾《大邏輯》下卷，商務印書館 1981 年版，第 315 頁。

⑩⓪ 《精神哲學》。《黑格爾全集》格洛克納本，第 10 卷，第 388 頁。

⑩① 同上書，第 389 頁。

⑩② 黑格爾《大邏輯》，第 316 頁。這裡譯作「肯定＝無限判斷」。

⑩③ 黑格爾《小邏輯》，第 347 頁。

⑩④　《精神哲學》。《黑格爾全集》格洛克納本，第 10 卷，第 389 頁。

⑩⑤　黑格爾：《法哲學原理》，第 95 頁。

⑩⑥　諾克斯（T. M. Knox）：《黑格爾的法哲學》，牛津 1953 年版，第 330 頁。

⑩⑦⑩⑩　黑格爾：《法哲學原理》，第 95 頁。

⑩⑧　同上書，第 95—96 頁。

⑩⑨　同上書，第 92 頁。

⑪⑪⑪⑬　同上書，第 96 頁。

⑪⑫　同上書，第 13—14 頁。

⑪⑭　同上書，第 17 頁。

⑪⑤　諾克斯：《黑格爾的法哲學》，第 330 頁。

⑪⑥　黑格爾《大邏輯》下卷，第 315 頁。參閱《小邏輯》，第 347 頁；《法哲學原理》，第 98 頁。

⑪⑦　《精神哲學》。《黑格爾全集》格洛克納本，第 10 卷，第 389 頁。

⑪⑧　諾克斯：《黑格爾的法哲學》，第 331 頁。

⑪⑨　黑格爾：《法哲學原理》，第 96 頁。

⑫⓪　同上書，第 97 頁。

⑫①　同上書，第 100 頁。

⑫②　同上書，第 103 頁。

⑫③　同上書，第 104 頁。

⑫④　同上書，第 103—104、106—107 頁。

⑫⑤　同上書，第 17—19 頁。

⑫⑥　同上書，第 108—109 頁。《黑格爾著作》，理論版，第 7 卷，第 198—199 頁。參閱諾克斯：《黑格爾的法哲學》，第 332—333 頁。

第四章 「客觀精神」（中）
──「道德」

　　道德意志是自己決定自己，因而是不受限制的，這種無限性不單純是潛在的，而且進而達到了自覺的階段，它是自身內部的普遍性環節與特殊性環節的對立統一，──是「在自身中的反思」和「自爲地存在的同一性」。具有這種特點的道德意志使人成爲「**主體**」，而不只是「抽象法」領域的「人」（Person）：「自由的個人，在（直接的）法那裡只是**人**，而現在則被規定爲**主體**」。①關於「人」（Person）和「主體」（Subjekt）的不同②，格里斯海姆（K. G. V. Griesheim）1824─1825 年聽黑格爾《法哲學》的筆記有一段清楚的說明：「至此，我們還只是把人作爲人來看待，但主體則表示意志的自爲存在，人意願著物（Sache），其對象是物，主體不單純意願著外在的物，不僅僅意識到物，它意願著自身，它自己就是本身被它所意願的對象。我們感興趣的是自由獲得定在，意志達到定在，這就是主體的興趣，而不是人的興趣，人只是意願著物」。③說得更明白一點，「主體」就是自由意志：「這裡主體被規定爲自由意志」。「自由的對象就是它自身，它在對象中就是在自身中」。④

　　在「抽象法」的領域，意志體現於物中，有可能受到強制；在「道德」（die Moralitaet）領域，意志體現於個人直接的意志

即主體之中，是無法加以強制的。所以道德使自由有了一個「更高的基地」。⑤不過，道德領域還是有侷限性的，因為「主體」作為一個個體的道德行為者，畢竟只是「概念的**定在**」⑥，是「理念的**實存**方面或它的實在環節」，而不是「概念本身」，——不是「自在地存在的意志」（即不是普遍意志），這樣，個體的道德行為的主體就不一定能和下面要講到的整個倫理生活相一致。所以，「道德」領域內的發展過程就是要揚棄「道德」自身以達於「倫理」，即揚棄「應然的觀點」，揚棄個人意志與普遍意志的差別，使「主體性」即「概念的**定在**」符合「概念本身」，「從而使理念獲得真正的實現」⑦，而這就使「道德」領域進展到了「倫理」領域。

意志總是要求應該如何如何，所以意志的一般特點或規定就是主客對立以及與這種對立相關的活動。具體地說，意志活動就是要首先區分主與客，甚至使兩者「各自獨立」，然後把兩者同一起來。意志作為自由，是自己規定自己，這種規定不是外來的，而是「由意志本身在**自己內部**所設定的東西」，是「自己給予自己的內容」，所以這種規定或特殊化是意志的自我分化（意志「內部的特殊化」），黑格爾把這種自我分化叫做「**第一個否定**」。意志在作這種自我決定時，它的決定必然是一種主觀的東西，受限制的東西，因而意志活動的第二步就是要揚棄主觀性和限制，使意志的內容「從主觀性轉化為一般客觀性，轉化為**直接定在**」，通俗些說，就是使主觀的目的變成客觀的實際的東西。這裡，意志無論在未達到之前的主客對立狀態中，還是在達到之後的主客同一狀態中，都保持「跟它自己的簡單**同一**」，也就是說，意志的目的性或內容貫穿始終，這叫做「內容的同一」⑧，實際上也就是指道德行為：「意志作為**主觀的**或**道德的**意志表現於外時，就是行

為」。⑨上述「內容的同一」，或者說，道德行為，包含以下三個特點：㈠道德行為都具有我的主觀性因素。意志的內容在主客同一中不只是主觀的「**內在目的**」，而且已經實現於外，從而「具有**外在的客觀性**」，但它作為「**我的東西**」，就「**意識到包含**著我的主觀性」，也就是說，當意志表現於外而「使內容已獲得了客觀性的形式」時，「它仍應包含著我的主觀性」，因此，凡屬「我的行為」，只能是指我主觀上有意為之（Vorsatz, Absicht 故意，意圖），否則，我就可以「不承認其表示是我的東西」。㈡個人意志的內容既有與普遍意志相符合的特點，也有與概念或普遍意志「不相符合的可能性」。㈢要實現我的道德目的，必然涉及他人的目的，我的道德目的的實現意味著我的意志與他人意志的同一。道德行為的這三個特點也可以簡單地概括如下：即「（甲）當其表現於外時我意識到這是我的行為；（乙）它與作為應然的概念有本質上的聯繫；（丙）又與他人的意志有本質上的聯繫」。⑩

　　總起來說，已經實現的目的既有客觀性，也有主觀性。客觀性表現在以下三方面：（甲）已經實現了的目的乃是把主觀目的轉化成了「**外在的**直接的定在（第 109 節）」⑪；（乙）已經實現了的目的「具有**概念的客觀性的**規定」⑫，即具有「與**概念的**符合（第 112 節）」⑬的方面；（丙）已實現的道德目的都是我的意志和他人意志的同一，我的目的的實現之所以對於我而言具有客觀意義就在於此目的不僅出現於我這個主體之中，而且出現於我以外的別的主體之中，黑格爾把這樣的主體性叫做「**普遍**主體性」（又譯「普遍主觀性」。⑭已經實現了的目的的主觀性也表現為三個方面：（甲）此目的都是「**我的目的**」；（乙）已實現的目的之與概念符合，正說明此目的也有主觀性的方面；（丙）「**普遍**主觀性」正包含**我這個主體**的主觀性。

在道德領域，上述的主觀性與客觀性兩個方面並未眞正統一起來，它們只是「被結合成爲**矛盾**」(nur zum Widerspruche vereinnigt) ⑮，也正因爲兩方面彼此矛盾，所以道德的觀點只能是**應然的、有限的**，道德領域之內的發展就是逐步解決這個矛盾的過程，而眞正的解決則有待於進入「倫理」領域。

「道德」分爲「故意和責任」、「意圖和福利」、「善和良心」三個環節。《哲學全書》的標題是「故意」、「意圖和福利」、「善與惡」。

第一環節「故意和責任」

如前所述，道德行爲都具有我的主觀性因素，是有意爲之(der Vorsatz，故意)，因而行爲者的意志對其行爲是有責任 (die Schuld) 的。

一個具有主觀意志的行爲者，在其直接的行爲中所面臨的，是被給予的、旣定的、或者說「**假定的**」⑯外部對象及其種種複雜情況，主觀意志必然要受這種「假定的」東西的限制，這就是「主觀意志的**有限性**」⑰之所在。外部對象情況複雜，不是全部都能被主觀意志所「表象」——所知道的，因此，「意志的法」只能對它所知道的那一部分行動負責。「我的意志僅以我知道自己所作的事爲限，才對所爲負責。伊底帕斯 (Oedipus) 不知道他所殺死的是他的父親，那就不能對他以殺父罪提起控訴」。⑱行動 (That) 和行爲 (Handlung) 是有區別的⑲，行爲是故意的行動。⑳

一個人的行爲會產生一系列的後果，從一方面說，這些後果都是**屬於行爲的**，都是「行爲自己的後果」(das Ihrige)，但另一方面，「後果也包含著外邊侵入的東西和偶然附加的東西，這却與

行為本身的本性無關」。㉑這樣，必然性的後果往往會轉變爲偶然性的後果，而偶然性的後果又往往會轉變爲必然性的後果。從事道德行爲的人是不可能把這麼複雜的偶然性與必然性結合起來的，因而也不可能逃脫外部的必然法則一系列不可預見的後果，但按照行爲是故意的行動的觀點，則行爲者「只對最初的後果**負責**，因爲只有這最初的後果是包含在它的故意之中」。㉒黑格爾在這裡把行爲與後果兩方面結合起來考慮，這個思想是很辯證的。

第二環節 「意圖和福利」

儘管人只對故意的行動負責，但作爲一個「**能思維的人**」，㉓他應能知道某種行爲必然產生某種後果這樣一種普遍性。「我不但應該知道我的個別行爲，而且應知道與它有關的普遍物。」這就使道德領域的第一個階段「故意」過渡到了第二個階段「意圖」（Absicht），因爲「這樣出現的普遍物就是我所希求的東西，就是我的**意圖**」，㉔「故意有別於意圖（Absicht），故意關涉到行爲的個體性、直接性，意圖乃是一般行爲中的普遍的東西，更進一步說，乃是作爲被我所意願的普遍的東西」㉕「故意只涉及直接的定在，而意圖則涉及此定在的實體性的東西和此定在的目的。」㉖例如放火，若僅就「**故意**」的觀點來看，只能說放火者意識到或知道他點燃了木材這一個體的、直接的事實（「直接的定在」）；但一個**能思維**的人，決不會僅僅意識到這一簡單的個別事實或行爲，而且一定同時還意識到「與它有關的普遍物」，意識到放火一定會給人造成災害，換言之，作爲思維主體的放火者，他所希求的，決不只是點燃木材這一個體的、直接的東西，而且是給人造成災害這一普遍的東西，就放火者企圖給人造成災害而言，這就是他的意圖。㉗所以一個**能思維的**人的「故意」包含著「意圖」：

「出自一個**能思維的**人的故意,不僅含有單一性,而且實質上含有上述行爲的**普遍方面,即意圖**」。㉘由此可見,「意圖」乃是故意爲之的「行爲的特殊方面」,它構成行爲的**價值**以及行爲者之所以如此行爲的理由。㉙這裡,「故意」爲之的東西變成了「意圖」的手段,例如「故意」點燃木材的行爲,便是「意圖」給人造成災害的手段。格里斯海姆 1824—1825 年的聽課筆記:「故意與意圖應該好好加以區別。在意圖裡,我從某物中看出,我所故意爲之的東西現在能同時是手段,因此,我在故意中所意願的,本質上是一個他物」。㉚

「意圖」只是一個**能思維的**人的意圖,因爲只有他才能**知道**「行爲的**普遍性質**」,才有「對事物洞察」的能力,也就是說,只有**能思維的**人才**知道**其直接行爲必然會帶來什麼後果,對於白痴、瘋子就不能像對待能正常思維的人一樣來考慮。

黑格爾所講的「意圖」實際上是指的主觀動機;而行爲的內容,作爲我這個特殊個體存在者的「特殊目的」㉛,黑格爾稱之爲「福利」(Wohl),實際上是指行爲的客觀方面。其所以叫做「福利」,乃是從行爲者個人的需要 (Beduerfnisse)、利益 (Interessen) 和諸目的 (Zwecke) 的角度來說的,「福利」是指這些東西的總體,指**此行爲者的**「福利」(sein Wohl)。㉜

「福利」既然只是指某行爲者的「福利」,這就必然帶有特殊性,這和他的「意圖」帶有特殊性實乃一個意思。與此相反,單純「故意」中的行爲,它離開了個人的主觀意圖或動機,便是普遍性的東西,「還不是我的行爲——作爲主體的行爲——的肯定內容」。這樣,「道德的東西」就具有雙重意義,一方面是「在故意中的普遍物」,一方面是「意圖的特殊方面」,前者是行爲的客觀方面,後者是主觀動機。黑格爾批評了康德的片面的動機論,

反對在二者之間劃一條鴻溝，他辯證地強調主觀意志與外部行爲的統一。黑格爾反對禁欲主義，他認爲，人有權追求自己的「福利」：「人是生物這一事實並不是偶然的，而是合乎理性的，這樣說來，人有權把他的需要作爲他的目的。生活不是什麼可鄙的事」。當然，黑格爾也並不認爲人只是一般的生物，他在主張人也是生物，也有生物的需要的同時，仍然強調，僅僅停留在追求個人「福利」的階段並不能得到眞正的自由，人應該在「善」中達到「更高境界」。他說：個人自己的主觀滿足包括個人的榮譽等等在內，是「達成**有絕對價值**的目的」所必需，應該包含在它之內，那種把個人主觀目的與客觀目的看成相互排斥的觀點，是「抽象理智所作的空洞主張。」 ㉝黑格爾這裡所說的意思，同他在《歷史哲學》緒論中所謂「熱情」和「理念」是織成世界歷史的經緯的思想完全一致。有些人在評價偉大人物時只抓住偉大人物的主觀欲求不放，以爲「客觀目的」不過是達到偉人「主觀滿足的**手段**」，從而鄙視偉人，黑格爾反對這種歷史觀，認爲「這就是佣僕的心理，對他們說來，根本沒有英雄，其實，不是眞的沒有英雄，而是因爲他們只是一些佣僕罷了」 ㉞。黑格爾在這裡重申了他在《精神現象學》中提出的僕人眼裡無英雄的著名理論。儘管黑格爾所講的「善」是唯心主義的，但他關於追求個人「福利」與追求「客觀目的」相統一的觀點，却賦予了他的思辯理論以血肉和生氣，比起康德的爲義務而盡義務的思想要現實得多。

強調個人的自我滿足和個人自由，是西方自由資本主義時期資產階級哲學的特點之一。黑格爾關於「福利」的學說，顯然表現了這一特點。他明確地說，「主體的**特殊性**求獲自我滿足的這種法，或者這樣說也一樣，**主觀自由**的法是劃分**古代**和**近代**的轉折點和中心點。」㉟古希臘哲學家還不知道「一個人本身就是自由

的，依照他的本質，作爲一個人生來就是自由的」。在基督教的教義裡，「個人的人格和精神才第一次被認作有無限的絕對的價值。一切的人都能得救是上帝的意旨。基督教裡有這樣的教義：在上帝面前所有的人都是自由的，所有的人都是平等的，耶穌基督解救了世人，使他們得到基督教的自由。這些原則使人的自由不依賴於出身、地位和文化程度。這的確已經跨進了一大步」㊱但黑格爾指出，基督教「仍然還沒有達到認自由構成人之所以爲人的概念的看法」。㊲只有「在近代哲學的原則裡，主體本身是自由的，人作爲人是自由的」。㊳因此也只有到了近代，「有限的、現實的東西得到了精神的尊重」，㊴人才有權追求自己的「福利」。

追求個人特殊「福利」的主觀目的總是「同時與普遍物即自在地存在的意志相關的」。對「普遍物」有兩種理解，一是抽象的共同性，一是具體的普遍性。追求個人特殊「福利」的目的最初只是涉及抽象的共同性，即涉及**一切人的福利**（das Wohlaller）。㊵這裡所謂「一切人」是指全體人的共同集合，而不是指人的具體普遍性，不是指人之爲人的共相和核心，後者才是「**自在自爲地存在的普遍物**」。可是在現階段，追求個人特殊「福利」的主觀目的還只是處於「反思」的階段，只是「作爲在自身中反思著的東西」，就像邏輯學所講的「反思判斷」由單稱判斷進展到全稱判斷一樣，它也必然要由單個人的「福利」進展到抽象的共同性，──即涉及他人以至全體人的外部「福利」㊶，還達不到「**自在自爲地存在的普遍物**」，──達不到人之爲人的內在的靈魂與核心，它和後者之間還「有區別」、有距離。換言之，在現階段，「**自在自爲地存在的普遍物**」。還只是被初步地膚淺地了解爲「**法**」，而沒有獲得進一步的規定。這樣，個人的主觀目的就「可能符合也可能不符合普遍物。」㊷

　　黑格爾認爲，個人的特殊「福利」，同作爲抽象普遍性的「法」相比，只能居於從屬地位。⑬「法」的基礎是自由，因此，無論是爲了謀個人的福利還是爲了謀他人的福利，都不能與人之爲自由的東西這一「實體性的基礎」相矛盾。例如偷人家的皮革替窮人製鞋，這雖係爲別人謀福利，是「道德的意圖」，但却是不法的。⑭

　　道德而不法，這種矛盾的出現，是由於在現階段，道德意圖是抽象的反思，其對象還只是他人外部的福利，只是抽象的共同性，不是具體的普遍性，因而抓住了事情的一個方面，就丟了另一個方面。「這樣，被設想的意圖的本質性和行爲的眞實的東西便可以成爲最大的矛盾（就像一個好的意圖伴隨著犯罪那樣）。」⑮

　　可是，黑格爾是一個很講現實的思想家，他一方面認爲個人「福利」從屬於「法」，另一方面却又認爲在一定限度內，特別是在緊急情況下，可以爲了個人「福利」而違「法」，例如偷竊一片麵包就能保全生命，此時被偷者的所有權固然會因此而受到損害，但不宜把這種行爲看作尋常的竊盜，因爲在這種情況下，隨便剝奪生命，全部否定自己「自由的定在」（生命），這按照「法」的界說，就是「不法」，而且是「最嚴重的不法」。當然，這種替不法行爲作辯護的理由，「只有直接現在的急要」的情況下才能成立，而且還有許多具體情況要加考慮。⑯這也就是說，在特別緊急的情況下，法從屬於福利。⑰

　　上述緊急情況正好揭示了「法」和「福利」雙方各自的片面性和有限性。「法」是一種抽象的普遍，只講「自由的抽象定在」，或者說只抽象地講自由的外部體現，它所強調的是大家共同遵守法權，而不講特殊個人的「實存」，不講特殊個人的「福利」；反之，「福利」是抽象的特殊，只講特殊個人的意志，而不講「法」

的普遍性。因此兩者會發生衝突。黑格爾主張把兩者結合爲一個統一體，從而克服各自的片面性和兩者間的矛盾。前面已經說過，自由如果只停留在外部「定在」（物）即「法」的領域，自由就會受到強制，那只是自由的低級階段，只有當自由體現於個人特殊意志之中即達到道德領域，自由才有了「一個更高的基礎」，「法」才進而「把它的**定在**規定爲特殊意志」，人才被進一步規定爲「主體」。㊽可是另一方面，正如上面關於緊急情況所說，主體性（主觀性）就其爲綜括特殊性的「整體」而言，就是生命，生命本身也是「自由的定在」，剝奪生命，就是「全部否定了自由的定在」，就是「最嚴重的不法」。㊾同時，「主體性」作爲以意志自身爲對象的意志，它「自在地是自由的普遍物」。前一方面說明「法」已進入了「主體性」和「福利」；後一方面說明「主體性」也包含了「法」和普遍性的因素。「法」與「主體性」有了初步結合。這兩者的**初步**結合表現爲「善」和「良心」兩個環節：「善」是「**被完成了的**、自在自爲地被規定了的普遍物」，這裡的普遍物不再是「法」所講的抽象普遍，而是有了「一個更高基地」的自由的普遍，是**被**個人特殊意志即主體所**完成了**的普遍物；「良心」就是自我意識著的、自我規定著的主體性，也就是對「善」、對普遍物的意識。至於「法」與「福利」或者說「法」與「主體性」的進一步的充分的結合與統一，則要到「倫理」領域才能完成，這裡所達到的還只是兩者的「**相對關係**」。㊿

第三環節「善和良心」

《哲學全書》的標題是「善與惡」。如上所述，「善 (das Gute)」是個人特殊意志與普遍物的統一，因此，它也可以說就是意志的普遍**概念**和個人**特殊**意志的統一，在這個統一中，抽象法、福利、

認識的主觀性和外部定在的偶然性都被揚棄了，都不再是各自獨立的東西，而是被結合於其中的許多環節。「福利沒有法就不是善。同樣，法沒有福利也不是善」。「善」就是「福利」，但它不是個人的福利（「不是作爲單個特殊意志的定在」），而是「**普遍**福利」，「普遍福利」是「特殊意志的實體」(51)；「善」就是「法」，但它不是抽象的法，而是「通過特殊意志而成爲現實的必然性」。所以「善」是相反於「法」和「福利」的「**絕對法**」，是「**被實現了的自由，世界的絕對最終目的**」(52)。黑格爾關於「善」包括「福利」的思想，和康德等人所謂善只能處於不可能實現的彼岸，只能是不斷的「應該如此」的道德形式主義思想，是一個鮮明的對比。

「善」是個人主觀意志的「絕對本質」，或者說，是它的「實體」，它**應該**以「善」爲目的，**應該**「通過自己的勞動」來實現「善」。從另一方面說，「善」如果沒有主觀意志來使之實現，那它也是抽象的、空洞的。把這兩個方面結合起來看，「善」的發展就可以說包括三個階段：(1)「善」雖是普遍物，但爲了實現，首先要以特殊意志的形式呈現於希求者的願望之中，而這是希求者所應該知道的(53)。從格里斯海姆的聽講筆記可以看到，這個階段就是指個人要意識到「善」，「知道善」。「善具有這樣的規定性，即與作爲特殊意志的意志的關係。善是在意識中，是一種精神性的東西，從而是在內部的東西之中」。(54)(2)希求者應該說得出甚麼是善的，應該把「善」的各種特殊規定、特殊內容加以發展(55)。所以第二階段也就是要知道善本質上是怎樣被規定的。(56)(3)使普遍的「善」本身具體化（「規定善本身」），使「善」「特殊化」爲「無限的」、意識到自身的（「自爲地存在的」）「主體性」(57)，也就是使「善」變成爲個人的「良心」，個人按「良心」辦事就可以實現「善」(58)。

格里斯海姆的聽講筆記說明，這第三個階段講的是：「什麼是善的規定者？在這裡，這就是意志在自身中的主體性，這就是良心，自身確定性，關於什麼應該是善的確定性。在良心這裡，我們同樣有惡這個對立面、良心規定什麼是善，規定善如此如此。」⑨

《法哲學原理》從第 132 節到第 140 節，分別論述這個階段。⑩

就第一階段說，「善」既然是個人的主觀意志所「知道」的，那麼「它絕對地只有在**思維**中並只有通過**思維**而存在」。黑格爾在這裡批評了康德的觀點，康德把「善良意志」放在思維所達不到的領域，認爲「善良意志」是不能被認識的，這是一種成見，它「從精神中取去了一切理智的倫理性的價值和尊嚴」。⑪黑格爾認爲，「善」與個人主觀意識不是分居於兩個互相隔絕的領域，相反，「善」就是個人主觀意志的**本質**。但就個人主觀意志尚具有特殊性而言，就其尚未實現「善」而言，「善」對於個人還只是「**普遍抽象的本質性**，即義務」。這就是說，「善」是義務的對象，人應該無條件地達到自己的本質——「善」，從而使自己客觀化。從這個角度來看，也可以說，人應該爲義務本身而盡義務，康德實踐哲學的功績就在於指出了義務的這種意義⑫。但這樣來瞭解義務或「善」，畢竟是抽象的，因此，「善」的發展必然進入第二階段。

第二階段就是要知道義務或「善」的特殊的具體規定和特殊的具體內容。黑格爾在這裡明確地把義務或「善」與「福利」結合起來，把「福利」看成是義務或「善」的具體規定和內容。他說：「關於義務的規定，除了下述以外暫時還沒有別的說法：行**法**之所是，並關懷**福利**，——不僅自己的福利，而且普遍性質的福利，即他人的福利。」⑬這就是說，義務應包含「法」與「福

利」兩個特殊規定，如果離開了這二者，則義務這一無條件的東西（「**不受制約的東西**」）就會成為無矛盾的「抽象的普遍性」、「**無內容的同一**」或「無規定的東西」。康德哲學只是指出了意志的無條件性和自己規定自己的特性，並把它作為義務的根源，但是他「固執單純的道德觀點」，忽視個人福利和普遍福利，從而不能過渡到「倫理」的概念，這就成了「**空虛的形式主義**，把道德科學貶低為關於**為義務而盡義務**的修辭或演講」。⑥₄

關於第三個階段，霍托 1822─1823 年與格里斯海姆 1824─1825 年的聽課筆錄都被加上了這樣的標題:「良心和善的主觀性 (Subjektivitaet，主體性)」。⑥₅黑格爾在這裡區分了「形式的良心」與「真實的良心」。前者就是「良心」一般，屬於「道德」範圍，後者是「希求**自在自為地**善的東西的心境」，它具有固定的、客觀的原則，它是主觀與客觀、普遍與特殊的統一，實際上是「倫理」範圍的東西。「良心」一般還只是希求「抽象性狀」的「善」，只是內部的自我確定 (GewiBheit)，它只作出主觀的、特殊性的決定和規定，它武斷地認為它「絕對有權知道**在自身中**和**根據它自身**什麼是權利和義務，並且除了它這樣地認識到是善的以外，對其餘一切概不承認。」⑥₆它否定自我意識的客觀內容，從而使自己變成空虛的、純粹內在的東西。也就因為這個緣故，黑格爾把「良心」一般叫做「形式的良心」。黑格爾批評從「良心」出發的觀點，說它是「只乞靈於**自身**以求解決」是否真實的問題，「直接有背於它所希望成為的東西，即合乎理性的、絕對普遍有效的那種行為方式的規則。」黑格爾明確指出，「國家不能承認作為**主觀認識**而具有它獨特形式的良心，這跟在科學中一樣，主觀**意見**、**專擅獨斷**以及向主觀意見乞靈都是沒有價值的」。不僅如此，黑格爾還嚴厲地指責「良心」觀點，認為如果單從「良心」出發，就

有「爲非作歹」即轉向「惡」的「可能」,因爲「良心」的「形式的主觀性」可以「把任性即**自己的特殊性**提升到普遍物之上,而把這個作爲它的原則,並通過行爲來實現它。」⑥黑格爾對於從「良心」出發的觀點的批評很深刻,他抓住了「良心」觀點的要素即主觀性、任意性和形式主義。

　　黑格爾在這裡還從唯心主義立場闡述了善與惡的辯證關係。他認爲性善說與性惡說都是「主觀任性」。性善說主張直接意志的各種規定如衝動,是「**內在的**(immanent)從而是**肯定的**」,因此也就是「善」的⑥,換言之,這種見解「把自然意志設想爲無辜的善的意志。」⑥反之,性惡說認爲「人從他是自然意志這一點來說,是惡的」,⑦也就是說,直接意志的各種規定是「**自然規定,必須一般地與自由和精神的概念相對立的,從而又是否定的,所以把它們根除。**」⑦黑格爾既反對前者,也反對後者。他主張,無論就善惡的存在來說,還是就知道善惡和決定善惡來說,二者都有其共同根源,即自由意志。我們的生活開始於自然水平,或者說開始於「自然性」,在那個階段(例如嬰兒)既談不上自由,也就談不上道德善惡。只有發現了和意識到了非自然的、精神的自我,才算從「自然性」中產生出了與「自然性」相對立的理性的「**內在的東西**」(innerlich),才談得上自由與道德善惡。「意志的自然性」是包含對立面於其自身的、自我矛盾的「實存」,它一方面是「意志的自然性」,一方面又潛藏著「內在性」,潛藏著理性的「內在的東西」⑦。後一方面是「相對的」、「形式的」「自爲存在」,它本身沒有內容,只能以前一方面即情欲、衝動等爲自己的內容。情欲、衝動等自然意志無所謂善惡,「它們**可能是善的,也可能是惡的**」。⑦問題在於具有「特殊性」的個人意志(意志的形式)對它的內容如何進行決擇、決定和規定:如果個人意志通

過「自身反思」和「能認識的意識」，發現和選擇自我的本質──普
遍性，使自己的特殊與普遍性相符，這就是善；反之，如果個人
意志在「自身反思」中一任自己的「特殊性」孤行，讓自然欲望、
衝動等「直接客觀性、純粹自然性」與普遍性相對立，這樣，意
志的「形式」（意志的「內在性」亦即具有「特殊性」的意志本身）
就是惡的。所以惡既不在單純的「自然性」本身，也不在單純的
「反思」本身，而在於兩者之間的「聯結」。必須先有了善惡的知
識，然後才談得上惡。⑦黑格爾在這裡竭力反對個人死抱住自己
的特殊性，主張克服特殊性與普遍性的分裂。「惡的意志希求跟意
志的普遍性相對立的東西，而善的意志則是按它的真實概念而行
動的。」⑦

　　在黑格爾看來，善與惡是不可分割的，是辯證地統一在一起
的。「**唯有**人是善的，只因為他也可能是惡的。善與惡是不可分割
的。」這不僅是說唯有出現了與「自然性」相對立的自我意識，
才談得上作惡，從而也才談得上從善，而且是說，真理、「理念」、
「本質上具有區分自己並否定地設定自己的因素」，「否定的東
西」「其本身源出於肯定的東西」，不是「從外邊加到肯定的東西
中去的」。「從概念的觀點出發，肯定性被理解為積極性和自我區
分。所以惡也同善一樣，都是導源於意志的，而意志在它的概念
中既是善的又是惡的。」割裂善與惡，「死抱住純善」，這種看法
是抽象的、片面的。⑦

　　「善和良心」是「道德」領域的最高階段。關於從「善和良
心」或者說從整個「道德」領域到「倫理」領域的過渡，黑格爾
在《哲學全書》中說得比較簡單，在《法哲學原理》中分兩層意
思來說明：一是指出「善」和「良心」兩者各自的片面性，一是
指出「法」和「道德」兩者各自的片面性。

　　關於「善」和「良心」的片面性。黑格爾說：「善」雖然是「自由的實體性普遍物」（das substantielle Allgemeine der Freiheit），但它離開了個人的特殊意志，就無法實現，從而是抽象的，因此，「善」需要具體地加以規定（即規定什麼是「善」），需要決定這些規定的原則。「良心」倒是決定「善」的諸規定的原則，它能決定什麼是「善」，但它的決定是特殊的、主觀的，它是「**起規定作用的純粹抽象的**原則」（重點是我加的——引者），它所作的各種規定缺乏普遍性和客觀性。所以「善」和「良心」如果彼此分離，「善」就是未實現的理想，即「抽象的、只是**應然**的善」，良心就是主觀性即「抽象的**應是善**的主觀性」，兩者都不是真理，「都成爲無規定性的東西」，而它們是「應該被規定的」。只有兩者的結合才能使它們成爲有規定的、具體的同一，使它們成爲真理，這種具體同一就是「倫理」，在「倫理」中，「善」和「良心」（「主觀性」、「主觀意志」）兩者「被揚棄」而成爲「倫理」的「環節」。⑦「倫理」是「善和主觀性的真理」。⑧

　　關於「法」和「道德」的片面性。在「法」的領域，自由的「定在」直接地就是「法」，換言之，自由體現於「法」之中；在「道德」的領域，「自由的定在」是「在自我意識的反思中被規定爲善」，換言之，自由體現於「善」之中。「法」是純粹的普遍性；「道德」領域的「善」和「良心」都是抽象的：「抽象的善」缺乏規定「而可由我加入任何內容」，「良心」（「精神的主觀性」）「也因欠缺客觀的意義，而同樣是缺乏內容的」。簡言之，整個「道德」都是講的純粹主觀性的內心的東西。「法欠缺主觀性的環節，而道德則僅僅具有主觀性的環節」。這樣，「法」和「道德」就都缺乏現實性（Wirklichkeit，實在性），只有把兩者結合成爲一個統一體——「倫理」，「才是現實的」⑨。

具體地說，自由僅僅體現於「法」中或者僅僅體現於「道德」中，都不是現實的自由，不是自由的眞理，只有「倫理」才是「自由概念的**眞理**」（die Wahrheit des Freiheitsbegriffes）⑧。倫理性的東西雖是主觀的意向（subjektive Gesinnung），但這種意向又是「自在地存在的法的意向」⑧。「倫理」是「主觀性（指道德——引者）和法的眞理」，也可以說是「主觀的善和客觀的、自在自爲地存在的善的統一」。⑧黑格爾所謂的「倫理」，講的是社會性的實體，他把「法」和「道德」看成是「倫理」的環節和成份，說明他主張聯繫社會討論法權和道德問題，認爲，離開社會，則法權和道德都沒有現實性和根基。

註 釋

① 《黑格爾著作》，理論版，第 10 卷，第 312 頁。並參閱《法哲學原理》，第 110 頁。

② 黑格爾：《法哲學原理》，第 35 節也談到「人實質上不同於主體」（Vom Subjekt ist die Person wesentlich verschieden），那裡的「主體」不同於這裡所講的道德意義的「主體」（《法哲學原理》，第 46 頁）。

③ 伊爾亭編：《黑格爾法哲學》第 4 卷，第 299 頁。

④ 同上書，第 300 頁。

⑤ 黑格爾：《法哲學原理》，第 110 頁。

⑥ 同上書，第 110 頁。參閱伊爾亭編：《黑格爾法哲學》第 4 卷，第 300 頁：「主體是自由的定在，是自由的定在的基礎」。

⑦ 同上書，第 110、112 頁。並參閱諾克斯：《黑格爾的法哲學》，第 334—335 頁。

⑧ 黑格爾：《法哲學原理》，第 113 頁。

⑨⑩ 同上書，第 114—116 頁。

⑪ 同上書，第 115 頁。

⑫ 同上書，第 114 頁。

⑬　同上書，第 115 頁。「與概念的符合」不是在第 112 節而是在第 111 節講的，第 112 節講的是關於（丙）項「**普遍**主觀性」的內容。所以《黑格爾法哲學》伊爾亭本第 2 卷，第 398 頁在（乙）項後面注明參閱第 111 節，在（丙）項後面注明參閱第 112 節。——作者

⑭　同上書，第 115 頁。

⑮　《黑格爾著作》，理論版，第 7 卷，第 210 頁。參閱《法哲學原理》，第 115 頁。

⑯⑰⑱　黑格爾：《法哲學原理》，第 118 頁。參閱第 119 頁。

⑲　參閱伊爾亭編：《黑格爾法哲學》第 4 卷，第 314 頁。《法哲學原理》，第 121 頁。

⑳　同上書，第 315 頁。

㉑㉒　黑格爾：《法哲學原理》，第 120 頁。

㉓　同上書，第 122 頁。

㉔　同上書，第 121 頁。

㉕　伊爾亭編：《黑格爾法哲學》第 4 卷，第 313 頁。

㉖　《黑格爾著作》，理論版，第 10 卷，第 314 頁。

㉗㉘　黑格爾：《法哲學原理》，第 122 頁。

㉙　同上書，第 117 頁。參閱《黑格爾著作》，理論版，第 7 卷，第 213 頁。

㉚　伊爾亭編：《黑格爾法哲學》第 4 卷，第 311 頁。參閱《法哲學原理》，第 125 頁。

㉛　黑格爾：《法哲學原理》，第 117 頁。

㉜　《黑格爾著作》，理論版，第 10 卷，第 314 頁。

㉝㉞㉟　黑格爾：《法哲學原理》，第 126—128 頁。

㊱㊲　黑格爾：《哲學史講演錄》第 1 卷，第 51—52 頁。

㊳　同上書，第 104 頁。

㊴　同上書，第 4 卷，第 5 頁。

㊵　《黑格爾著作》，理論版，第 7 卷，第 236 頁。

㊶　黑格爾：《法哲學原理》，第 128 頁。參閱《小邏輯》，第 349—351 頁；伊爾亭編：《黑格爾法哲學》第 4 卷，第 337—338 頁：「我的個體性合乎邏輯地使自己提升爲普遍性，因爲普遍性是個體的眞理，我不能離開別人的福利而提高我的福利」。不過道德意圖所涉及的「一切人的福利」只是「單純的集合體，不是普遍性」。

㊷　黑格爾：《法哲學原理》，第 128 頁。

㊸　參閱伊爾亭編：《黑格爾法哲學》第 4 卷，第 338 頁。

㊹　黑格爾：《法哲學原理》，第 128、129 頁。

㊺　《黑格爾著作》，理論版，第 10 卷，第 314 頁。

㊻　黑格爾：《法哲學原理》，第 130 頁。

㊼　伊爾亭編：《黑格爾法哲學》第 4 卷，第 341 頁。

㊽　黑格爾：《法哲學原理》，第 110、131 頁。

㊾　同上書，第 129—131 頁。

㊿　同上書，第 131 頁。

(51)(52)　同上書，第 132 頁。

(53)(55)　同上書，第 133 頁。

(54)(56)　伊爾亭編：《黑格爾法哲學》第 4 卷，第 348 頁。

(57)　黑格爾：《法哲學原理》，第 133 頁。

(58)　《黑格爾著作》，理論版，第 7 卷，第 245 頁。參閱《法哲學原理》，第 133 頁。

(59)　伊爾亭編：《黑格爾法哲學》第 4 卷，第 348 頁。

(60)　霍托 (K. Hotho) 1822—1823 年與格里斯海姆 1824—1825 的聽講筆記的編者說明，第 131—133 節講第一階段，第 134—135 節講第二階段，第 136—140 節講第三階段（伊爾亭編：《黑格爾法哲學》第 3 卷，第 411—412 頁、第 4 卷，第 348 頁。

(61)　黑格爾：《法哲學原理》，第 133—134 頁。

(62)(63)　同上書，第 136 頁。

(64)　同上書，第 137 頁。

(65)　伊爾亭編：《黑格爾法哲學》第 3 卷，第 424 頁；第 4 卷，第 360 頁。

(66)　黑格爾：《法哲學原理》，第 139—140 頁。

(67)　同上書，第 139—143 頁。

(68)　同上書，第 28 頁。

(69)(70)　同上書，第 145 頁。

(71)　同上書，第 28 頁。

(72)　同上書，第 143 頁。參閱同上書，第 22—23 頁；諾克斯：《黑格爾的法哲學》第 342 頁。

(73)　同上書，第 143 頁。

⑭　黑格爾：《法哲學原理》，第 143 頁。參閱諾克斯：《黑格爾的法哲學》
　　第 342 頁。

⑮　同上書，第 144 頁。

⑯　同上書，第 145 頁。

⑰　同上書，第 161 頁。

⑱　同上書，第 162 頁。

⑲　同上書，第 162—163 頁。

⑳㉑　同上書，第 162 頁。參閱《黑格爾著作》，理論版，第 7 卷，第 287 頁。

㉒　同上書，第 162 頁。

第五章　「客觀精神」（下）——「倫理」

　　黑格爾認為，自由體現於「法」中，則自由只具有外在性、客觀性；自由體現於「善」中，則自由只具有內在性、主觀性；只有「倫理」（die Sittlichkeit）才結合兩者於一體，才是真實的自由。「倫理是**自由的**理念」①是自由的真理。黑格爾所說的「倫理」就是社會整體，而在他看來，社會整體是精神性的東西。他所謂「倫理是**自由的**理念」，無非是說，只有在精神性社會整體中才能有真正的自由。

　　在黑格爾看來，自由的理念乃是自我意識和倫理性的存在的統一②。這裡有兩個方面：一是個人的「自我意識」，這是主觀的方面；一是「倫理性的存在」，這是客觀的方面。個人的自我意識是「實現它（指「倫理」或「倫理性的存在」亦即「活的善」——引者）的方面，「善通過自我意識而被意願、被設定為實存」③。這也就是說「倫理性的存在」只有通過個人的自我意識才能被知道、被意願、被實現。就這一方面說，「倫理」是「活的善」：「善不是遲鈍無生氣的，它是活生生的合乎倫理的，這只是就善知道和意願來說」。④另一方面，「倫理性的存在」則是個人的自我意識的「絕對基礎和起推動作用的目的」⑤，自我意識只有在「倫理性的存在」中才是真實的，「倫理性的存在」推動個人的自我意識

向著眞正的自由前進。綜合這兩方面看，「倫理」可以說就是「**自由的概念**」既發展成爲「**現存世界**」又發展成爲「**自我意識的本性**」，換言之，「倫理」既是自由之體現於現存世界，又是自由之體現於個人的自我意識，它是普遍意志（或者說「意志的概念」）和特殊意志（或者說前者的「定在」）的統一。《哲學全書》說得更具體：「實體（指「倫理實體」——引者）是自由的個體性與其普遍性的絕對統一，所以某一個**個體保持自己**和關心自己的這種**實在性**與**活動**，既要受他唯一存在於其中的現存的全體的制約，又要過渡到產生出普遍性的東西。——個體的**意向**就是**認識到實體**，**認識到**個體的一切利益與全體同一；而別的個體在此同一中相互認識並實際上處於此同一中，這就是**信賴**（Vertrauen），即眞正倫理的意向。」⑥說得通俗淺顯一點，「倫理的意向」就是既出自個人內心的道德意志，又合乎普遍的法的意向。例如家庭成員間的愛，便是「倫理的意向」的一種形式（當然還只是低級的形式），在這裡，成員間既不單純受外在的法的制約，又不是單純出自道德良心而結合，他們是靠「倫理的意向」、靠「信賴」而處於「同一」之中。黑格爾曾用不同的名詞來稱謂「倫理」，如「倫理性的東西」、「倫理原則」、「倫理實體」、「倫理精神」等等。有時他用這個稱謂，是爲了著重其客觀方面，有時他又用另一個稱謂，則是爲了著重其主觀方面，這就要看各種稱謂的上下文來確定。不過總起來說，在「倫理」中，普遍的、客觀的方面優先於個體的、主觀的方面，這是黑格爾思想的一個基本論點。黑格爾說：「在考察倫理時永遠只有兩種觀點可能」：一種是把普遍性的實體性看作第一位的，即「從實體性出發」的觀點；一種是相反地把個體的東西當作第一位的，這是一種「原子式地進行探討，即以單個的人爲基礎而逐漸提高」的觀點。後一種觀點在

黑格爾看來是「沒有精神的，因為它只能做到集合並列」，它把倫理的實體不是理解為「精神」，而是理解為個體的偶然堆集。⑦

（甲）從客觀方面亦即「客觀倫理」（das objektive Sittliche）的方面來說，黑格爾認為它就是「實體」，不過這個「實體」必須通過自我相關的「主觀性」⑧即個人的自我才能成為不是空洞的而是**具體的實體**，成為包含有「固定內容」、有「差別」的東西，這個內容或差別也就是具有獨立性、客觀性的「**規章制度**」。反過來說，在具有客觀性的規章制度中也「充滿著主觀性」，因為這種客觀性的東西也是通過個人的「主觀性」而建立起來的。只是當規章制度一旦建立起來以後，它們就成為倫理的個人所「**不自覺**」地遵守的「必然性」，這種「必然性」同時又是「合理性」，是「自由」，它構成一種「**倫理力量**」，個人對「倫理力量」的關係乃是「偶性對實體的關係」，「個人只是作為一種偶性的東西同它（指「倫理實體」——引者）發生關係。個人存在與否，對客觀倫理說來是無所謂的，唯有客觀倫理才是永恒的，並且是調整個人生活的力量」。黑格爾在這裡甚至把「倫理」與個人的關係看作是「神」與個人的關係，認為在神面前，「個人的忙忙碌碌不過是玩蹺蹺板的遊戲罷了」。⑨

（乙）從主觀方面亦即從個人的特殊意志或自我意識方面來說，「倫理性的實體」乃是「認識的客體」（Objekt des Wissens）。「倫理性的實體，它的法律和權力」作為「認識的客體」，一方面是獨立於主體而存在著的，另一方面它們就是主體「**所特有的本質**」，它們不是一種與主體「**異己的東西**」（ein Fremdes，「一種陌生的東西」⑩，主體或個人正是在「倫理性的實體，它的法律和權力」中才有**自己的尊嚴**（Selbstgefühl）⑪所以個人對於「倫理性的實體」的關係就同自己對自己的關係一樣。「法律雖然與主

體有區別，但另一方面又不是異己的，自我意識在法律中就是在自己本身之中，而且只是就這一點來說，自我意識才是精神，否則就是無精神的東西。人們可以服從沒有文化修養的法律，但那只不過是我們作爲一個奴隸服從它，服從一種外部的異己的東西。」⑫

關於「倫理」中普遍與特殊，客觀與主觀兩方面的關係問題，黑格爾的基本觀點就是如此。

黑格爾根據上述的基本觀點，闡述了他的義務學說。他認爲，如果把個人和「倫理性的實體」、法律和權力分裂開來，把個人完全看成是主觀的、特殊的東西，那麼，法律和權力就成了「拘束著他的意志」的「義務」，這樣的義務論「不是一種哲學科學」。黑格爾把他所主張的義務論叫做「倫理學的**義務論**」(die ethische Pflichtenlehre) ⑬，這是一種「客觀學說」，它是「倫理必然性的圓圈的系統發展」，按照他的這種學說，「各種倫理性的規定(指家庭、市民社會、國家等——引者) 都表現爲必然的關係」，而這些關係又是「由於自由的理念」而成爲必然的，這樣，個人就不會覺得這些倫理關係和規定是外在的限制，因此也用不著再給每一規定加上一句結語說：「**因此，這一規定對人們說來是一種義務**」。說義務是拘束，是限制，那只是對抽象的自由，對割裂主觀與客觀、個體與普遍的觀點而說的。眞正講來，在義務中，個人不但不受到限制，而且是「獲得了解放」，即擺脫了自然衝動，擺脫了主觀性。在這樣的意義下，義務或「國家的一切規定和組織」所限制的，僅僅是「主觀性的任性」，僅僅是「自由的抽象，即不自由」。⑭

黑格爾認爲，「倫理性的東西」在現實性的個人身上，表現爲「這些個人的普遍行爲方式」即「風尙」(Sitte)，「風尙」是個人

對「倫理性的東西」的「習慣」，是人的「第二天性」，是「屬於自由精神方面的規律」，大家都習慣成自然地遵循著它，就像動物、樹木、太陽都遵循著自然規律一樣。⑮

　　根據「從實體性出發」（不是從單個的個人出發）⑯的觀點，黑格爾把「倫理」的發展過程分為由低到高的三個階段。這三個階段就是「倫理」這種精神進行自我認識、自我實現的過程，亦即「倫理」的精神「客觀化」自身的過程。第一個階段是「直接的或**自然的倫理精神**」──「家庭」。這個階段「包含著**自然的環**節，即個體以其自然的普遍性，**族類**（Gattung），作為它的實體性的定在，──即性的關係，不過這種性的關係已被提升到了精神的規定性；這是愛與信任感（Gesinnung des Zutrauens）的和諧一致；──精神作為家庭是有感受性的精神（empfindender Geist）」。⑰第一個階段是「實體性」尚未分化或特殊化的階段，當它「喪失了它的統一，進行分解，而達於相對性的觀點」⑱。或者說，當其「達於」特殊的單個人的觀點時，就是第二個階段──「市民社會」。「市民社會」是「各個成員作為**獨立的單個人**的聯合，因而也就是在**形式普遍性**中的聯合。」⑲它是「諸個體作為彼此獨立的個人（Personen）在一種形式普遍性中的諸相對關係的相對的全體（Totalitaet）。」⑳所謂「形式普遍性」就是抽象的普遍性，這種普遍性中的個人只是抽象地集合在一起，只是**外在地**聯合在一起，尚未結合成為一個有機的全體或「具體的普遍性」。只有第三個階段──「國家」才是一個有機的全體或具體普遍，它是「作為發展成一種有機實在性（Wirklichkeit）的精神的有自我意識的實體。」㉑這樣，從「家庭」經「市民社會」到「國家」，也可以說是「倫理」的精神從未經分化的普遍性經特殊性到二者的有機統一──個體性的發展過程。㉒

第一階段「家庭」

家庭（die Familie）的特性是愛（die Liebe），它是靠愛結合起來的。所謂愛，就是精神的「自我感受著的統一性」（sich empfindene Einheit）㉓，在這裡，個人自我意識到自己不是一個孤立的、「獨立的人」，而是處於統一體之中，是其中的一個「成員」。所以愛既是「倫理」的精神，又是一種「感受性」（Empfindung，中譯本作感覺），因而是「具有自然形式的倫理」。而在倫理精神的高級階段——國家中，人們所意識到的統一便不再是具有自然形式的愛，而是法律。要說個人在家庭這個統一體中享有「權利」（das Recht），那麼，這種「權利」「只有在家庭開始解體，而原來的家庭成員在情緒上和實際上開始成為獨立的人的時候，才以**權利**（作為**特定單一性**的抽象環節）**的形式**出現」，例如財產、生活費、教育費等「權利」都是在家庭開始解體即子女開始成為獨立個人的過程中出現的。如果不採取這種抽象的「權利」的意義，那麼，我們也可以說，「家庭的權利」正在於它是一個實體性的統一體，構成此統一體的各個環節（即個人）無權「退出這一統一體」，因為它們不是靠外在的東西，而是靠愛結合在一起的。不過，另一方面，正如前面已經說過的，愛是一種感受性，是一種主觀的東西，對於這樣的東西，根本不能提出什麼統一的要求，因為要求統一，只能是對於外在的東西，對於不以感受性為條件的東西而說的。㉔

家庭分為以下三個環節或階段：

第一個環節是婚姻（die Ehe）。黑格爾認為，婚姻作為「**直接倫理**關係」首先包含「**自然**生活」的因素即「自然的性的統一」，但這種「統一」是不自覺的或「內在的」，從而是外在的「實存」，

也就是說，並非眞正的有機的統一，所以還必須包含有「自我意識」的因素。只有在「自我意識」中，「自然的性的統一」，才轉變爲「**精神的**統一，自我意識的愛」。㉕「愛是婚姻的倫理性環節」。㉖正是在婚姻的統一性中，男女雙方才「自我意識」到了「自己的實體性」。據此，黑格爾旣反對單純地把婚姻看成只是性的關係的觀點，也反對把婚姻看成只是契約關係的觀點，同時還反對把婚姻看成僅僅建立在愛的基礎上的觀點。愛是一種感受性，有主觀性、偶然性的因素。黑格爾認爲如果要對婚姻下一個精確的定義，那就應該說：「婚姻是具有法的意義的倫理性的愛」，只有對愛作了這樣的限定，才可以「消除愛中一切倏忽即逝的、反覆無常的和赤裸裸主觀的因素。」㉗爲了消除主觀性偶然性的因素，黑格爾讚賞父母指定婚姻，認爲這是「一條更合乎倫理的道路，因爲在這條道路上，結婚的決斷發生在先，而愛慕產生在後，因而在實際結婚中，決斷和愛慕這兩個方面就合而爲一」。㉘他認爲戀愛是現代哲學的「主體性原則」（「主觀原則」）的表現，但他在這個問題上寧可主張遵從「父母之命」。此外，他還認爲「婚姻**就其概念說**是不能離異的」，「因爲婚姻的目的是倫理性的，它是那樣崇高，以致其他一切都對它顯得無能爲力，而且都受它支配。」他也容許離婚的可能性，但他認爲「立法必須盡量使這一離異可能性難以實現，以維護倫理的法來反對任性。」㉙黑格爾贊成一夫一妻制，但在男女雙方的關係上，明顯地表現了很多重男輕女的封建思想。黑格爾撇開家庭、一夫一妻制以及婚姻的不可離異性等等的歷史上的、經濟上的因素，顯然是一種唯心史觀。不過，黑格爾強調家庭應以愛爲基礎，又同時注意清除感情的主觀任意性，這個基本想法還是值得重視的。恩格斯關於這些方面的論述和論斷，應該是我們的指南。㉚

　　正如個人擁有財產權一樣，黑格爾認爲家庭作爲人格（Person）也有它的「定在」，這就是家庭的第二個環節「家庭財富」（das Vermoegen der Familie）。通過「家庭財富」，單個人的特殊需要和欲望就「轉變爲對一種**共同體**的關懷和增益，就是說轉變爲一種**倫理性的東西**」。㉛黑格爾認爲，家庭以男人爲家長，男人出外謀生，有權支配管理家庭財產，也有權作爲對外的代表。㉜恩格斯說：「男子在婚姻上的支配權只是他的經濟支配底簡單的後果」。㉝黑格爾在一定程度上看到了這個事實。

　　家庭的第三個環節是「子女教育和家庭解體」。教育的目的有「肯定的」與「否定的」兩個方面：前者是以直接的、尚未分裂爲對立面的即自然的「感受性」形式（也就是以愛、信任和服從的方式）給子女「灌輸倫理原則」㉞，使子女的意識和意志從屬於普遍物（「把普遍物陶鑄到他們的意識和意志中去」㉟），破除個人主觀任性的成份；後者是使子女具有獨立性，具有「脫離家庭的自然統一體的能力」。㊱而子女的獨立性就導致原先的家庭的解體。這樣，「家庭」就完成了自己的使命而過渡到了「市民社會」。「實體，作爲把自己抽象地特殊化爲許多**個人**（Personen）（家庭僅僅是**一個人**）、特殊化爲諸家庭或個體（這些個人、家庭或個體是獨立自由的，是作爲**特殊的東西**而自爲地存在的）的精神，首先失去了它的倫理的規定性，因爲這些個人本身不以絕對的統一性而以他們自己的特殊性和他們的自爲存在作爲他們意識的內容和目的，——這是一種原子論的體系。實體就按這種方式僅僅變成了由諸獨立端點及其特殊利益構成的一種普遍的、有中介的集合；這個集合的自我發展的整體，就是作爲市民社會的國家，或者說就是**外部國家**」㊲。這段話告訴我們：「市民社會」是由家庭中獨立出來的個人彼此外在地、像原子一樣地聯合起來

一個集合體，由於他們的聯合是外在的，所以又叫「外部國家」。在「市民社會」中，由於各人追求各自的私利和目的，所以像「家庭」那樣的普遍性原則即「倫理的規定性」喪失了；但「市民社會」中的個人之間仍然存在著相互依賴性，因而也存在著普遍性，只不過這種普遍性是「在它的特殊物中**映現**爲它的形式」㊳，也就是說，「市民社會」是普遍性之分裂爲特殊性，是倫理性的原則之映現爲「現象界」，相當於邏輯學「本質」階段中的「反思關係。」㊴

第二階段「市民社會」

「市民社會」（die buergerliche Gesellschaft）有兩個原則：一是「具體的人」，他作爲特殊的東西本身就是目的，他是他的「各種需要的整體以及自然必然性和任性的混合體」，這個原則是講的「市民社會」中各個成員的**特殊性**；另一個原則是「**普遍性**的形式」，意思是說，每一個特殊的人本質上都同別人的特殊性相關，「如果他不同別人發生關係，他就不能達到他的全部目的，因此，其他人便成爲特殊的人達到目的的手段」，而個人的「特殊目的」在「通過同他人的關係」中就賦予了自身以「**普遍性**的形式」㊵。這兩個原則在「市民社會」中既是「分離的」，又是「相互制約」的㊶。也就因爲這個緣故，「市民社會」中的成員既是一個一個獨立的原子，又有相互依賴性，他們還沒有像在以後的階段「國家」中那樣結合成爲一個有機的倫理整體。「市民社會」是「處在家庭和國家之間的差別的階段。」㊷「家庭」是把獨立的個人結合成爲**一個人**，「市民社會」是外在地聯繫在一起的原子式的個人，它以差別性、特殊性爲主導，「國家」則回復到把各個個人結合爲**一個人**即一個有機的整體。

　　黑格爾所謂的「市民社會」，實際上是指近代的資本主義社會，所以他說：「它的形成比國家晚」，它「是在現代世界中形成的」。㊸的確，資本主義社會是以主體性、特殊性爲主要原則的。黑格爾認爲，和近代國家（即「市民社會」或「外部國家」）的這種原則相反㊹，古代國家則缺乏主體性、特殊性。「希臘也不認識我們近代國家的抽象的權利，這種權利把個人孤立起來，准許他按個人的選擇去行動（使得他主要是作爲個人而存在），但它又像一種不可見的精神，把一切人結合起來──使得在任何一個人裡面，眞正說來，旣沒有那種爲了整體的意識也沒有那種爲了整體的活動；他爲整體而工作，但是却不知道他在怎麼爲它工作，他只是關心於保存自己。……**市民的**自由就是等於不需要普遍的原則，就是孤立的原理。但是市民的自由……是一個必要的環節，那是古代的國家所不熟悉的」㊺。柏拉圖的理想國把這個原則「從實體性的國家中完全排除出去」。黑格爾指出：「柏拉圖的理想國要把特殊性排除出去，但這是徒然的，因爲這種辦法與解放特殊性的這種理念的無限權利是相矛盾的。」從這些論述中可以看到，黑格爾是一個重視近代國家原則、重視主體性、特殊性即「主觀自由的原則」的哲學家。不過，在黑格爾看來，特殊性與普遍性相比，普遍性是根本的，它是特殊性的基礎：「特殊性的原則，正是隨著它自爲地發展爲整體而推移到**普遍性**，並且只有在普遍性中才達到它的眞理以及它的肯定現實性（Wirklichkeit，實在性）所應有的權利。」㊻

　　「市民社會」包含下列三個環節。

　　第一個環節是「需要的體系」（das System der Beduerfnisse）。每個人的需要與滿足如飲食、住房、穿衣等，都要借助別人，要以別人爲「中介」㊼，具體地說，也就是要通過自己的勞動，

以及別人的勞動與別人需要的滿足，而這就形成了一個「需要的體系」。《哲學全書》說：「各個個人的特殊性首先包括他們的需要。滿足需要的可能性在這裡是被安放在社會的聯繫，即一般的**財富**（Vermoegen）之中的，一切需要的滿足都要從財富那裡獲得。」㊽《耶拿現實哲學》說：由於個人需要的滿足是必須通過別人的勞動，這樣，「需要和勞動就提高爲這種普遍性，於是在一個大的民族（Volk）中自爲地構成了一個共同生活和相互依賴的龐大體系」㊾。這裡，黑格爾實際上是把「需要的體系」了解爲物質生活關係的體系。馬克思說：「這種物質生活關係的總體，黑格爾學十八世紀的英國人和法國人的榜樣，稱之爲『市民社會』。」㊿

　　從上述「需要的體系」的形成可以看到，需要是通過兩種手段而得到滿足的：（甲）通過外在物，這種外在物按「市民社會」的觀點看也同樣是別人需要和別人意志的所有物和產品。（乙）通過勞動，[51]具體地說，通過交換者「**自己的勞動**所製造出來的不斷更新的交換手段」，而「通過一切人的勞動而得到滿足的中介或工具，構成一般的財富。」[52]結合這兩方面來看，「市民社會」中每個個人主觀**特殊性**的滿足都跟「別人的需要和自由任性」有關係，而這種關係就構成了「市民社會」中的普遍性。《耶拿現實哲學》：「每個人的勞動就其內容來看是一種爲一切人的需要的普遍的勞動，……也就是說，勞動具有一種價值（Wert）；他的勞動和財產（Besitz）並非對他個人來說的那樣的意義，而是對一切人來說的那種意義。需要的滿足是一切人相互之間的一種普遍的依賴性。」[53]不過，這裡的普遍性應是抽象的，還不是有機聯繫的統一整體，因爲「市民社會」以特殊性爲主導原則，它是一個「有限性的領域」，其中的普遍性、合理性只是普遍性、合理性的「映

現」(Scheinen，《法哲學原理》中譯本譯作「表現」)，也就是說，只是「**知性**」(Verstand，《法哲學原理》中譯本譯作「理智」)，正是這種知性的普遍性、合理性起著調和「市民社會」中個人彼此間的關係的作用。黑格爾認為，亞當·斯密(1723—1790)、約翰·巴蒂斯特·塞伊(1767—1832)和大衛·李嘉圖(1772—1823)三個古典經濟學家的政治經濟學，就是「從上述需要和勞動的觀點出發、然後按照群眾關係和群眾運動的質和量的規定性以及它們的複雜性來闡明這些關係和運動的一門科學。」黑格爾很讚賞政治經濟學能從複雜的、雜亂無章的物質需要的各種現象中找出規律性的東西。(54)

根據以上所說，黑格爾把「需要的體系」歸納為三個要素：

一是「需要及其滿足的方式」。動物的需要是有侷限性的，滿足需要的手段和方法也是有侷限性的，人雖然也受限制，但人能越出限制，人的需要和滿足需要的手段是多樣化的。從這種經濟需要的觀點來看，任何不同國度的人都是一樣的，他是作為不同於動物的意義下的人(Mensch)，這裡的「人」(Mensch)既不是「抽象法」領域中所講的人(Person)，也不是「道德」領域中所講的「主體」，而是有經濟需要的「市民社會」中的「市民」(Buerger)，這種意義下的人(Mensch)是一種「具體的表象(das Konkretum der Vorstellung)」(55)。黑格爾在這裡又一次特別強調了各個人的需要的相互依賴性和社會性。「需要和手段，作為實在的定在，就成為一種**為他人的存在**，而他人的需要和勞動就是大家彼此滿足的條件。」(56)當然，如前所述，「市民社會」中的社會聯結是**抽象的**，它是彼此獨立的單個人之間的聯結，不像婚姻的聯結那樣深切：「抽象」是「市民社會」中「個人之間相互關係的規定」。(57)黑格爾認為，需要有「直接的或自然的需要」

和「**表象**的精神需要」，前者是特殊物，後者是普遍物，而社會需要則是兩種需要之間的聯繫，其中，「**表象**的精神需要」佔優勢，它包含有「**解放**的一面」，——它使人更多地關心精神方面，關心他自己的意見，同時也是關心普遍的意見，以及關心他自己的行為所造成的必然後果，而不止是關心外在的、偶然的東西。⑧黑格爾在這裡實際上攻擊了盧梭的回到自然的觀點。不過，這裡所講的精神需要還只是屬於**表象**（Vorstellung）的，人所關心的自己的意見，仍然具有特殊性，一個特殊目的滿足了，另一個特殊目的又隨之而起，如此遞進，以至無窮，所以「這種解放是**形式的**」，永無最後的滿足。

「需要的體系」的第二個要素是「勞動的方式」。

黑格爾認為，勞動是需要與滿足需要的手段之間的中介。⑨自然界直接提供物質，而勞動則「加工於自然界所直接提供的物質」，使之符合人的各種目的。「這種造形加工使手段具有價值和實用」⑩可以看到，黑格爾關於勞動的概念實際上與馬克思關於勞動的概念是比較接近的。馬克思說：「勞動過程的簡單要素是：**有目的的活動或勞動本身**，勞動**對象**和勞動**資料**」⑪。只是黑格爾在這裡所講的「手段」還是籠統的。

黑格爾非常強調勞動創造價值的意義⑫：「勞動」的「造形加工」「使手段具有價值和實用。這樣，人在自己消費中所涉及的主要是人的產品，而他所消費的正是人的努力的成果」。「人通過流汗和勞動而獲得滿足需要的手段。」⑬格里斯海姆 1824—1825年的聽講筆錄對於手段的創造價值的意義作了細緻的分析：「造形加工的後果首先是使手段具有兩個方面，第一是自然的方面，第二是我的形式的方面，後者獨特地給予手段以價值」。⑭黑格爾在這裡還舉例說明了在滿足需要的手段中，自然給予的是「最微

小的」，而「我的勞動、活動則成爲佔支配地位的東西。」⑥勞動所包含的「解放的環節」就在於人在自然所提供的物質條件中「同他自己所有的東西發生關係。」⑥黑格爾在這裡很重視通過勞動所進行的理論教養和實踐教養，認爲科學和技術是人類的驕傲。⑥

格里斯海姆的聽課筆記說明，黑格爾在看到勞動的尊嚴的同時，注意到了國民經濟學中對資本主義的批評，他說：「在國民經濟學中，單純的消費者聲名很不佳，資本家，社會的蜂蟲，他們不事生產，不接近爲他人的手段，他們擁有手段，但不製造出任何東西。」⑥

黑格爾認爲，勞動只能在社會的聯繫中、在「市民社會」的各個成員的相互依賴中才得以實行：「需要和手段，作爲實在的定在，就成爲一種**爲他人的存在**，而他人的需要和勞動就是大家彼此滿足的條件」。「我必須配合著別人而行動」。⑥「滿足需要的可能性是被安放在社會的聯繫之中的」。⑥《耶拿現實哲學》關於勞動的社會性講得尤其具體，黑格爾在這裡特別著重地論述了勞動技能和勞動工具的社會性：他認爲，一個人具有比其他人更高的、特殊的技藝水平，從而發明了某種有效的工具，「但是在他的特殊技藝中真正普遍的東西乃是，**發明**了一種普遍的東西」，這種普遍的東西就是工具，工具就其爲個人的特殊發明而言具有特殊性，但就其爲一切人的「直接的普遍的財產」而言則具有普遍性。⑥而且「在工具中，勞動具有其持存性」，欲望者和被欲望的事物是要「消逝的」，而工具則「在傳統中被繼承下來」⑥。

黑格爾還認爲，由於各個人的需要之不同以及滿足需要的手段之不同，就產生了勞動分工（die Teilung der Arbeit）。⑥分工使「個人的勞動」「變得**更加**簡單」，使「他在其抽象的勞動中

的技能提高了，他的生產量也增加了。同時，技能和手段的這種抽象化使人們之間在滿足其他需要的**依賴性**和**相互關係**得以完成，並使之成爲一種完全必然性。此外，生產的抽象化使勞動越來越**機械化**，到了最後人就可以走開，而讓機器來代替他。」⑭黑格爾在《法哲學原理》的這段論述中，沒有很明朗地說到勞動分工的消極方面的結果。這個方面在格里斯海姆 1824—1825 年的聽課筆記中卻有明白的論述：「勞動變得越來越冷漠無情，這裡沒有爲知性考慮的多樣性。勞動者的依賴性是工廠的一個結果，他們使精神在勞動中遲鈍了，他們變得完全不自主，他們變成完全片面的，從而幾乎沒有別的辦法維持生計，因爲他們只專心於這一個工作中，只習慣於它，他們變成各方面都是最不自主的人，精神沉寂了」⑮，「勞動分工越廣泛，就變得越缺乏精神，越機械，越加貶低人的地位」。⑯黑格爾的這些話使我們聯想到他在《耶拿現實哲學》中關於「市民社會」中勞動消極面的一段更爲激進、更爲廣泛的論述：「因而大批人群注定要從事工廠、工場、礦山等等十分呆板、不健康、不安全而又限制才能的勞動；那些維持一大批人生活的工業部門，在別國由於發明而流行新式樣或價廉物美的情況下，一下子就枯竭了，而這一整批人群便陷於貧困而無以自拔」。⑰馬克思說黑格爾只看到勞動的積極方面，未看到勞動的消極方面，顯然是因爲他當時未能看到黑格爾的這些資料的緣故。馬克思所謂勞動的積極方面，是指黑格爾在《精神現象學》中「認識到**勞動**的本質，把對象化的人——現實的、所以是眞實的人——了解爲他**自己的勞動的結果**」。⑱《精神現象學》中關於勞動的積極方面的思想，在《法哲學原理》中更加具體化了：如上所述，《法哲學原理》明確提出了勞動的尊嚴，強調勞動創造價值，人人依靠勞動把自然變成勞動對象，變成滿足自己需要的手

段。

「需要的體系」的第三個要素是「財富」（das Vermögen）。人們在勞動和對需要的滿足中都是相互依賴、相互關聯的，也就因爲這個緣故，個人主觀的、爲謀自己私利的活動，也會對滿足別人的需要有所貢獻、有所幫助，這種「轉化」也可以說是個人主觀的、爲謀自己私利的活動「通過普遍物而轉化爲特殊物的中介」。這裡所說的「普遍物」就是指**普遍而持久的財富**：「在一切人相互依賴全面交織中所含有的必然性，現在對每個人說來，就是**普遍而持久的財富**」。黑格爾在這裡告訴我們，個人在爲自己的私利而勞動生產的同時，也就創造了「普遍物」——「普遍財富」（das allgemeine vermögen，亦可譯作公共財富）⑲，從而對滿足別人的需要作出貢獻。

「對普遍財富的具體分配」是一種「普遍事務」（「公共事務」），是在社會的聯繫中進行的，這種分配造成「特定的集團」，這集團各有各自的「生計基礎」（Subsistenzbasis）、相應的「勞動形態」、「需要形態」、「滿足需要的手段的形態」以及「目的、利益、精神文化和習慣的形態」，而這樣的一些集團就構成「等級差別」（Unterschied der Staende）。至於個人屬於何種階層，則受「天賦、技能、任意性和偶然性」的制約⑳，甚至「受到自己直接基礎（資本）（Kapital）的**制約**」㉑。黑格爾在這裡主張「人的自然不平等」，認爲，「提出平等的要求」來對抗**特殊性的客觀法**，是屬於「空洞的知性」（「空洞的理智」）的東西。至於個人屬於哪一特殊等級的決定性因素，則「在於**主觀意見和特殊任性**」，也就是說，「出於自己的決定並通過本身的活動、勤勞和技能」㉒。這樣看來，等級之出現乃是必然的：「市民社會之區分爲眾多普遍部門乃是必然的。如果說，國家的第一個基礎是家庭，那末它的

第二個基礎就是等級」。⑧「凡有市民社會的地方，與之相聯繫，凡有國家的地方，就會出現等級差別，因爲只有普遍的實體有機地**特殊化**其自身才能作爲活生生的東西而**實存著**」。⑧等級乃是普遍實體之「特殊化」。

黑格爾結合等級的必然性又一次⑧強調了主觀特殊性原則在西方近代思想、近代政治中的重要性。他說：「就在這方面，關於特殊性和主觀性的原則，也顯示出東方與西方之間以及古代與現代之間政治生活的差別」。⑧在東方和古代，整體之分爲等級是「從自身中客觀地」（objektiv von selbst）⑧發生的，也就是說缺乏等級特殊性的主觀能動性，例如在柏拉圖的理想國中，「個人之分屬於各等級是聽憑統治者來決定的」，在印度的種姓制度中則是「聽憑**純粹**出生的事實來決定的」也就因爲這個緣故，在東方和古代的思想和政治中，「主觀特殊性」和「整體」之間不能得到「協調」，「主觀特殊性」成了與「整體」相敵對的原則。這裡，黑格爾明顯地反對按出生、血統來劃分等級，而主張按個人「本身的活動、勤勞和技能」來劃分等級。黑格爾主張，「主觀特殊性」原則應「被維持在客觀秩序中並適合於客觀秩序」，同時「其權利」應「得到承認」，只有這樣，這個原則才能「使整個市民社會變得富有生氣、使思維活動、功績和尊嚴的發展變得生動活潑」。⑧

有三個等級：

一是「實體性的或直接的等級」⑧（又稱「實體的、自然的等級」⑨），這個等級是指農業等級，它「以它所耕種**土地**的自然產物爲它的財富」，「由於勞動及其成果是與**個別**固定的季節相聯繫，又由於收成是以自然過程的變化爲轉移，所以這一等級的需要就以**防患未然**爲目的。但是，這裡的條件使它保持著一種不大需要以反思和自己意志爲中介的生活方式」。⑨黑格爾認爲，這個

等級依靠自然的成份多於依靠個人勤勞、依靠人的反思和知性的成份，故叫做「實體性的」、「直接的」或「自然的」等級，相當於特殊性尙未分化的階段。⑫

　　二是「反思的或**形式的**等級」，即「產業等級」。「**產業等級**以對自然產物的**加工製造**爲職業。它從它的**勞動**中，從**反思和理智**中，以及本質上是從別人的需要和勞動的中介中，獲得它的生活資料。它所生產的以及它所享受的，主要歸功於**它自己**，即它本身的活動」。這個等級又分「手工業等級」、「工業等級」和「商業等級」。「反思等級」就其以「反思」、「知性」（「理智」）爲本質而言，相當於特殊性的階段。農業等級主要依靠自然，「很少想到自身」──很少反思和自我意志，故有「依賴心」和「逆來順受」的心理；與此相反，「產業等級」則「比較傾向自由」。⑬

　　三是「普遍等級」，⑭又稱「思想的等級」。⑮「**普遍等級**以社會狀態的**普遍利益**爲其職業，因此，必須使它免予參加直接勞動來滿足需要」。⑯這個等級實際上也可稱爲國家公僕的等級（der Stand der Staatsdiener）⑰，亦即官員（die Beamten）⑱等級。

　　「市民社會」的第二個環節是「司法」（die Rechtspflege）。

　　整個「需要的體系」雖然都是根據各人知識和意志的**特殊**需要，但這種特殊性又包含著絕對的普遍性或「**自由**的普遍性」，當然，在「市民社會」的階段，這種「**自由**的普遍性」也還是**抽象的**，尙未達到「國家」階段中**具體的**普遍性。不過這裡的抽象普遍性又不像在「抽象法」領域中那樣是「**自在的**」，而是已經「達到了它的有效的現實性」，因爲在「市民社會」中，財產關係和契約關係都由「司法」來保護，侵犯個人財產和破壞個人之間的契約關係，都不僅僅是特殊個人的事，而且是包含著普遍性即社會

性的事。黑格爾認爲，在「抽象法」的領域中，需要與勞動之間的**關聯性**並沒有具體地體現出來（即只是「**在自身中的反思**」），只是到了「市民社會」的領域，人有了「教養」，有了「法律」，這才給予「抽象法」以「定在」，給予上述**關聯性**以具體體現，使這種**關聯性**成爲普遍地被承認、被認識和被希求的東西。也就是說，「法律」使「抽象法」成爲有效的和現實的東西⑨。法作爲固定的普遍物而被提供到意識面前，**被知道**和**被法定**爲具有效力的東西；──這就是**法律**（das Gesetz）。⑩黑格爾在這裡明確指出了「法」和「法律」的不同。此外，他還強調了人在法律面前的平等，認爲「教養」的一個目的就在於把人當作人來對待，不管他是猶太人、天主教徒、基督教徒、德國人、意大利人等等，他明確斷言，這個原則是「無限重要的」。⑩

「司法」分爲「作爲法律的法」、「法律的定在」和「法院」三環節。黑格爾在這些部分中強調「法典」的必要性，反對依靠習慣法和裁判上的先例，他主張法律必須普遍地爲人知曉，審判應該公開，他反對封建制度下有權勢的人不應法院的傳喚，藐視法院，這樣的封建狀態是「與法院的理念相違背的。」⑩

在「司法」中，「市民社會」進展到了「自在地存在的普遍物」（即「抽象法」）和「主觀特殊性」（即個人「福利」或個人滿足）⑩的「統一」⑩。只講普遍性的「法」而不講個人「福利」，或者只講個人「福利」而不講普遍性的「法」，則雙方都將受到損害⑩。但是在「市民社會」中，這二者的統一並未達到有機的、內在統一的地步，「法」與「福利」仍然有彼此外在的性質，因此，個人「特殊福利」是用某種外在的東西來維持和保護的，這種外在的東西就是所謂「警察」和「同業公會」，它們是上述的「統一」之「實現」（Verwirklichung），是它「擴展到特殊性的全部範圍」

⑩的結果。黑格爾在這裡所用的「擴展」（Ausdehnung）一詞，暗含著某種程度的外在關係。

這樣，「市民社會」就由其第二個環節「司法」過渡到了第三個環節「警察和同業公會（die Polizei und Korporation）」。

黑格爾所謂的「警察」比通常所說的「警察」的含義要廣泛得多，它實際上是指一般的行政事務、公共權威，也就是他所說的「公共權力」（oeffentliche Macht）⑩。格里斯海姆1824—1825年的聽課筆記：「警察一詞來源於 Polis Politia，它最初是指全部國家的活動，現在它不《再》是指倫理普遍物本身的活動，而只是指就市民社會而說的普遍物的活動，指作為外部國家而言的國家的活動」。⑩因此，在黑格爾看來，像規定日常生活必需品的價格，對商品進行檢查，強制教育，強制種痘等等也都是「警察」的活動。黑格爾說：「在社會的必然性的機構中，這種滿足的偶然性會以各種方式出現」⑩，也就因為這個緣故，所以需要有一種調整和監督的權力以保證個人「福利」，使個人的權力不受阻撓。這就是黑格爾所謂「警察」的含義。

這裡特別有意義的是，黑格爾說到了現代工業社會的辯證法⑩：

黑格爾說：當市民社會處在順利展開活動的狀態時，它的「本身內部」⑩就會在**人口**和**工業**方面向前開展，其結果必然是一方面由於利潤的增長而使「**財富的積累**增長」，另一方面由於勞動的分工和侷限性而使「束縛於這種勞動的階級的**依賴性**和**潰乏**」「愈益增長」，這樣，勞動階級就會喪失自由和「市民社會的精神利益」。⑩格里斯海姆的聽課筆記表明黑格爾在這段話裡實際上就是講的「市民社會」中的階級對立⑩。有意思的是黑格爾在這段話裡強調貧困和階級對立並不是社會處於困難或衰落狀態的特

徵，而是「當市民社會處在順利展開活動的狀態時」的現象，這就更加深刻地說明了貧困和階級對立的社會根源。黑格爾還說：「當廣大群眾的生活降到一定水平──作爲社會成員所必需的自然而然得到調整的水平──之下，從而喪失了自食其力的這種正義、正直和**自尊**的感情時，就會產生**賤民**，而賤民之產生同時使不平均的財富更容易集中在少數人手中」⑭。格里斯海姆1824─1825年的聽課筆記還講了這麼一句：「這裡所描述的就是貧困的表現以及我們所謂賤民（Poebel）的角色。」⑮黑格爾所謂「賤民」實際上就是無產者，黑格爾非常強調無產者對資本家、對社會和政府的對抗情緒：「貧困自身並不使人就成爲賤民，賤民只是決定於跟貧困相結合的情緒，即決定於對富人、對社會、對政府等等的內心反抗」。⑯當然黑格爾還不可能用階級分析的方法對「賤民」或無產者作出科學的界說。此外，他還站在資產階級的立場，輕視「賤民」，籠統地說他們「變得輕佻放浪，害怕勞動」，「不以自食其力爲榮」。⑰不過，無論如何，黑格爾看到了資本主義社會中無產階級與資產階級的矛盾，並得出了一個有意義的結論：「怎樣解決貧困，是推動現代社會並使它感到苦惱的一個重要問題」。⑱還有一點值得注意的是，黑格爾在這裡實際上提出了相對貧困的概念，這不但表現在他所說的「作爲社會成員所必需的自然而然得到調整的水平」，而且還表現在他所舉的例子上：「在英國，最窮的人相信他們也享有權利，這與其他國家所給予窮人的滿足有所不同。」⑲

關於怎樣解決貧困的問題，黑格爾認爲，「市民社會」內部無法解決。他認爲，如果採取由富有者階級施行救濟的辦法，則會使窮人不依靠勞動「就可保證得到生活資料；這與市民社會的原則以及社會上個人對他獨立自尊的感情是相違背的」。反之，如果

採取給予窮人以勞動機會的辦法，則「生產量就會因之而增長」，會發生生產過剩的禍害。黑格爾由此得出結論：在「市民社會」中，儘管財富過剩，但總不足以「用來防止過分貧困和賤民的產生」。⑫⑳——在霍托和格里斯海姆的聽課筆記中，編者關於這段話的標題都是「市民社會對於解決貧困的問題無能為力」。⑫㉑

「市民社會」內部無法解決貧困，出路就只能是靠出口，靠殖民。《法哲學原理》第 246—248 節就是談的這個內容。霍托和格里斯海姆的聽課筆記都在這個內容的前面由編者加上了這樣的標題：「出口作為出路」和「殖民作為出路。」⑫㉒黑格爾在這裡看到了殖民主義是資本主義社會發展的必然結果。他也談到了殖民地的解放的必然性，但他並未譴責殖民主義。

「同業公會」是「產業等級」中的成員根據各人特殊技能而成立的「勞動組織」，它是「作為成員的**第二個**家庭而出現的」，它使成員的財富得到保證。「家庭」是構成「國家」的「第一個**倫理**根源」，「同業公會」則是一種植根於「市民社會」的、構成「國家」的「第二個倫理根源」。黑格爾認為人作為一個「倫理性的實體」應該參加「普遍活動」，但參加國家普遍事務的機會有限，因此應該多參加「同業公會」的活動。⑫㉓

「同業公會」的目的只侷限於某一行業，「警察」又只是從外部來維繫個人利益的組織，在其中統治者與被統治者是分離的，兩者的同一也只是相對的，這就表明，「市民社會」的最高環節（「警察和同業公會」）必然要超出自身而過渡到比「市民社會」更高的階段「國家」。⑫㉔

「國家」是「倫理」的最高形態，是「家庭」與「市民社會」的對立統一。「家庭」是**鄉村**這種「倫理的所在地」的基礎，「市民社會」是**城市**這種「市民工商業的所在地」的基礎，鄉村和城

市、「家庭」和「市民社會」中原子式的個人是「國家」的兩個環節，「國家」從這兩個環節中「**產生**」，但這兩個環節各有其侷限性，未達到眞正的統一，只有「國家」才是兩者的「眞實基礎」，⑫是兩者的眞理。⑫從未經分化的「直接倫理」──「家庭」經過「市民社會」中人與人的「分解」而到達兩者的「眞實基礎」──「國家」，這一發展過程，乃是「國家概念的**科學證明**」，也就是說，從哲學的角度闡明了國家的概念。「國家」既是「家庭」與「市民社會」發展的「**結果**」，又是兩者的「**眞實**基礎」，這就說明這兩個環節都被揚棄於「國家」之中，從而使「國家」成爲比「家庭」更高一級的倫理「**直接性**」。因此，在現實中，「國家」才是眞正「第一位的東西」（das Erste，「最初的東西」），「家庭」與「市民社會」兩環節不過是「國家的理念」的**自身分化**。通過「市民社會」的發展，最初的「倫理性的實體」（「家庭」）既(1)無限地分化（「無限區分」）成爲獨立的原子式個人的「自我意識」，又(2)達到了「普遍性的形式」即「思想的形式」，而「國家」就是這兩者〔(1)和(2)〕的結合，「國家是**有自我意識的**倫理實體，──是家庭原則和市民社會原則的結合，在家庭裡作爲愛的感覺而存在的這種統一，乃是國家的本質，只不過這個本質同時由於認知的和自發活動的意志的這第二個原則（「這第二個原則」指「市民社會的原則」──引者）而獲得了**有意識的**普遍性**形式**」⑫。這就是說，「倫理實體」在「家庭」的階段只具有**感覺**（愛）的形態，只有通過「市民社會」而發展到「國家」的階段，才具有有意識的普遍性形態即**思想**的形態。精神在「國家」中才客觀地和現實地成爲一「**有機的整體**」。⑫

第三階段「國家」

　　關於「國家」的一般概念，黑格爾主要地闡述了以下幾個論點：一、「國家是倫理理念的現實」，是「倫理精神」的「完成」。如前所述，「倫理」分成「家庭」、「市民社會」和「國家」三個階段。「國家」是「倫理」的最高階段，在這個階段中，「倫理精神」成為顯示出來了的、自我說明了的、實體性意志，也就是說，倫理精神在「國家」階段中得到了實現；至於前此的諸階段「家庭」和「市民社會」，都不過是「國家」實現自身亦即自我顯示、自我說明的過程，「國家」乃是這一過程的「完成」，單個的個人只有在他自己活動的「目的和成果」即「國家」中，才獲得真正的自由。⑫九二、「國家是絕對自在自為的理性的東西」，是「絕對的不受推動的目的」。這就是說：「國家」是最具體的合理性的東西，所謂「合理性」也就是普遍性與個人自我意識的特殊性的具體統一，亦即國家的普遍意志和個人的特殊意志的統一⑬⑩，它是最高的、最後的目的，特殊的個人只能以自己成為國家的一員為其「**最高義務**」，只有根據普遍原則的行動才是合理的。黑格爾反對把國家看成為「保證和保護所有權和個人自由」的工具。⑬①顯然，這和他反對契約說是緊密相關的。盧梭雖然提出**意志**作為國家的原則，但他所理解的意志只是「特定形式的**單個人**的意志」，他所理解的普遍意志也不是「意志中絕對合乎理性的東西」，而只是「共同的東西」，只是抽象的普遍。所以盧梭的國家觀仍然是以契約說為基礎的，而「契約」又是以「單個人的任性、意見和隨心表達的同意為其基礎的」。在黑格爾看來，法國大革命的「不可思議的驚人場面」或「最可怕和最殘酷的事變」就是沒有把國家看成神聖的理念而只看成單個人的契約結合的結果。⑬②三、根據合理的

即實在的，實在的即合理的這一原理，黑格爾更認爲「國家是實在的(wirklich，又譯作現實的)」。它的「實在性」(Wirklichkeit，又譯作現實性) 就在於，「整體的利益是在特殊目的中實現自身的。實在性始終是普遍性與特殊性的統一，其中普遍性支分爲特殊性，雖然這些特殊性表現爲獨立的，其實它們都只包含在整體中，並且只有在整體中才得到維持。如果這種統一不存在，那種東西就不是實在的，即使它達到實存也好」。⑬四、國家是「自由的現實化」。⑭黑格爾說：「國家是合乎理性的意志，而意志在本質上就是自由的，是與自身同一的。國家作爲合乎理性的意志乃是作爲自由的從而也是作爲現實化了的自由」。⑮五、「國家的理念」是「現實的神」。⑯黑格爾說：「神自身在地上的行進，這就是國家」，這裡所說的國家不是指某一特殊的國家、特殊的制度而說的，而是指國家本身、國家的理念。特殊的國家和制度可以是壞的，但國家的理念却是神聖的，它是「現實的神本身」。⑰人們必須崇敬國家，把它看做地上的神物。」⑱

國家的理念分爲三個環節：第一是「國家制度或內部國家法」(Verfassung oder inneres Staatsrecht)，這是講的一個國家內部的制度。第二是「國際法」(äusseres Staatsrecht)，講的是一國與其他各國之間的關係。第三是「世界歷史」(die Weltgeschichte)，講的是「絕對精神」在世界歷史上的體現，「絕對精神」是「凌駕於國家之上的絕對裁判官。」⑲

第一，「國家法」(Des innere Staatsrecht，「內部國家法」)。

黑格爾在主張國家是普遍性與特殊性的統一的前提下，首先著重說明了在國家中個人自由的現實化⑳。他認爲，個人的「具體自由」只有在國家中才能實現，這個意思不僅是指個人的特殊利益只有在國家中才能得到完全的發展，而且是指個人除自己的

特殊利益外，尚以普遍利益為其最終目的。其結果必然是，一方面普遍利益不能離開個人的特殊利益而完成，另一方面，個人也不僅僅是為自己的私利而生活，而且同時是為普遍利益而生活。只有這樣，普遍性與特殊性才算真正結合起來，「具體自由」才算得到實現。他斷言，「在古典的古代國家中，普遍性已經出現，但是特殊性還沒有解除束縛而獲得自由」。⑭只有現代國家才做到了這一步，它既強調了「**獨立的**個人特殊性的**極端**」，使「主體性的原則」完善起來，⑭而同時又不脫離普遍性，使「主體性的原則」與普遍性相統一。⑭「現代國家的本質在於，普遍物是同特殊性的完全自由和私人福利結合的」。總之，一方面，「普遍物必須予以促進」，另一方面，特殊性或「主體性」也「必須得到充分而活潑的發展」。只有這兩方面都「保持著它們的力量」，國家才算是一個「肢體健全的和真正有組織的國家」。⑭顯然，在黑格爾看來，近代國家是國家理念的完成。⑭黑格爾所說的近代國家就是資產階級的國家，他的這些論述說明他基本上是把資產階級的國家當作他的理想國。

關於「國家」的普遍性與特殊性的關係問題，黑格爾還深刻地指出了三層意思：(1)光說「國家的目的」是「包含著特殊的利益」的「普遍的利益本身」，這樣的論斷還只是「抽象地」規定「國家的現實性或國家的實體性」，只是對現實的國家的一般規定。(2)必須進而認識到「國家的實體性」也包含它的「必然性」，即是說包含著國家活動的各種領域，各種權力及其相互間的必然聯繫。(3)再進一步說，國家的普遍性、實體性只有當其包含個人的特殊性，包含個人的意識時，才成為**精神**，成為「**受過教養**並且正在認識自身和希求自身的精神」。⑭在黑格爾看來，古代的國家只是未經分化的實體，是缺乏個人的認識和個人的希求的，而近代國

家則是通過個人認識和個人希求達到自我意識的精神。⑭

在指出了「具體自由」是個人特殊利益和普遍利益的結合之後，黑格爾更進而詳細地闡明了這兩方面的關係：他認為就「國家」同「家庭」和「市民社會」相對立而言，就普遍利益同個人的「私權和私人福利」相對立而言，「國家」是私人特殊利益或「家庭」與「市民社會」的「外在的必然性」和「最高權力」；就「國家」是「家庭」與「市民社會」的真理和第一位的東西而言，「國家」則是它們的「內在目的」。把這兩方面概括起來，就可以說，國家乃是外在的權力和個人的內在目的。⑭所謂國家是「外在的權力」，就是指私人利益或「家庭」與「市民社會」是「從屬於」和「依存於」國家權力的⑭，馬克思認為這方面所表現的，是國家的「強制的」特點⑮。所謂「國家」是「內在目的」就是指「普遍的最終目的和個人的特殊利益的統一」，指個人對國家所盡的義務和國家對個人所賦予的權利的「結合」與「同一」。⑮黑格爾反對那種把義務看成排斥私人特殊利益的抽象觀點，認為個人在履行義務時，必須「同時找到他自己的利益，和他的滿足或打算」。黑格爾在這裡又一次談到在國家的原則方面現代之不同於古代，西方之不同於東方的特點就在於現代西方尊重個人的主體性和個人的內心生活。⑮

黑格爾從唯心主義的立場出發，認為在國家中，各人屬於何種「群體」（die Menge），本質上是由「現實的理念，即精神」來分配的，但是從現象上來看，「對於單個人來說」，這種分配則是以環境、個人任性和自由選擇來決定的。⑮黑格爾重視現代國家中的「主觀自由」的原則，重視個人**「職業選擇的自由」**。⑮

根據「國家」是普遍利益與特殊利益相結合的原則，黑格爾還進一步申述了「國家」同「家庭」和「市民社會」的關係。「國

家作爲精神」，自我分化爲它的不同規定和不同方式，這些規定和方式就是「家庭」和「市民社會」。⑮家庭是單一性的原則，市民社會是特殊性的原則⑯，而精神（國家）則是「映現」在「家庭」和「市民社會」中的「客觀普遍性」。⑰這樣，在黑格爾看來，國家便是家庭與市民社會的結合，社會制度便是國家的環節⑱。黑格爾在這裡同樣強調「國家」離不開「家庭」和「市民社會」，普遍利益離不開特殊利益：「國家」「只有在兩個環節，即家庭和市民社會，都在它內部獲得發展時，才是有生氣的。」「普遍物同時就是每個人作爲特殊物的事業。重要的是，理性的規律和特殊自由的規律必須互相滲透，以及個人的特殊目的必須與普遍目的同一，否則國家就等於空中樓閣。……如果一切對他們（指 Buerger，市民——引者）說來不妙，他們的主觀目的得不到滿足，又如果他們看不到國家本身是這種滿足的中介，那末國家就會站不住腳的」。⑲「國家是達到特殊目的和福利的唯一條件」。⑳從這裡可以看到黑格爾對個人主觀目的和特殊利益是如何地重視，同時也可以看到黑格爾的國家觀與以後法西斯的國家理論之間還有多麼大的距離。

從「家庭」和「市民社會」到「國家」的推移過程，在黑格爾看來，也就是從必然性到自由的推移過程。「在家庭中，自然的東西是倫理東西的形式，在市民社會中自然的東西則是特殊的目的，個體按照特殊目的規定自身，因此，它具有依賴性的規定以及與實體的東西的同一性，從而只能作爲必然性而存在。但精神也必須是作爲同一性而存在，這樣，自由的普遍目的自身才是客觀的和現實的，普遍的東西本身才是目的，因此，普遍物是國家的眞實規定。家庭沒有這種客觀性，它是情感之事，在市民社會中，特殊的東西是目的而不是普遍的東西本身」。㉑

黑格爾把國家本身區分爲兩個方面：一是客觀的方面
──「客觀的實體性」，即**政治制度**，也就是黑格爾所說的「國家
的**機體**，即眞正的**政治**國家和**國家制度**」（der Organismus des
Staats, der eigentlich politische Staat und seine Verfas-
sung）；一是主觀的方面──「主觀的實體性」，即**政治情緒**（die
politische Gesinnung）。⑯諾克斯就黑格爾的這個觀點指出：
「可見黑格爾所講的國家本身就是人的生活的整體，就其爲由傳
統、宗教、道德信心等等結合於一個社會共同體中諸道德的存在
的生活而言。不認識這一點，曾經引起對黑格爾的主張及其對『國
家』態度的許許多多誤解」⑯。

黑格爾在這裡專門討論了國家與宗教的關係問題。一般地
說，他反對國家以宗教爲基礎的提法⑯。這種提法首先是把宗教
看成是在災難、動亂和壓迫的時期人們爲得到慰藉、希望而提出
的，其次是把宗教看成是反對塵世利益、輕視國家的東西。黑格
爾認爲宗教與國家之間原則上沒有矛盾，不是分離對立的，就像
宗教與哲學具有同一性一樣，只不過哲學是用概念把握「絕對眞
理」，宗教是用表象把握「絕對眞理」⑯，國家是理性的體現，宗
教是非理性的信仰的體現。⑯所以，只要把宗教理解爲以無限爲
對象，而無限包含有限，從而「也含有一般倫理性的東西，更正
確些說，含有作爲神的意志的國家本性」，那麼，當然還是可以說
宗教是國家的基礎。因爲按照這種把國家由宗教統一起來的理
解，國家乃是「神的意志，也就是當前的、**開展成爲世界**的現實
形態和**組織**的地上的精神」。⑯這也就是說，塵世國家從屬於宗
教，宗教是國家的眞理，國家是在塵世中自我認識著的精神。⑱
所以在黑格爾看來，在國家學的內部也能考察宗教。⑲據此，黑
格爾批評那些把國家與宗教對立起來，「只抓住宗教的形式來對

抗國家的人」，說他們「對待問題的態度，正像有些人一樣，在認識上始終只停留在**本質**上，而不願意從這種抽象（指抽象的本質——引者）前進以達到定在(指達到本質的具體體現——引者)」。這種人否定法律和規章制度的有效性而聽從任性和激情的擺佈，以致產生「宗教狂熱」，「排斥一切國家設施和法律秩序。」⑰⓪這是「宗教情緒專拘泥於它的形式、因而反對現實和反對存在於普遍物即法律形式中的眞理所必然產生的結果。」⑰①與此相反，黑格爾認爲「眞實的宗教」，「不會對國家採取否定和論戰的方向，而會承認國家並予以支持」；另一方面，國家也「應全力支持和保護教會使達成其宗教目的，……又因宗教是在人的內心深處保證國家完整統一的因素，所以國家更應要求它的所有公民都加入教會」。⑰②黑格爾在這裡所宣講的實際上是路德派關於基督新教的教會與基督新教的政府合作的思想。「唯有哲學洞察才認識到教會和國家都以眞理和合理性爲內容，它們在內容上並不對立，而只是在形式上各有不同。」⑰③

不過黑格爾在承認國家**本質上**是塵世的、有限的、從屬的同時，又強調不能片面地死抓住這一個方面不放，而應該看到「國家具有一個生動活潑的靈魂」，即「主觀性」（「主體性」），它「製造差別，但另一方面又把它們結合在統一中。」國家既具有合理性與實在性，那麼就此而言，它自身就該是無限的。⑰④黑格爾根據國家「導源於合理性」的思想，批評了宗教情緒的主觀性和教會的任意性，認爲「宗教本身不應成爲統治者」⑰⑤，教會只講權威、信仰，不講思想、認識：「拿國家來同教會在倫理性的東西、法、法律、制度等問題上的**信仰**和**權威**相比，同教會的**主觀信念**相比，國家倒是**認識**的**主體**：根據它的原則，它的內容本質上不再採取感情和信仰的形式，而是**特定的思想**。……由於國家在形

式上是普遍物，而這種形式的原則本質上是思想，所以結果是：**思想自由**和**科學自由**都源出於國家（相反地，倒是一個教會把喬爾丹諾·**布魯諾**活活燒死，又因為**伽利略闡述了哥白尼**的太陽系學說，乃逼迫他跪下求赦，如此等等）。因此，**科學**也在國家的一邊有它的地位，其實，它具有與國家相同的形式上要素，它以**認識**為其目的，而且是對被思考的**客觀眞理**和合理性的認識。」⑰正因為教會的形式是只講權威和信仰，而國家的形式則講思想和認識，所以黑格爾雖然主張教會與國家都以眞理和合理性為內容，但仍應以**分立**為好，他認為只有通過教會的分立，國家才能成為合理的、倫理的組織。⑰黑格爾在這裡也表現了他的路德宗派的思想。黑格爾說過：「我個人是屬於路德宗並願意繼續屬於這宗」⑱。諾克斯引證了這段話，並說，「正是作為一個路德派的信仰者，黑格爾譴責羅馬天主教會是邪說和仇恨思想自由」。⑲

「國家法」分為兩部分，第一部分是講「內部國家制度本身」，第二部分是講「對外主權」。

關於「內部國家制度本身」。

根據「理念」是普遍性、特殊性和單一性（個體性）三環節的有機統一和國家是「理念」的體現的思想，黑格爾反對把國家的各種權力看成是彼此絕對獨立或彼此限制的。他說，如果各種權力，例如通常所說的行政權和立法權各自獨立，那就會使國家馬上毀滅。他認為國家的各種權力固然必須加以區分，但每一種權力應包含其他權力於其自身，從而使其他權力成為構成自身的環節，所以，各種權力只應看做是「概念的各個環節而被區分著」，不應看做是「抽象而自為地（即獨立地——引者）存在著。」在黑格爾看來，立法權相當於概念的普遍性環節，行政權（包括司法權）相當於特殊性的環節，王權是立法權與行政權的統一，相

當於個體性的環節。國家制度就是由這三者構成的有機整體。

對於古代人來說還談不上國家權力的分割與統一，他們只看到權力的「**尚未分割的實體性的統一**」，因此，他們完全外在地按權力所有者的人數⑱把國家制度的形式劃分爲君主制、貴族制和民主制。黑格爾認爲這種分法是「完全膚淺的，並不表示事物的概念。」⑱因此，好的國家制度形式不在於君主制、民主制或貴族制，而在於把它的各個環節（普遍性、特殊性、個體性）有機地結合起來，即旣容忍「自由的主體性原則」，使普遍物中所包含的特殊物即特殊的個人都能發揮各自的能動作用，「達到它們的權利」，又能「適應成長著的理性」，使特殊的個人都符合普遍物，都與國家的普遍利益相一致。⑱

但是，國家制度要受歷史的制約，「國家制度不是單純被製造出來的東西，它是多少世紀以來的作品」。儘管拿破崙所給予西班牙人的國家制度，比他們以前所有的更爲合乎理性，但它是由拿破崙「先驗地」強加的，因而把事情搞得很糟，其結果是「碰了釘子而回頭」，這是「因爲他們還沒有被敎化到這樣高的水平」。黑格爾認爲，「每一個民族都有適合於它本身而屬於它的國家制度」，不可從外部來強求。個別人可能先知先覺，感到了一種更好的國家制度的需要，但如果指望全體群眾都感到有這種需要，「那是需要時間的」。⑱在霍托 1822─1823 年和格里斯海姆 1824─1825 年的聽課筆記中，編者都把這一思想以標題的形式作了這樣一個概括：「國家制度依賴於一個民族的發展狀況」。⑱這顯然是一種深刻的辯證的歷史主義的思想。不過黑格爾認爲決定國家制度的力量是該民族的自我意識。他的原話：「每一個民族的國家制度總是取決於該民族的自我意識的性質和形成」。⑱馬克思批評了黑格爾的這種唯心主義的觀點。⑱

國家制度的第一個環節是「王權」(die fuerstliche Gewalt)。王權是作爲意志最後決斷的主體性的權力,它把立法權與行政權集中於「個人的統一體」,因而「它是整體的頂峰和開端」。⑱這裡,黑格爾實際上告訴我們,要從兩個角度來說明什麼是「王權」:一是就「王權**本身**」(die fuerstliche Gewalt als solche)而言,「王權本身的特殊原則」是「作爲**自我規定**的最後決斷」,是「絕對的自我規定」。⑱從這個角度來看,王權是脫離立法權和行政權的單一性(個體性),是脫離普遍性與特殊性的,這樣的「王權」,誠然可以說,就是任性。但是黑格爾並不停留於這種看法,他所強調的是從另一更高的角度看待「王權」,第一種角度是從屬於這個角度的:他認爲「王權包含著整體的三個環節於其自身」(Die fuerstliche Gewalt enthaelt selbstdie drei Momente der Totalitaetin sich)。⑱「王權以其他環節爲前提,而其他的每一環節也以王權爲前提」。這就說明王權包含著立法權與行政權於其自身。這樣的「王權」就是「整體」,就是「君主立憲制」⑲,當然也就不能說是任性的君主專制。

關於「王權」並非簡單地就是任性的君主專制這一思想,還表現在黑格爾關於「主權」與「王權」關係問題的論述上:國家是多樣性的統一體或「單一性」(「個體性」),因而也是精神的東西,是富有心靈的東西和生動活潑的原則,即主權:。⑲「國家的主權」是由兩個規定構成的:(甲)國家的各種特殊職能和各種權力,**就其本身言**,不是各自獨立的,而是結合成了一個有機的整體;(乙)⑲國家的各種職能和各種權力,**就其通過個人的特殊意志而言**,也不是各自獨立的,而是結合成了一個有機的整體。黑格爾把這種統一整體中諸環節的不可分離性叫做「國家機體中各個環節的理想性」。⑲正因爲如此,「主權」所包含的各種

特殊職能和各種權力都要「受**整體的目的**（這種目的通常都被籠統地稱爲**國家的福利**)」的「規定和支配」；任何特殊的意志要想「無法無天」，以爲「本身就具有法律的效力」，那就不是「主權」，而是「專制」，是「空虛的任性」。所以「主權」只能是「在立憲的情況下，即在法制的統治下，構成特殊的領域和職能的理想性環節」。⑲黑格爾在這裡強調立憲，強調法制，就是爲了要不讓君王的特殊意志獨斷專行。所以**只有**就「王權」是君主立憲制而言，是整體而言，它才是「主權」：「主權最初只是這種理想性的**普遍**思想，它只是作爲自我確信的**主觀性**（又譯作**主體性**——引者），作爲意志所具有的一種抽象的、也就是沒有根據的、能左右最後**決斷的自我規定**而**存在**。這就是國家中的個人因素，而國家本身也只有通過這種個人因素才能成爲**一個**單一的東西。……因此，整體的這一絕對決定性的環節就不是一般的個體性，而是**一個**個人，即**君主**（der Monarch）。」「國家人格只有作爲一個**人**，作爲**君主**才是現實的。人格表示概念本身，人同時包含著概念的現實性，而且概念也只有當它這樣被規定的時候，才是**理念**，才是眞理。」「如果一個民族被思考爲……是一個內部發展了的、眞正有機的整體，那末，在這樣一個民族中，主權是整體的人格；符合自己的概念而實際存在的這種人格就是**君主其人**。」⑲這就是說，「王權」只不過是代表國家這一包含普遍性與特殊性於其自身的單一性或具體整體的「人格」。在這個意義下，「王權」誠然可以說就是「主權」，就是「能左右最後決斷的自我規定」；但如脫離整體，脫離君主立憲制而言「王權**本身**（die fuerstliche Gewalt als solche)」，則不能說「王權本身」就是「主權」。格里斯海姆1824—1825年的聽課筆記表明，黑格爾在那裡著重發展了這一思想，在他看來，「王權不同於行政權和立法權」，所以「主權尚非

王權**本身**」。(Die Souverainetaet ist noch nicht die fuerstliche Gewalt als solche)」⑲（重點是引者加的）。另一方面「國家必須被看成是一個建築上的大廈，一個表象於實在性中的理性的象形」，而「君主立憲制是合理性的國家制度」。⑲霍托1822－1823 年的聽課筆記也表明了只有在達到眞正理性的國家中，只有在君主立憲制的國家中，才能把君主看成是主權行使者：「君主是主權行使者」，「在達到眞正合理性的國家形式中，這種自我規定著的主體性就是君主」。⑲

當然，黑格爾的這些思想，都是在唯心主義基礎上表述的。他說：「君主這一概念不是派生的，而是**絕對地起源於自身的**。最符合這個概念的觀念，就是把君主權看成以神的權威爲基礎的東西，因爲這個觀念包含了君主權的絕對性的思想」。⑲馬克思對黑格爾的所有這類唯心主義觀點，作了詳盡的分析批判。⑳不過，在黑格爾的這種唯心主義觀點中，也包藏著反對專制的進步思想：黑格爾申明，不能對君主權的神聖性作「種種誤解」，而應該對它作「哲學考察」，以便「理解這種神物」。㉑所謂「哲學考察」就是認識到神的意志是合理性的，不是不可理解的，因此，建立在神的權威基礎上的君主制也是一種合理性的制度，具體地說，是君主立憲制，而不是君主專制，這樣的君主並不是與人民的意志相反的：「人們近來㉒一談到人民的主權，通常都認爲這種主權和**君主的主權**是對立的；這樣把君主的主權和人民的主權對立起來是一種混亂思想」。㉓黑格爾明確區分作爲群體的人民和作爲國家的人民㉔：前者是無君主、無組織的，因而是「一群無定形的東西（die formlose Masse）」；後者是有君主、有組織的，只有這種意義的人民才不是「沒有規定性的抽象」。㉕他主張，人民本質上必須是國家。㉖黑格爾把君主立憲看成是完全能代表人

民主權的制度，這當然只能是他的幻想。

　　黑格爾之所以主張人民、國家需要有君主作出「**意志的自我規定的最後決斷**」，是因爲在他看來，「古代世界」往往不是向人自身而是向人以外的神諭、甚至從動物的內臟、鳥的飲食和飛翔等去尋求有關國家大事的「最後決斷」。這是由於當時「人類還沒有把握住自我意識的深處」，還「沒有力量在人類存在的**內部**去尋求這種決斷」；反之，「近代世界」的原則是突出人的主體性和自由，國家大事的「最後決斷」必須由人類自身來作出，而君主所說的「我要這樣」（Ich will）就是由人自身作出有關國家大事的「最後決斷」的一個標誌。所以黑格爾說：「這個『我要這樣』構成古代世界和現代世界之間的巨大差別。」⑳「國家成長爲君主立憲制乃是現代的成就。」⑳黑格爾認爲，人們一般都比較容易理解到「國家是自我規定的和完全主權的意志，是自己的最後決斷」，但要把這個「我要這樣」的最後決斷作爲一個個人，作爲有自我意識的人格來領會，就比較困難，這種困難之所以發生，一則是由於不理解君主的最後決斷標誌著人的自我意識達到了主體性，而不需要由外在的東西替人作出決斷，二則是由於不理解在合理的國家制度即君主立憲制的情況下，「我要這樣」，「不等於說君主可以爲所欲爲，毋寧說他是受諮議的具體內容的束縛的。當國家制度鞏固的時候，他除了簽署之外，更沒有別的事可做」。當然，「這個簽署是重要的，這是不可逾越的頂峰」，因爲它是人民對國家大事作出自我規定的標誌。⑳黑格爾認爲在一個組織完善的國家中，君主只是「作形式上決斷的頂峰」，只是起「御筆一點的作用」，至於君主個人品質上的特殊性「不是有意義的東西」；當然也有這種可能性，但僅僅君主個人的特殊品質起作用，但那是「因爲國家還沒有完全成長，或者它根本組織得不好」的

緣故。而在一個有良好組織的君主制國家中，惟有法律才是客觀的方面。⑳，也就是說，君主同樣要遵守客觀的法律。黑格爾關於在成熟的、組織良好的國家中，君主個人品質不能起作用的思想，是合理的，應該視爲西方哲學史和政治思想史上的珍貴遺產。格里斯海姆 1824─1825 年的聽課筆記中關於君主的權力問題記下了這樣一段話：「人們常想，他們也幾乎能當國王。這也許不難，例如在英國，一個君主除了作出最後決斷外，別無他事可作，而且這也是有限制的」㉑。這段話清楚說明，在黑格爾所講的合理性國家中，君主大體上是扮演英王的角色，既屬必要，又不重要，就像恩格斯所說的，在英國，「王權實際上已經等於零」。㉒不過，黑格爾所理想的王權還是要比英國強一些，並不完全等於零：在英國，政府大臣由議會決定，而黑格爾則主張政府大臣由國王任免，在他看來，「君主有選擇他的大臣的自由」，君主可以按其「不受限制的任性」任免大臣，「他們是王權的特殊方面的環節」。當然，君主對政府的行動「沒有責任」，只是「大臣有責任」，㉓這也就是說，歸根結蒂，國家大權仍然落在大臣身上而不是落在君主身上。此外，黑格爾還唯心主義地從他所謂由概念必然推移到直接存在的純思辨的邏輯出發，說明了國家的自我規定、自我決斷的意志必然表現爲或推移到君主個人的「我要這樣」：國家意志的集中表現是「最後的自我」，此自我就其爲超出國家其餘一切之上的「獨特的實存」㉔而言（亦即「抽象地說來」）㉕，是「**直接的**」（亦即「絕對地起源於自身的」㉖、無需別的東西加以說明的）單一體，這個單一體在其概念本身中就包含著自然的特性，──包含「肉體的**出生**」，這也就是說，君主這個具有自然存在的人是國家意志的體現。由國家的自我規定的意志到它的「自然的定在」即唯一的「這一個」（Dieses）君主**其人**，相當於由概念到

存在的轉化。人們如果停留在知性（理智）思維的階段，就會否定概念與存在的統一、轉化，從而也會否定「國家的最後決斷這一環節本身同直接的自然性的聯繫」，——否定國家的自我規定的意志必然要體現在君主其人的身上，這樣，就會產生「足以破壞國家理念的其他後果」。㉑黑格爾在這裡所說的「後果」實際上是指法國大革命中送國王上斷頭台等後果。㉑他反對法國大革命中人民群眾的發動，反對取消國王的存在。黑格爾把作為國家意志之集中表現的最高、最後的自我叫做「內在的直接性」，把君主其人的自然存在叫做「外在的直接性」。根據概念與存在統一的觀點，他認為「這兩個環節處在不可分割的統一中」。君主的偉大之處在於他是「理念」的體現，是不受推動的推動者。國家要得到真正統一只有靠君主作為「最後自我」的威嚴（「內在的直接性」）和王位世襲或自然的繼承（「外在的直接性」）兩者，否則，就會受偶然性、特殊性的影響，發生派系傾軋，使國家權力遭到削弱與破壞。㉑基於這種想法，他反對君主由選舉產生，認為君主選舉制是以契約說為基礎的，是「跟倫理的理念相對立的」。㉒

　　如何使王權和王位世襲制獲得保障呢？黑格爾認為，這裡的「客觀保障」就在於君王的範圍或環節和其他範圍或環節，各有其特殊性，但又由於處在同一個「合乎理性的機體」中，所以每一環節在保存自己的同時，也就同時保存了其他環節。反之，如果「每一部門在保存自己的時候，**只**保存和創造**自己**，而不同時保存和創造其他部門」，就像封建割據，國家不成為「合乎理性的」有機整體那樣，則王權和王位世襲制不可能得到保障。這樣看來，「無論王位世襲制和一般王權的鞏固，或者正義和公共自由等等，都是通過各種**制度**而獲得保證的」，也就是通過「有機交錯和相互制約的各個環節」而獲得保證的。㉑簡言之，三權的相對獨

立性是君主制的客觀保障。⑫。

國家制度的第二環節是「行政權」（Die Regierungsgewalt）。正如馬克思所說，「黑格爾關於『行政權』所講的一切都不配稱爲哲學的分析」。⑬在「王權」、「行政權」、「立法權」三者之中，黑格爾關於「行政權」的論述也是最簡單的。

「行政權」是使特殊的東西從屬於普遍的東西，是具體貫徹執行國王的決定，也就是貫徹和維護已經決定了的東西，即現行的法律、制度和公益設施等等。

爲了把政府方面的權力與個人的特殊利益結合起來，黑格爾主張通過同業公會和地方自治團體作爲匯合兩者的紐帶，作爲組織人民群眾的集團。他認爲行政的任務就是使集中與自治相結合。⑭否則，人民群眾就會成爲「一大堆或一大群分散的原子。」⑮

關於行政官吏的選拔問題，黑格爾站在反封建的立場，認爲「行政事務和人之間沒有任何直接的天然的聯繫，所以個人之擔任公職，並不由本身的自然人格和出生來決定」，而應該按照「知識和本身才能」，只有這樣，才能給每個市民都提供充任官吏的條件。⑯當然，這樣的人才，多至不可勝數，對這些人不可能絕對地確定誰比誰高明，所以究竟由誰充任，這「乃是國王這一做最後決定和主宰一切的國家權力的特權」。⑰

爲了避免主管機關及其官吏濫用職權的危險，黑格爾提出，這「一方面直接有賴於主管機關及其官吏的等級制和責任心」，「另一方面又有賴於自治團體、同業公會的權能」以實行自下而上的監督，補足自上而下的監督之不足。「來自上面的控制是自爲地很不完善的。就是官吏這些人特別容易傾向於專斷，他們保護自己向上並不困難；這種專斷只有通過同業公會的職權來加以阻

止」。⑳黑格爾在這裡注意到了對官吏進行**倫理教育**和**思想教育**的必要。⑳所謂「官吏等級制」（Die Beamtenhierarcihe），霍托1822—1823 年的聽課筆記有明確的解釋：「這裡，等級制是指整個有機體，指普遍物和特殊物的整個劃分，指個體物的分權」。「因此，保證就在於下面只受上面的監督」。⑳可以看到，所謂有賴於官吏的等級制，就是指自上而下的監督。黑格爾特別強調了官吏等級的獨特地位的危險⑳。在他看來，只有靠從上而下和從下而上的雙重監督，才不致使官吏等級成爲「佔居貴族的獨特地位」的等級，才不致使它的教養和才幹變成「任性和統治的手段」。⑳黑格爾的這些進步思想至今還值得我們深思。

黑格爾把政府成員和國家官吏（又叫「普遍等級」）列爲「中間等級」，⑳這個等級是表現「國家的意識和最高度的教養」的等級，是「國家在法制和知識方面的主要支柱。」⑳而「波蘭和俄國則沒有中間等級，只有一群無人身自由的人和另一些統治者」。⑳沒有這樣一種中間等級，乃是國家處於低級階段的表現。

國家制度的第三個環節是「立法權」（Die gesetzgebende Gewalt）。

黑格爾對立法權的論述是他的三權理論中最保守的方面。他雖然反對哈勒所謂在國家中沒有思想、沒有理性、沒有法律而只有盲目服從的觀點⑳，認爲由於「法」（Recht）「被制定爲法律」（gesetzt），「於是感覺和私見等一切偶然物，以及復仇、同情、自私等形式都消失了」⑳，但是他並不承認立法權是最高的權力，並不像盧梭那樣主張法律高於一切。

他在對「政治國家」作出「三種實體性的差別」時誠然將「立法權」放在第一位，列爲第一個環節，把它界說爲「規定和確立普遍物的權力」⑳，但他認爲第三個環節即「單一性」（「個體性」）

的環節「王權」，才是前二者的統一，是最真實的；他在具體講述他的三權時，還是從「王權」開始，從三權的「頂峰」開始。他這種顛倒次序的作法同他通常總是從最抽象的環節開始論述的作法是矛盾的。這裡似乎預示著他貶低「立法權」的思想觀點。

他斷言「立法權」所考慮的，一是法律本身，即將法律作進一步的規定，二是完全普遍的國內事物。但「立法權」不但不管國家最根本的大法即國家制度，而且反過來，「國家制度是立法權的前提」，「立法權本身是國家制度的一部分」，至於國家制度本身乃是獨立自存的東西。㉓㊈和這種觀點相反，馬克思明確指出：「國家制度也畢竟不是由自己產生的。而那些『需要進一步規定』的法律，也應該一開始就確立下來。在國家制度**以前**和國家制度**以外**，立法權就應該存在或者早就應該存在」。「**立法權**是組織普遍物的權力，是確立國家制度的權力。它高於國家制度」。㉔㊀馬克思細緻地分析了黑格爾關於國家制度「本身是不由立法權直接規定的」觀點的性質，他指出，在黑格爾心目中，國家制度固然不能**直接**由立法權加以改變，卻可以像他所說的「通過法律的不斷完善、通過普遍行政事務所固有的前進運動的性質，得到進一步的發展」，㉔㊀這也就是說可以「間接地」加以改變。這裡，黑格爾的意圖無非是想，「立法權通過迂迴的途徑來達到它以直接的方法所不可能達到而且沒有權力達到的目的。它既然不能整個地改變國家制度，所以就一片一片地撕碎國家制度」。㉔㊁所謂「直接的方法」或「整個地改變國家制度」，實際上就是指用革命的方法改變國家制度，所謂「間接地改變國家制度」或「一片一片地撕碎國家制度」，也就是實行自上而下的改良的方法改變國家制度。馬克思在這裡深刻地揭示了黑格爾的改良主義的本質。事實上，黑格爾本人也很生動地描述了他所理想的改良主義：他在舉

了一些關於國家制度「逐漸變化」⑳的例子之後接著說：「因此，一種狀態的不斷發展從外表看來是一種平靜的覺察不到的運動。久而久之國家制度就變得面目全非了」。⑳黑格爾顯然反對法國的劇烈革命，而嚮往「一種平靜的覺察不到的運動。」馬克思針對這一點指出：「立法權完成了法國革命。凡是立法權真正成為統治基礎的地方，它就完成了偉大的根本的普遍的革命。」⑳

黑格爾不僅沒有正確解決「立法權」與整個國家制度之間的關係問題，而且也沒有具體解決「立法權」與「行政權」之間的關係問題。他斷言：就立法的事務與個人的關係來說，立法權的對象可以更具體地規定為兩個方面：（甲）個人的**權利**，也就是指個人從國家那裡可以得到什麼，可以享受到什麼；（乙）個人的**義務**，也就是指個人應該給予國家一些什麼。立法權正是要對這些對象給以「法律的規定」，不過在考慮立法時，也要聯繫到行政，即聯繫到如何**執行**法律的問題，如果不這樣做，却把法律條文「規定得過於詳細」，那就會導致難於實施的困難。⑳黑格爾在這裡只是籠統地把「立法權」與「行政權」統一起來，却沒有具體論述這兩種權力之間的現實衝突，這樣，他就「逃到**想像中的**『有機的統一』中去」了，而「這不過是一套空洞神秘的遁術」。⑳

黑格爾認為「立法權是一個整體」，即「君主權」（最高決斷的環節）、「行政權」（諮議環節）和**等級要素**」（das staendische Element）三環節都在其中起作用。實際上，「等級要素」也就是指立法權本身，「或者說只是**不同於**君主權和行政權的立法權。」⑳

黑格爾反對像法國那樣把行政上的政府成員從立法機關中排除出去，而主張像英國那樣，內閣大臣必須是國會議員。他認為

只有這樣才可能保證國家的統一。㉔反之，如果把「立法權」與「行政權」對立起來，那末「國家必然招致滅亡」。㉕值得注意的是，在英國，政府大臣由國會決定，是行政權統一於和從屬於立法權；而按黑格爾的觀點，政府大臣由國王決定，不受議會約束，因而這實際上是立法權統一於和從屬於行政權。這裡，「君主權」和「行政權」已經對「立法權」起了作用。

　　「立法權」的「等級要素」具體地說就是給「市民社會」中的等級，「實體性等級」和「產業等級」，賦予政治意義，是指這些等級在議會中所佔的地位。黑格爾認為，原子式的單個的人民「不知道自己需要什麼」，不知道「理性」需要什麼，只有通過「等級要素」，人民有了組織，這才能表示出人民的深刻認識和判斷。對於原子式的個人來說，普遍事務只是**自在地**存在，反之，通過了「等級要素」，則普遍事務就會成為現實的，──成為「自為地」實存著的東西。這也就是說，人民只有通過「等級要素」才能發揮自己的主體性和自由，才能把多數人的「公眾意識」變成實存著的東西。㉕但是，在黑格爾看來，「立法權」的「等級要素」對「行政權」的政府所起的作用是很有限的，因為政府的高級官吏「必然對國家的各種設施和需要的性質具有比較深刻和比較廣泛的了解，而且對處理國家事務也比較精明幹練，所以他們有等級會議，固然要經常把事情辦得很好，就是不要各等級，他們同樣**能**把事情辦得很好。」「等級要素」所起的作用只在於「補充」高級官吏的見解和「公眾監督」，從而部分起到「保障」普遍福利和公眾的自由的作用。至於普遍福利和公眾自由的更「大得多」的保障則在於「君主主權、王位世襲制、審判制度等」。所以，「等級概念」的特性只在於，單個人的見解和意志要通過「等級要素」而與國家發生實際的關係。具體地說：「各等級的真正意

義就是：國家通過它們進入人民的主觀意識，而人民也就開始參與國事」。這樣，「等級要素」就成了國家、政府和人民（「市民社會」）兩個方面之間的「**中介機關**」㉒。「等級要素」成了聯結「**國家和政府的意願和主張**」同「**特殊**集團和**單個人的利益**」之間的一座橋樑。㉓另一方面，「等級要素」連同「行政權」又構成「王權」與人民（「市民社會」）兩方面之間的「中介」：這種「中介作用」一方面可使「王權」不致於成爲「**孤立的極端**」，成爲「獨斷獨行的赤裸裸的暴政」；另一方面，又可使個人、自治團體、同業公會不致成爲另一孤立的東西，成爲無組織的「**群衆和群氓**」，從而提出無組織的見解和希求，以致成爲「一種反對有機國家的赤裸裸的群衆力量。」㉔可以看到，黑格爾既反對封建專制，又害怕像法國大革命中那樣「粗暴的」群衆呼聲和群衆發動，所以他希望通過「等級要素」，通過君主立憲制，在君主和人民之間起緩衝作用，一方面限制暴君，一方面防範人民群衆，使「群氓進入國家而成爲有機部分時」，能「採取合法而有秩序的方法來貫徹他們的利益。」㉕

　　「立法權的等級要素」是和「在**政府中供職的**等級」「普遍等級」相對待的，它就是「市民社會」中的「私人等級」（Privat-stand），不過在這裡，「私人等級」獲得了「**政治意義**和政治效能」，因爲「私人等級」進入了議會。這個等級包含兩個等級：第一是「**實體性等級**」，第二是產業等級即工商業等級。黑格爾把「實體性等級」又分爲「有教養的部分和農民等級」，但這兩部分都是「土地占有者等級」㉖，黑格爾的「實體性等級」實際上是指貴族地主等級。「實體性等級」和「產業等級」進入議會之後就構成上院與下院，或者換句話說，「立法權的等級要素」是由這「兩個方面」構成的：前一方面是「第一等級」或稱「等級的第一部分」，

構成上院，後一方面是第二等級或稱「等級的第二部分」，構成下院；前者不依靠選舉而產生，是「長子繼承權」的享有者，是「王位和社會的支柱」，後者需要通過同業公會經選派產生，是「**市民社會的不穩定的一面**」；前者「在它的特殊性方面具有以自身為基礎的意志」，而「這一點和君主要素相同」，所以在「等級要素」中，真正能在君主與「市民社會」之間，在政府與「市民社會」之間「執行中介的特殊職能」的是「實體性等級」，而要執行這種職能，就必須讓這個等級所占居的上院與產業等級所占居的下院「分立」，因為當上院「分立」以後，它就可以左右於君主、政府和「等級要素」、「市民社會」之間，特別是使後者不致直接反對前者，使後者的意見不會顯得單純地與前者對立。而這也就是第一等級所「負有」的「政治使命」㉗以上這些，都很清楚地說明，黑格爾在具體論述「立法權的等級要素」中兩個等級或上下兩院的地位時，特別重視上院，重視貴族地主等級。這和法國大革命後廢除貴族世襲制，以及法國憲法「使貴族院的作用等於零」㉘的進步之處，正好形成一個鮮明的對比，也和英國雖然保留貴族世襲制但「國王和上院是無權的」情況不大相同。㉙

　　根據所謂原子式的個人只是「無定形的」「群體」的觀點，㉚黑格爾主張代議制，即產業等級中的議員由各種同業公會「選派」（Abordnung），而不由個人「選舉」（Waehlen）㉛，他認為前者是「選派」「社會生活的某一重要**領域的代表**」，「具有有機的合乎理性的意義」，後者「會被偶然性所支配」，是「無定性的不確定的」，「不是完全多餘的，就是拿意見和任性當兒戲」，而且容易「被少數人、被某一黨派所操縱。」㉜黑格爾為當時德國資產階級所力爭的代議制而作出論證，這具有反封建的進步意義。

　　實行代議制之後，單個人的主觀上的自由意志和意見又如何

表達呢？黑格爾對此並非全然抹殺，而是有他自己的獨特的看法：「個人所享有的形式的主觀自由在於，對普遍事務具有他**特有**的判斷、意見和建議，並予以表達。這種自由，集合地表現為我們所稱的**公共輿論**（oeffentliche Meinung）。」在黑格爾看來，「國家制度」、「等級要素」、「同業公會」等都是以「有機的方式」，以有組織性、有統一性的方式來表達人民的意志和意見，而公共輿論則是「人民表達他們意志和意見的無機方式」。「公共輿論（見第 316 節）替每個人開闢了一條道路，使他有可能表示對普遍物的意見，以引起人們的重視」。㉓「無論那個時代，公共輿論總是一支巨大的力量，尤其在我們時代是如此，因為主觀自由這一原則已獲得了這種重要性和意義。現時應使有效的東西，不再是通過權力，也很少是通過習慣和風俗，而確是通過判斷和理由，才成為有效的。」㉔由此可以看到黑格爾對公共輿論，對單個人的「判斷和理由」的注意。

　　不過在公共輿論中既有絕對普遍性的東西、真實的和實體性的東西，也有多數單個人的獨特的、私人的東西，兩者聯繫在一起。所以公共輿論是「自相矛盾」，是一種「作為**現象**的知識；是一種恰恰直接地作為非本質性的本質性」。㉕而「由於在公共輿論中真理和無窮錯誤直接混雜在一起，所以決不能把它們任何一個看做的確**認真**（Ernst）的東西」，也就是說，在公共輿論中如果專門拘泥於表達方式和詞句，那就「很難區別什麼是認真的東西」。人們在表達意志時儘管慷慨激昂、嚴肅認真，但這都不能當做「關於實際問題的標準」。㉖只有實體性的東西才是公共輿論的內在核心，才是「認真的」，或者說可以當真對待的東西，但這樣的東西「只有從它本身和在它本身中來識別」，而「不能從公共輿論中來識別」。㉗

因此，「公共輿論**又值得重視，又不值一顧**。不值一顧的是它的具體意識和具體表達，值得重視的是在那具體表達中只是隱隱約約地映現著的本質基礎」。但由於公共輿論本身沒有標準可用以「區別」和「識別」本質性與非本質性、實體的東西與非實體的東西，所以只有具有「獨立性」（Unabhangigkeit）而不爲輿論所左右，甚至「懂得」「藐視」它的偉人，才可能「取得某種偉大的和合乎理性的成就」。他能「道出」「他那個時代的意志，把它告訴他那個時代並使之實現」。偉人所做的是「時代的內心東西和本質」。即使公共輿論在開始時不接受偉人的意志，但他的成就終將「可以爲公共輿論所嘉納和承認，而變成公共輿論本身的一種成見」。⑱黑格爾所謂的「藐視」公共輿論，顯然不能單純地、片面地理解爲「不值一顧」。他在這裡確實看到了偉人和群眾之間的辯證關係。當然他的這套理論歸根結底是建立在唯心史觀的基礎之上的；而且他所眞正重視的不是來自多數單個人的公共輿論，而是他所謂的「有機的方式」。他之所以承認公共輿論中個人的言論自由，是因爲在他看來，只要有合理的憲法和鞏固的政府，只要人們的成熟見解可以在等級會議中「盡情吐露」，那麼言論自由也就「不足爲患」，而且讓人們「發表了他的意見，他的主觀性就得到了滿足，從而他會盡量容忍」，「使事物更容易沿著本身的道路向前推進」。反之，如果人們的意見被「扼在心頭」，沒有「一個出口」，反而壞了大事。因此，他認爲，只要一個人的「意見和清談」在「內容和形式」上都是「純粹的主觀性」⑲，那麼，這種意見和清談就該「**不受處罰**」，因爲它們反正是「**不重要的和無意義的**」，而且還可「予以**高度尊敬和重視**」。可是，「損害個人名譽、誹謗、詬罵、侮辱政府及其首長和官吏、特別是君主本人，嘲弄法律，唆使叛亂等等，都是各種不同程度的犯罪和犯過」⑳。

　　作爲整個國家的自由的「主體性」（「主觀性」）是君主；作爲每個個人自由的「主體性」，是公共輿論。單個人的「主體性」是「主體性」的外部表現，而「鬧意見和爭辯」是「公共輿論中的任意表達」，是「主體性的**最**外部的表現」（重點是引者加的），它一任自己的偶然性行事，因而會毀滅自己，從而「使鞏固存在的國家生活陷於瓦解」；「主體性」要想不毀滅自己，換言之，要想眞正實現自由和主觀能動性，那就不能隨便按個人主觀的、偶然的意志辦事，而應該使個人與國家的「實體性意志」相同一，而這也就是與「王權的概念」、「君主的主體性」相同一。另一方面，「君主的主體性」如果離開了單個人的「主體性」，那也是「自在地抽象的」，它只有「彌漫」、滲透於單個人之中，成爲「整體的理想性」，才能「達到它的定在」，──亦即得到具體體現，成爲「一種具體的東西」。㉑

　　關於「國家法」的第二部分──「對外主權」，黑格爾講得比較簡單。

　　「對內主權」是國家這一有機的「整體的理想性」，君主就是這種「理想性」的體現。由於國家是一個精神性的自由的整個或個體，所以它是「**無限否定的自我**相關」，──是包含否定面於其自身、不受否定面的外在限制的統一體，──也在本質上是「自爲的存在」（Fuer-sich-Sein），因而它是獨立的，──具有「排他性」的㉒，而否定的方面則顯得是「外在的東西」㉓。這種情況表現在對外關係上，就是每個國家都有「對外主權」，──亦即每個國家對別國來說都是獨立自主的。「獨立自主是一個民族最基本的自由和最高的榮譽」。㉔

　　旣然國與國之間是一個獨立自爲的個體與另一個獨立自爲的個體的關係，那麼這種關係在實際上就會表現爲「事故的形態，

以及同**外來**的偶然事變錯綜交織的形態」。㉕《哲學全書》第 545
節講得很清楚：「國家作爲單個的個體，是**排斥其他**同樣的個體
的。在它們的相互**關係**中，會發生任意性和偶然性，因爲個人是
獨立自主的整體，法權的**普遍物**在它們之間只不過是**應該**
（soll），而非**現實**（Wirklich）。這種獨立性使它們之間的爭端成
爲權力的關係，成爲戰爭狀態。」㉖這也就是說，國與國之間的
爭端有理由用戰爭來解決。

黑格爾認爲個人的利益和權利雖然是一種「瞬即消逝的環
節」，但這樣看待個人利益和權利，也有其**「肯定的」**特性，因爲
這種看法雖然沒有肯定個人的「偶然和易變的個體性」，却肯定了
個人的「絕對個體性」（an und fuer sich seienden In-
dividualitaet，自在自爲的個體性），所謂「絕對個體性」也就是
「實體性的個體性，即國家的獨立和主權。」黑格爾這些話的含
義無非是說，個人「有義務接受危險和犧牲」，犧牲「瞬即消逝的」
個人利益和權利，以保存國家的獨立和主權㉗。黑格爾在這裡把
邏輯學中「實體與偶性的關係」範疇應用於國家與個人的關係：
國家是「實體」，個人是「偶性」，「爲國家的個體性而犧牲」，乃
是「一切人的實體性關係，從而也是一切人的**普遍**義務」。㉘這種
「實體性關係」是國家這一「整體的理想性」與實際存在物相對
立的**「一個方面」**（die eine Seite）㉙，因此，這種關係是一種特
殊的關係，而獻身於這種特殊關係的人就構成「軍人等級」。㉚

國家是一個單個的主體，這個主體的具體體現是君主，因此，
一個國家對別國的關係「屬於王權的範圍」。㉛這樣，「王權」除
了對內的方面之外，就還有對外的方面㉜。正因爲這個緣故，「只
有王權才有權直接統率武裝力量，通過使節等等維持同其他國家
的關係，宣戰、媾和以及締結條約。」㉝

第二，「國際法」（Das aeuBere Staatraecht，「外部國家法」）。

「國際法」是講的國與國之間的關係。黑格爾認爲，每個國家都是本身完全獨立的有機整體或主體，各自都享有自己的主權，在它們之上沒有更高的權力，它們並不組成一個更高的有機整體，因此，在國際間，絕對普遍的東西，——「**自在自爲的東西**」或者說法權本身，並非現實地存在著，而只是「保存著**應然**的形式」㉘，這也就是上文所引《哲學全書》第 545 節所說的那段話的意思：「法權的**普遍物**在它們之間只不過是**應該**，而非**現實**」。

國與國既然不構成一個有機的整體，那麼他們之間就只能有契約關係。「國家間應該絕對有效的**普遍的法**」只不過是一條基本原則，即各國之間**有義務遵守**按契約關係商訂的**條約**。但是它們畢竟各自成爲一個整體或主體，各有各自的主權，它們之間的關係「處於自然狀態」中，所以這個基本原則「總是停留在**應然**上」，而實際情況則是時而守約時而毀約的「相互更替」。康德的永久和平的理想不可能實現，他所提出的國際聯盟的主張，仍然「以各國**一致同意**爲條件，而這種同意是以道德的、宗教的或其他理由和考慮爲依據的，總之，始終是以享有主權的特殊意志爲依據，從而仍然帶有偶然性的」。㉘這樣，如果各國的特殊意志之間不能達成協議，那就只有通過戰爭來解決國際爭端。

國家在對別國關係中的最高原則是國家的福利。「國家福利具有與個人福利完全不同的合法性」。個人是國家這一有機整體或者說「倫理實體」的不可分割的一分子、一環節，他必須講道德，國家則不然，它本身是一個有機的整體，一個「倫理性的實體」，它必須是具體的而不是抽象的。「它的行動和行徑的原則，只能是這種具體實存，而不是被看做道德戒律的許多普遍思想中

的任何一種思想。」⑱

　　基於國家之間是主體與主體之間的關係的論點，黑格爾認爲不應把戰爭看成「一種絕對罪惡和純粹外在的偶然性」。只有「對於本性是偶然的東西，才會發生偶然的事情，而這種命運正是必然性」。㉘這就是說，各個國家都是獨立的整體，它們各自具有「排他性」，所以在它們之間發生偶然事故，乃是必然的。個人在戰爭中爲保持國家的獨立和主權而把自己的有限之物如個人生命和個人財產視爲本質的「映現」（Schein）而加以犧牲，這也是必然的，個人生命和個人財產的「暫時性」（Vergaenglichkeit）在這裡變成了一種爲個人所希求的東西，也可以說變成了「一種所希求的消逝」（ein gewolltes Voruebergchen）㉘。從這個意義來看，也就可以說，「戰爭是嚴肅對待塵世財產和事物的虛無性的一種狀態」。㉘黑格爾雖然竭力論證戰爭之發生有其必然性，但他並未鼓吹侵略戰爭，他所注意的是爲「保存這種實體性的個體性，即國家的獨立和主權」㉚而戰，是爲國家的「實際受到侵害或威脅的福利」㉛而戰。他講到「市民社會被驅使建立殖民地」㉜時，也只是把這種現象作爲資本主義社會發展的必然結果來論述的。不過，他所謂「永久和平會使民族墮落」㉝的論調，以及「文明民族」征服「落後民族」的戰爭是「爭取對一種特定價值的承認的鬥爭」的論調，㉞的確爲後世法西斯主義的侵略戰爭提供了理論根據。

　　第三，「世界歷史」（Die Weltgeschichte）。

　　黑格爾無論在《哲學全書》中還是在《法哲學原理》中關於世界歷史的論述，都很簡單，可以說只是他的《歷史哲學》的壓縮和綱要。本書不打算專門敍述《歷史哲學》，主要地只就《哲學全書》和《法哲學原理》的有關部分加以扼要的評述。

　　國與國之間雖然沒有一個現實的最高權力機關來作裁判，但從整個世界歷史的發展觀點來看，却存在著「普遍的自在自爲地存在著的精神（der eallgemeine an und fuer sich seiende Geist），即世界精神」作爲它們之間「唯一最高裁判官」。㉕各個民族的精神，各有其特殊性，因而都是受到限制的，各民族在其相互關係中所發生的行爲和命運就是這些有限的民族精神的辯證現象，而從這些有限的東西的現象和辯證法中，却「產生出**普遍**精神，即**世界精神**」，也可說，無限的「世界精神」存在於有限的民族精神之中。黑格爾在這裡未加引號地引證了席勒的詩句，「世界歷史是世界法庭」，他認爲正是「世界精神」在「作爲**世界法庭的世界歷史**中，對這些有限精神行使著它的權利，它的高於一切的權利。」㉖剝去黑格爾所謂「世界精神」的唯心主義外衣，可以看到，黑格爾實際上就是認爲，各國家，各民族之上雖無裁判機關，但世界歷史發展的長河會對它們作出評判。千秋功罪，誰與評說？黑格爾的答覆是「世界精神」。聯繫到他所說的「歷史中有理性」㉗的觀點，我們有理由認爲，黑格爾看到了歷史的規律性，看到了歷史的規律會對各國家、各民族作出結論。這是黑格爾的唯心主義和他的歷史辯證法緊密結合在一起的明顯表現之一。

　　黑格爾從他的客觀唯心主義出發，認爲世界歷史是「精神的歷史」，它不單純是「它的**權勢**的法院」（Gericht seiner Macht）㉘，而是「自在自爲的**理性**」，它能意識到自己，能認識自己，解釋自己，並從而「把握自己」。精神的歷史就是在這種把握中存在的，就是以把握自身（認識自己，解釋自己）爲其存在的原則的。而「**完成**這一把握」（die Vollendung eines Erfassens），就是「它的外化和過渡」（seine Entaeußerung und sein Uebergang），這

裡所謂「外化」就是超出自身，所謂「過渡」就是轉化到下一階段。黑格爾這句話的意思就是說，精神的歷史如要「**完成**」「**把握自己**」的過程──要「完成」意識到自己、認識自己、解釋自己的過程，就得超出自己原有的低級階段而轉化到下一更高的階段。這種超出和轉化也可以說是「由外化返回到自身」，因為超出和轉化之後的歷史階段是對自己進行更深入的「**重新**把握」。⑳

　　這種對歷史的看法也就是把歷史看成是不斷完善的觀點。萊辛等人就是持這種觀點的，黑格爾認為他們「猜測到」了精神的本性就是以認識自己、把握自己為原則，能認識和把握到自己**是**什麼，這就表示它高出了它所認識和把握的對象和階段。反之，像康德那樣的不可知論，則是把精神看成了一個「空洞的字眼」，把歷史看成是「**偶然的**所謂**單純人類**努力和激情的淺薄嬉戲。」⑳⑳

　　黑格爾認為，「世界精神」在歷史發展的各個階段中都有一個國家、一個民族作為負荷者。「由於這種發展（指世界精神的發展──引者）是在時間和定在之中，並從而是歷史，所以它的各個環節和階段就是各民族精神；每一民族精神，作為單個的東西，作為在質的規定性方面是自然的東西，被規定為僅僅佔據**一個階段**，僅僅完成全部事業中的**一項**工作。」⑳⑳世界歷史的每一階段都是「世界精神」的一個必然環節，作為這個環節的負荷者的民族、國家負有「執行這種環節的使命」，所以在這個歷史時期，它就是「**統治的民族**」，它的事業也就必然獲得成功，它也就必然「獲得幸運與光榮」⑳⑳而處在同一歷史時期的其他民族、國家則沒有這種權利：「一個特殊民族的自我意識，乃是普遍精神在其定在中的當前發展階段的負荷者，是普遍精神把自己的意志放入其中的客觀實在性。同這種絕對意志相反，其他諸特殊的民族精神則

是沒有權利的，唯有那個民族支配世界。」㉠但是，這個民族在世界歷史中之能「創立新紀元」，「只能是一次的」㉠，因為它只執行「世界精神」發展的某一個必然環節的歷史使命，「而那個環節在它的那個階段獲得它的**絕對權利**。」㉠等到這個民族盛極而衰了，那就表示「世界精神」發展到了更高階段，另一個民族會代之而起，而「獲得了世界歷史的意義」。㉠

　　世界歷史是由低級到高級的發展過程。由民族到國家，由野蠻民族到文明民族就是如此。「民族最初還不是國家。一個家庭、遊牧民、部落、群體等等向國家的過渡構成理念一般在其中的**形式的**實現。如果沒有這種形式，民族作為倫理性的實體──它**自在地**存在著──就缺乏客觀性來為自己和為別人在法律──即被思考的規定──中獲得一種普遍物或普遍的定在，因而這個民族就不會被承認。由於它沒有客觀的合法性和自為地固定的合理性，所以它的獨立只是形式的而不是具有主權的」。㉠簡言之，民族如果不過渡到國家，如果不具有法律、制度等等，就不會被承認，不會具有主權。黑格爾認為，沒有過渡到國家的民族是野蠻民族，嚴格講來是沒有歷史的：「在一個民族的定在中，實體性的目的是要成為一個國家和保存其本身；一個民族而沒有形成國家（一個單純的**民族**），真正講來，是沒有歷史的，一如國家興起以前就存在著的民族以及其他至今尚作為野蠻民族而存在的民族那樣。」㉠所以在黑格爾看來，世界歷史實際上是**國家**的歷史。根據這個基本觀點，黑格爾把世界歷史的發展分成四個階段或四種王國。這四個階段是「世界精神」希求絕對地認識自身的過程，是它的自我意識從低級的「自然直接性的形式」中解放出來而「達到它自己本身」的過程。㉠

　　第一個階段是「東方王國」（Das orientalische Reich）。

這是「世界精神」在世界歷史中所表現的最初形態，黑格爾稱之爲「**實體性**精神的形態」，精神在這裡是一種「**直接的**啓示」，個體性（個別性）尚未與它的本質分化出來，因而還沒有達到「自爲」⑩，也就是說，個體東西的要求還沒有得到承認。「個別人格在這莊嚴的整體中毫無權利，沒沒無聞」。⑪「這是『歷史的幼年時期』。客觀的種種形式構成了東方各『帝國』的堂皇建築，其中雖然具有一切理性的律令和佈置，但是各個人仍然被看作是無足輕重的。他們圍繞著一個中心，圍繞著那位元首，他以大家長的資格──不是羅馬帝國憲法中的君主──居於至尊的地位。……因此，在我們西方完全屬於主觀的自由範圍內的種種，在他們東方却自全部和普遍的東西內發生。東方觀念的光榮在於『唯一的個人』一個實體，一切皆隸屬於它，以致任何其他個人都沒有單獨的存在，並且在他的主觀的自由裡照不見他自己。想像和自然的一切富麗都被這個實體所獨佔，主觀的自由根本就沒在它當中。」⑫

第二個階段是「希臘王國」（Das griechische Reich）。

這個階段的原則是「**美的**倫理性的個體性」（die schoene sittliche Individualitaet）。美在黑格爾看來是理念顯現於感性形式之中，它和真最終是同一的，只不過真是對立面的統一達到了思維的階段，而美則是對立面的統一尚停留在感性的階段。希臘王國具有「有限東西與無限東西」兩個對立面的「實體性的統一」，但希臘王國的這種實體性統一是感性的統一，具體地說，是建立在倫理生活之美的基礎上的感性統一，這種統一表現爲埃琉西斯（Eleusis）宗教祭典中有限的個人與無限融合爲一的神秘的境界⑬，這種境界雖然包含了美和倫理性，出現了「個人的個體性這一原則」⑭，但這種統一的境界還不是自足的，它只不過是一種

理想，因此，個體性的原則或者說主觀自由和獨立自主性的原則並沒有真正達到。「整體分解爲一批特殊的民族精神」（指希臘的一批城邦，它們各自具有自己的獨立自主性），這雖然也是個體性或獨立自主性原則的表現，但各城邦的「意志的最後決斷」並不是由自覺的自我意識（「自爲地存在的那種自我意識的主觀性」）作出，而是由「這種主觀性之上和之外的一種權力」㉟作出的，即「從完全外部的現象——神諭、祭神牲畜的內臟、鳥的飛翔——中得出最後決斷的。我們又看到他們把自然界當做一種權力來對待，這種權力在那裡公告和宣示，什麼是對人有益的。」㉠另一方面，滿足特殊的具體需要的勞動都被遣派給沒有人身自由的奴隸。這些，都表示在「希臘王國」的階段，沒有真正達到個體性或個人的獨立自主性。㉡「希臘的世界」可比做「青年時代」，「因爲這裡漸有個性的形成。這是人類歷史的**第二**主要原則⋯⋯『個人』是不自覺地統一於普遍的東西。那在東方分爲兩個極端的——就是實體的東西和含蓄其中的個別性——在這裡是走在一起了。但是這些顯然不同的原則（按指實體的、普遍的東西與個別性兩原則——引者）僅僅是直接地在統一之中，⋯⋯這種道德還沒有淨化到自由的主觀性的程度。」㉢

第三個階段是「羅馬王國」（Das roemische Reich）。

這個階段的原則是「抽象的普遍性」。㉣在這裡，個人不再生活於倫理的統一體之中，而是一些單個的個人，他們被動地而非自由地、「由衷地」服從普遍的法律，他們的權利只是形式的、抽象的，他們雖然也被這種普遍性結合在一起，但不是有機的結合，而是像「萬神廟」一樣把一切毫無生氣的神祇集合在一起。所以這種普遍性只能是抽象的普遍性，它和失去精神依托的客觀性相對立，犧牲了「自由的個人」，抹殺了獨立自主的個體性。㉤這個

階段是歷史上的「壯年時代」，「因爲眞正的『壯年時代』，一切行動旣然不遵照專制君主的任意，也不服從它自己的任意；相反地，『壯年時代』乃是爲著一種普遍的目的而經營，在那裡邊個人已經消滅，個人只能夠在普遍的目的下實現他自己的目的。」㉑

　　第四個階段是「日耳曼王國」（Das germanische Reich）。

　　「世界精神」由於在上一階段沒有實現，於是退回到人的內心生活，這樣，歷史就進入了第四個階段。這個階段的原則是「神的本性與人的本性統一」、「客觀眞理與自由的調和」。但這種調和、統一最初還是抽象的，其表現爲「塵世王國」與「彼岸世界」（「世俗的帝國」與「教會的帝國」）、中世紀的帝國與中世紀的教會的對立㉒。這種調和、統一的進一步表現是：在兩個王國的殘酷鬥爭中，一方面精神王國脫掉了「彼岸性」而降爲「地上的現實，平庸的塵世」，也就是說，精神王國被迫僅從世俗的事物去實現「理性的東西」；一方面塵世王國則脫掉了「野蠻性和不法任性」而成爲「合乎理性的存在與認識的原則，即法與法律的合理性」。把這兩個合起來看，就是「把國家展示爲理性的形象和現實」，而這也就是「眞實的調和」㉓：「精神」存在於「世俗的事物」即國家之中，使國家成爲「一種獨立的、有機的存在」，「精神的東西對於國家也再不陌生了。『自由』已經有了方法來實現它的『概念』和眞理。這便是世界歷史的目標」㉔。黑格爾顯然認爲這個目標**基本上**已在「日耳曼王國」實現。他認爲「日耳曼世界可比作人生的**老年時代**」。不過它不像自然界的老年時代那樣是「衰弱不振的」，「精神的老年却是它的完滿的成熟」（das Greisenalter des Geistes aber ist seine vollkommene Reife）。「在這裡它又返回到統一，不過是作爲精神了」。㉕

註　釋

① 黑格爾：《法哲學原理》，第 164 頁。

② 伊爾亭編：《黑格爾法哲學》第 3 卷，第 482 頁；第 4 卷，第 395 頁。

③ 同上書，第 3 卷，第 482 頁。

④ 伊爾亭編：《黑格爾法哲學》第 4 卷，第 396 頁。

⑤ 黑格爾：《法哲學原理》，第 164 頁。

⑥ 《黑格爾著作》理論版，第 10 卷，第 318—319 頁。

⑦ 黑格爾：《法哲學原理》，第 173 頁。

⑧ 同上書，第 16 頁。黑格爾在這裡稱「主觀性」爲「無限的形式」。因爲「主體」、「自我」是自己與自己相關，所以它是「無限的」。

⑨ 黑格爾：《法哲學原理》，第 164、165 頁。參閱伊爾亭編：《黑格爾法哲學》第 3 卷，第 485 頁。

⑩ 同上書，第 165—166 頁。參閱《黑格爾著作》理論版，第 7 卷，第 295 頁。

⑪ 《黑格爾著作》理論版，第 7 卷，第 295 頁。

⑫ 伊爾亭編：《黑格爾法哲學》第 4 卷，第 399 頁。

⑬ 《黑格爾著作》理論版，第 7 卷，第 297 頁。參閱《法哲學原理》，第 167 頁。

⑭ 黑格爾：《法哲學原理》，第 167、168 頁。

⑮ 同上書，第 170 頁。

⑯ 同上書，第 173 頁。

⑰ 《黑格爾著作》理論版，第 10 卷，第 319—320 頁。

⑱ 黑格爾：《法哲學原理》，第 173 頁。

⑲ 同上書，第 174 頁。

⑳㉑ 《黑格爾著作》理論版，第 10 卷，第 319 頁。

㉒ 參閱諾克斯：《黑格爾的法哲學》，第 350 頁。

㉓ 《黑格爾著作》理論版，第 7 卷，第 307 頁。參閱《法哲學原理》，第 175 頁。

㉔ 同上書，第 308、309 頁。參閱《法哲學原理》，第 175 頁、176 頁。

㉕ 同上書，第 309—310 頁。參閱《法哲學原理》，第 176—177 頁。

㉖ 黑格爾：《法哲學原理》，第 194 頁。

㉗ 同上書，第 177 頁。

㉘ 同上書，第 178 頁。

㉙ 同上書，第 179—180 頁。參閱第 190 頁。

㉚ 恩格斯：《家庭、私有制和國家的起源》，人民出版社 1954 年版，第 70—72、78—79 頁。

㉛㉜ 黑格爾：《法哲學原理》，第 185 頁。

㉝ 恩格斯：《家庭、私有制和國家的起源》，第 78 頁。

㉞㊱ 黑格爾：《法哲學原理》，第 188 頁。

㉟ 同上書，第 187 頁。

㊲ 《黑格爾著作》理論版，第 10 卷，第 321 頁。

㊳ 同上書，第 7 卷，第 338 頁。

㊴ 《法哲學原理》，第 195 頁。參閱諾克斯：《黑格爾的法哲學》，第 353 頁。

㊵ 同上書，第 197 頁。

㊶ 同上書，第 198 頁。

㊷㊸ 同上書，第 197 頁。

㊹ 參閱同上書，第 126—127 頁。

㊺ 黑格爾：《哲學史講演錄》第 2 卷，第 364—365 頁。

㊻ 黑格爾：《法哲學原理》，第 200、201 頁。

㊼ 同上書，第 203 頁。

㊽ 《黑格爾著作》理論版，第 10 卷，第 321 頁。

㊾ 《黑格爾全集》拉松本，萊比錫梅納出版社 1932 年版，第 19 卷，第 239—240 頁。

㊿ 馬克思：《政治經濟學批判》，人民出版社 1955 年版，「序言」，第 2 頁。

51 黑格爾：《法哲學原理》，第 204 頁。

52 《黑格爾著作》理論版，第 10 卷，第 322 頁。

53 《黑格爾全集》拉松本，萊比錫梅納出版社 1932 年版，第 19 卷，第 238 頁。

54 黑格爾：《法哲學原理》，第 204 頁。

55 《黑格爾著作》理論版，第 7 卷，第 348 頁。參閱《法哲學原理》，第

205—206 頁。

(56) 黑格爾：《法哲學原理》，第 207 頁。

(57) 同上。並參閱諾克斯：《黑格爾的法哲學》，第 355 頁。

(58) 同上書，第 208 頁。

(59) 伊爾亭編：《黑格爾法哲學》第 4 卷，第 496 頁。

(60)(63) 黑格爾：《法哲學原理》，第 209 頁。

(61) 馬克思：《資本論》第 1 卷，人民出版社 1975 年版，第 202 頁。

(62)(64)(65) 伊爾亭編：《黑格爾法哲學》第 4 卷，第 499 頁。

(66)(67) 同上書，第 500 頁。

(68) 同上書，第 499 頁。

(69) 黑格爾：《法哲學原理》，第 207 頁。

(70) 《黑格爾著作》理論版，第 10 卷，第 321 頁。

(71)(72) 《黑格爾全集》拉松本，萊比錫梅納出版社 1932 年版，第 19 卷，第 237 頁。

(73) 《黑格爾著作》理論版，第 10 卷，第 322 頁。參閱《法哲學原理》，第 210 頁。

(74) 黑格爾：《法哲學原理》，第 210 頁。

(75) 伊爾亭編：《黑格爾法哲學》第 4 卷，第 502—503 頁。

(76) 同上書，第 1 卷，第 314 頁。

(77) 《黑格爾全集》拉松本，萊比錫梅納出版社 1931 年版，第 20 卷，第 232 頁。

(78) 馬克思：《黑格爾辯證法和哲學一般的批判》，人民出版社 1955 年版，第 14 頁。

(79) 黑格爾：《法哲學原理》，第 210、211 頁。

(80) 《黑格爾著作》理論版，第 10 卷，第 322、323 頁。參閱《法哲學原理》，第 211 頁。

(81) 《法哲學原理》，第 211 頁。參閱《黑格爾著作》理論版，第 7 卷，第 353 頁。

(82) 同上書，第 215、216 頁。

(83) 同上書，第 211、212 頁。

(84) 《黑格爾著作》理論版，第 10 卷，第 323 頁。

(85) 參閱黑格爾：《法哲學原理》，第 126—127、199—200 頁。

⑧⑥　同上書，第 215 頁。

⑧⑦　《黑格爾著作》理論版，第 7 卷，第 358 頁。

⑧⑧　黑格爾：《法哲學原理》，第 215 頁。

⑧⑨⑨①　同上書，第 212 頁。

⑨⓪　《黑格爾著作》理論版，第 10 卷，第 323 頁。

⑨②　黑格爾：《法哲學原理》，第 213 頁。

⑨③　同上書，第 213、214 頁。

⑨④　同上書，第 214 頁。

⑨⑤　《黑格爾著作》理論版，第 10 卷，第 323 頁。

⑨⑥　黑格爾：《法哲學原理》，第 214 頁。

⑨⑦　參閱伊爾亭編：《黑格爾法哲學》第 3 卷，第 632 頁。第 4 卷，第 521 頁。

⑨⑧　參閱同上書，第 4 卷，第 521 頁。

⑨⑨　黑格爾：《法哲學原理》，第 217 頁。

⑩⓪　《黑格爾著作》理論版，第 10 卷，第 324 頁。

⑩①　黑格爾：《法哲學原理》，第 217 頁。

⑩②　同上書，第 231 頁。

⑩③　伊爾亭編：《黑格爾法哲學》第 4 卷，第 585 頁：「特殊性的更具體的意義就是福利，即需要的滿足」。

⑩④　黑格爾：《法哲學原理》，第 237 頁。參閱第 217 頁。

⑩⑤　伊爾亭編：《黑格爾法哲學》第 4 卷，第 585 頁。

⑩⑥　黑格爾：《法哲學原理》，第 237 頁。

⑩⑦　《黑格爾著作》理論版，第 7 卷，第 384 頁。參閱《法哲學原理》，第 239 頁。

⑩⑧　伊爾亭編：《黑格爾法哲學》第 4 卷，第 587 頁。

⑩⑨　《黑格爾著作》理論版，第 10 卷，第 329 頁。

⑩⑩　伊爾亭編：《黑格爾法哲學》第 3 卷，第 702 頁；第 4 卷，第 607 頁。

⑪①　這裡的「本身內部」是相對於對外擴張的殖民而說的。參閱諾克斯：《黑格爾的法哲學》，第 361 頁。

⑪②　《法哲學原理》，第 244 頁。伊爾亭編：《黑格爾法哲學》第 4 卷，第 607 頁。

⑪③　參閱伊爾亭編：《黑格爾法哲學》第 4 卷，第 607 頁。

⑭⑯　黑格爾：《法哲學原理》，第 244 頁。

⑮　伊爾亭編：《黑格爾法哲學》第 4 卷，第 608 頁。

⑰⑱　黑格爾：《法哲學原理》，第 245 頁。

⑲　同上書，第 244 頁。

⑳　同上書，第 245 頁。

㉑　伊爾亭編：《黑格爾法哲學》第 3 卷，第 703 頁；第 4 卷，第 610 頁。

㉒　同上書，第 3 卷，第 704、705 頁；第 4 卷，第 612、613 頁。

㉓　黑格爾：《法哲學原理》，第 248、249、251 頁。

㉔㉕　同上書，第 252 頁。

㉖　參閱伊爾亭編：《黑格爾法哲學》第 3 卷，第 715 頁。

㉗　《黑格爾著作》理論版，第 10 卷，第 330 頁。

㉘　同上書，第 7 卷，第 398 頁。參閱《法哲學原理》，第 252 頁。

㉙　黑格爾：《法哲學原理》，第 253 頁。

㉚　諾克斯：《黑格爾的法哲學》，第 363 頁：「黑格爾的國家理論是以他關於推論的理論爲其背景的」。參閱《小邏輯》第 383—384 頁，及拙著《黑格爾〈小邏輯〉繹注》，第 489、490 頁。

㉛　黑格爾：《法哲學原理》，第 253—254 頁。

㉜　同上書，第 254、255 頁。

㉝　《黑格爾著作》理論版，第 7 卷，第 428—429 頁。參閱《法哲學原理》，第 280 頁。

㉞　伊爾亭編：《黑格爾法哲學》，第 4 卷，第 631 頁。參閱《法哲學原理》，第 258 頁。

㉟　同上書，第 631—632 頁。參閱《法哲學原理》，第 258 頁。

㊱　同上書，第 632 頁。參閱《法哲學原理》，第 259 頁。

㊲　黑格爾：《法哲學原理》，第 259 頁。參閱伊爾亭編：《黑格爾法哲學》，第 4 卷，第 632 頁。

㊳　同上書，第 285 頁。參閱伊爾亭編：《黑格爾法哲學》，第 744 頁。

㊴　同上書，第 259—260 頁。

㊵　參閱伊爾亭編：《黑格爾法哲學》，第 3 卷，第 716 頁；第 4 卷，第 634 頁。

㊶　黑格爾：《法哲學原理》，第 261 頁。

㊷　同上書，第 260 頁。參閱第 126—127、199、215、263 頁及《黑格爾著

作》理論版，第 7 卷，第 406—407 頁。

⑭ 同上書，第 260 頁。參閱第 126—127、199、215、263 頁及《黑格爾著作》理論版，第 7 卷，第 406—407 頁。

⑭⑭ 同上書，第 261 頁。參閱伊爾亭編：《黑格爾法哲學》，第 4 卷，第 635 頁。

⑭ 同上書，第 269 頁。

⑭ 參閱諾克斯：《黑格爾的法哲學》，第 365 頁。

⑭ 黑格爾：《法哲學原理》，第 261 頁。參閱伊爾亭編：《黑格爾法哲學》，第 3 卷，第 718、719 頁；第 4 卷，第 636 頁。

⑭ 同上書，第 261 頁。

⑮ 《馬克思恩格斯全集》，第 1 卷，人民出版社 1956 年版，第 248 頁。

⑮ 黑格爾：《法哲學原理》，第 261—262 頁。

⑮ 同上書，第 263 頁。參閱第 126—127、199、215、260、261、264 頁。

⑮ 同上書，第 263—264 頁。《馬克思恩格斯全集》，第 1 卷，第 250—251、252—253 頁

⑮⑮⑮ 同上書，第 264 頁。

⑮ 伊爾亭編：《黑格爾法哲學》，第 4 卷，第 637 頁。

⑮ 同上書，第 637、638 頁。

⑮ 黑格爾：《法哲學原理》，第 265、266 頁。

⑯ 同上書，第 263 頁。

⑯ 伊爾亭編：《黑格爾法哲學》，第 4 卷，第 640 頁。參閱《法哲學原理》，第 266 頁。

⑯ 《黑格爾著作》理論版，第 7 卷，第 412—413 頁。參閱《法哲學原理》，第 266 頁。

⑯ 諾克斯：《黑格爾的法哲學》，第 364—365 頁。參閱黑格爾：《法哲學原理》，第 270 頁注(2)。

⑯ 指弗里德里希·馮·施萊格爾 (Schlegel,Friedrich von, 1772—1829) 和其他浪漫主義者。參閱諾克斯：《黑格爾的法哲學》，第 365 頁。

⑯ 黑格爾：《法哲學原理》，第 270 頁。

⑯ 參閱諾克斯：《黑格爾的法哲學》，第 365 頁。

⑯ 黑格爾：《法哲學原理》，第 271 頁。

⑯ 參閱伊爾亭編：《黑格爾法哲學》，第 3 卷，第 729 頁；第 4 卷，第

645—646 頁。

⑯ 同上書，第 4 卷，第 646 頁。

⑰ 黑格爾：《法哲學原理》，第 271 頁。

⑰ 同上書，第 272 頁。

⑰ 同上書，第 273 頁。

⑰ 同上書，第 277 頁。

⑰ 同上書，第 281 頁。

⑰ 同上書，第 283 頁。

⑯ 同上書，第 277—278 頁。

⑰ 同上書，第 279—280 頁。

⑱ 黑格爾：《哲學史講演錄》，第 1 卷，第 72 頁。

⑲ 諾克斯：《黑格爾的法哲學》，第 367 頁。

⑳ 黑格爾：《法哲學原理》，第 287 頁。在這裡注明參閱《哲學全書》第
1 版第 82 節，即第 3 版第 132 節。諾克斯在注釋中指出：這裡可能在
第 1 版時有印刷上的錯誤，應該改爲參閱第 52 節，即第 3 版第 99 節
（諾克斯：《黑格爾的法哲學》，第 367 頁）。

⑱ 同上書，第 287—288 頁。

⑱ 同上書，第 291 頁。

⑱ 同上書，第 291·292 頁。

⑱ 參閱伊爾亭編：《黑格爾法哲學》，第 3 卷，第 752 頁；第 4 卷，第 662
頁。

⑱ 黑格爾：《法哲學原理》，第 291 頁。

⑱ 《馬克思恩格斯全集》，第 1 卷，第 268 頁。

⑱ 《黑格爾著作》理論版，第 7 卷，第 435 頁。伊爾亭編：《黑格爾法哲
學》第 4 卷，第 661 頁；參閱《法哲學原理》，第 287 頁。

⑱ 黑格爾：《法哲學原理》，第 292 頁。

⑱ 《黑格爾著作》理論版，第 7 卷，第 441 頁。參閱《法哲學原理》，第
292 頁。

⑲ 黑格爾：《法哲學原理》，第 287、307 頁。

⑲ 同上書，第 292 頁。

⑲ 同上書中譯本誤寫成「(2)」（《法哲學原理》，第 293 頁）。

⑲ 同上書，第 293—294 頁。

⑭ 同上書，第 295 頁。

⑮ 同上書，第 296、297、298 頁。

⑯ 伊爾亭編：《黑格爾法哲學》，第 4 卷，第 664 頁。

⑰ 同上書，第 670 頁。

⑱ 伊爾亭編：《黑格爾法哲學》，第 3 卷，第 760 頁。

⑲㉑ 黑格爾：《法哲學原理》，第 297 頁。

⑳ 《馬克思恩格斯全集》，第 1 卷，第 271—278 頁。

㉒ 主要指盧梭思想的影響。參閱諾克斯：《黑格爾的法哲學》，第 369 頁。

㉓ 黑格爾：《法哲學原理》，第 298 頁。

㉔ 伊爾亭編：《黑格爾法哲學》第 4 卷，第 675 頁。

㉕ 黑格爾：《法哲學原理》，第 298 頁。參閱《黑格爾著作》理論版，第 7 卷，第 447 頁。

㉖ 伊爾亭編：《黑格爾法哲學》第 4 卷，第 675 頁。

㉗ 黑格爾：《法哲學原理》，第 299、300 頁。

㉘ 同上書，第 287 頁。

㉙ 同上書，第 300 頁。

㉚ 同上書，第 302 頁。

㉛ 伊爾亭編：《黑格爾法哲學》第 4 卷，第 677 頁。

㉜ 恩格斯：《英國狀況》。《馬克思恩格斯全集》，第 1 卷，第 682 頁。

㉝ 伊爾亭編：《黑格爾法哲學》第 4 卷，第 685、686 頁；第 3 卷，第 770 頁。參閱《法哲學原理》，第 306、311—312 頁。

㉞ 黑格爾：《法哲學原理》，第 300 頁。

㉟ 同上書，第 301 頁。

㊱ 同上書，第 297 頁。

㊲ 同上書，第 301、302 頁。

㊳ 參閱諾克斯：《黑格爾的法哲學》，第 370 頁。

㊴ 黑格爾：《法哲學原理》，第 302—303 頁。

㊵ 同上書，第 304 頁。

㊶ 同上書，第 307—308 頁。

㊷ 伊爾亭編：《黑格爾法哲學》第 3 卷，第 772 頁；第 4 卷，第 687 頁。

㊸ 《馬克思恩格斯全集》，第 1 卷，第 298 頁。

㊹ 伊爾亭編：《黑格爾法哲學》第 4 卷，第 691 頁。

㉒㊟ 黑格爾：《法哲學原理》，第 311 頁。

㉒㊟ 同上書，第 311 頁。

㉒㊟ 同上書，第 311—312 頁。參閱第 306 頁。

㉒㊟ 伊爾亭編：《黑格爾法哲學》第 4 卷，第 693 頁。

㉒㊟ 黑格爾：《法哲學原理》，第 313—314 頁。

㉓㊟ 伊爾亭編：《黑格爾法哲學》第 3 卷，第 783 頁。

㉓㊟ 同上書，第 3 卷，第 787 頁；第 4 卷，第 694 頁。

㉓㊟ 黑格爾：《法哲學原理》，第 314 頁。

㉓㊟ 伊爾亭編：《黑格爾法哲學》第 4 卷，第 695 頁：中間等級的「第二部
分是同業公會的領袖。」

㉓㊟ 黑格爾：《法哲學原理》，第 315 頁。

㉓㊟ 伊爾亭編：《黑格爾法哲學》第 4 卷，第 695 頁。

㉓㊟ 黑格爾：《法哲學原理》，第 255—257 頁。

㉓㊟ 同上書，第 220 頁。

㉓㊟ 同上書，第 286—287 頁。

㉓㊟ 同上書，第 315—316 頁。

㉔㊟ 《馬克思恩格斯全集》，第 1 卷，第 312 頁。

㉔㊟ 黑格爾：《法哲學原理》，第 315 頁。

㉔㊟ 《馬克思恩格斯全集》，第 1 卷，第 313 頁。

㉔㊟ 黑格爾：《法哲學原理》，第 315 頁。

㉔㊟ 同上書，第 316 頁。

㉔㊟ 《馬克思恩格斯全集》第 1 卷，第 315 頁。

㉔㊟ 黑格爾：《法哲學原理》，第 316—317 頁。

㉔㊟ 《馬克思恩格斯全集》第 1 卷，第 317 頁。

㉔㊟ 同上書，第 319 頁。

㉔㊟ 黑格爾：《法哲學原理》，第 318 頁。

㉕㊟ 同上書，第 321 頁。

㉕㊟ 同上書，第 318—319 頁。

㉕㊟ 同上書，第 319—321、330 頁。

㉕㊟ 《馬克思恩格斯全集》，第 1 卷，第 328 頁。

㉕㊟ 黑格爾：《法哲學原理》，第 321 頁。

㉕㊟ 同上書，第 322 頁。

㉕　同上書，第 322、324 頁。

㉗　同上書，第 324、325、328、330 頁。

㉘　《馬克思恩格斯全集》，第 1 卷，第 386 頁。

㉙　同上書，第 683、684 頁。

㉚　黑格爾：《法哲學原理》，第 323 頁。

㉛　同上書，第 325─326、327、329 頁。

㉜　同上書，第 329 頁。

㉝　同上書，第 332、327 頁。

㉞　同上書，第 332 頁。

㉟　《黑格爾著作》理論版，第 7 卷，第 483 頁。參閱《法哲學原理》，第 332 頁。

㊱　同上書，第 484─485 頁。《法哲學原理》，第 333 頁。

㊲　《黑格爾著作》理論版，第 7 卷，第 484 頁。參閱《法哲學原理》，第 333 頁。

㊳　《法哲學原理》，第 334 頁。參閱《黑格爾著作》理論版，第 7 卷，第 485 頁。

㊴　《黑格爾著作》理論版，第 7 卷，第 487 頁。參閱《法哲學原理》，第 336 頁。

㊵　黑格爾：《法哲學原理》，第 336 頁。

㊶　同上書，第 338 頁。

㊷　同上書，第 338、339 頁。

㊸　同上書，第 339 頁。參閱諾克斯：《黑格爾的法哲學》，第 373 頁：「見《全書》第 96─98 節」。

㊺㊻　同上書，第 339 頁。

㊼　《黑格爾著作》理論版，第 10 卷，第 345─346 頁。

㊽　黑格爾：《法哲學原理》，第 340 頁。

㊾　同上書，第 342 頁。

㊿　《黑格爾著作》理論版，第 7 卷，第 494 頁。

㉚　黑格爾：《法哲學原理》，第 342、343 頁。

㉛㉝　同上書，第 345 頁。

㉜　參閱同上書，第 294 頁。

㉞　同上書，第 346 頁。

㉘　同上書，第 348 頁。

㉘　同上書，第 349、350 頁。

㉘㉘　《黑格爾著作》理論版，第 7 卷，第 492 頁。參閱《法哲學原理》，第 340 頁。

㉘　黑格爾：《法哲學原理》，第 340—341 頁。

㉙　同上書，第 340 頁。

㉙　同上書，第 349 頁。

㉙　同上書，第 247 頁。

㉙　同上書，第 341 頁。

㉙　同上書，第 356 頁。

㉙　《黑格爾著作》理論版，第 7 卷，第 503 頁。參閱《法哲學原理》，第 351 頁。

㉙　黑格爾：《法哲學原理》，第 351 頁。

㉙　《黑格爾著作》理論版，第 10 卷，第 348 頁。

㉙　同上書，第 7 卷，第 504 頁。

㉙㉚　黑格爾：《法哲學原理》，第 352 頁。

㉛　《黑格爾著作》理論版，第 10 卷，第 347 頁。參閱《歷史哲學》，第 93—94 頁。

㉜　黑格爾：《法哲學原理》，第 353、354 頁。

㉝　《黑格爾著作》理論版，第 10 卷，第 352—353 頁。

㉞　黑格爾：《法哲學原理》，第 354 頁，在這句後面注明：「參閱第 346 節」，應改為「參閱第 345 節」（參閱諾克斯：《黑格爾的法哲學》，第 218、375 頁）。

㉟　同上書，第 353 頁。

㉠　同上書，第 354 頁。

㉡　黑格爾：《法哲學原理》，第 355 頁。參閱《黑格爾著作》理論版，第 7 卷，第 507 頁。

㉢　《黑格爾著作》理論版，第 10 卷，第 350 頁。

㉣　黑格爾：《法哲學原理》，第 356 頁。

㉤　《黑格爾著作》理論版，第 7 卷，第 508 頁。參閱《法哲學原理》，第 356 頁。

㉥　黑格爾：《法哲學原理》，第 357 頁。

⑫ 黑格爾：《歷史哲學》，第 150 頁。

⑬ 參閱《黑格爾通信集》，漢堡 1952 年版，第 1 卷，第 38─40 頁。

⑭⑮ 黑格爾：《法哲學原理》，第 358 頁。

⑯ 同上書，第 300 頁。

⑰ 同上書，第 358 頁。

⑱ 黑格爾：《歷史哲學》，第 151─152 頁。

⑲ 同上書，第 152 頁。《法哲學原理》，第 356 頁。

⑳ 同上書，第 152─153 頁。《法哲學原理》，第 356、358─359 頁。

㉑ 同上書，第 152 頁。

㉒ 同上書，第 154 頁。《法哲學原理》，第 359─360 頁。參閱諾克斯：《黑格爾的法哲學》，第 222、376 頁。

㉓ 同上書，第 154 頁。《法哲學原理》，第 360 頁。

㉔ 同上書，第 154 頁。

㉕ 《黑格爾著作》理論版，第 12 卷，第 140 頁。參閱《歷史哲學》，第 154 頁。

第六章　黑格爾國家學說中的
「主體性」原則

一

　　黑格爾的「主體性」Subjektivitaet 一詞，往往譯作「主觀性」，但中文的「主觀性」容易給人造成一種印象，似乎「主觀性」就只是主觀、任意、片面、武斷的意思。實際上黑格爾的「主體性」不只這一種含義，更重要的是，它還有自由、獨立自主、能動性、自我、自我意識、個人的特殊性、發揮個人的聰明才智、以個人的自由意志和才能爲根據等等含義。反之，由他人統治和支配，聽命於神諭、迷信和命運，受制於自然，沒有自覺性，只講共性（普遍性），不講個性（特殊性），以人的出身、血統爲根據等等，所有這些，都是缺乏「主體性」的表現。「主體性」的種種含義雖然彼此略有區別，角度不完全一樣，但又是有機地聯繫在一起和相互貫通的。概括言之，「主體性」的對立面就是「客體性」（Objektivitaet）。黑格爾國家學說中所講的「主體性」有時是著重這一個含義、這一個角度，有時是著重另一個含義、另一個角度，不是僵死的、凝滯不變的。我們在下面講到黑格爾國家

學說的具體內容時，將隨時根據不同的場合、不同的上下文，選用不同的字眼來表示他所說的「主體性」。值得注意的是，黑格爾又往往直截了當地用「特殊性」這一術語來表達「主體性」：「特殊性」所強調的是「主體性」中的個性方面，也是個人自由、獨立自主的方面。

本章所講的黑格爾的國家學說，不限於「客觀精神」中的「國家」部分。黑格爾政治哲學中的範疇系列和他的整個哲學範疇系列一樣，大體上是較高的、較後的範疇包含較低的、較前的範疇在內，前者以後者為自己的內容。所以黑格爾所講的「國家」不只是「國家」本身，而且必然包含「市民社會」和「家庭」在內；甚至也不只是「倫理」這個領域本身，而且必然包含「抽象法」和「道德」這兩個領域在內。正是根據這個基本觀點，本章所講的黑格爾的國家學說實際上涉及整個「客觀精神」。講黑格爾國家學說中的「主體性」原則，必然涉及整個「客觀精神」中的「主體性」原則。當然，本章論述的落腳點仍然是「國家」部分。本書第二章「主觀精神在黑格爾哲學體系中的意義」比較著重地闡明了「主體性」在「主觀精神」即個人意識和認識過程中的地位與作用；通過第三、四、五章所描述的「客觀精神」的奧德賽之後，現在我們也有必要總結一下「主體性」在「客觀精神」即社會政治生活中所占的地位與作用。

黑格爾國家學說中的「主體性」原則是同他的整個哲學中的「主體性」原則一致的。本書第二章已經說過，在黑格爾看來，古希臘哲學中的思維與存在渾然一體，人尚未被看成是「主體」，尚未被看成是具有「主體性」的東西而與客體相對立；中世紀的哲學原則是思維與存在割裂，自由或主體性也沒有被看成是構成人的本質的東西；只有近代哲學才意識到思維與存在的對立，並

力圖發揮「主體性」以克服這種對立，把握它們之間的統一，所以近代哲學的原則是「主體性」的原則。和這種哲學上的發展過程相適應，黑格爾認為，有無「主體性」，也是劃分近代和古代**政治生活**的關鍵，甚至是劃分西方與東方**政治生活**的關鍵。關於東西方的問題，本文略去不談。

一般地說，凡人都是主體，甚至一切單純有生命的東西也都是主體，但這顯然只是就自然意義下的人而言。至於就法權意義下的人（Person）來說，人（Person）實質上不同於主體。應該說，人（Person）只是意識到「主體性」的主體，是「在純自為存在中的自由的單一性」（die Einzelheit der Freiheit im reinen Fuersichsein）①。即使如此，作為法權意義下的「主體性」也還是抽象的，它只是「客觀精神」的第一個領域「抽象法」的對象，因為正如本書第三章所說，「抽象法」中所講的權利的所有主只是單純的個人，而不是具體的國家公民。

黑格爾認為，法權意義下的人的「主體性」必須表現為擁有所有物或財產，否則，這種「主體性」就是純粹主觀的、無內容的②。就是因為這個原故，黑格爾認為私有制比公有制更合乎理性。柏拉圖的理想國認為人沒有能力取得私有財產，中世紀的修道院也否定了私有財產，這些，在黑格爾看來，都是抹殺人的自由意志，──抹殺人的主體性的表現。他斷言，只有在他那個時代，即西方歷史的近代，「國家往往重新把私有權建立起來」③，這才是合乎理性的、正確的，才是發揮了人的「主體性」。他還明確地說過，「希臘人也不認識我們近代國家的抽象的權利」④，「**所有權的自由**在這裡和那裡被承認為原則，可以說還是昨天的事」⑤。這就是說，普遍承認人能有自由擁有私有財產，或者說，普遍承認法權意義下的人的「主體性」，只是近代的事。黑格爾在這

裡譴責了奴隸制、農奴制以及無權取得財產和沒有行使所有權的自由等等現象，認爲這些都抹殺了人的「主體性」，割讓了「人格」，他甚至在一定程度上還譴責了近代資本主義的雇傭制，認爲雇傭制和奴隸制同類性質的弊病。黑格爾針對古代、中世紀甚至於近代的種種抹殺人的「主體性」（這裡的「主體性」主要指所有權的自由）的現象，很有感慨地說：直至「昨天」才普遍承認「所有權的自由」，這正是「世界史中的一個例子，說明精神在它的自我意識中前進，需要很長時間，也告誡俗見，稍安毋躁」。⑥這裡所謂「自我意識」的「前進」過程也就是指達到「主體性」的過程。黑格爾在這裡正是感嘆到達「主體性」之不易。黑格爾的「主體性」理論是建立在唯心主義基礎之上的，但他以這一理論爲武器，批評了奴隸制、農奴制，甚至雇傭制，這是一個很好的例證，說明唯心主義在一定條件下可以起進步作用。

在「抽象法」的領域，「主體性」或自由意志只是作爲占有「所有物」的人格而存在，這樣的「主體性」或自由意志由於其「定在」（具體表現）是外在的東西，因而有可能受到侵犯。只有進而到達「道德」的領域，「主體性」作爲內在的、內心的東西，才是自己決定自己，在這裡，意志體現於主體自身，而非體現於物，這樣，它才不可能受到侵犯。⑦「道德」使自由有一個更高的基地。因此，道德意志，或者說，按道德行事的原則，乃是「**自爲地**無限的自由的主體性」（fuer sich unendliche Subjektivitaet der Freiheit）。⑧從這種高度來看，「抽象法」領域的「人」（Person）可以說還未到達「主體性」，只有「道德」領域的自由意志才是「主體性」。換言之，「道德」的觀點才把「抽象法」觀點下的「人」規定爲「主體」。格里斯海姆 1824—1825 年的聽課筆記在進入「道德」領域的一開頭，由編者加上了「人與主體（《Person und Subjekt》）的標題，這就鮮明地表述了「人」與「主體」的區別：「人」（Person）所意願的是外在的物，「主體」（Subjekt）所意願的不只是物，而且更重要的是它自身⑨。黑格爾在這裡告訴我們，非道德的人不是一個具有「主體性」的人。

不過黑格爾的道德觀不是禁欲主義的，他認爲人有權追求自己的「福利」，有權把他個人的特殊需要作爲他的目的，而這一點是古代人所不承認的。黑格爾明確斷言：是否承認「主體的**特殊性**」有權要求獲得「自我滿足」，乃是「劃分**古代**和**近代**的轉折點和中心點」⑩。

「道德」領域的「主體性」也有其侷限性，因爲道德行爲的主體是個別人，個別人的主觀意志、特殊意志不是客觀意志、普遍意志，因而有可能成爲主觀片面的東西，個人意志總是把普遍意志當做「應然」的東西加以追求，但只要在「道德」領域，就只能停留在這個「應然」的階段，因此，「道德」領域的「主體性」必須揚棄自身，而成「倫理」領域的「主體性」。「倫理」領域的「主體性」以特殊性與普遍性，主觀性與客觀性相結合爲特點。「主觀的善和客觀的、自在自爲地存在的善的統一就是**倫理**，……其實，如果道德是從主觀方面來看的一般意志的形式，那末倫理不僅僅是主觀的形式和意志的自我規定，而且還是以意志的概念即自由爲內容的」。⑪這樣，「倫理」領域的「主體性」就是「充滿」在「客觀的東西」中的「主體性」⑫，這也就是說在「倫理」中，或者說在精神性的社會整體中，個人的「主體性」是和客觀的東西緊密結合在一起的，它和客觀的東西結合成爲一個有機的整體，而在黑格爾看來，只有這樣的「主體性」才是眞正的「主體性」，而非主觀片面，——只有這樣的自由才是眞正的自由，而非任性、放縱。「**個人主觀地規定**爲**自由**的**權利**，只有在個人屬於

倫理性現實時，才能得到實現，因為只有在這種客觀性中，個人對自己自由的**確信**才具有**真理性**，也只有在倫理中個人才**實際上**占有**他本身**的**本質**（Wesen，原譯作「實質」——引者）和他**內在**的普遍性」。⑬

二

　　黑格爾指出，關於主體性與客觀性、個體性與普遍性的結合問題，有兩種根本對立的觀點：一種是「從實體性出發」，亦即從客觀性、普遍性出發的觀點，這是一種以客觀性、普遍性為基礎的結合；一種是從單個人的主體性出發的觀點，這是一種以單個人為基礎的結合，這後一種觀點可以叫做「原子式地進行探討」，即「以單個的人為基礎而逐漸提高」，實際上這也就是社會契約論的觀點，黑格爾認為這種觀點是「沒有精神的」，它只是把單個的東西加以「集合並列」，而不是把整個社會看成一種統一的有機整體，而統一的有機整體在黑格爾看來只能是精神性的，精神不是單個的東西，也不是諸單個東西的「集合並列」，而是「單個的東西與普遍的東西的統一」。⑭

　　黑格爾以他所主張的「從實體性出發」的觀點為根據，把「倫理」的發展分為「家庭」、「市民社會」、「國家」三個階段，這三個階段實際上就是單個人的特殊性同普遍性、實體性或社會整體的關係由低級到高級的發展過程。「家庭」的實體表現為「自然的普遍性」——「族類」當然，這種「自然的普遍性」已提升到具有精神的特性即「愛與信任感的和諧一致」，在這個階段，單個的人第一次意識到自己處於統一體之中，不過這個階段的統一或實體

性是未經分化或特殊化的；「市民社會」是特殊性占統治地位的階段，是原子式的單個人集合在一起的階段；「國家」則是有機的整體，是普遍性與特殊性的統一，而且這種統一在黑格爾看來是以普遍性為基礎的，換言之，普遍性是根本的。

從「家庭」經「市民社會」到「國家」，也是「主體性」在倫理領域中發展的三個階段：

在談到「家庭」的「婚姻」部分時，黑格爾認為自由戀愛是「現代世界」的「主體性」原則在婚姻關係方面的表現，因為它是兩個特殊的個人根據各人自己的獨立自主性而提出的要求。不過黑格爾並不簡單贊成這樣的「主體性」原則，他主張先遵從父母的決斷結婚，然後再產生愛慕。「家庭」階段的總的原則是個人的「主體性」從屬於家庭的整體性，而子女的教育問題在黑格爾看來實際上是一個如何由「家庭」的原始普遍性和缺乏個人的「主體性」過渡到「市民社會」的特殊性和具有個人「主體性」的途徑問題。他認為教育子女的目的一方面是使子女個人從屬於普遍物即從屬於家庭整體，破除其主觀任性的成份，另一方面又是培養子女的獨立能力和「主體性」，使之成為「市民社會」中單個的原子式的特殊的個人。不通過子女教育這個環節，就無法發揮個人的「主體性」。

「市民社會」是以個人的「主體性」——特殊性——為主導的「倫理」階段。「主體性」的原則是「現代世界」的原則，所以「市民社會」也是「在現代世界中形成的」。至於古代國家則根本不熟悉「主體性」——特殊性——的原則⑮。在「古代國家」，「特殊性的獨立發展（參閱第 124 節附釋）」「表現為這些國家所遭到的傷風敗俗，以及它們衰亡的最後原因」。⑯

「市民社會」或「現代世界」的「主體性」原則主要表現在

以下幾個方面：一是強調個人特殊的需要以及通過產品和勞動達到對這種需要的滿足。政治經濟學就是「從上述需要和勞動的觀點出發」,「**在現代世界基礎上**所產生的若干門科學的一門」(著重點是引者加的) ⑰。二是勞動對個人「主體性」所起的作用。英國學者普蘭特 (Raymond Plant) 概括了黑格爾這方面的思想,他認爲黑格爾「清楚地論證了,勞動對於個性,自我意識和自我教養的成長來說都是主要的」,「勞動和生產活動的發展增強了個性和自我意識」。⑱三是「等級」的劃分不再像古代那樣是「從自身中客觀地」發生的,——不再是「聽憑統治者來決定」或「聽憑**純粹**出生的事實來決定」,而是按「主觀特殊性的原則」(das Prinzip der subjektiven Besonderheit) (即「主體性」的原則)——按個人「本身的活動、勤勞和技能」來劃分的⑲;同時,黑格爾在這裡還肯定了選擇職業的自由也是「主體性」原則的表現。四是「所有權和人格都得到法律的承認,並具有法律上的效力」,否則,就是侵犯了「主觀的無限的東西」,⑳即侵犯了人的「主體性」,而這一點也是近代世界尊重人的「主體性」的表現:「在封建制度下,有權勢的人往往不應法院的傳喚,藐視法院,並認爲法院傳喚有權勢的人到庭是不法的。但封建狀態是與法院的理念相違背的。在近代,國王必須承認法院就私人事件對他自身有管轄權,而且在自由的國家裡,國王敗訴,事屬常見」㉑。這裡所謂「自由的國家」也可以說就是尊重人的「主體性」的國家。

　　黑格爾首先肯定了「市民社會」的「主體性」原則,認爲人的「主體性」——特殊性决不能被擱置一旁;同時也對它進行了揭露和批評,實際上也就是對資本主義社會的揭露和批評。

　　他力主「理性的目的」不能停留在那種不講單個人的特殊目的、特殊利益的「自然的質樸風俗」階段,而應該讓「精神」「在

它自身中進行分解」，應該講究單個人的特殊的東西，但是，他也主張「理性的目的」「不是在特殊性發展過程中通過教養而得到的享受本身」。黑格爾明確指出，只顧個人的特殊性（Partikularitaet，《法哲學原理》中譯本譯作「特異性」），不遵循事物的普遍性，甚至爲了個人特殊利益而犧牲普遍利益，乃是沒有教養的人所做的事，有教養的人必須「能做別人做的事而不表示自己的特殊性」，「教育就是要把特殊性加以琢磨，使它的行徑合乎事物的本性」。㉒「市民社會」的「主體性」原則是讓個人的特殊性起支配作用，「**市民的**自由就是等於不需要普遍的原則，就是孤立的原理」，㉓所以「市民社會」弊端叢生：

在黑格爾看來，「市民社會」只是片面發展個人的「主體性」——特殊性，它所講的「主體性」——特殊性沒有同普遍性結合成爲一個有機統一體，所以「市民社會」反而不能使個人的「主體性」完善起來。正如第五章已經引述過的，黑格爾曾公開地明確地批評了資本家擁有手段而不勞動、不生產，只做單純的消費者；批評了勞動分工使人變得越來越片面、越冷漠，從而使人變得反而越不能獨立自主、越不能發揮個人才能；他甚至還深刻地揭示了，「市民社會」在本身內部必然因人口和工業方面的發展以及勞動分工等而產生貧困和無產者與資本家的階級對立；揭示了「市民社會」內部沒有能力解決貧困的問題；揭示了「市民社會」走向殖民主義的必然性。㉔所有這些弊端，都可歸結爲對人的尊嚴——人的「主體性」的障礙。

當然，黑格爾在講「市民社會」時，也以較多的篇幅闡明了個人與個人的相互依賴性，闡明了「市民社會」中個人需要、勞動、勞動分工等等現象中的統一性、普遍性，但他也一再強調，「市民社會」中的這種統一性只是「共同性的統一」㉕、抽象的

普遍，而非具體統一、具體普遍。而在前一種統一、普遍中，個人的「主體性」並不能得到真正完善的發展；反過來說，要使個人的「主體性」完善起來，就要進而達到後一種統一、普遍。而這就促使「市民社會」必然發展爲「國家」：「現代國家的原則具有這樣一種驚人的實力和深度，能使主體性的原則完善起來，成爲個人特殊性的**獨立的極端**（Zum selbstaendigen Extreme der persoenlichen Besonderheit），而同時又使它**回復到實體性的統一**，從而在主體性原則本身中保存著這種統一」。㉖這段話告訴我們，只有揚棄「市民社會」而發展爲「現代國家」，使「主體性」的原則既包含個人完全獨立的特殊性，又包含普遍性，這樣的「主體性」原則才是「**完善**」的。黑格爾在這裡又一次回顧了從古代國家到近代國家關於「主體性」——特殊性問題的發展過程：「在國家中，一切繫於普遍性和特殊性的統一」。在「古代國家」中沒有對「自己的觀點，自己的意志和良心」的「要求」；而在「現代國家」中，「人要求他的內心生活受到尊敬」。㉗「在古典的古代國家中，普遍性已經出現，但是特殊性還沒有解除束縛而獲得自由，它也沒有回復到普遍性，即回復到整體的普遍目的。現代國家的本質在於，普遍物是同特殊性的完全自由和私人福利相結合的，所以家庭和市民社會的利益必須集中於國家；但是，目的的普遍性如果沒有特殊性自己的知識和意志——特殊性必須予以保持——就不能向前邁進。所以普遍物必須予以促進，但是另一方面主觀性（即主體性——引者）也必須得到充分而活潑的發展。只有在這兩個環節都保持著它們的力量時，國家才能被看作一個肢體健全的和真正有組織的國家」。㉘從這裡可以看到，黑格爾強調「國家」中特殊性與普遍性的具體統一，不但不是像法西斯那樣爲了壓制「主體性」——特殊性，而且是爲了使「主體性」——特

殊性「得到充分而活潑的發展」。在黑格爾看來,「個人的規定性
(die　Bestimmung der Individuen) 是過一種普遍的生活」㉙,
「個人本身只有成爲國家成員才具有客觀性、眞理性和倫理性」。
㉚這就意謂著,黑格爾所主張的普遍與特殊有機結合的國家觀,
正是要使個人成爲眞實的人,具有眞理性的人、「現實化」的人㉛。

　　能不能因此而把國家的使命看成是爲了保證和保護所有權和
個人自由呢?黑格爾是反對這種觀點的,這種觀點是社會契約
說,是把「國家」混同於「市民社會」,這種觀點的結果是把個人
之成爲國家成員看成「任意的事」。與此相反,黑格爾認爲「國家
是客觀精神」,在普遍與特殊的有機統一體中,普遍是根本,是「出
發點和結果」,正因爲如此,個人之成爲國家成員,乃是個人發展
自己、充實自己、實現自己、回復到自己的根本的**必然的**而**非任
意的**途徑;單個人本身的利益和目的並非他的眞實性之所在,並
非個人「主體性」的眞諦。這也就是說,把**單個人本身的利益**看
成是他們結合爲國家的「最後目的」㉜,或者倒過來說,把國家
看成是服務於單個人本身利益的手段,這種契約論的觀點或個人
自由主義的觀點,在黑格爾看來,反而不能闡發和實現人的眞正
「主體性」和眞正自由。當然,只要把普遍與特殊看成有機的具
體統一體,而不是採取契約論的觀點,那麼,說「國家的目的在
謀公民的幸福」,那也是「眞確的」。「普遍物同時就是每個人作爲
特殊物的事業。重要的是,理性的規律和特殊自由的規律必須相
互滲透,以及個人的特殊目的必須同普遍目的同一,否則國家就
等於空中樓閣」。㉝

　　現代國家之重視「主體性」原則,不僅表現在重視個人利益
和個人目的上,而且與此相聯繫,這個原則也表現在重視思想自
由和科學自由上。他說:「國家具有一個生動活潑的靈魂,使一

切振奮的這個靈魂就是主體性（原譯作「主觀性」——引者）」，「主體性」是理性與實在的統一，是「無限的」㉞，它是「認識的主體」它的內容是思想，它不像教會那樣根據信仰、情感和權威來裁決一切，以致發生扼殺科學和思想，燒死和迫害科學家和思想家的殘酷事件。「**思想自由**和**科學自由**都源出於**國家**」，㉟源出於現代國家的「主體性」原則。

現代國家的「主體性」原則還表現爲王權、立法權、行政權三權的統一和君主立憲制。「主體性」本來就是一個有差別有對立的統一體，而國家作爲一個有機體，正是三權的差別、對立與統一，這個有機統一體作爲一個有精神、有理性的東西，必然要有一個具有自我意識的主體作爲它的代表和標誌，這就是君主，君主權（王權）是立法權所標誌的概念的普遍性環節與行政權所標志的概念的特殊性環節的統一，也就是概念的個體性環節，亦即整個具體概念或理念。王權是整個國家意志作最後決斷的「主體性」㊱，是國家整體的頂峰，但它不能脫離整體而獨斷專行、無法無天，否則就是專制。黑格爾反對君主專制，主張君主立憲制，這從哲學上來說，就是基於概念的個性環節不能脫離普遍性環節與特殊性環節的觀點。君主之所以要對國家大事作最後的「御筆一點」，並不是表示他可以無法無天，而只是表示國家整體的最後決斷是由人的自我意識作出的，是人的自我規定，而不是由它以外的任何別的東西作出的。黑格爾說，在眞正合理的國家形式即君主立憲制的國家中，進行自我規定的主體性就是君主。㊲「古代世界」用神諭、鳥獸等來決斷國家大事，而不向人自身去尋求決定的力量，乃是由於它沒有達到自我意識、沒有達到「主體性」原則的原故，「近代世界」由君主作出「我要這樣」的決定，乃是國家大事由人自身作出決定的表示，是突出人的「主體性」原則、

突出人的自由的表示，「主體性」、自由也就是不受外部的異己力量的限制的意思。

　　可以看到，黑格爾的國家有機論並不是專制獨裁。有機論所強調的是個人的特殊利益、特殊目與國家整體的普遍利益、普遍目的的有機統一，後者是前者的眞理與本質，後者正所以實現前者，促進前者；而在兩者不一致時，前者應犧牲自己而獻身於後者，這也是爲了實現前者的本質。黑格爾的這套觀點與絕對的個人自由主義相對立，但並不等於是封建專制主義，而且他把這套有機論的觀點與君主立憲制結合在一起，這就成了封建的君主專制的對立面。恩格斯說：「當黑格爾在他的《法哲學》一書中宣稱君主立憲是最高的、最完善的政體時，德國哲學這個表明德國思想發展的最複雜但也最準確的指標，也站到資產階級方面去了。換句話說，黑格爾宣佈了德國資產階級取得政權的時刻即將到來」⑧。恩格斯在這裡明確地指出了黑格爾君主立憲制的反封建、反君主專制的實質。問題在於黑格爾的國家有機論又是同資本主義私有制結合在一起的，而且他所講的「王權」並不止於「御筆一點」的作用，他還主張君主世襲制以及其他某些封建的東西⑨。這就使他的國家有機論容易爲法西斯所利用。採取國家有機論而不廢除資本主義私有制或者不限制私有制，甚至保留封建特權，或者不限制封建特權，這的確有陷入最可怕的法西斯主義的危險，而絕對的個人自由主義則容易乘機而起，進行報復。法西斯主義公然滅絕人的「主體性」；絕對個人自由主義是片面發展「主體性」，也終究不能貫徹眞正的「主體性」原則，實現人的眞正自由。

　　在論及行政權時，黑格爾也注意了「主體性」原則。他認爲官吏的選拔不應根據人的出身、血統，而應根據本人的知識和才

能，應該給每個市民提供充任官吏的條件，他還強調對官吏實行自上而下和自下而上的監督，以防止官吏成為封建特權等級。

在關於立法權的論述中，黑格爾力主人民應通過「等級要素」即通過有組織的方式以發揮自己的「主體性」和自由意志，但他也承認「公共輿論」是人民表達自己的「主體性」和自由意志的無組織的方式，他看到了「公共輿論」是「現代國家」表達人民的「主觀自由」即「主體性」的「一支巨大的力量」，具有「重要性和意義」。如果說君主是國家整體的自由的「主體性」，則「公共輿論」是單個人的自由的「主體性」。不過黑格爾最終還是主張單個人的「主體性」應與國家整體的「主體性」、與「君主的主體性」相統一。

黑格爾國家學說中「主體性」原則的根本要義在於把個人的「主體性」與國家整體的「主體性」有機地結合起來，把特殊性與普遍性有機地結合起來。他的這種國家觀之所以產生的原因之一，是由於他看到了資本主義社會（「市民社會」）片面發展「主體性」所出現的弊端。從「家庭」經過「市民社會」到「國家」的否定之否定的辯證法，說明他既想吸收資本主義社會的「主體性」原則的優點，又想用「家庭」的倫理精神改造資本主義社會中「主體性」的片面性，使「主體性」適合於普遍性的理性，從而克服其你爭我奪，爾虞我詐等不合乎理性的現象。「一切國家制度的形式，如其不能在自身中容忍自由主體性（原譯作主觀性——引者）的原則，也不知道去適應成長著的理性，都是片面的」⑩。但他所認為合理的國家畢竟是建立在資本主義私有制基礎之上的，這一點對他來說是不可動搖的，所以他的國家觀仍然是資產階級的。他在德國將要發生資產階級革命的形勢下，站在資產階級立場，既要反對封建專制，又想克服當時他已經看到的資本

主義弊端，於是才很自然地提出了他這套國家有機論和君主立憲制。國家有機論和君主立憲制在黑格爾那裡是不可分割的一個整體，但我們仍然可以分兩個方面來看待：君主立憲制是他的反封建專制的方面；國家有機論是他不滿意資本主義社會某些弊端的方面，不過他在力求克服這些弊端時卻又採取和保留了一些封建的東西（例如前面已經提到的君主世襲制等等）。

　　一八七〇年黑格爾傳記作者羅森克朗茨（Karl Rosenkranz）對黑格爾政治學之不滿意各種勢力的特徵描寫得非常具體：「黑格爾的政治科學不能滿足它所出現於其中的三種黨派中的任何一個黨派。它由於要求法制而同那種歡喜要求家長制的封建制度相矛盾；它由於要求君主制而與妄想人民主權的抽象民主制相矛盾；它由於要求一種人民代表制而與貴族政治相矛盾。它因出版自由、陪審審判自由和同業公會獨立的自由而與文職官員政府的官僚政治相矛盾；它由於要求教會宗教從屬於國家主權，要求科學從教會的權威下解放出來而與一切宗派的教階制相矛盾；它由於要求道德作為國家的絕對目的而與那種企圖通過財富和物質福利的誘餌欺騙人民作工廠勞動的奴役的工業國家相矛盾；最後，它由於要求一種憲法，更不用說由於要求同國家的歷史特點與民族特點相對的世界性社會主義，而與想為人民作一切事情而完全不通過人民的開明專制主義相矛盾。……他徹底地激怒了所有的黨派反對他自己」。㊶羅森克朗茨的概括和用語是否準確，這個問題我們撇開不談，但他指出了黑格爾反對各種政治制度、政治原則這個一般性的事實，卻是對的。黑格爾所反對的對象這麼多而且它們彼此之間甚至方向相反，這在我們看來，實際上可以歸結為兩方面，即既反對封建專制（如前所述，他仍然保留了某些封建的東西），又不滿意資本主義的某些弊端。

　　黑格爾在《精神現象學》中所描述的社會發展的辯證法，也說明了他這套國家觀的歷史淵源。大家知道，黑格爾在青年時期就很嚮往古希臘城邦共和國，認為在那裡，倫理意識支配人的關係，人與人之間，人與整體之間和諧無間，但黑格爾認為，那畢竟是一個實體性、普遍性尚未分化的歷史階段；以後，歷史必然要進到「異化」的階段，「倫理的領域」於是分化為法權的主體或原子式的個人；到了近代社會，個人的「主體性」受到愈來愈大的重視，以至成為一條根本原則，但近代社會中「主體性」的發展是片面的，其極端的結果是造成了黑格爾所謂法國大革命中的「絕對自由與恐怖」，「絕對自由」就是絕對的自我決定，但個人作為社會性的自我，不可能獨立於別的社會自我，因而此人的自我決定必然與別人的自我決定相衝突。黑格爾認為歷史對這個問題所提出的解決辦法是揚棄「異化」的階段，進入「**自我確定的精神、道德**」的階段，在這個階段，個人的自我不僅僅是社會的自我，而且是道德的自我，這就既保持了自我決定的自由，又不強迫別人。㊷《精神現象學》中歷史發展的「道德」階段，乃是「倫理」階段和「異化」階段的統一，黑格爾的意圖是要使古希臘的共和國的普遍性原則與近代國家的「個體性」原則相結合，用古希臘的倫理精神克服資本主義社會的「異化」現象。黑格爾在《哲學全書》的「精神哲學」部分和《法哲學原理》等著作中所論述的關於普遍與特殊有機結合的一整套國家觀，就是在《精神現象學》所講的歷史辯證法，特別是關於「道德」階段的理論基礎上發展和建立起來的。在他看來，只有按照他的國家觀，才既可以克服古代國家中強調普遍性，而抹殺「主體性」——特殊性的片面性，又可以克服近代國家中片面發展「主體性」的缺點，而使「主體性」原則完善起來。

　　黑格爾說：「近代國家是國家理念的完成」㊸，「國家成長爲君主立憲制乃是現代的成就」㊹。是否因此就可以斷言，黑格爾所理想的國家制度已經在現實中特別是在他的國家中已經完全達到了而不需作任何改革呢？當然不是的。他只是肯定，「普遍物」同「特殊性的完全自由和私人福利相結合」，是「現代國家的本質」，只是肯定「現代國家的原則」有實力使「主體性」原則「完美起來」㊺，就此而言，「現代國家」在他看來誠然可以說完成了國家的理念；但是現實中的「現代國家」都有片面發展「主體性」的缺點而未能使「主體性」「完美起來」，都沒有眞正使特殊性與普遍性有機地結合起來；英國的君主立憲制在他看來還有王權太弱等缺點；德國的君主立憲制只是在他的憧憬之中。1797 年至1840 年在位的普魯士國王弗里德里希・威廉三世，正如恩格斯在1845 年所說，在這位「公正大王」統治的前半期，他的主要情緒是恐懼拿破崙，由於這種恐懼，他開始了一些不徹底的改革，「他們也『制訂』了一個憲法，但是迄今尙未問世」。拿破崙垮台之後，普王也曾一度高興，覺得沒有什麼可以懼怕的了，1815 年 5 月 22日下了一道詔書，一開始就說「人民代議制一定實現」，甚至在1819 年，他還宣稱，今後如果沒有徵得即將成立的王國議會的同意，不借任何國債。「可惜好景不長。國王對革命的恐懼很快就代替了對拿破崙的恐懼」。㊻君主立憲制完全落空了。黑格爾在這樣的形勢下強調君主立憲制是現代的成就，正說明他不滿意他的國家尙未達到現代成就的水平，說明他要求改革他的國家的制度。

　　但究竟應該採取什麼途徑來實現他所理想的國家制度呢？黑格爾並沒有直接地明確地提出和回答這個問題。不過從他對法國大革命的態度，從他對合理制度的論述中，仍然不難找到答案。他強調，作爲「群體」的人民是恐怖的；強調人民表達意志宜通

過有組織的所謂「有機的方式」，只有通過「等級要素」才能最好地發揮人的「主體性」；強調通過同業公會、自治團體以匯合政府權力和個人利益兩方面來避免群眾成爲分散的原子；強調採取君主世襲制以防止社會震動；反對普遍選舉；反對法國大革命中送國王上斷頭台；強調國家制度不能「直接」由立法權加以改變，嚮往「一種平靜的覺察不到的運動」；強調通過「等級要素」以防止群眾成爲反對國家的力量，而有利於群眾通過合法而有秩序的方法來貫徹自己的利益。在德國封建制度尚未推翻，資產階級革命將要到來的形勢下，他所宣揚的這些，只能說明他的政治態度是改良而不是革命。薩斯 (Hans-Martin Sass) 概括得很對：「黑格爾寧願選擇**改革**的原則而不願選擇**革命**的原則」。⑰我們並不否認，黑格爾也說過前進中有革命之類的話，例如格里斯海姆1824—1825 年的聽課筆記甚至有這樣一段話：「至少在主觀自由所在的歐洲，一種制度一般是不會停滯不變的，而是永遠改變著自身，這裡永遠在進行革命(Revolutionirt)，這裡永遠在前進」。⑱但是這樣的詞句改變不了黑格爾寧願選擇改良的總趨向。他所詳加闡發的理論觀點都不是革命而是改良。當然，說黑格爾不贊成革命，不等於說他反對前進，更不能說他要倒退。黑格爾的意圖乃是「以一種反對革命同時又完全解放的態度，經常保護已經成就了的反對倒退的自由的程度，並把這種自由的程度進一步發展成爲一種柔順的、自我保存的市民自由體系」。⑲黑格爾在 1831年的《論英國改革法案》中說過，「民眾 (Volk) 是另一種力量」，議會的反對黨「可能會被引誘而到民眾中去尋求自己的實力，而這樣一來，就會招致**革命**而不是**改革**」。⑳黑格爾在這篇文章裡所談的，是擔心英國國會改革會加強人民的力量，招致革命，這段話並非像有的人所說的那樣是對革命的讚賞。《歷史哲學》還有這

樣一段話可資佐證：「現在正在熱烈討論中的英國『議會改革』，假如徹底實行以後，『政府』會不會受到影響，眞是一個問題」。㊿

三

關於國與國之間的關係問題，人們往往根據他所喜歡的有機整體論的邏輯，滿以爲黑格爾會反對把國與國之間看成像原子式的個人一樣，而主張有一個世界國家把一切國家再組織成爲一個更高的有機整體。羅素就是這樣說的。㊾但是事實並非如此。羅素認爲這和黑格爾自己的邏輯相矛盾。黑格爾是否眞的自相矛盾？這需要仔細分析一下他在國際關係問題和世界歷史發展問題上是怎樣論述他的「主體性」原則的。正如第五章所述，每個國家都是一個自由的個體或主體，從而都有自己的獨立主權，國與國的關係處於自然狀態中，是主體與主體的關係，它們之間的糾紛如果不能達成協議，最終只能靠戰爭來解決，戰爭的目的在他看來是爲了保持國家的「主體性」，即主權。黑格爾在這裡並非簡單地頌揚戰爭，㊽哈利士說得對：黑格爾的話「只不過表達了不可避免的眞理，只要國家是主權的話。因爲黑格爾和霍布士一樣十分清楚地看到，甚麼地方沒有最高權威實行管理，什麼地方就會盛行自然狀態」。㊼黑格爾看到了現實世界中由於沒有一個超乎國與國之上的權威而不可避免地發生戰爭，但他仍然認爲客觀的「唯一最高裁判官」是存在的，這就是他所謂的「世界精神」。「世界精神」存在於諸民族、諸國家的世界歷史之中，它把諸民族、諸國家組成爲一個有機的、不斷發展著的整體，它主宰各民

族、各國家的行爲和命運。可以說，這樣的「世界精神」就是一個存在於諸國家之中又超乎諸國家之上的「主體」，就像一個國家是存在於諸個人之中又超乎諸個人之上的「主體」一樣。從這個角度來看，黑格爾關於「世界法庭」的理論同他的國家有機論在邏輯上是一致的。

黑格爾認爲，「世界精神」在世界歷史中的奧德賽表現爲民族、國家由低級到高級階段的發展史，這個歷史分爲「東方王國」、「希臘王國」、「羅馬王國」、「日耳曼王國」。這四個王國實際上也是「主體性」原則由低級發展到高級的四個階段。「東方王國」，在黑格爾看來，是整體性、普遍性居於至尊地位，個體性、「主體性」或者說個人的「主觀的自由」沒有自己的權利和地位的低級階段；「希臘王國」出現和包含了「主體性」或者說「個人的個體性」的原則，但「主體性」還只是不自覺地包含於普遍性之中，只能說這個原則在形式中，却未眞正達到這個原則；�551「羅馬王國」是「抽象普遍性」原則的階段，個人的個體性、「主體性」只是像「萬神廟」裡的諸神祗一樣集合在一起，這裡的個體性、「主體性」是沒有生氣的，因而也不是眞正的個體性、「主體性」；「日耳曼王國」是「主體性」發展的最高階段，因爲它已達到普遍與特殊的有機結合即「具體普遍性」原則的階段，「主體性」在這裡得到了最高的實現。

這裡很自然地讓人聯繫到那個爭論已久的所謂歷史是否有終結的問題。這個問題實際上也可以看成是「主體性」的發展是否有終結的問題。

黑格爾在《歷史哲學》中說過：「日耳曼精神是新世界的精神。它的目的是使絕對眞理實現爲自由的無限的自我規定——**此**自由以它自己的絕對形式本身作爲內容」。�561這個意思就是說，日

耳曼精神已達到自由的最高階段，自由在這裡成了完全不受限制的「自我規定」（即自己決定自己），這也就表示「主體性」原則在日耳曼精神中發展到了最高階段。羅素曾針對這句話說，「可以想見，在『精神』在地球上的發展中，他把最高的角色指派給日耳曼人」。⑤羅素還針對黑格爾說：「絕對理念看來在普魯士國家即便沒有完全實現，也接近實現了」。⑱我們認為，「接近實現」而又「沒有完全實現」這樣的提法是比較符合黑格爾的原意的。黑格爾的《歷史哲學》還有一段話和這個意思一致：「我們以這個形式上絕對的原則（按指抽象的自由原則——引者）來到了**歷史的最後階段，來到了我們的世界，來到了我們的時代。**⑲而「哲學的形式上的原則」在德意志却不止是形式上的，而是進一步「遇到了具體的世界和實在性，精神的需要在其中有了內在的滿足，良心在其中有了安息。因為一方面新教世界在思想裡大大地進展到了能認識自我意識的絕對頂峰」。⑳這些話頗能說明黑格爾把德意志看成是「自我意識」或「主體性」的最高實現。

　　誠然，黑格爾也談到美洲是「明日的國土」，「它可能引起種種夢想」，但他認為從總的歷史發展的**階段性**來講，「歐洲絕對地是歷史的終點」（Europa ist schlechthin das Ende der Weltgeschte）㉑，而且「到現在為止，新世界裡發生的種種，只不過是舊世界的回聲和外來生活的表現」。㉒

　　與此相反，可不可以說黑格爾否認歷史或「主體性」的發展有一個終點呢？人們也許可引證黑格爾的很多話來證明這種相反的觀點。

　　先且稍微離題遠一點，從黑格爾哲學的總的觀點談起：例如：《哲學全書》最後一節的最後一句話說：「永恒的、自在自為地存在著的理念，永恒地作為絕對精神而實現自身、產生自身

和享有自身」⑥。人們可以用這句話證明黑格爾並不認為世界發展有一個終點。不僅這句話，而且還有很多這類的話都可以被用來作證。的確，黑格爾從來也不曾主張過「理念」或世界的發展會完全停頓下來，這一點是不待言的。但是，說黑格爾的體系是封閉的，本來就不應作這樣的理解。黑格爾認為，他的體系的終點是回復到始點，是一個圓圈。他儘注意到了認識過程的圓圈在時間上是永恒發展的、沒有終點的，但他又從普遍優於特殊、全體優於部分的基本觀點出發，強調最大的圓圈（即無所不包的整體、「絕對」、「絕對理念」）是唯一實在的，並用它來結束和涵蓋他的全部體系，從而歸根結底輕視了特殊性，輕視了**個體**的「主體性」。因此，就黑格爾認為「絕對」、「理念」在時間上無窮盡地向前發展而言，他的體系是開放性的；但就他用「絕對」、「理念」來結束、涵蓋其全部體系，強調「絕對」、「理念」是唯一實在的而言，他的體系則是封閉的。黑格爾體系的封閉性在我們看來，是他的哲學的一個缺點。其實，唯一的無所不包的整體只能看作是認識所不斷追求和無止境地接近的**理想**，類似乎康德所講的「理念」那樣，它促使我們不斷推廣我們的認識，引導我們向著它不停頓地前進，但我們却不可能完全認識它、實現它，它是人們努力完成而又永遠不能完成的目標和課題，却又不是虛構的東西。這樣看待「理念」，就會引導我們重視有限的具體認識，開放性地前進；黑格爾關於「理念」永恒發展的思想，說明他的哲學包含了這個方面。但他的哲學又確有封閉性的方面，而且這個方面佔有更大的比重，它吸引人們仰慕玄遠的「絕對」、「理念」，容易使人陷入他體系的框架和籠子之中，從而輕視有限的、具體的東西。這兩個方面在黑格爾哲學中並不是自相矛盾的，他把這兩個方面結合成了一個有機的整體，我們研讀黑格爾哲學，就要學會剝開

其封閉性，看到它的開放性，將它的開放性加以闡發和發揚。只看到黑格爾體系的封閉性而見不到它的開放性，那就不能了解他思想的深刻、寶貴之處；因看到它的開放性就否認它的封閉性，那也未免過於美化黑格爾。

　　說明了黑格爾關於整個理念發展的看法後，也就更便於說明他的歷史觀了。人們也可以引證黑格爾的原話來論證他是否認歷史發展有一個終點的。這類的話可以引得很多很多，也是人們很熟悉的，這裡不打算摘錄下來，這些話無非是說，黑格爾主張歷史是精神性的，它永遠超出它自身，超出它原來的樣子，歷史發展有較低階段與更高階段之分等等。問題是這類關於歷史永恆發展的話如何同他所謂「歐洲絕對地是歷史的終點」的觀點相統一？是否僅僅因為他在某些場合敢於說點激進的話，在某些場合却不敢說呢？我以為就我們當前討論的這個問題來說，不完全如此。說歷史永恆發展，不等於說他就不能承認歐洲是歷史的終點，不等於說他就不能承認「日耳曼王國」是「世界精神」發展的最高階段。因為在黑格爾看來，歐洲、日耳曼王國只是就歷史發展的**階段性**來說到達了最高、最後的階段，可是在這整個階段之內仍然是可以無窮無盡地發展下去的。當然這一整個階段還可以細分為很多小的階段，但黑格爾認為，相對於以前的幾個大的階段來說，這些小階段也都屬於這最高、最後一個大的階段之內。所以，引證再多的關於歷史永恆發展的話，也不足以駁斥那種認為黑格爾主張歷史發展有終點的觀點，因為，再重複一句，黑格爾所謂歷史的終點根本不是說歷史發展至此，至矣盡矣，無以復加矣。他只是說，就**階段性**來講，歷史發展到了最高、最後的階段。正如第五章已經引述過的，黑格爾說，日耳曼世界可比作人生的老年時代，「精神的老年」是「它的完滿的成熟」，但又不像自然的

老年那樣是「衰弱不振」的。「完滿的成熟」說明歷史發展到了最高、最後階段，「不是衰弱不振」說明這個階段也不是停滯不前的。

　　黑格爾反對革命、強調改良的思想，也正是建立在這個觀點的基礎之上的，他說，「現代國家」是「國家理念的完成」，「現代國家的原則」「有實力」使「主體性的原則完善起來」，「國家成長爲君主立憲制乃是現代的成就」，在德意志「精神的需要」有了「內在的滿足」，「良心有了安息」，如此等等，這都只是表示歷史的發展已達到最高最後階段，而正因爲如此，所以在他看來就不需要革命；但完成了的國家理念仍需繼續發展，「主體性」原則還有待進一步完善，君主立憲制需要在德意志付諸實現，精神的滿足和良心的安息也有待進一步深化，而這些都只需要通過改良、改革的辦法來達到。改良、改革是歷史發展在同一個大階段上的前進和發展。黑格爾不滿足於當時的現實，他需要的是超出現實，揚棄現實，這一點是正確的、毫無疑義的；但他所要超出和揚棄的，却不是「日耳曼王國」這個大的歷史階段，因而超出和揚棄的途徑也不是革命而只是改良。這說明，黑格爾把「日耳曼王國」、歐洲，或者說，把近代國家——資產階級國家，看成是歷史發展的最高最後階段，看成是「主體性」原則達到了最高最後階段，乃是要把歷史停留在資本主義的階段，是要肯定資本主義制度的永恒性，而這正是我們之所以要大力揭露和批判黑格爾關於歷史終於日耳曼王國、終於歐洲的論點的要害之所在。事實上，我們都知道，只有共產主義甚至只有國家消亡了，才能眞正充分發揮人的「主體性」。把黑格爾的歷史終點論看成是停滯不動，無任何發展的主張，這種看法是對黑格爾的歪曲，當然也就看不到黑格爾歷史觀的深刻辯證法；反之，一味強調黑格爾關於歷史永恒發展的論點，而不揭露和批判他的歷史終於歐洲和日耳曼王國的論

點，不揭露和批判他所謂的永恒發展都限於歐洲和日耳曼王國的歷史階段的論點，那就容易抹殺黑格爾歷史觀的資產階級侷限性。

　　　　＊　　　　＊　　　　＊

　　總括以上所說，可以看到，整個「客觀精神」中從「抽象法」領域經過「道德」領域到「倫理」領域，從「倫理」領域的「家庭」階段經過「市民社會」階段到「國家」階段的發展過程，也就是「主體性」原則的發展過程：「抽象法」領域中的「主體性」是作為佔有外在物（即「所有物」）的人格而存在的，尚受外在物的限制，並非自我決定的自由；「道德」領域的「主體性」是自我決定，不受外來的侵犯，這裡，人才真正被規定為「主體」，但這裡的「主體性」有主觀片面性；「倫理」領域的「主體性」是與客觀性、普遍性相結合的「主體性」，而「倫理」領域中從「家庭」經過「市民社會」到「國家」，又是這種「主體性」原則的進一步的辯證發展。「國家」在黑格爾看來包含了前此諸階段，又揚棄了它們，乃是「主體性」原則的最高階段，換言之，只有在「國家」中才能真正實現「主體性」原則。「國家」的發展史構成世界歷史，這個歷史也是「主體性」原則從低級到高級的發展史，「日耳曼王國」是這一發展的最高階段，此後，「主體性」原則仍將在這個階段內繼續不斷前進和發展。

　　以上就是黑格爾國家學說中或者說整個「客觀精神」中「主體性」原則的大概輪廓，也是本章內容的一個綱要。

　　現在的問題是，黑格爾是否就此結束了「主體性」原則的論述？黑格爾是否認為「主體性」原則不超出「客觀精神」或「國家」的範圍？不然。黑格爾並不滿足於社會政治性的「主體性」，在他看來，這種「主體性」仍然是有限的，必須突破「客觀精神」

的範圍，進入「絕對精神」，這才超出了有限性的「主體性」，達
到無限性的「主體性」，亦即眞正的、最充分、最完滿的「主體性」。
這將是本書下一章所要講的內容。黑格爾的這個思想，來源於費
希特。費希特把自由分爲三個等級，第一是「先驗的自由」，這是
講的「本原行動」的絕對自我的自由；第二是「宇宙的自由」，這
是指有限自我在現實世界中克服非我，求得統一而獲取的自由；
第三是「政治的自由」即人在社會生活中享有的自由。顯然在黑
格爾看來，人在國家中所達到的「主體性」也不過是費希特所謂
「政治的自由」，必須超出它，才能達到最高的、最完善的自由。
人與「絕對精神」同一，就是實現了最高的、最完善的自由，也
只有這樣的人才是一個最眞實的人。

註　釋

① 《黑格爾著作》理論版，第 7 卷，第 95 頁。參閱伊爾亭編：《黑格爾
　　法哲學》第 1 卷，第 254 頁及《法哲學原理》，第 46 頁。

② 見本書第三章。

③ 黑格爾：《法哲學原理》，第 55 頁。

④ 黑格爾：《哲學史講演錄》第 2 卷，第 364—365 頁。

⑤ 黑格爾：《法哲學原理》，第 70 頁。

⑥ 同上書，第 70 頁。

⑦ 同上書，第 97—98、109 頁。

⑧ 《黑格爾著作》理論版，第 7 卷，第 198 頁。

⑨ 伊爾亭編：《黑格爾法哲學》第 4 卷，第 299 頁。

⑩ 黑格爾：《法哲學原理》，第 126—127 頁。

⑪ 同上書，第 162 頁。

⑫ 同上書，第 164—165 頁。

⑬ 同上書，第 172 頁。

⑭ 《黑格爾著作》理論版，第 7 卷，第 305 頁。參閱《法哲學原理》，第 173 頁。

⑮⑲ 見本書第五章。

⑯ 黑格爾：《法哲學原理》，第 199 頁。

⑰ 同上書，第 204 頁。

⑱ 普蘭特：《黑格爾政治哲學中經濟的和社會的整體化》。《黑格爾的社會和政治思想》（論文集），新澤西 1980 年版，第 70、71 頁。

⑳ 黑格爾：《法哲學原理》，第 228 頁。

㉑ 同上書，第 231 頁。

㉒ 同上書，第 202、203、320 頁。

㉓ 見本書第五章。

㉔ 見本書第五章。

㉕ 黑格爾：《法哲學原理》，第 197 頁。

㉖ 《黑格爾著作》第 7 卷，第 407 頁。參閱《法哲學原理》，第 260 頁。

㉗ 黑格爾：《法哲學原理》，第 263 頁。

㉘ 同上書，第 261 頁。

㉙ 《黑格爾著作》理論版，第 7 卷，第 399 頁。參閱《法哲學原理》，第 254 頁。

㉚ 黑格爾：《法哲學原理》，第 254 頁。

㉛ 同上書，第 254 頁，並參閱第 263 頁。

㉜ 同上書，第 253—254 頁。

㉝ 同上書，第 265—266 頁。

㉞ 同上書，第 281 頁。

㉟ 同上書，第 277 頁。

㊱ 《黑格爾著作》理論版，第 7 卷，第 435 頁。參閱《法哲學原理》，第 287 頁。

㊲ 見本書第五章。

㊳ 恩格斯：《德國的革命與反革命》。《馬克思恩格斯選集》第 1 卷，第 510 頁。

㊴ 見本書第五章。

㊵ 黑格爾：《法哲學原理》，第 291 頁。

㊶ 卡爾·羅森克朗茨：《作爲德意志民族哲學家的黑格爾》，萊比錫 1870

年版，第 162 頁。

㊷ 參閱艾克（Wilfried Ver Ecke）：《黑格爾經濟與政治的關係》，載《黑格爾的社會和政治思想》（論文集），新澤西 1980 年版，第 91—94 頁。

㊸ 伊爾亭編：《黑格爾法哲學》，第 4 卷，第 635 頁。

㊹ 黑格爾：《法哲學原理》，第 287 頁。

㊺ 同上書，第 260、261 頁。

㊻ 《馬克思恩格斯全集》第 2 卷，第 640—641、644—645 頁。

㊼ 薩斯：《黑格爾的哲學概念和客觀精神的中介》，載《黑格爾的社會政治思想》（論文集），新澤西 1980 年版，第 23 頁。

㊽ 伊爾亭編：《黑格爾法哲學》第 4 卷，第 660 頁。

㊾ 薩斯：《黑格爾的哲學概念和客觀精神的中介》，載《黑格爾的社會政治思想》（論文集），第 24 頁。

㊿ 《黑格爾著作》理論版，第 11 卷，第 128 頁。

(51) 黑格爾《歷史哲學》，第 502 頁。

(52) 羅素：《西方哲學史》下卷，商務印書館 1976 年版，第 290 頁。

(53) 見本書第五章。

(54) 哈里斯（Errol E.Harris）：《黑格爾關於主權、國際關係和戰爭的理論》，載《黑格爾的社會政治思想》（論文集），1980 年版，第 142 頁。

(55) 見本書第五章。

(56) 《黑格爾著作》理論版，第 12 卷，第 413 頁。參閱《歷史哲學》，第 387 頁。

(57) 羅素：《西方哲學史》下卷，第 284 頁。

(58) 同上書，第 282 頁。

(59) 《黑格爾著作》理論版，第 12 卷，第 524 頁。參閱《歷史哲學》，第 489 頁。

(60) 同上書，第 12 卷，第 526 頁。參閱《歷史哲學》，第 491 頁。

(61) 同上書，第 12 卷，第 134 頁。參閱《歷史哲學》，第 148 頁。

(62) 同上書，第 12 卷，第 114 頁。參閱《歷史哲學》，第 131 頁。

(63) 《黑格爾著作》理論版，第 10 卷，第 394 頁。

第七章 「絕對精神」

　　《哲學全書》的「絕對精神」部分講得非常簡單，與之相應的《美學講演錄》、《宗教哲學講演錄》、《哲學史講演錄》却內容詳盡，篇幅宏富。但關於這幾部講演錄的內容，宜於另寫專著。本書的這一章主要地或者說大部分按《哲學全書》作粗略的論述，也引證幾個講演錄特別是《宗教哲學講演錄》以及其他著作的內容。

　　《哲學全書》的「絕對精神」部分開宗明義就簡單概括了「絕對精神」在黑格爾哲學體系中的地位和含義。

　　黑格爾認為，精神如果只是片面地作為「概念」，那還是抽象的、不現實的，「概念」只有在人的精神中才是具體的，才具有「現實性」（Realitaet）。這種「現實性」不是脫離「概念」的，而是「與概念同一」的，是人對於「概念」的認識，——「對於絕對理念的**認識**」（das Wissen der absoluten Idee）。這個認識過程也是人的「自由的理智」從潛在到實現的過程，是解放自身的過程。這樣，前面講過的「主觀精神」與「客觀精神」就可以看作是這種「現實性」（亦即對「概念」、對「絕對理念」的認識）逐步成長和成熟的「道路」①。而這條漫長道路的最高峰就是「絕對精神」。

　　「絕對精神」是主客的統一，——既是唯一的、普遍的**實體**，也是自我認識的**精神**。它是無所不包的整體，——「既是永恒的在自身中存在的，又是回復到自身和被回復到自身的**同一性**」②。通常把「絕對精神」這個「最高的領域」稱爲宗教，這當然也是可以的，但不能因此就把它理解爲只是主觀的東西，其實，宗教也同樣應當看作是客觀地來自「絕對精神」的東西。黑格爾斷言，「信仰不是同知識對立的，而勿寧說是一種知識，信仰只是知識的一種特殊形式」③。所以信仰在他看來也有其客觀的方面，也是以眞理爲對象的。④

　　黑格爾認爲，「對絕對精神的主觀的意識本質上在自身之內就是一個過程」，這個過程就是從信仰客觀眞理，或對客觀眞理具有直接的「**確定性**」（Gewiβheit），經過相互中介（間接），到達調和即「精神的實在性」（die Wirklichkeit des Geistes）的過程。⑤

　　對「絕對精神」的意識或認識分爲三個階段，即藝術、宗教、哲學。這三者的內容和對象都是「絕對」，只是就認識「絕對」的形式而言才有區別。《美學》：「藝術從事於眞實的事物，即意識的絕對對象，所以它也屬於精神（Geist，原譯作「心靈」——引者）的絕對領域，因此它在內容上和專門意義的宗教以及和哲學都處在同一基礎上。……除掉內容上的這種相同（Gleichheit，原譯作「類似」——引者），絕對精神的這三個領域的分別只能從它們使對象，即絕對，呈現於意識的**形式**上見出」。⑥

一、藝術

　　藝術（Kunst）是認識「絕對」的第一個形態，即在「直接性」中認識「絕對」。換言之，在藝術中，「絕對」被顯現於「直接性」

之中，——被顯現於外在的感覺對象之中。⑦「**感性直觀**」（sinnliche Anschauung，原譯作「感性觀照」——引者）的形式是**藝術**的特徵，因爲藝術是用感性形象化的方式把眞實呈現於意識」⑧。所以這種形態又可說是「對於作爲**理想之物**的**自在的**絕對精神加以具體的**直觀**和表象」。⑨

　　黑格爾認爲，單純的感性存在**本身**談不上美，只有當人的精神通過感性存在認識其中的「理念」、「絕對」，它才算是美的東西。他說：「藝術之神以其精神性同時給他自己打上自然成份或定在的規定，——神包含所謂自然和精神的統一性」。⑩黑格爾在這裡吸取了他的前人溫克爾曼的美學思想：通過人的精神所創造的東西，使神聖的東西成爲可見之物，這就是藝術。藝術的特點在於創造：「對於直觀的對象，它必須創造，藝術不僅需要一種外在的被給予的材料（其中也包括主觀的圖象和表象），而且爲了表達精神的眞理，也需要被給予的自然形式，這些自然形式具有藝術所必須察覺和擁有的意義（參閱§411）。在這些形態中，人的東西是最高的和最眞實的，因爲只有在他這裡，精神才具有他的形體，並從而得到可見的表達」。⑪顯然，在黑格爾看來，沒有人，沒有人的創造，就談不上美，談不上藝術。

　　黑格爾在這裡批評了藝術理論中的摹仿自然說。摹仿自然說「把自然的東西僅僅看成具有外在性，而不把它看作是有精神意義的、有特性的、意味深長的自然形式」，這是一種把事物看成「抽象對立」的「理解」。⑫黑格爾的這個思想同他的《精神現象學》中關於「藝術宗教」高於「自然宗教」的思想是一致的。《美學》更爲詳細地批評了摹仿自然說：「按照這個看法，藝術的基本目的就在摹仿，而所謂摹仿就是完全按照本來的自然形狀來複寫，這種酷肖自然的表象如果成功，據說就可以完全令人滿意。(a)這

個定義首先只提到一個純是形式的目的，就是由人把原已在外在世界裡存在的東西，按其本來面貌，就他所用媒介所可能達到的程度，再複製一遍。a 1) 這種複製可以說是**多餘的**，因為圖畫、戲劇等等用摹仿所表現出來的東西——例如動物、自然風景、人的生活事件之類——在我們的園子裡、房子裡或是遠近熟悉的地方都是原來已經存在著的。a 2) 要仔細地看一看，這種多餘的費力也可以看成是一種冒昧的遊戲，因為它總是要落在自然後面。……靠單純的摹仿，藝術總不能和自然競爭，它和自然競爭，那就像一只小蟲爬著去追大象。a 3) 仿本既然經常比不上自然的藍本，藝術要造出逼肖自然的東西來，那就只可供娛樂了。……但是仿本愈酷肖自然的藍本，這種樂趣和驚賞也就愈稀薄，愈冷淡，甚至於變成膩味和嫌厭。……(b)還有一層，摹仿原則既然純粹是形式的，如果把它看作目的，它裡面就無所謂**客觀的美**了。因為既以摹仿為目的，問題就不在於所應摹仿的東西有**怎樣的性質**，而在於它摹仿得是否**正確**。美的對象和內容就被看成毫不重要了。……(c)如果我們不承認藝術有一個客觀的原則，如果美仍然要藉個人主觀趣味來決定，我們不久就會發現，即使從藝術本身來看，摹仿自然雖然像是一個普遍的原則，而且是許多偉大權威人士擁護的原則，卻至少是不能就它的這樣一般的完全抽象的形式來接受的。因為……**建築**（這也屬於**美**的藝術）和**詩**卻都很難看作自然的摹仿，因為這兩種藝術都不限於單純的描寫。……藝術作品當然也要靠自然形狀為它的一種基本要素，因為它要外在形狀來表現，也就是要用自然現象來表現。……我們却仍不能把逼肖自然作為藝術的**標準**，也不能把對外在現象的單純摹仿作為藝術的**目的**」。⑬

　　由於藝術具有「直接性」，這就使得它包含了「有限性的環

節」。⑭這種有限性的片面性就是指藝術品表達的理想是由藝術家「製作出來的東西」（Gemachtes）。就是說，藝術品是通過藝術家個人的創造活動來表達「理念」、「絕對」、「上帝」的，而藝術家個人的創造活動既然具有「**自然的**直接性的形式」，那麼，這種創造活動就不能像思想（思維）那樣達到無限的自由、自主和普遍性的地步，而是「屬於作爲**特殊主體的天才**」。「藝術品正是一種自由選擇的作品（ein Werk der freien Willkuer），藝術家是神的宗匠」⑮。

這樣，在黑格爾看來，藝術品便具有兩個方面：一是內容即「絕對」、「理念」，一是形象（Gestaltung）。理念和形象的關係有三種：

第一種是「象徵的藝術」（symblische Kunst）。《哲學全書》的這一部分講得很簡單：「在這裡，適合於理念的形象尚未找到」，「主觀的自我意識尚未深入地意識到它與自在自爲地存在的本質的對立」，「意義、內容表明它尚未達到無限的形式，尚未被認識到自身是自由的精神」。⑯《美學》講得比較清楚：「理念還沒有在它本身找到所要的形式，所以還只是對形式的掙扎和希求。我們可以把這種類型一般稱爲**象徵**藝術的類型。在這種類型裡，抽象的理念所取的形象是外在於理念本身的自然形態的感性材料，形象化的過程就從這種材料出發，而且顯得束縛在這種材料上面。一方面自然對象還是保留它原來的樣子而沒有改變，另一方面一種有實體性的理念又被勉強粘附到這個對象上面去，作爲這個對象的意義」⑰。「象徵」只是**提示**一種意義，而不是把意義眞正表達了出來。例如用一塊石頭象徵神，石頭這個形象並不是理念的適當形式，它表達不出神的理念。

第二種是「古典的藝術」（Klassische Kunst）。《哲學全書》

對於這個主題只是簡單地提了一筆，認爲古典的藝術達到了形式和內容的完滿的協調⑱。《美學》講得比較詳細：「古典的藝術」「把理念自由地妥當地體現於在本質上就特別適合這理念的形象，因此理念就可以和形象形成自由而完滿的協調」。⑲例如人體雕刻就是古典的藝術，它用人體表現精神「人的形象才是唯一的符合精神的感性現象」⑳。「人的形體用在古典藝術裡，並不只是作爲感性的定在，而只是作爲精神的定在和自然形態」。㉑

就「古典藝術」的內容方面來說，黑格爾認爲，「古典藝術中的內容的特徵在於它本身就是具體的理念，並從而也就是具體的精神的東西；因爲只有精神的東西才是眞正內在的東西」。㉒可以看到，「古典藝術」已達到把精神內容（「絕對」、「理念」）理解爲具體共相（具體普遍）的地步。例如古希臘人就是這樣。對於他們來說，神聖的東西不是空洞的抽象共相（抽象普遍），而是有精神的個體（個體是包含特殊在內的具體普遍），所以希臘的諸神是有人格的，是個體，但並非完全是人。「古典藝術」也可以說本質上是「擬人的」。

第三種是「浪漫藝術」（Romantische Kunst）。《哲學全書》說：在「浪漫藝術」中，「理念和形象是不相適合的，在這裡，無限的形式、主體性，不像在前一種藝術中那樣只是表面的人格，而是最內在的東西，並且，上帝不再被看成是僅僅追求他的形式或滿足於外在的形式，而是在自身中找到自身，從而給予自身以精神世界中唯一適當的形式。……外在的東西在這裡只能對於它的意義來說表現爲偶然的東西」。㉓《美學》講得更淸楚明白：「在這第三階段（指「浪漫藝術」——引者），藝術的對象就是**自由的具體的精神性**，它應該作爲**精神性**向**精神的內在深處**顯現出來。從一方面來說，藝術要符合這種對象，就不能專爲感性直觀，就

必須訴諸簡直與對象契合成爲一體的內在性，訴諸主體的內心、**情緒**和感受性，這些，作爲精神的東西，在自身中希求自由，並且只有在內在的精神中才能找到它的調解。就是這種**內在的**世界構成浪漫藝術的內容」。㉔簡言之，「浪漫藝術」的內容是內心生活，不能完全以感性形象顯示出來，它與感性形象是「不相適的」。例如繪畫、音樂和詩都是「浪漫藝術」，在這裡，理念超出了形象。就因爲如此，「古典藝術」中的雕刻就不容易或很少能代表這種內心生活中的活動、衝突，只有「浪漫藝術」中的繪畫、音樂，特別是詩，才足以表達這樣的內心生活。其次，繪畫、音樂和詩中的物質中介較具有理想性，它們比起「古典藝術」來，更遠離了物質。例如雕刻利用了三度空間，而繪畫則不是眞正的立體，音樂則拋離了空間而只在時間中，詩則只以感性形象的內在形式爲中介。㉕

藝術發展的三個階段，是越來越擺脫物質性、外在性、客體性而趨向精神性、內在性、主體性的過程，也是越來越趨向自由的過程。但只要停留在藝術階段，就總會具有感性形式的侷限性，即使是它的最高階段「浪漫藝術」，也不能完全擺脫這個缺點。「浪漫藝術」的特點本身已經說明藝術的形式不足以表現「絕對」、「理念」，所以，「浪漫藝術」必然要過渡到「宗教」。「絕對」是精神，感性形式終歸不適於表達它，所以需要通過新的、更高的形式來表達它，理解它。最高的、最適當的形式是哲學的對象——「純思想」。但在感性形式和純思想之間還有一個中間的形式，就是宗教的**表象**形式。表象既含有感性的成份，又含有思想的成份。

黑格爾認爲，存在的發展過程具有邏輯必然性，一個民族的道德原則、法律原則、藝術和科學原則，都是和宗教發展的形態相適應的，因此，宗教史與世界史也是互相一致的。《哲學全書》：

「宗教哲學必須去認識作為絕對的存在所採取的諸規定的過程中的邏輯必然性，它必須首先注意崇拜（Kultus）的種類符合於何種規定，並進而看到世俗的自我意識、關於人的最高使命的意識，——簡言之，看到一個民族的道德生活的本性、它的法權的原則、它的實在自由的原則、它的制度的原則以及它的藝術和科學的原則如何符合於構成一種宗教實體的原則。一個民族的實在性的所有這些環節構成**一個**系統的整體，而只有**一個**精神創造這些環節，想像這些環節。正是在這樣一個真理的基礎之上，產生了宗教史與世界史一致這個進一步的真理」。㉖從這個總的原則出發，藝術與各種宗教當然也有著「密切的聯繫」㉗。這裡應該「特別注意的是，**美的**藝術只能屬於那樣一些宗教，在這些宗教中，**精神性**原則雖然是**具體的**、在自身中是自由的，但還不是絕對的」。㉘這裡，黑格爾顯然還保留了《哲學全書》第一版中把藝術看作是較低的宗教階段即「藝術的宗教」的痕跡。「美的藝術（如同專門屬於它的宗教一樣）在真正的宗教中有其未來。理念的受到限制的內容自在自為地過渡到與無限形式相同一的普遍性，——直觀、直接的東西、依賴於感性的知識，過渡到自我中介的知識，過渡到本身就是知識的定在，即過渡到**啟示**」。㉙這就是說，藝術不是「真正的宗教」，在藝術的領域中，理念的內容、價值還是受到限制的，其表現形式不是「無限的」（不是「不受限制的」），因為在藝術中，意識僅僅依賴於感官，而到了宗教的領域，意識便由對感官的依賴過渡到了「自我中介的知識」即「啟示」。啟示高於感性形式。

二、啟示宗教

黑格爾青年時期寫過不少有關基督教的著作：在伯爾尼時期

所寫有《民眾宗教和基督教》，此書生前沒有完成，直至死後才以這個書名問世，另兩篇是《耶穌傳》和《基督教的實證性》；法蘭克福時期的一篇未完成的手稿，後來被命名爲《基督教精神及其命運》。在這幾本著作中，黑格爾對基督教的態度不是完全統一、完全固定的。大體上說，《民眾宗教和基督教》與《基督教的實證性》，其基本傾向是反對基督教的，這兩篇著作都揭露了基督教的「實證性」（Positivitaet），即基督教利用權威和傳統壓制個人自由的性質。這兩篇著作是盧卡奇在《青年黑格爾與資本主義社會問題》一書中所評論的對象。盧卡奇正確地指出了黑格爾在這裡所表現的反基督教的性質，並認爲「實證性」的概念已包含了未來的「異化」概念的萌芽。《耶穌傳》與前述兩書的觀點不完全一致，它帶有維護基督教的色彩。《基督教精神及其命運》一書，表明黑格爾在法蘭克福時期比較明顯地轉向基督教；與此相聯繫的是，黑格爾在法蘭克福時期已離開了伯爾尼時期那種反對國家的啓蒙思想，㉚而主張把宗教和國家結合起來。

黑格爾從 1821 年到 1831 年逝世，在柏林大學講授過四次宗教哲學的課程。他的《宗教哲學講演錄》和《哲學全書》都說明他的親基督教思想。

《宗教哲學講演錄》把宗教分爲「自然宗教」、「精神個體性的宗教」和「絕對宗教」三大形態。

「自然宗教」（Die Naturreligion）和「精神個體性的宗教」（Die Religion der geistigen Individualitaet）屬於「確定的宗教」（Die bestimmte Religion）。

「自然宗教」是「精神的東西與自然的東西的統一，在這裡，上帝還是被理解爲自然的統一性」㉛。人在他的這種直接性的宗教意識中所表達的，僅僅是感性的自然的知識和自然的意志。最

原始的「自然宗教」是「直接宗教」,是巫術;隨著意識從其自身內部分裂爲有限的自然意識本身和無限的本質兩個方面,「自然宗教」在自己範圍的內部就會由巫術進展爲三個東方的「實體的宗教」即中國宗教、印度宗教和佛教;但這三者作爲「自然宗教」,仍沒有擺脫自然的束縛;最後,「自然宗教」由於精神與自然的鬥爭,就導致了「自然宗教」到下一階段「精神個體性的宗教」的過渡,這種過渡性宗教就是波斯宗教、敍利亞宗教和埃及宗教。

「自然宗教」的第一階段是「直接宗教」。這是「自然宗教」的原始階段,在這裡,上帝被看成是自然的東西,天、太陽、動物等直接的自然的存在形式被看成是上帝,「直接宗教」反映了對自然力量如太陽、風暴等的恐懼,巫術就是這種恐懼的表現。黑格爾認爲,眞正的宗教恐懼應以自由爲基礎,而對自然的恐懼則完全缺乏自由,因此,嚴格講來,「對自然力量的**恐懼**」「不能叫做**宗教的**恐懼」。「對上帝的恐懼不同於對自然力量的恐懼。據說,恐懼是智慧的開端;這種恐懼不能在直接宗教中出現。只有當人認識到自己就其個別性而言是無能的之時,當他的個別性在其自身中顫慄之時,當他在自身內實現了這種從個別性中抽象出來的過程從而作爲自由的精神而存在之時,這種恐懼才開始出現於人。只有當自然的東西在人之中這樣顫慄時,他才使自己超出了自然的東西,才放棄了自然的東西,才使自己達到一更高的基地,而提升到思想、知識。」㉜而在「直接宗教」中,不僅這種較高意義的恐懼沒有出現,而且,對自然力量的恐懼甚至變成了巫術 (Zauberei)。在巫術中,倒也可以說,「**精神的東西是對自然的支配力量;**」「但這種精神的東西還不是作爲精神的東西而存在,還不是達到了它的普遍性,反之,這種精神的東西還只是人的個別的、偶然的、**經驗的自我意識**」㉝。「巫術一般地說不過是

人按照他的自然性、情欲而具有權力」。㉞例如爲了防禦洪水、地震，避免死亡，而使用巫術，就是這樣。黑格爾斷言，巫術是「最古舊的宗教方式，最粗野、最野蠻的形式。」它的出發點是「不自由的自由」㉟，在非洲特別流行。㊱

　　「直接宗教」不能叫做「眞正的宗教」。㊲「自然的直接性不是宗教的眞正實存，而是它的最低的、最不眞實的階段」。㊳「在直接宗教中，精神還是自然的東西，精神尚未把作爲普遍力量的自身與作爲個別的、偶然的、消逝著的東西的自身**區分開來**。」作出這種區分，乃是「自然宗教的第二階段」的事。㊴

　　黑格爾著重指出了「自然直接性」的侷限性。他斷言，天眞質樸的「自然直接性」並非「人的眞正立足點」㊵，「人本質上是精神，而精神並不是在直接的方式中」，它「與自然的東西相對立」，它「從自然中超拔出來」。㊶「意識包含著自身中二重化的東西，包含分裂」。㊷天眞質樸的自然狀態是無知，知識必須有間接性。有間接性，有知識，就有自覺，有善惡之分。「據說，那個按照上帝的肖像而創造出來的人喪失了他的絕對滿足（指天眞質樸的自然狀態——引者），就是由於他吃了善惡知識之樹上的果實。這裡，罪惡在於知識：知識是有罪的東西，人由於它而失去了自然的幸福。惡在於有意識，這是一個深刻的眞理，因爲禽獸說不上善惡，單純的自然人也是這樣。……知識就是揚棄自然的統一，它就是墮落。……天眞質樸的狀態、這種樂園的狀態，乃是禽獸的狀態。樂園只是禽獸而非人所能待的場所」。㊸總之，人不能停留在「自然直接性」的原始統一中，而應首先前進到意識，前進到意識自身中的二重化。

　　「自然宗教」的第二階段是「意識自身的分裂」（Die Entzweiung des Bewusstseins in sich）。這個階段意謂著「意識認識到

自身是單純自然的東西，並從這裡區分出真實的東西、本質的東西，而在真實的東西、本質的東西中，這種自然性、有限性不值得什麼，被認爲是一種虛無的東西。不過在「自然宗教」中精神與自然仍處於中性狀態，上帝現在是被規定爲**絕對的力量**和**實體**，在這裡，自然的意志、主體則僅僅是一種消逝著的東西、偶然的東西、無自我和無自由的東西。人的最高尊嚴在這裡就是認識到自己是虛無的東西。㊹這個階段中的精神雖然對自然的東西有所超出和提升，但作爲「自然宗教」，這裡的超出和提升還不是徹底的，「各種精神的和自然的力量彼此還混雜在一起」㊺所以這種宗教「尚非自由的宗教」，因爲個人仍被認爲是虛無的東西。㊻中國宗教、印度宗教和佛教三個「東方的實體宗教」都具有這樣的共同特點。㊼

中國宗教是「實體關係的最早的歷史實存，實體被認爲是**本質的存在的範圍**，被認爲是度；度表示自在和自爲存在的東西、不變的東西，而天就是對這種自在和自爲存在著的東西的客觀直觀」㊽。所以中國宗教叫做「度的宗教」。中國宗教的「天」是最高的東西，但它是指「完全無規定的抽象普遍性」，是「一切物理的和道德的**關係**之完全無規定的總和」㊾，「天」只有自然的意義㊿，不是真正的精神。當然，中國的「天」也具有精神的形式，但那是有限個人的精神形式，具體地說，就是皇帝，皇帝代天行事，「皇帝至少是**實現一切事情**的力量」。51皇帝就是實體，它與臣民處於外在的統治與被統治的關係之中，臣民或個人沒有自由，沒有獨立，沒有「主體性」。實體、皇帝是衡量一切的不變的「度」（Maß）。「不是**天**統治自然，而是皇帝統治一切，只是**他**與**天**相聯繫」。在中國，「只有皇帝是統治者。中國的**天**是某種完全空洞的東西」。「在這裡，一切都**在地上**，一切有權力的東西都受

制於皇帝，就是皇帝這個個別的自我意識，他有意識地實行這種完全的統治權」。(52)這樣，實體、皇帝就成了「消滅個人意志的力量」，成了和人的「主體性」（即「個人意志的自我反思」）相對立的東西。(53)個人與實體，特殊的東西與普遍的東西，處於外在的依賴關係中，實體、普遍的東西成爲抽象的東西。個人的興趣、利益在皇帝所加以實施的普遍性之外。「因此中國人永遠對一切事情處於恐懼和憂慮之中，因爲一切外在的東西都對於他們是一種有意義的東西，是能運用權勢反對他們、影響他們的力量。」(54)「在中國，個人並沒有這一種獨立性的方面，所以在宗教方面，他也是依賴的，是依賴自然的東西，其中最崇高的便是天」，(55)實際上，一切都依賴皇帝；皇帝說什麼，「個人敬謹服從」，根本放棄自己的獨立思考。「個人全無自己的決斷，全無主體的自由」。(56)「皇帝對於人民說話，始終帶有尊嚴和慈父般的仁愛和溫柔；可是人民却把自己看作是最卑賤的，自信生下來是專給皇帝拉車的。」(57)而這也就是道德和義務，「帝國和個人的福利都依賴於義務的實現。這樣，全部對上帝的崇拜也就可以歸結爲從屬於道德生活。所以中國宗教應該叫做**道德的**宗教。在這個意義下，中國宗教可以歸屬於無神論。」(58)黑格爾還指出：「這些度的規定和義務的說明大部分來源於孔子，他的作品主要是這樣一些道德的內容。」(59)「孔子完全是一個道德的哲學家，而非思辨的哲學家。**天**，這個普遍的自然力量，通過皇帝的權力而達到現實性（Wirklichkeit），天與道德的關係是結合在一起的，而這個道德的方面首先是由孔子加以發展的。」(60)由於在中國，神聖的上帝的王國與世俗的王國混爲一談，所以黑格爾更進一步斷言，包括中國在內的東方人所說的上帝，根本不是西方人所說的上帝：「我們所說的上帝在東方尚未意識到，因爲我們的上帝達到了提高超感性世

界的境地」。⑥西方人重視人的主體的內在性，因此，在西方，服從出自內心，而在東方，在中國，超感性的東西與感性的東西，內在的東西與外在的東西未能區別開來，人們的注意力在外部，在世俗政治，不在自己的內在性，人們的服從不是出自真正的內心，出自自己的自由意志，而是來自「異己的意志」。⑥「所以中國的宗教，不是我們所謂的宗教，因為對於我們來說，宗教乃是精神自身中的內在性，是精神專注於表象自己的最內在的東西。因此，人在這個領域中便能從他和國家的關係中抽出來，並且能夠逃進內在性中，從世俗統治的權力下得到解放。但是在中國，宗教並沒有達到這個階段，因為真正的信仰，只有在個人處於自身內部，獨立於外部強迫的權力的地方，才有可能」。⑥

印度教也是把個體的東西看成僅僅是否定的，把實體的力量看成超乎個體的東西之上和之外⑥。但它把神的世界看成是「想像的王國」，現象界服務於想像⑥，所以印度教又叫做「幻想的宗教」（Die Religion der Phantasie）。黑格爾認為中國是無詩意的國家，而印度則是充滿幻想的國度⑥。印度教的實體是「梵天」（Brahma，婆羅賀摩）。「人的最高的宗教關係乃是提升到梵天」⑥，「梵天」是普遍的東西（共相），「自在地存在著的**力量**」，「它不像情欲那樣轉化為他物，而是安靜的、不表現於外的、自身反思的，但又同時被規定為力量。這種普遍性形式下的自我封閉的力量必須**區別於**它的效用，**區別於**它所設定的東西，**區別於它自己的諸環節**。力量是理想的東西、否定的東西，一切別的東西為了它被揚棄、被否定。」⑥所以「當梵天對自己說『我是梵天』時，一切東西便都回復到了梵天，沉沒於梵天」。⑥而梵天又是「無活力的」，——是無為的。⑦

在中國，一切政治都統一於皇帝一人，民眾無自由、無主體

性；在印度，這種統一得到了區分，即區分為社會各階層，但這種階層的區分並不表示個人獲得了自由和主體性，因為每一階層仍然是一「原始的實體性階層」⑦，個人隸屬於哪個階層，在其出生時就完全決定了，所以這種區分仍然是自然的，而非自由的、精神的。只有婆羅門這個最高階層才能顯示神聖的東西⑫，才佔有神聖的東西⑬，就像在中國只有皇帝才能顯示神聖的東西一樣。黑格爾指出：印度把各階層的區分歸於自然的出生，沒有選擇職業的自由，乃是東方觀念的產物，是抹殺人的獨立自主性和主體性的表現；在歐洲中世紀的封建統治下，個人固然也受特定階層的束縛，但是，在一切人之上還有一個更高的東西，即神聖的權威，而任何人都有自由升入顯示神聖東西的僧侶階層，不像印度那樣只有婆羅門階層才有與生俱來的權利，成為顯示神聖東西的僧侶階層。這就是說，在歐洲中世紀，人在宗教面前，在上帝面前，是完全平等的，而印度則相反。⑭

　　第三個「東方的實體宗教」是佛教，又叫「己內存在的宗教」（Die Religion des Insichseins，又譯「自在的宗教」）。這是指蒙古人的宗教。中國北方和西方的西藏人的宗教以及緬甸人和錫蘭人的宗教，「一般說，它就是以喇嘛教命名的宗教」。⑮「己內存在的宗教」的一般基礎與印度教相同，其進步之處只在於，印度教的諸規定的自然分散狀態被結合起來而成為「內在關係」，它們的「不安定的狂醉狀態被**安定下來。**」⑯印度教中一與多的分離在「己內存在的宗教」中停止了，所以，「這種己內存在的宗教是精神的專注與安靜，它從印度教的粗野的紛亂中**回到了自身，**回到了本質的統一」。⑰

　　顯然，這種以「己內存在」為「絕對」的宗教，其目的在於獲得「己內存在」的「安寧」，因為在「己內存在」中，「**一切區**

別都停止了。」⑱「絕對作爲己內存在是無規定的東西，是一切特殊東西的消滅，以致一切特殊的實存之物，一切實在的東西，都只是某種偶然的東西，只是無意義的形式」。「**無**和非存在（das Nichts und das Nichtsein）就是最後的和最高的東西……一切從無產生又回到無。無就是太一，是一切的開端和終結。」⑲「己內存在的安寧就是消滅一切特殊的東西，就是無，就此而言，這**種消滅的狀態**對人來說，是最高的狀態，人的命運就是使自己沉浸到這種無中，沉浸到永恒的安寧中，實即沉浸到實體性的無中，在那裡，一切規定都停止了，沒有意志，沒有心智」。⑳

「己內存在」是超出直接個體性的必要階段，㉑但「己內存在的統一性是**空洞的**和抽象的」㉒因爲在這種統一中，區別消失了。所以「己內存在的宗教」還沒有達到具體的統一㉓，還沒有達到眞理，「眞理勿寧是**自身具體的統一性**和整體」，在其中，區別既被否定又被保存。㉔

不過，「己內存在的宗教」比起所謂上帝不可知的觀點來還是要高一些，因爲儘管它未達到具體的統一，因而它的規定是有缺點的，但它畢竟對上帝有所規定。不可知的觀點不可能對上帝進行崇拜，「人只能崇拜他所知道、所認識的東西」，「己內存在的本質性是**思想本身**，……因而不是不可知的東西，不是在可知東西的彼岸的東西。」㉕所以黑格爾又說：「己內存在的宗教」，它的「空洞的統一性並不單純是未來的東西，是精神的彼岸，而且是當前的東西，是爲人的和在人那裡得到實現的眞理。在錫蘭和在緬甸王國中，佛教根深蒂固，那裡有一種流行的見解，認爲人可以通過沉思而免去病老和死亡」。㉖

「自然宗教」的第三階段是到達「自由宗教」的過渡性宗教，在這類宗教中，「主體性企圖在其統一性和普遍性中恢復其自

身」，但和以前的階段一樣，「精神仍然沒有完全使自然的東西隸屬於自己」。⑧這類宗教包括：(1)波斯的宗教，黑格爾稱之為「善的宗教或光明的宗教」。「光明」是最高的統一，它既是物質的東西，又是精神的東西即「善」，「光明」從自然的束縛中得到一定的解放與自由。(2)敍利亞的宗教，黑格爾稱之為「痛苦的宗教」。痛苦在這裡成為受崇拜的東西，人的主體性要在痛苦中感覺到。痛苦表示鬥爭，此種鬥爭不僅是外在的對立，而且是在一個主體中，在主體的自我感受中。(3)埃及的宗教，黑格爾稱之為「謎的宗教」。古埃及的獅身女首怪本身就是一個謎——一個曖昧的形式，一半是獸，一半是人，它可以說是埃及精神的象徵，它象徵著精神開始從自然的東西中得到提高，從而能夠比較自由地昂首環顧，但又沒有完全從自然的束縛中解放出來。

比「自然宗教」更高的是「精神個體性的宗教」或「自由主體性的宗教」，簡稱「自由宗教」。在「自然宗教」中，精神沒有克服自然性；在「自由宗教」中，精神的主體則克服了自然物，得到了獨立自由。「正是在這裡，開始了**主體的精神性自為存在**（das geistige Fuersichsein des Subjekts），思想成了起支配作用和決定作用的東西，而自然性只是一種被保存的環節，只是作為相對於實體的東西而言的偶然的東西而降低為映象（Schein）」。⑧⑧所以「自然宗教是最粗野、最不完全的」，而「精神個體性的宗教」則是「更高的」、「更深刻的」。⑧⑨

在「精神個體性的宗教」中，「人被設定為本質的目的、神聖力量的基礎或智慧」。「人因此本身就是自我目的；他的意識在上帝那裡是自由的，在上帝那裡得到證明，它本質上是自為的，它指向上帝」。⑨⑩

「精神個體性的宗教」包含猶太教，希臘宗教和羅馬宗教。

猶太教是「崇高的宗教」(Die Religion der Erhabenheit)。在這裡「自由的主體性已提高到純思想，提高到比感性的東西更適合內容的形式。這裡，自然的東西由自由主體性所支配，在自由主體性中，他物只是觀念性的東西，相對於自由主體性來說並無眞實的持存。精神是自身提高的東西，提高到超出了自然性、有限性」。⑨「假如在腓尼基人當中精神的東西仍然受到自然方面的限制，那末相反地在猶太人當中，精神的東西就完全淨化了；純粹的思想產物、自我思維進入了意識，精神的東西在其極端規定性中發展其自身以反對自然，反對與自然統一」。⑨波斯的「光明的宗教」的「光明」還是直觀的對象，而在猶太教中，最高統一體則是耶和華，它是「純粹的一」(das reine Eine)，是精神。光明與耶和華正好形成東方與西方的分裂與對比。耶和華作為自然的主宰和創造者，具有**崇高**的地位，自然則遭到輕視。但在「崇高的宗教」中，最高統一體還不是**具體的**，上帝超乎有限之上，自由的主體性的本質尚未充分實現，具體的個人還不自由，有限的、感性的、自然的東西「尚未**納入**或**變形**爲自由的主體性」⑨

到了希臘宗教即「美的宗教」(Die Religion der Schoenheit)，「自然的、有限的東西則在精神中、在精神的自由中，得到了變形，其變形在於，自然的、有限的東西成了精神的東西的符號，在這種物理的自然物或精神的自然物的變形中，自然的東西本身作為有限之物而與精神相對立，作為本質性、實體性、上帝的他方而與精神相對立。本質性、實體性、上帝是自由的主體性，而有限的東西對於自由主體性不過是作為上帝、精神所顯現於其中的符號而被設定的」。⑨具體地說，希臘宗教的精神不是唯一的絕對精神，而是有限的個人的理想化，它的諸神實際上就是有限的個體，是具體的個性，是人的各種不同的特殊性格。至於普遍

的東西在希臘則已被戰勝，希臘尚未達到以神為唯一的精神的高級階段。在希臘，各種個體性得到尊重、神化，個體的精神把自然物變成自己的表現和符號，所以希臘人的性格是美的個性。「在希臘的美之中，感性的東西只是精神顯示自身的符號、表現、外殼」。⑨⑤「神聖的東西由於尊崇人的東西而獲得尊崇，同時人的東西由於尊崇神聖的東西而獲得尊崇」。⑨⑥

在黑格爾看來，希臘精神的特點是精神成份的地位上升，自然成份的地位下降。這特別明顯地表現在太坦與宙斯作戰的希臘神話中；太坦表示自然的東西，宙斯表示精神的東西，太坦因反抗宙斯而被宙斯推入地獄的巨神族成員。太坦的失敗與宙斯的勝利表象著東方精神向西方精神的轉化。⑨⑦

希臘宗教中個性和主體的自由是「崇高的宗教」所缺乏的，這是希臘宗教比猶太教進步之處。但希臘宗教亦有侷限性。希臘宗教畢竟仍有自然因素；而且「希臘的諸神決不比基督教的上帝更是人的東西。基督才更是人，他降生、逝世，死在十字架上，這比希臘的美的人更無限地是人的東西」。⑨⑧希臘宗教和基督教雖然都承認神顯現於外，但前者所顯現的形態是自然的顯現，是顯現於太陽、山岳、樹木等等之中，而後者則是顯現於人身上，是精神的顯現，人是更適合於顯現神、顯現精神的形態。所以希臘宗教還沒有理解主體性、精神性的高深意義。⑨⑨

羅馬的宗教是「合目的性的宗教」（Die Religion der Zweckmaßigkeit）或「知性的宗教」（Die Religion des Verstandes）。這裡的諸神都是「**實踐的**諸神（Praktische Goetter）而非理論的，是**散文式的**（Prosaische）而非詩意的」⑩⑩，例如朱諾（Juno）是助產女神，主神丘彼特（Jupiter）同時是羅馬帝國的普遍性本質，具有統治的意義，他有其世俗世界的目的。羅馬的

諸神都是出於需要或急需（Not），而不是沒有利害關係的感謝，不是像希臘宗教那樣出於對美的愛和對神性的愛。[101]「因此，羅馬宗教的主要特性乃是一種堅強的特定的意志目的，他們看到這些意志目的絕對地存在於他們的諸神身上，他們要求這些神有絕對的權力。他們為了這些目的而崇拜諸神」。「所以羅馬宗教是具有狹隘性、合目的性和利益的一種完全**散文式的宗教**」。[102]

羅馬的主神不是「真正的精神的一」或具體普遍，而是抽象的普遍。神是「抽象的力量」，不是一種「合乎理性的有機體」。「特殊的東西在占統治地位的統一性之外」。所以羅馬人的自由也是個人抽象的自由。羅馬的萬神廟（Pantheon）供奉眾神於一廟，眾神並列，服從丘彼特神像，初步體現了眾多神教向一神教的過渡，初步體現了多與一、特殊性與普遍性的統一。但這裡所體現的只是抽象的統一、抽象的普遍性，而多樣性、特殊性的個人則是缺乏精神性、缺乏自由的。羅馬世界「把倫理的個體捆在一起，並把一切神和一切精神聚集在世界統治的萬神廟裡，從而造成一種抽象的普遍的東西」。這樣，「羅馬的原則」就「窒息了一切生命性」。在羅馬，「國家目的是個人在其倫理生活中為國家犧牲，所以世界陷入悲痛之中，世界的心破碎了」。[103]

「絕對宗教」（Die absolute Religion）就是基督教。它的地位最高。它的神既不單純是無限的，也不單純是有限的，而是無限與有限的具體統一。人與神的統一在基督教中實現了：在基督教看來，人與神的統一性不僅存在於「思想的思辨意識」之中，而且還要進而存在於「感性的表象的意識」之中，也就是說，這種統一性必須成為「世俗世界中的對象」，必須**現身**（erscheinen，顯現），更確切地說，必須顯現於「精神的感性形態即人的形態之中。基督**現身了**，基督是人，此人即上帝，基督也是

上帝，此上帝即人」。⑩基督教的人神統一說，在黑格爾看來，就是表示，神即是人的意識的最普遍神聖的方面，是人的精神本質，認識神也就是認識人自己的精神本質。

作爲德國資產階級的思想代表，黑格爾不可能像一些法國資產階級的思想代表法國唯物論者那樣提出無神論的口號，但他擁護的基督教是宗教改革之後的路德派基督教，而不是天主教。他曾明確宣稱：他「屬於路德宗」，「並願意繼續屬於這宗」⑩。而我們都知道，路德派基督教是適合當時進步的資產階級利益的。黑格爾對天主教持否定的態度，也就因爲這個原故，他曾遭受一些天主教宗人士的反對，這些人甚至攻擊他在《宗教哲學講演錄》中主張無神論，這是不符合事實的。

《宗教哲學講演錄》用三個標題說明了「絕對宗教」的三個方面：(1)「啓示宗教」（Die offenbare Religion），這個標題說的是，「絕對宗教首先是啓示宗教（Die offenbare Religion）。宗教只是當宗教的**概念**自身**自爲地**存在時才是啓示的東西（Das offenbare），才是顯示出來的；換言之，宗教或宗教的概念之成爲自身客觀的(意即，成爲客觀地顯示出來和啓示出來的東西——引者)，不是在受限制的、有限的客觀性之中，而是指宗教按其概念就是自身客觀的。」⑩這也就是說，「絕對宗教」就是「對絕對本質的意識」⑩，在這種意識中：意識的主體和被意識的客體、內容、對象是一致的；反之，如果原則上沒有這種主客的一致，如果宗教的概念不是顯示或啓示於客觀之中的，那就不是「絕對宗教」，「絕對宗教」必須是「啓示宗教」。(2)「已被啓示的、實證的宗教」（Die geoffenbarte Positive Religion）⑩。黑格爾在這個標題之下強調，「絕對宗教」「不僅是啓示的（offenbare），而且也可以叫做**已被啓示的**（geoffenbart），這個意思一方面是，這種宗

教已被上帝所啓示，上帝已給予人以自身的知識；另一方面是，
這種宗教作爲已被啓示的，乃是**實證的**宗教，所謂**實證的**，意思
就是說，它是從外面給予人的。」⑩在黑格爾看來，「實證的」或
「從外面給予人的」並不都是不合理的，從外面給予人的東西也
可以變成爲內在的。「宗教就其顯現於全部教義的內容而言是實
證的，但它不應停留在這裡，不應該只是單純的普通觀念、單純
的記憶之事。」⑩所以「絕對宗教」不僅是「實證的」，還應該是
(3)「眞理和自由的宗教」(Die Religion der Wahrheit und
Freiheit)。黑格爾說：「絕對宗教是**眞理和自由**的宗教，因爲眞
理在於不把對象性的東西視爲異己的，自由乃是以否定的規定表
達出眞理之所是。」⑪

　　《哲學全書》中「絕對精神」部分的第二大階段專門論述了
「啓示宗教」，甚至它的標題不是一般的**宗教**而是「啓示宗教」
(Diegeoffenbarte Religion)。黑格爾強調，只有「啓示宗教」
才是眞正的宗教，它最符合宗教的概念：「正是本質上在眞正宗
教的概念裡，亦即在以絕對精神爲其內容的宗教裡，宗教才是**已
被啓示的**(geoffenbart)，更進而言之，是**由上帝**啓示的。實體乃
是通過認識(das Wissen)這個原則，才成爲精神，而認識作爲
無限的自爲存在的形式，乃是**自我規定的東西**，它完全是**顯示**
(Manifestieren)；精神只是就它**爲精神**(fuer den Geist)來說
才是精神(意即精神不是爲異己的東西，而只是爲它自己來說才
是精神——引者)，只有在絕對宗教中，絕對精神才不再顯示它的
諸抽象環節而顯示它自己。」⑫這也就是說，在「絕對宗教」裡，
「絕對精神」才顯示其自身爲具體的精神。

　　黑格爾反對上帝不可知或者說上帝不顯示自己的觀點。《哲
學全書》第 564 節：「按照古老的關於納美西斯(Nemesis)的觀

點，神聖的東西及其在世界中的作用只不過是一種**拉平事物**的力量，它毀滅崇高的、偉大的東西，這種觀點乃是出於抽象的知性的理解。柏拉圖和亞里士多德反對這種觀點，認爲神不是有妒嫉心的（nicht neidisch）」⑬。《哲學全書》第 140 節附釋：「那些認自然的本質爲單純的內在性，因而非我們所能達到的人，適與認神靈爲嫉妒情緒的古希臘觀點相同，而這種觀點早已由柏拉圖和亞里士多德明白駁斥了。」⑭黑格爾還具體地說明了所謂古希臘人關於神靈的妒嫉心的含義：「在古希臘人那裡」，「嫉妒，乃是神靈們的唯一特性，因此神靈們把偉大的貶抑成渺小的，他們不能容忍有價值的、崇高的事物。……在奈美西（又譯作納美西斯——引者）的單純觀念中，最初還不包含道德的特性。懲罰最初還不是尊重道德反對不道德，而只是貶抑那越出限度的事情；但是這個限度還沒有被認作道德。」⑮柏拉圖和亞里士多德持相反的觀點。柏拉圖說：「神就是善。……善本身在任何方式下均不帶有任何嫉妒，因此神願意使得這世界和它最相似。」⑯亞里士多德說：「博學的特徵必須屬之具備最高級普遍知識的人；因爲如有一物不明，就不能說是普遍。」「神祇未必妒，……而且人間也沒有較這一門更爲光榮的學術（指哲學——引者）」。⑰黑格爾肯定了柏拉圖和亞里士多德的觀點，反駁了所謂神不啓示其自身的觀點：「說神沒有嫉妒，無疑地是一個偉大的、美的、眞實的、樸素的思想。……爲什麼神不啓示其自身，如果我們對神嚴肅虔敬的話？一個火炬如果點燃了別的火炬，並不失掉它的光明。……如果不准許我們對於神有知識，那麼我們便只能認識有限事物而不能達到無限，則神就是一個有嫉妒心的神」。⑱簡言之，「上帝是什麼，他必須顯示出來、啓示出來」。⑲這就是黑格爾所謂「啓示宗教」的基本含義。

　　《哲學全書》第 564 節還進一步斷言：神、精神，這些字眼的真諦就在於能夠啓示、能夠被認識，否則就是異教，就不是精神。近代人也有一種主張，認爲「人不能認識神」。⑫⑳（黑格爾認爲自然神論就是主張「神不可知」的。）⑫㉑黑格爾說，如果把這種主張放到「啓示宗教」中，那就是不合邏輯的。

　　黑格爾認爲，「要認識到上帝是精神，要在思想中正確地、確定地來把握這一點，這就需要徹底的思辨（gruendliche Spekulation）」，而「徹底的思辨」首先包含在這樣的命題中，即「上帝只是就其認識自己而言才是上帝；進而言之，上帝的自我認識就是上帝在人身上的自我意識以及人**關於**上帝的知識，而人**關於**上帝的知識會達到人**在**上帝**中**的自我認識」。⑫㉒黑格爾這段話不僅告訴了我們，上帝必須啓示其自身於人的意識中，上帝是可知的，而且告訴了我們：人皆具有神聖的普遍的精神方面，這個方面也可以說就是上帝，上帝如果離開了人所具有的這個方面，上帝就是空洞的，所以上帝對自身的認識實即「上帝在人身上的自我意識以及人**關於**上帝的知識」，反過來說，人認識上帝，實即認識人自身，實即「人**在**上帝**中**的自我認識」，而且是對自身的最深刻的認識，是對自身的精神本質的認識。

　　在宗教階段，人對上帝的認識是通過「表象（Vorstellung）的方式達到的，而表象總會把構成上帝即精神內容的諸環節間的關係看成爲一種「有限的反思規定」⑫㉓的關係。可是另一方面，就形式來說，這種「有限表象方式的形式」又「在對一種精神的信仰中和崇拜的祈禱中被揚棄了」，也就是說，不同的有限的表象方式都表現著同一個「絕對的內容」，都被同一個「絕對的內容」結合起來了。「在形式中，概念的諸不同環節便分裂爲**特殊的領域**或成份，而每個特殊領域或成份都表現著絕對的內容」。⑫㉔這些特

殊領域就是：(1)聖父，絕對的內容（「絕對精神」）「在其顯示中表現爲寓於自身的、永恒的內容」，這是概念的**普遍性**環節；(2)聖子，「絕對的內容」表現爲「永恒本質與其顯示的區分」，正是由於這種區分，「絕對的內容」才進入現象世界，聖子代表概念的**特殊性**環節；(3)聖靈，「絕對的內容」表現爲「無限的返回以及被外化的世界與永恒本質的調解」，⑫這是概念的**個體性**環節。

(1)第一個環節，普遍性。

這是「純**思想**的領域或**本質**的抽象成份」，在這個環節中，「絕對精神首先是**預先被假定的東西**（das Vorausgesetzte，前提），但並非遠離世界和凝滯的，它作爲因果性的反思規定中的**實體性力量**，⑫乃是天和地的**創造者**；不過在這個永恒的領域內，絕對精神勿寧說只是產生**它自身**作爲它的**兒子**，它同它的兒子雖有區別，但仍保留著原始的同一性」。⑫——黑格爾這段話告訴我們，「絕對精神」的第一個環節普遍性就是純思想，相應於邏輯學的對象，但純思想不是脫離它所創造的現實世界的：聖父產生聖子，但聖父與聖子始終保存著同一性。

(2)第二個環節，特殊性。

在這個環節中，「具體的永恒的本質是**預先被假定的東西**，它的運動產生著**現象**」，產生著自然與精神的「對立」。⑫這就是說，普遍性或永恒的本質是第一位的前提，自然界與人的精神不過是永恒的本質自我運動的產物，特殊性不過是普遍性自我分化的結果，聖子是聖父自我的產物。

(3)第三個環節，個體性。

這個環節也就是「主體性和概念本身」，在這裡，普遍性與特殊性的對立「返回到了它的**同一的根據**」：(1)「作爲**預先假定**（Voraussetzung）的**普遍實體**，已從它的抽象狀態中實現爲**個體**

的自我意識」。(2)「對於**有限的**、具有直接性的個體的主體」來說，對於具體的個別人來說，「客觀的整體性」(亦即人的普遍神聖的方面或永恒本質) 乃是「自在存在著的**預先假定**，——是潛在的基礎。具體的個別人起先是把這個基礎當作一個他物來進行直觀，以後則達到兩者的同一。(3)通過上述的中介，永恒的本質就能「寓於自我意識之中」，就能成爲「自在自爲存在著的精神的實在的呈現。」(129)所以，個體性環節是人與神的同一，神爲人所知，神呈現於人的自我意識之中，而聖靈正表象著人神的同一。

黑格爾在《哲學全書》第 571 節把這三個環節叫做「三個推論」。所以「絕對精神」也可以說是由這三個「推論」構成的統一性的整體。在「啓示宗教」中，「絕對精神」必然「顯現其生活於具體的表象形態之中」，而這三個環節就是「絕對精神」的「啓示」(offenbarung) 或顯現。不過，這三個環節之間的分離和展開最終不僅會結合爲宗教上「信仰和虔敬情緒的單一性 (Einfachheit)」，而且會結合爲「思想」，在「思想」的內在的單一性中，同樣也有這樣三個環節的展開，只是在這裡，三者乃是**被認識**成爲 (不是像在宗教中那樣**被表象**成爲) 普遍永恒精神自身中「不可分離的結合」。而「這種形式下的眞理，就是哲學的對象」。(130)——黑格爾這些話的意思說得簡單些、通俗些，就是，在「啓示宗教」中，普遍性、特殊性、個體性三環節是**表象**的各種形式，而在哲學中，這三個環節則是**思想**的各種形式。

三、哲學

《哲學全書》的「絕對精神」部分在講到哲學時，開宗明義就說：「這門科學 (指哲學——引者) 是藝術與宗教的統一」。藝術「按形式說是外在的直觀方式」，這種方式「把實體的內容分裂

成爲許多獨立的形態」；宗教把分散的東西展示於表象之中並「加以中介」，宗教以表象的方式呈現「絕對精神」；哲學使二者結合爲一，它使藝術的外在方式通過宗教而提升爲「**自我意識著的思想**」（zum selbstbewuβten Denken），使二者中被分散了的東西結合爲一個整體⑬。

黑格爾上述這段話的意思在《美學》中講得比較通俗易懂：「絕對精神的這三個領域（指藝術、宗教、哲學——引者）的分別只能從它們使對象，即絕對，呈現於意識的**形式**上見出」。藝術是「一種**直接的**也就是**感性的**認識，一種對感性的和客觀的東西本身的形式和形態的認識，在這種認識裡，絕對成爲直觀與感受性（Empfindung）的對象」。宗教的形式是「**表象的意識**」。哲學的形式則是「絕對精神的**自由思想**」⑬。藝術的缺陷在於藉外物以認識絕對，精神在這裡還未擺脫外在的感性的東西，未擺脫客體性；只是到了宗教，人的精神才「把它自己的內心生活看作體現真實的真正形式，只有在這種形式裡才找到滿足。⑬「**宗教**意識的形式是**表象**，因爲絕對離開藝術的客體性（Gegenstaendlich-keit）而轉到了主體的內心生活，以主體的方式呈現於表象，所以心情和情緒、內在的主體性，就成了一種主要的環節」。⑬具體地說，宗教的內在主體性表現在對「絕對」的內心的「虔誠態度」，而不只是藝術的外在感性方式。宗教高於藝術之處在於宗教「吞食消化了」客體性。⑬但在黑格爾看來，情緒的虔誠與表象的虔誠還不是最高形式的內在生活，宗教仍帶有藝術的外在性，只有「**自由思想**」才是「最純粹的知識形式」，而哲學就是「用系統思想去掌握和理解原來在宗教裡只是主觀感受性或表象的內容」。⑬正是「在這樣的方式下，藝術和宗教兩個方面在哲學中統一起來了：一方面哲學有藝術的**客體性**，當然在這裡已經拋開了外在

的感性因素，但是已把感性因素轉換為最高形式的客觀事物即轉換為**思想**的形式；另一方面，哲學有宗教的**主體性**，這個主體性已純化為**思想**的主體性。因為思想一方面是最內在最真實的主體性，另一方面，真正的思想、理念同時又是最具有實質性的、最客觀的普遍性」。⑬

黑格爾認為，哲學的認識是「藝術和宗教二者的思維式地認識到的**概念**」（這裡的「概念」就是統一的意思），它把認識內容中的諸不同因素看作是具有必然性的，而且這種必然性被認為是自由的。所以哲學的特徵也可以說是「對絕對表象的**內容**的必然性的認識」，也是「對兩種**形式**的必然性的認識」（這兩種形式，一是外在性，一是回復到內在性）⑬。所以，「這種認識乃是對這種內容及其形式」的承認（Anerkennen），是**解放**形式的片面性，把它們提高成為絕對的形式，絕對的形式是內容自身的規定，與內容同一，是在內容中對自在自為存在著的必然性的認識。哲學就是這樣一種運動，當其最終把握住自己的概念時，它發現它已經完成了，也就是說，哲學只是**回顧**它的認識。⑬總之，在黑格爾看來，哲學是通過思維來把握概念、認識概念，它要求認識到概念中各種因素的必然性，要求把外在性與內在性結合起來，它是形式和內容的統一，是把脫離內容的片面的形式**提高為**與內容相結合的「絕對形式」的一種「運動」，亦即把握到必然性形式即是認識內容自身的形式的認識「運動」。

黑格爾在《哲學全書》第 573 節宣稱要「在這裡對**哲學與宗教的關係**作明確的剖析」：他認為，「問題的關鍵完全在於思辨思維的形式同表象形式與反思知性形式的區別」。⑭哲學與宗教形式各異而內容相同。所謂內容相同就是指二者都以真理、絕對為對象；所謂形式各異就是指宗教把握絕對的形式是表象，哲學的

形式是概念的形式。黑格爾在《耶拿現實哲學》中說：「宗教的內容雖然是眞的，但這種眞理的東西是沒有理解（Einsicht）的一種保證（Versicherung）。而這種理解則是哲學，是絕對知識，──與宗教的內容相同，但採取概念的形式」。⑭宗教把「統一性」或「調解」僅僅**表象式地**推到「將來」和「彼岸」；哲學則把它**理解**爲「當前的」。⑭不過，也應當注意到兩者內容上的同一。在《哲學全書》中，黑格爾說：如果像理性主義（Rationalismus）那樣以爲哲學就是認爲精神屈服於或限制於有限的反思知性，那麼，精神就會使宗教的內容有限化，從而使之成爲空無，而這樣一來，宗教與哲學就沒有相同內容而處於敵對的地位；但是實際上，精神並不限於有限的反思知性，它能以思辨思維的觀點看到宗教的內容與哲學的內容都是無限的，只是由於在形式上兩者不一樣，才互相譴責。⑭有一種觀點過於注重兩者形式上的不同，它非難哲學，說哲學是無神論，其中「**太少上帝**」，這種觀點已逐漸少見了；但又有另一種越來越流行的觀點，它非難哲學爲泛神論，說哲學中「**太多**上帝」⑭，這種觀點過於注重哲學與宗教在內容上的相同。非難哲學爲無神論的人，乃是以爲上帝必係內容豐富實在的東西，而哲學的概念却未能重新發現它。黑格爾認爲，其實，哲學可以包含宗教，而宗教却不能完成哲學的任務：「哲學的確能在宗教表象方式的範疇中認識它自己的形式，以及在宗教的內容中認識它自己的內容，並因而對宗教予以公平的待遇；但反之則不然，因爲宗教的表象方式並不應用思維的批判於其自身，並不理解它自身，從而就其直接性而言是有排他性的」。⑭非難哲學爲泛神論的人，說哲學認「上帝是一切，一切是上帝」。黑格爾認爲，這種意義的泛神論源於「抽象的同一性」，它把上帝與世界萬物看成簡單的「抽象的同一性」或「膚淺的同一性」，⑭亦即認每

個個體的東西就其直接性與特殊性而言就是上帝，這樣，泛神論就「把神聖的實在無限地分裂爲無限的物質性」。⑭黑格爾強調他所主張的哲學不主張抽象同一，而主張具體同一，因而不是泛神論。他認爲只有揚棄有限性、直接性、特殊性，才能達到哲學的認識，因爲我們不能把哲學的概念——具體概念理解爲有限的、直接的、特殊的事實，這只能是一種「對概念的外部的理解」，只適合於「流俗的談論」，而「對上帝和同一性，對認識和概念作深邃的考察，才是哲學本身」⑭。

　　黑格爾認爲，「這種哲學的概念，乃是**自我思維著的**理念（die sich denkende Idee），是進行認識的眞理（§ 236），是具有這樣一種意義的邏輯的東西，即，這種邏輯的東西是在具體內容中亦即在其實在性中得到了**驗證**的普遍性」。⑭這也就是說，哲學的概念（具體概念或理念）不是抽象的普遍性或抽象的同一性，而是與具體內容相結合的、把具體內容當作自己的實在性來體現自己的普遍性；不是僵死不動的眞理，而是不斷認識自己、思維自己，從而深化自己的眞理。這樣，哲學就可以說是從抽象進入具體、從表面現象進入自身的構成因素的一種圓圈式發展的合乎邏輯的過程或體系，而且它是「精神性的東西」。⑮這個發展過程，按照黑格爾的說法可以描述爲三種不同的「推論」（過程）：

　　第一個「推論」是以**邏輯的東西**作爲出發點，以**自然**爲中項，通過中項來聯結**精神**。整個「推論」都「**在理念之中**」，——都是理念自身的發展過程：在這裡，**自然**本質上只是一個過渡環節，一個「否定的環節」，「自在的理念」（「潛在的理念」），是必然性的階段；邏輯的概念是抽象的；只有在精神中，「概念的自由才作爲自己與自己的結合而被建立起來」⑮

　　第二個「推論」是「精神自身的觀點」，即以精神爲中項，它

「**預先假定著**自然，把自然同邏輯的東西結合起來」。在這裡，「精神**反思**於理念之中」，「科學（指哲學——引者）表現爲一種主觀的**認識**，這種認識的目的是自由，並且這種認識本身就是產生出自由的道路」⑮。

第三個「推論」是「哲學的理念」，它「以**自我認識著的理性**、絕對普遍性爲其**中項**」，也就是以邏輯的東西爲中項，此中項「分裂其自身爲**精神**與**自然**，使前者作爲理念的**主觀**活動過程而成爲前提（Voraussetzung，預先假定——引者），使後者作爲**自在的**、客觀存在著的理念過程而成爲普遍的一端。理念**自我判斷**（即**自我分化**——引者），爲兩個方面的現象（§575—576）（指自然與精神——引者），這種判斷把二者規定爲**它的**（自我認識著的理性的——引者）顯現⑬。這裡，黑格爾明確地把精神現象與自然現象看作是邏輯理念的「分裂」、「顯現」與應用：精神是理念體現於人的主觀認識的活動過程，沒有人的精神就沒有自我認識著的理性，——沒有邏輯理念，人的精神是邏輯的東西的「預先假定」或「前提」。自然是理念的潛在，是理念的客觀方面（精神是理念的主觀方面）；自然中本來潛伏著邏輯的理念，——潛伏著普遍性，就這個意義來說，自然也可以說是邏輯理念的「普遍的一端」。這樣，我們也就可以說，理念結合著如下兩個方面：一方面，「正是事情的本性，概念，推動著自身前進和發展」，一方面，「這個運動又同樣是認識的活動，永恒的自在自爲地存在著的理念永恒地作爲絕對精神而實現自身、產生自身和享受自身」。⑭這兩個方面的結合，實際上是說的本體論與認識論的結合：「理念」推動自身前進和發展的過程（本體論的內容）同「理念」自我認識的活動過程（認識論的內容）是一致的，二者都是永恒的。

黑格爾關於哲學是「理念」或「絕對精神」的三種「推論」

的學說表明，在他看來，哲學的對象——「絕對」乃是由邏輯概念、自然和人的精神三個環節構成的無所不包的統一整體，在這個整體中，三者互相聯系、互爲中介，其中每個環節都可作爲「中項」；也表明在他看來，「絕對」既自我前進發展著，也同時自我認識著，而這樣的過程作爲「絕對精神」又是永恒的、無止境的；還表明在他看來，哲學的認識就是要認識到邏輯概念、自然與人的精神三者結合爲一體的「絕對精神」，而當人的精神達到哲學認識時，就與「絕對精神」合而爲一，從而也就達到人的精神的最高境界和最高形態。至此，黑格爾的精神哲學便告結束。⑮

註　釋

① 《黑格爾著作》理論版，第 10 卷，第 366 頁。
②③ 同上書，第 10 卷，第 366 頁。
④ 同上書。參閱《小邏輯》第 37 頁。
⑤ 《黑格爾著作》理論版，第 10 卷，第 366—367 頁。
⑥ 黑格爾：《美學》第 1 卷，第 129 頁。
⑦ 《黑格爾著作》理論版，第 10 卷，第 367 頁。
⑧ 黑格爾：《美學》第 1 卷，第 129 頁。
⑨⑩ 《黑格爾著作》理論版，第 10 卷，第 367 頁。
⑪⑫ 同上書，第 368 頁。
⑬ 黑格爾：《美學》第 1 卷，第 52—57 頁。
⑭ 《黑格爾著作》理論版，第 10 卷，第 367 頁。
⑮ 同上書，第 369 頁。
⑯ 同上書，第 369—370 頁。
⑰ 黑格爾：《美學》第 1 卷，第 95 頁。
⑱ 《黑格爾著作》理論版，第 10 卷，第 369 頁。
⑲ 黑格爾：《美學》第 1 卷，第 97 頁。
⑳㉑ 《黑格爾著作》理論版，第 13 卷，第 110 頁。參閱《美學》，第 1 卷，

第 98 頁。

㉒ 同上書，第 109 頁。參閱《美學》第 1 卷，第 97 頁。

㉓ 《黑格爾著作》理論版，第 10 卷，第 370 頁。

㉔ 同上書，第 13 卷，第 113 頁。參閱《美學》，第 101 頁。

㉕ 參閱斯退士：《黑格爾哲學》，第 466 頁。

㉖ 《黑格爾著作》理論版，第 10 卷，第 370 頁。

㉗ 同上書，第 371 頁。

㉘ 同上書，第 371 頁。

㉙ 同上書，第 372 頁。

㉚ 伯爾尼時期的《德意志唯心主義的最初的體系綱領》：「沒有關於**國家**的理念，因爲國家是某種**機械的東西**。……只有**自由**的對象才叫做**理念**。所以我們必須超出國家！……所以它應該被**廢止**」（《黑格爾著作》理論版，第 1 卷，第 234—235 頁）。

㉛ 《黑格爾著作》理論版，第 16 卷，第 254 頁。

㉜ 同上書，第 277—278 頁。

㉝ 同上書，第 278 頁。

㉞㉟ 同上書，第 280 頁。

㊱ 同上書，第 282 頁。

㊲ 同上書，第 284 頁。參閱第 275 頁。

㊳ 同上書，第 272 頁。

㊴ 同上書，第 276 頁。

㊵ 同上書，第 267—268 頁。

㊶ 同上書，第 264 頁。

㊷ 同上書，第 265 頁。

㊸ 同上書，第 12 卷，第 389 頁。參閱《歷史哲學》，第 366 頁。

㊹ 同上書，第 16 卷，第 254 頁。

㊺ 同上書，第 254—255 頁。

㊻ 同上書，第 303 頁。

㊼ 同上書，第 255 頁。

㊽ 同上書，第 319 頁。

㊾ 同上書，第 319—320 頁。

㊿ 同上書，第 12 卷，第 166 頁。參閱《歷史哲學》，第 175 頁。

(51) 《黑格爾著作》理論版，第 16 卷，第 303 頁。
(52) 同上書，第 320 頁。
(53) 同上書，第 12 卷，第 152 頁。參閱《歷史哲學》，第 164 頁。
(54) 同上書，第 16 卷，第 330 頁。
(55) 同上書，第 12 卷，第 166 頁。參閱《歷史哲學》，第 175 頁。
(56) 同上書，第 16 卷，第 331 頁。
(57) 黑格爾：《歷史哲學》，第 165、181 頁。
(58)(59) 《黑格爾著作》理論版，第 16 卷，第 323 頁。
(60) 同上書，第 16 卷，第 328 頁。
(61)(62) 同上書，第 12 卷，第 143 頁。參閱《歷史哲學》，第 157 頁。
(63) 同上書，第 16 卷，第 166 頁。
(64) 同上書，第 16 卷，第 331 頁。
(65) 同上書，第 16 卷，第 337 頁。
(66) 同上書，第 12 卷，第 174 頁。
(67) 同上書，第 12 卷，第 186 頁。參閱《歷史哲學》，第 191 頁。
(68) 同上書，第 16 卷，第 340 頁。
(69) 同上書，第 341 頁。
(70) 同上書，第 344 頁。
(71)(72) 同上書，第 12 卷，第 181 頁。
(73) 同上書，第 12 卷，第 186 頁。
(74) 黑格爾：《歷史哲學》，第 190、193 頁。
(75) 《黑格爾著作》理論版，第 16 卷，第 376 頁。
(76) 同上書，第 16 卷，第 374 頁。
(77) 同上書，第 16 卷，第 374 頁。
(78) 同上書，第 16 卷，第 376 頁。
(79) 同上書，第 16 卷，第 376、377 頁。
(80) 同上書，第 385 頁。
(81) 同上書，第 378 頁。
(82) 同上書，第 16 卷，第 391 頁。
(83)(85) 同上書，第 375 頁。
(84) 同上書，第 391 頁。
(86) 同上書，第 12 卷，第 211 頁。參閱《歷史哲學》，第 212 頁。

⑧　同上書，第 16 卷，第 255 頁。

⑧　同上書，第 16 卷，第 255 頁。

⑧　同上書，第 17 卷，第 9 頁。

⑨　同上書，第 17 卷，第 45 頁。

⑨　同上書，第 17 卷，第 47 頁。

⑨　同上書，第 12 卷，第 241 頁。參閱《歷史哲學》，第 239 頁。

⑨　同上書，第 17 卷，第 46—47 頁。

⑨　同上書，第 17 卷，第 47 頁。

⑨⑨　同上書，第 12 卷，第 294 頁。參閱《歷史哲學》，第 284 頁。

⑨　同上書，第 17 卷，第 102、103 頁；第 12 卷，第 299—300 頁。

⑨　同上書，第 17 卷，第 304 頁。參閱《歷史哲學》，第 293 頁。

⑨　黑格爾：《歷史哲學》，第 294—295 頁。

⑩　《黑格爾著作》理論版，第 17 卷，第 163 頁。

⑩　同上書，第 12 卷，第 355 頁。參閱第 17 卷，第 166 頁和《歷史哲學》，第 337 頁。

⑩　同上書，第 12 卷，第 354 頁。參閱《歷史哲學》，第 336—337 頁。

⑩　同上書，第 12 卷，第 339 頁。參閱《歷史哲學》，第 323 頁。

⑩　同上書，第 12 卷，第 392 頁。參閱《歷史哲學》，第 369 頁。

⑩　黑格爾：《哲學史講演錄》第 1 卷，第 72 頁。

⑩⑩　《黑格爾著作》理論版，第 17 卷，第 188 頁。

⑩　"Die geoffenbarte Religion"，一般譯作「啟示宗教」，這裡譯作「已被啟示的宗教」，是為了區別於第一個標題「Die offenbare Religion」。

⑩　《黑格爾著作》理論版，第 17 卷，第 194 頁。

⑩　同上書，第 17 卷，第 196 頁。

⑪　同上書，第 17 卷，第 203 頁。

⑪　同上書，第 10 卷，第 372—373 頁。

⑪　同上書，第 10 卷，第 373 頁。

⑪　黑格爾：《小邏輯》，第 291 頁。

⑪　黑格爾：《哲學史講演錄》第 2 卷，第 225 頁。

⑪　同上書，第 224 頁。

⑪　亞里士多德：《形而上學》，商務印書館 1959 年版，第 4、5 頁。

⑪　黑格爾：《哲學史講演錄》第 2 卷，第 225 頁。

⑪⑨　黑格爾：《小邏輯》，第 291 頁。

⑫⑩　《黑格爾著作》理論版，第 10 卷，第 373 頁。

⑫①　同上書，第 14 卷，第 115 頁。

⑫②　同上書，第 10 卷，第 374 頁。

⑫③　參閱拙著《黑格爾〈小邏輯〉繹注》附錄。

⑫④　《黑格爾著作》理論版，第 10 卷，第 374—375 頁。

⑫⑤　同上書，第 375 頁。

⑫⑥　關於「因果性的反思規定中的實體性力量」。參閱《小邏輯》，第 312—318 頁，及拙著《黑格爾〈小邏輯〉繹注》，第 385—393 頁。

⑫⑦⑫⑧　《黑格爾著作》理論版，第 10 卷，第 375 頁。

⑫⑨⑬⓪　同上書，第 10 卷，第 376—377 頁。

⑬①　同上書，第 10 卷，第 378 頁。

⑬②　同上書，第 13 卷，第 139 頁。參閱《美學》第 1 卷，第 129 頁。

⑬③　黑格爾：《美學》第 1 卷，第 131 頁。

⑬④　《黑格爾著作》理論版，第 13 卷，第 142—143 頁。參閱《美學》第 1 卷，第 132 頁。

⑬⑤　黑格爾：《美學》第 1 卷，第 132 頁。

⑬⑥　《黑格爾著作》理論版，第 13 卷，第 143 頁。參閱《美學》，第 1 卷，第 133 頁。

⑬⑦　同上書，第 13 卷，第 143—144 頁。參閱《美學》第 1 卷，第 133 頁。

⑬⑧　同上書，第 10 卷，第 378 頁。

⑬⑨　同上書，第 10 卷，第 378—379 頁。

⑭⓪　同上書，第 379 頁。

⑭①　《黑格爾全集》拉松本，萊比錫 1931 年版，第 20 卷，第 272 頁。

⑭②　同上書，第 20 卷，第 272 頁。並參閱同書，第 19 卷，第 115 頁。

⑭③⑭④　《黑格爾著作》理論版，第 10 卷，第 380 頁。

⑭⑤　同上書，第 10 卷，第 381 頁。

⑭⑥　同上書，第 10 卷，第 389—391 頁。

⑭⑦　同上書，第 10 卷，第 392 頁。

⑭⑧⑭⑨⑮⓪　同上書，第 10 卷，第 393 頁。

⑮①　同上書，第 10 卷，第 393—394 頁。

⑮②　同上書，第 10 卷，第 394 頁。

㊙㊙ 同上書，第 10 卷，第 394 頁。

㊙ 《哲學全書》的最後引了亞里士多德《形而上學》第 12 卷第 7 章中的
一段希臘原文（10726 18—30）作爲結束，這段話在《黑格爾著作》
理論版第 10 卷第 395 頁的脚注中附有德文譯文，中文譯文見亞里士多
德著《形而上學》，商務印書館 1959 年版，第 248 頁。這段話的基本思
想，黑格爾在《哲學史講演錄》中作了概括和説明（《哲學史講演錄》，
三聯書店，1957 年版，第 2 卷，第 299 頁）。黑格爾在這裡強調亞里士
多德哲學的主要環節是思維與思維的對象的同一，強調亞里士多德哲
學看到了思辨的重要意義，強調了亞里士多德哲學中關於神是永恒的
思維自身，是永恒的生命的思想。

第八章　精神哲學與人

一

　　精神哲學是關於人的哲學：「只有人是精神」。①「人的本質是精神」。②「人**是**理性，是精神」③。

　　什麼是精神？

　　黑格爾認爲，精神就是主客的對立統一，反之，僅僅處於對立地位的主客關係，還不是精神：「精神」「不應被理解爲僅僅由各種本質上是個別物的東西構成的一切個體之共同性或外在的全體，而是滲透於一切事物的東西……。它作爲普遍的東西，以自身爲對象，因而作爲特殊的東西，規定著個體；但作爲普遍的東西，統攝著它的他物，使它的他物和它自身結合爲一。……精神是被理解者與理解者的統一性。」所以精神也可以說就是「一精神性的實體性的統一性」④。「精神的東西是自然的東西與精神的東西絕對統一，這種統一使得自然的東西只不過是由精神設定起來的東西，是由精神來維持的東西」。⑤這就是說，精神中的客體或自然物對於精神主體來說不是異己的、對立的東西。在黑格爾

看來，精神作爲精神必然已經歷了和克服了這種異化和對立，所以他又說：「精神的本性在於通過否定之否定，從它的他物中，從對他物的克服中，來到自身。精神產生出它自身：精神經歷了它自身的異化」。⑥「精神是自我認識的主體性」。⑦

精神由於克服了他物的異己性、外在性，它就使他物爲精神主體自身所佔有，他物不再是從外面限制自身的東西，所以精神的特點在黑格爾看來也可以說就是**自由**：「自由正是在他物中即是在自己本身中、自己依賴自己、自己是自己的決定者」。⑧「只有精神，它才作爲在自身中的自由，是通過自身而存在的，是設定自身的東西。這包含著否定的環節」。⑨「精神的實體、本質，是自由。……精神是**依靠自身的存在**（Bei-sich-selbst-sein），這也就是自由」。⑩

人的意識和認識是一個由低級到高級的漫長的發展過程。在黑格爾看來，人的精神本質，或者說得具體些，人的主客統一和自由的本質，並不是在意識和認識的任何一個低級階段就可以達到和實現的：

一般地說，人必須達到**自我意識**，才談得上主客統一和自由。在自我意識中，意識的對象即是自我本身，客體即是主體本身，所以自我意識是主客的對立統一，也是自由。從本書第一章可以看到，黑格爾的「主觀精神」在達到「自我意識」階段以前，曾經走過了一條很長的道路，這條道路可以說就是向「自我意識」的目標前進的過程。動物沒有自我意識，只有人才能說出一個**我**字；但是人的意識發展的最初階段是和禽獸處於同一水平的，人的意識向自我意識發展就是逐步與禽獸、與自然分離，使人區別於一般的自然物，而當其能說出一個**我**字時，他就不是禽獸，不是一般的自然物，而是具有精神本質的人：「人能超出他的自然

存在，即由於作爲一個有自我意識的存在，區別於外部自然界。……就人作爲精神來說，他不是一個自然存在」。⑪從這個意義來看，精神又可說就是自我意識。所以黑格爾又說：「精神的這種依靠自己的存在（Dieses Bei-sichselbstsein des Geistes）就是自我意識，即對於自身的意識」。⑫

　　但「自我意識」，或者說人的精神本質──自由，也有一個不斷完善的過程。所以黑格爾的精神哲學在進入「自我意識」階段以後，又描述了一條很長很長的道路，這條道路比進入「自我意識」階段以前更爲複雜，更爲曲折。這條道路不僅包括「主觀精神」而且包括「客觀精神」和「絕對精神」。不過只有到了「絕對精神」，特別是它的最後階段──哲學，才是最完善的自我意識，是最後的主客統一，也是人的精神本質──自由的最高峰，從而也是人的最後目的之實現。

　　我們平常說，人的認識有低級的感性認識和高級的理性認識。在黑格爾看來，人的精神的本質在理性認識而不在感性認識。不過，黑格爾把人的認識過程分得更爲細緻，他認爲精神的本質在於他所說的「思想」（das Denken，思維）「禽獸也賦有靈魂，而**思維**才使靈魂成爲精神」。⑬這就是說，思想是精神之成爲精神的關鍵，是人之不同於禽獸之所在。在黑格爾看來，我們的精神不滿足於只把自己作爲感覺直觀、想像、意志來看待，而要求把自己作爲**思想**來看待，思想不同於感覺、直觀、想像、意志等，而精神只有在思想中，才能得到最高的內在的滿足。所以精神的「最深的意義」不是感覺、直觀等等，而是思想，精神只有作爲思想才可以說是**回到它的自己本身**」。「精神的原則、它的眞純的自身是思想」。⑭

　　《哲學全書》的「主觀精神」部分在「自我意識」階段之後

對「思想」階段作了專門的論述。「思想」是「自我意識」的進一步發展，其特點就在於它充分地表現了主客的對立統一和自由：思維著的主體或者說，思維著的自我，其產物是普遍性，即事物的實質和核心，而這個實質和核心在黑格爾看來就是思想、概念，所以在思維中，思維著的主體和被思維的客體是完全同一的。由於主客的這種同一性，——由於主體通過思維（不是通過單純的感覺、欲望、表象等等）而把握了事物的實質和核心，人才獲得自由。「當我思維時，我放棄我的主觀的特殊性，我深入於事情之中，讓思維自為地作主」，這樣，人就有了自由。⑮「在思維內即直接包含**自由**，因為思想是有普遍性的活動……。所以從內容來說，只有思維深入於事物的**實質**，方能算得真思想；就形式來說，思維不是主體的私有**特殊**狀態或行動，而是**擺脫了一切特殊性**、任何特質、情況等等抽象的自我意識，並且只是讓普遍的東西在活動，在這種活動裡，思維只是和一切個體相同一。在這種情形下，我們至少可以說哲學是擺脫掉驕傲了。——所以亞里士多德要求思想須保持一種**高貴**態度時，他所說的高貴性應即在於擺脫一切**特殊的**意見和揣測而讓事物的**實質**當權。」⑯反之，如果通過感覺、表象、欲望、衝動等等把握事物，則不能把握事物的實質和核心，事物仍然是「外在於我的他物」，仍然是限制我的對立面，我也就不能說是自由的。⑰所以，黑格爾關於思想是主客對立統一和自由的學說，儘管是唯心主義的（就他把事物的實質和核心看成是思想、概念而言），但他實際上是告訴我們，人只有去掉個人主觀之見，深入事物內部，把握其實質，才有可能得到自由。黑格爾的這個觀點是正確的。黑格爾說：「思想與衝動不同」：衝動是「依賴於外在的他物，不是自由；思想是深入於事情之中」，思想掌握了事物，所以是自由。⑱黑格爾這段話的意思，如

果可以借用一句中國話來說，就是，去人欲，存天理，即可得到自由。不過黑格爾不是一個主張完全抛棄人欲的哲學家，他所主張的是「**揚棄**」「人欲」，提高到用思維把握「天理」的境地，即可自由。由此可見，黑格爾所謂人的本質是精神，精神的本質是自由，其實也可以歸結爲一句話，即人的本質是思想。沒有思想，就談不上精神，談不上自由，也就談不上人之爲人的特點：「**人的規定**是思維著的理性：思維一般是他的單純**規定性**，他由於這種規定性而與禽獸相區別。……人本身就是思維，他是作爲思維而具體存在著的 (er ist da als denkend)」。⑲「禽獸沒有思想，只有人才思想，所以也只有人才有自由，就因爲他是有思想的」。⑳「人在自己的精神中具有著作爲完全絕對的東西的自由，自由意志是人的概念。自由正是思維本身；誰抛開思維而談自由，就不知道他所說的是什麼。思維與自身的統一性就是自由，即自由意志。……意志只有作爲思維的意志才是自由的」。㉑

當然，如果把思想活動理解爲脫離實踐活動的東西，那就仍然得不到自由。對於這一點，黑格爾有深刻的理解。正因爲如此，《哲學全書》的「主觀精神」部分在講了「理論的精神」中的「思想」階段之後，接著就講「實踐的精神」他強調指出，只有把「理論」與「實踐」結合起來，才能達到「自由的精神」。「自由的精神」是「思想」的自我深入和自我發展。

但「自由的精神」只是「主觀精神」即個人意識的最高峰，還不是人的自由本質的最後實現。只有超出「主觀精神」，超出個人意識的範圍，到「客觀精神」中，到社會中，才能進一步實現人的精神本質或自由本質。

「客觀精神」的三個領域，每一個都是一種特殊的「法」，都是自由在一種特殊形式下的體現：「抽象法」領域體現著抽象的

自由，這個領域中的人是法權意義下的人，德文原文是 Person，人之所以成爲這樣意義下的人，在於他有佔有物的權利，即佔有財產，此種權利是「自由意志的定在」，無此權利就談不上人的自由，因而也不成其爲 Person。但是在「抽象法」領域中，人的自由意志由於體現於**物**之中，因此就有可能受到強制，所以這個階段的自由是有侷限性的。到了「道德」領域，人的自由意志則體現於個人直接的意志之中，人所意願的對象不單純是物，而且意願著自身，所以道德意志是自己決定自己，其本身是無法加以強制的，這裡的自由比起「抽象法」領域中的自由來有一個「更高的基地」。道德意志使人不僅僅是「抽象法」領域中的**人**（Person），而且使人成爲**主體**（Subjekt）。但是「道德」領域只體現著主觀的自由，是「自由意志」的內部狀態，只有「倫理」領域特別是其最高階段「國家」，才是內與外、主體與客體的統一，才能更充分地實現人的自由，實現人的精神本質。

在黑格爾看來，社會仍然是有限之物，人如果僅僅停留在「客觀精神」的領域，自由還是有侷限性的，必須突破「客觀精神」，進入「絕對精神」的領域，以無限之物爲自己的對象，這才能最充分、最完滿地實現人的精神本質和自由本質。

人在「絕對精神」領域中，也有一個認識和發展的過程，這就是藝術、宗教、哲學三階段。藝術是通過直接的感官的知識把握「絕對精神」的形式；宗教是通過表象的意識把握「絕對精神」的形式；哲學是通過自由的思維把握「絕對精神」的形式。《耶拿現實哲學》說：「藝術雖然把世界作爲精神的東西產生出來」，但由於只是通過直觀，而「直觀是直接性，它是沒有被中介的」，「這種因素（指直觀——引者）是不適合於精神的」，所以，「藝術只是把它的形態賦予一種有限的精神。」「這種有限性的中介，直觀，

不能把握無限的東西。這只是想像的無限性（gemeinte Unendli-chkeit）。……美勿寧是掩蓋眞理的面紗」。㉒

藝術的「眞理」是宗教，宗教是「把藝術世界提升爲絕對精神的統一性」。「在宗教中，精神自身作爲絕對的普遍物而成爲自己的對象」，而「絕對宗教就是這樣一種認識，即認識到**上帝是自我認識的精神的深處。因此上帝就是一切東西的自我。……他就是具有普遍的時空的定在的人（Mensch）。……神聖的本性不是別的，而就是人性的」**。㉓簡言之，在「絕對宗教」中，人與神相統一，與絕對相統一，而這一點是藝術階段所達不到的。不過黑格爾在《歷史哲學》中強調指出，對人與神的統一不可作表面的膚淺的理解，「似乎上帝只不過是人，人也就是上帝。相反，人只是就這樣的意義來說才是上帝，即人要揚棄他的精神的自然性和有限性並把自己提升爲上帝」。㉔黑格爾一貫強調人的雙重性：一是自然的方面、私欲的方面、個人主觀的方面，一是精神的方面、普遍神聖的方面、本質的方面。1805—1806 年《耶拿現實哲學》：「人生活在兩個世界中：在一個世界中人具有**他的現實性**（Wirklichkeit，實在性），**這方面是要消逝的**，這也就是他的自然性、他的捨己性、他的暫時性，在另一個世界中人具有他的絕對長住性，他認識到自己是絕對的本質」。㉕《歷史哲學》：「人，如果獨立自爲地來考慮，是有限的，但他在自己本身中却又同時是上帝的肖像和無限性的源泉；他是他自己本身的目的，他在他自己本身中有無限的價值，他有達到永恒性的使命。因此他自己的故園是在一個超感官的世界中，在一個無限的內在性中，而這個內在性，他只有通過與自然的定在和意志相分離才能獲得，只有靠他在自身之內通過勞動打破這種自然的定在和意志才能獲得。而這就是宗教的自我意識。㉖黑格爾在這裡告訴我們，人的

價值不在其自然性，——「自然的定在和意志」，而在其普遍的、內在的、永恒的方面，而人的這一方面就是他自身的價值之所在，人的使命就是達到這種永恒性。黑格爾在談到國家與教會的關係時也講到了人的這兩個方面。他斷言：在國家中，人具有他的現實性，在教會中，人具有他的本質，國家是他的現實性，教會是他的絕對長住性。㉗如果可以借用一句中國話來說，前一方面可以說是「人心之不同，各如其面」，這裡的「人心」就是指各個人的不同私欲、不同感覺等等；後一方面可以說是「人同此心，心同此理」。黑格爾認爲，絕對精神、絕對眞理只有一個，是唯一的，人心都有可能把握這同一個眞理。所以就人的精神方面、普遍神聖方面是人心所共同的而言，精神是唯一的：「普遍神聖的精神，——並非僅僅說它是無所不在的，——只是**唯一的**精神。它不應被理解爲僅僅由各種本質上是個別物的東西構成的一切個體之共同性或外在的全體，而是滲透於一切事物的東西，是它自身與其他物的映現的統一，是主觀的東西、特殊的東西的統一」。㉘黑格爾區分人的兩重性，其主旨仍在於強調人的自由的本質，他認爲人只有「揚棄」自己的前一方面，提升到後一方面，才能達到自由。《歷史哲學》：「凡領會了眞理，知道他自己是神聖理念的環節的人，他才同時被設定爲放棄他的自然性，因爲自然的東西是不自由的東西、無精神性的東西」。㉙這裡所說的「放棄他的自然性」和上引《歷史哲學》中的「揚棄他的精神的自然性和有限性」，兩句話都在同一個段落，這裡的「放棄」（aufgeben）並非簡單拋棄，實際上和上面說的「揚棄」（aufheben）是一個意思，因爲按照黑格爾的一貫的觀點，人的兩重性是相互統一在一起的，黑格爾並不主張人的自由本質排斥人的自然性，相反，他倒是認爲自由應包含人的自然性，但又超出自然性。這也就是他爲什麼在

1805—1806 年《耶拿現實哲學》中主張「國家與教會的綜合的結合」的緣故㉚。他說：「由於國家與教會兩者得不到調解，所以兩者都是不完全的。」㉛

　　宗教的侷限性是把人的兩重性或國家與教會兩方面的「調解」、結合，以表象的方式推到未來的彼岸世界，而哲學則把這種「調解」、結合加以**理解**，加以**現實化**。㉜這裡，黑格爾特別強調了哲學之不同於宗教的兩個特點：一是當前性：「在哲學中，自我就是對絕對精神的認識」，這種認識並非發生在彼岸，而就在當前。「**在這裡，自我認識**（erkennt）**絕對**」。二是中介性：在哲學中，「自我是個別物與普遍物的不可分離的結合」。「哲學的知識是重建直接性。它本身是中介的形式，**概念的形式**」。㉝所謂「重建直接性」，就是通過中介（間接性）而達到的更高的直接性，也就是個別物與普遍物，客體與主體的對立統一。這樣，哲學的認識就能使人的精神由直接到間接又回到直接，從而達到囊括整個宇宙的境地。它（指精神——引者）是它的（指意識的——引者）**穩定的藝術品**、**存在著的宇宙**和**世界歷史**。哲學外化其自身，又回到自己的開端，回到直接的意識，而此直接的意識同樣也是分離了的東西。因此，它（指整個世個——引者）就是人一般；人的問題是如何，世界就是如何，世界是如何，人就是如何」。㉞這就是說，人對「絕對精神」的**哲學認識**使人的精神同整個世界合而爲一，使人的精神成爲「**存在著的宇宙**和**世界歷史**」，所以，人對「絕對精神」的**哲學認識**是人的精神本質和自由本質的最高最後的實現，也是人的最高最後目的的實現；但是，人要實現這一最後目的，要成爲眞正的人，必須經過整個《精神哲學》所描述的從最低級的直接意識起直至哲學認識爲止的全部漫長曲折的艱苦歷程，換言之，這一漫長曲折的艱苦歷程，也就是黑格爾所理

想的眞正的人的成長史；這樣看來，人的精神本質也可以說是人的意識的創造性發展的產物，是意識的一以貫之的、「穩定的藝術品」。

黑格爾關於人的學說有很多深刻的東西，對我們也很有啓發。㈠人都有其獨立自主的方面，也就是西方哲學史上一般所說的「自由意志」。這個方面的含義比單純的實踐或能動的改造作用要廣泛得多，它既包含這一層意義，又不止於此，它還包含自我意識、自我選擇、個性的發揮、自由自主等等含義。黑格爾所說的「主體性」頗足以表達這方面的內涵。㉟這是人之爲人的一個特點，動物沒有這個特點。我們應該承認人有這個特點。反之，如果認爲人的一切都是由客體決定的，都是自然性的，那爲什麼還要求一個人對他的行爲負責呢？「人本質上是精神；但精神並不是以直接的方式而存在的，反之，它本質上是要成爲自爲的（即自覺的——引者）、自由的、與自然相對立的，是要從沉浸在自然的狀態中超脫出來，**使自己與自然分離**……。人的狀態就是可以歸咎的狀態（der Zustand der Zurechnung），就是對自己的行爲有負責能力的狀態（der Zustand der Zurechnungsfä higkeit）。犯罪一般說就是可以**歸咎於他**。人們慣於把犯罪理解爲作惡，這是從惡的方面來瞭解這個詞。但犯罪在一般意義下也就是意謂著某人有可以歸咎之處，意謂著其行動出自他的認識和意志」㊱。所以，要求對個人行爲負責，這本身就是對人的「自由意志」或「主體性」的承認。黑格爾關於人的學說著重告訴我們，否認人的「自由意志」或「主體性」，就是否認人的獨特的意義和價值。但是黑格爾學說的深刻之處還不止於此，這是許多西方哲學家特別是許多近代哲學家所都承認的。㈡黑格爾的獨到之處在於：他不僅看了人的二重性即自然的方面與精神的方面，而且他要求把

二者統一起來，認為人的精神本質和自由本質不是要簡單拋棄自然的方面，而是既包含又超出自然的方面，只有這樣，人的使命才有永恒的價值。黑格爾在這裡教導了我們人生的意義和價值不在於做滅絕自然性、逃避現實的禁欲主義者，而在於把自己從自然性中提升到精神性。㈢與此相聯繫，黑格爾還斷言，精神出於自然而又「多於」自然、「高於」自然。這是貫穿在黑格爾整個哲學體系中的一個基本思想，也是他在他的各種著作中多次明確提到的。這個基本思想告訴我們，人的精神本質和自由本質既不是脫離自然的，又不等於自然事物的總和，這裡的「多於」和「高於」不是指量的差別，而是指精神在自然的基礎上有其獨創性，就像一支樂曲不等於它所包括的全部音符的總和一樣。如果沒有這一點「多於」或「高於」之處，哪裡還會有人的「自由意志」或「主體性」呢？人的「自由意志」或「主體性」的發展過程可以說是一個不斷「多於」或「高於」自然的過程，也是一個不斷「多於」或「高於」客體的過程，但這一點「多於」或「高於」之處又不是在自然、客體之外的另一抽象實體，它是黑格爾所說的意識的「藝術品」，即在自然、客體基礎上的創造性的產物。不承認人的精神具有這種「多於」或「高於」的特點，就不能真正理解人的自由的本質，當然也就不能懂得人生的真諦，不能重視人的獨特價值。而且每個人的自我都是一個中心，各有其不同的自然條件和客觀環境，因此，每個人在此基礎上形成的精神和自由意志都各有其特殊性。承認自由意志，必然也要承認各人有各人的個性。這樣看問題，並非唯心主義。黑格爾的唯心主義決不在於他認為精神出於自然而又「多於」或「高於」自然，不在於他承認人有「自由意志」，而在於他認為自然不能離開絕對的客觀的精神而獨存，認為自然和人都是「絕對精神」的體現。㈣黑

格爾的獨到之處還在於他反對把自由理解爲任性，把主體性理解爲脫離客體性，把個體理解爲脫離共性，他極力主張，自由與必然相結合才是眞正的自由，主體性與客體性相結合才是眞正的主體性，個性與共性相結合才是眞正的個性；並且這種結合是一個漫長曲折矛盾複雜的過程和體系，其中包含諸如實踐、勞動、法權、道德、家庭、社會、國家、藝術、宗敎、哲學等等一系列的環節或因素。這是黑格爾在西方哲學史上的一大貢獻。這就啓發了我們，人的自由本質，或者說，人生的意義和價值，不是一蹴即就地來實現的，而是在逐步擴大、逐步深化的過程中來實現的；不是脫離實踐、勞動、社會、國家以至哲學認識等等環節來實現的，而是在社會和國家中，在不斷的實踐和勞動中，在不斷的知識追求中來實現的。反過來說，脫離社會和國家，不勞動，不實踐，不追求知識，人就會失去自由的本質，失去人生的意義與價值；而且在人生的漫長歷程中，如果中途停頓於任何一點，都會使人生的意義與價值受到侷限，使自己的自由本質得不到進一步的發揮與實現。所以，一個眞正追求自由的人，應該是一個投身於社會和國家之中，通過實踐和知識的追求，不斷克服自己與客體的對立矛盾，以求最大限度地達到主客統一的人。當然，我們所說的眞正追求自由的人，他的追求過程應該是一個不斷努力以求符合客觀事物的發展及其規律的過程，更具體地說，是一個向著共產主義目標前進的過程，而不是客觀唯心主義者黑格爾所謂的個人精神與「絕對精神」合一的過程。同時，我們也不應該像黑格爾那樣爲了用一個「絕對」來涵蓋他的全部哲學體系，便過份強調所謂最眞實最完善的人，所謂自由的最後實現和最充分的實現，我們認爲人只能是不斷完善，越來越完善，人的自由本質只能是不斷實現，越來越充分地實現。即使到了共產主義，人也

還有一個繼續不斷完善自己，繼續不斷實現自己的自由本質的過程，而決不可能有所謂最終的實現和最完善的境地。

二

黑格爾關於人的學說在西方哲學史上有其思想淵源。古希臘哲學是奴隸社會時期的哲學，是素樸的，尚未意識到思維與存在，自由與必然的對立，（儘管這種對立也包含在古代學者的科學對象中），極大多數古希臘哲學家所探討的問題從主要方面說是本體論的問題。把人作為具有自由意志的主體而與客體相對立、相關聯，這樣的問題是古希臘哲學家所不能提出的。只是從智者起，他們才從本體論的研究轉向人的研究，「人是萬物的尺度」這一著名命題，是近代人本主義的最早來源。蘇格拉底更是集中研究人的哲學家。智者、蘇格拉底以及以後的懷疑主義等派別，使古代哲學達到了自我意識的原則，從此，西方哲學史關於人的哲學研究，關於人的自由本質的認識，前進了一步。

中世紀哲學是封建社會時期的哲學，占統治地位的是基督教，基督教關於人神合一的教義中包含這樣一個原則，即在上帝面前，人人自由，人人平等，這個原則使人的自由不依賴於出身、地位等等外在的力量，說明西方哲學史上關於人的自由本質的認識又有所前進。但是上帝既然是統治一切的主宰，那麼人的自由意志也必然要受到壓抑，甚至被窒息；基督教教義關於人皆自由的原則，還遠非認自由為構成人之為人的本質的觀點。

只有到了自由資本主義時期的哲學——近代哲學，才把人逐步深入地理解為具有自由意志的主體，才越來越認識到人之為人

的特點在於他具有精神性，具有自由意志。近代哲學的特徵之一在於意識到主體與客體的對立，從而力求克服對立，達到統一，以期實現人的自由本質。

不過，近代哲學對人的自由本質的認識也有一個發展過程。文藝復興時期把人權從神權的束縛下解放出來，在一定程度上展示了人的自由本質。但十七——十八世紀的哲學又認爲人完全受制於自然界的因果必然性，甚至把人看成是一架機器，這樣，人的自由本質仍然沒有得到充分認識。十八世紀末十九世紀初，西方近代哲學發展到了自己的最高階段，這個時期的德國唯心主義哲學家們在不同程度上，以不同方式，運用辯證的方法總結了前人的思想，創立了以康德、費希特、謝林、黑格爾爲代表的德國古典唯心主義哲學，他們看到，十七——十八世紀機械的宇宙觀把人的精神完全置於自然界因果必然性的支配之下，個人的自由意志仍然被抹殺，於是他們置身學院，在抽象的哲學範圍內，站在唯心主義立場上，起而再一次爲維護人類精神的獨立自主性，爲闡發人的自由本質而鬥爭。這是西方近代哲學史上人權的第二次解放。如果說在「文藝復興」時期人權的第一次解放中，人爲了自己的獨立自主和自由本質而與神作鬥爭，那麼，在十八世紀末十九世紀初德國古典唯心主義哲學期間人權的第二次解放中，人則是爲了自己的獨立自主和自由本質，而不能不在繼續擺脫神學束縛的同時，著重同**機械的宇宙觀**作鬥爭。其實，德國古典唯心主義哲學特別是黑格爾哲學之所以富於辯證法思想，其最根本的最現實的目的也就在這裡。不理解德國古典唯心主義辯證法同論證精神的獨立自主和人的自由本質之間的內在聯繫，就不可能眞正把握住德國古典唯心主義辯證法的靈魂與實質。

康德、費希特、謝林、黑格爾，他們給哲學規定的任務是，

在思維、主體第一性的基礎上，力求使存在與思維、客體與主體統一起來。他們都一致認為，世界的本質是精神性的。精神、自我、主體、自由，在他們的哲學體系中都佔中心地位。但他們對這些概念的理解又各不相同。康德企圖從哲學理論上論證人的尊嚴與價值，他認為必然和經驗的王國是可知的領域，自由和道德的王國是不可知的領域。他主張道德和自由意志高於知識、經驗。他雖然企圖把情感當作連接知識和意志之間的橋樑，但那畢竟只是一種拼合，沒有做到真正的統一。這樣，康德就為了維護人的精神的獨立自由而把自由與必然割裂了開來。費希特受康德的影響，認為因果必然性只是現象，自我不是必然性的奴僕而是獨立自由的主體。他為了更徹底地伸張人的獨立自主性，便取消了康德的物自體，認為世界上的一切皆自我所創造，而此自我不是個人之我，而是普遍的我，是道德的自由的我。世界上的一切事物不是按因果必然性聯繫起來的，而是趨向於此道德之自我，為完成此道德之自我的目的而存在的。謝林從費希特哲學出發，創立了自己的同一哲學。他認為自然與精神，客體和主體表面相反，實則同一，都是同一個「絕對」的發展過程中的不同階段。謝林繼承費希特，主張變化發展的觀點，並且他也用目的論的發展觀代替十七——十八世紀的機械觀，但謝林認為自我意識發展的最高階段是藝術而不是費希特所說的道德：藝術境界是必然中的自由，不受道德與知識的約束，只有藝術的直觀或理智的直觀，才能把握活生生的、精神性的「絕對同一」。

　　黑格爾所處的時代在法國大革命之後和德國資產階級革命的前夕，社會動盪，人心思變；就思想界來說，十七——十八世紀的機械觀仍未根本打破。黑格爾把西方近代歷史時期歸結為主體與客體、理想與現實、自由與必然、個人與社會、無限與有限、

統一性與多樣性分裂對立的時代。這些分裂、對立的病態用黑格爾的語言來說，就叫做人的「異化」。在異化狀態中，人的自由本質得不到充分實現。要醫治這種病態，只有揚棄異化，達到對立面的統一。黑格爾認為，在他所處的十八世紀末十九世紀初的這一時期的特點就是，揚棄異化、調解對立面的趨勢已經到來。問題是如何從哲學上對這種現象加以說明，所以他在早期著作中就已經明確規定哲學的中心任務是揚棄分裂，達到統一。在他看來，康德、費希特、謝林已經開始了這項工作，但遠未能完成任務。

黑格爾認為，彼此分裂、對立的東西，都不是真實的，只有在統一中的東西才是真實的，不過這種統一不是脫離矛盾、對立的抽象統一，而是包含它們在內的統一，叫做具體統一或具體同一。另一方面，黑格爾作為一個客觀唯心主義者，又認為只有精神性的東西才具有統一性，單純物質性的東西，其本身不可能有統一性，因而也是不現實的，或者說，沒有真實的存在。脫離精神無真實性，和脫離統一無真實性，這兩條原則在黑格爾那裡是有機地結合在一起的。也就因為這個原故，黑格爾才認為精神的特點是對立面的統一，是自由。把人的精神本質和自由本質同對立面的統一性結合起來考察，這就避免了脫離必然而言自由，脫離社會整體而言個性，脫離客體性而言主體性，脫離人的自然方面而言精神方面的種種抽象論調。從這裡也就可以看到，對立統一之所以成為黑格爾全部辯證法的核心，是同他把精神哲學看做最高的學問，把論證人的自由本質看做哲學的最高目的分不開的。

關於人如何達到其最高的自由境界的問題，黑格爾既不同意康德的不可知論，也不同意謝林等神秘主義者所謂憑直觀可以一蹴即就地加以把握的觀點。他的精神哲學表明，「絕對」可以憑思

維加以認識，但又必須經過一條漫長曲折的道路，正是這條道路構成人的精神發展的體系。把人的自由本質的實現納入一個體系，把**自由**的概念同**體系**的概念結合在一起，這在西方哲學史上是一個前無古人的創見。

註　釋

① 《黑格爾著作》理論版，第12卷，第389頁。參閱《歷史哲學》第366頁。

② 同上書，第12卷，第397頁。參閱《歷史哲學》第373頁。

③ 同上書，第16卷，第263頁。

④ 同上書，第18卷，第93頁。

⑤ 《黑格爾全集》格洛克納本，第15卷，第218頁。

⑥ 同上書，第435頁。

⑦ 《黑格爾著作》理論版，第18卷，第126頁。參閱《哲學史講演錄》第1卷，第104頁。

⑧ 黑格爾：《小邏輯》，第83頁。

⑨ 《黑格爾全集》格洛克納本，第15卷，第451頁。

⑩ 同上書，第11卷，第44頁。參閱《歷史哲學》第55、56頁。

⑪ 黑格爾：《小邏輯》，第92頁。

⑫ 《黑格爾全集》格洛克納本，第11卷，第44頁。參閱第15卷，第82頁和《歷史哲學》第56頁。

⑬ 《黑格爾著作》理論版，第8卷，第25頁。參閱《小邏輯》，第13頁。

⑭ 同上書，第54—55頁。參閱《小邏輯》，第51頁。

⑮ 黑格爾：《小邏輯》，第83頁。

⑯⑰⑱ 同上書，第78—79頁。

⑲ 《黑格爾全集》格洛克納本，第4卷，第140頁。參閱《大邏輯》上卷，第118頁。

⑳ 《黑格爾著作》理論版，第12卷，第95頁。參閱《歷史哲學》第111頁。

㉑　同上書，第20卷，第307—308頁。參閱《哲學史講演錄》第4卷，第234頁。

㉒　《黑格爾全集》拉松本，萊比錫1931年版，第20卷，第265頁。

㉓　同上書，第266頁。

㉔　《黑格爾著作》理論版，第12卷，第392頁。參閱《歷史哲學》第369頁。

㉕　《黑格爾全集》拉松本，萊比錫1931年版，第20卷，第270頁。

㉖　《黑格爾著作》理論版，第12卷，第403頁。參閱《歷史哲學》第378—379頁。

㉗　《黑格爾全集》拉松本，萊比錫1931年版，第20卷，第270—271頁。

㉘　《黑格爾著作》理論版，第18卷，第93頁。參閱《哲學史講演錄》第1卷，第72頁。

㉙　同上書，第12卷，第392頁。參閱《歷史哲學》第369—373頁。

㉚　《黑格爾全集》拉松本，萊比錫1931年版，第20卷，第269頁。

㉛　同上書，第270頁。

㉜　同上書，第271—272頁。參閱第19卷，第115頁。

㉝　同上書，第272頁。

㉞　同上書，第273頁。

㉟　參閱本書第六章。

㊱　《黑格爾著作》理論版，第16卷，第264頁。

附錄一　西方哲學史上關於 如何把握對立統一的理論

　　這個題目不是從本體論的角度，而是從認識論的角度講對立面的統一，也就是講西方哲學史上關於如何認識對立面的統一的理論。

　　馬克思主義以前，西方哲學史上對於這個問題的解決，大體上有三種不同的方式：一是把統一性的認識推到不可知的彼岸世界，認爲認識根本不可能達到對立面的統一，這種理論，就是康德的不可知論。另一種方式是認爲對立面的統一固非理性思維所能達到，但可以通過神秘的直覺或體驗去把握，這種理論，就是以新柏拉圖主義爲主要代表的神秘主義。還有一種方式就是認爲多樣性的統一或對立面的統一既不在不可知的彼岸世界，也不需要通過什麼神秘的直覺去把握，它主張通過理性思維，通過概念就可以認識它（當然是在唯心主義的基礎上），這種理論可以用柏拉圖和黑格爾的客觀唯心主義作代表。

　　當然，哲學家的思想是很複雜的。有的人是以一種思想方式爲主，而又兼有他種方式，有的人甚至很難歸入其中任何一類。下面只舉一些典型的代表人物來談談。

　　柏拉圖（Plato，公元前 429—前 347）把世界分成爲「可見世界」與「可知世界」兩大部分。「可見世界」又分成「影像」與

「實際的東西」兩小部：「影像」是指「實際的東西」的「摹本，如「在水裏和光滑物體上反射出來的影子」；「實際的東西」是指「我們周圍的生物以及一切自然物和人造物。」柏拉圖把人對「影像」的認識叫做「想像」，對實際的東西的認識叫做「信念」。實際上此二者都屬感性認識的階段。

柏拉圖把「可知世界」也再分成兩小部：在第一個小部裡，人把「可見世界」中的「實際的東西」作為「影像」，「由假定出發進行研究，但不是由假定上升到原則，而是由假定下降到結論」，例如研究幾何學就要利用具有雜多性的感性的圖像，要假定各種圓形、三角形等為已知的、自明的東西，然後從這些假定出發，通過一系列的邏輯推論，進而達到一定的結論。柏拉圖把這種認識叫做「知性」，（又譯作「理智」）。可知世界的另一小部「指的是人的理性憑著辯證法的力量而認識到的那種東西」，即「理念」。柏拉圖說：「在這種認識活動中，人的理性不是把它的假設當作絕對的起點或第一原理，而是把這些假設直截了當地就當作假設，即是把它們當作暫時的起點，或者說當作跳板，以便可以從這個起點升到根本不是假設的某種東西，上升到絕對第一原理。」①在柏拉圖看來，「理性」就是指對「理念」的認識能力。

柏拉圖的「知性」和「理性」都屬理性認識的階段，但「理性」比「知性」高，「理性」比「知性」認識的東西更真實②。「知性」是科學的認識能力，「理性」是哲學的認識能力。「知性」是「推論的反思、反思的認識，這種認識作用從感性認識中構成普遍的規律，確定的類〔即概念〕。最高的認識是自在自為的思維，這種思維以最高的〔理念〕為對象」。③

不僅如此，「理性」高於「知性」之處還在於「理性」所認識的「理念」是對立面的統一。「思想中的辯證運動是和共相有關係

的，這種運動是理念的規定；理念是共相，不過是自己規定自己的、自身具體的共相。只有通過辯證的運動，這自身具體的共相才進入這樣一種包含對立、區別在內的思想裡。理念就是這些區別的統一」④。柏拉圖在《智者》、《菲利布》等《對話》中，都說出了這種「區別的統一」或「對立的統一」。例如存在和非存在，一和多，同和異，動和靜的統一。黑格爾指出：柏拉圖把對立面結合起來，看到「在同樣的觀點之下」或「在同一關係內」，此方即是對方，對方即是此方，乃是柏拉圖「積極辯證法」不同於智者「消極辯證法」的主要特點⑤。

　　柏拉圖把認識分成為四個等級，看到了最高的認識能力──「理性」──是以認識對立面的統一為目標，而「知性」則還做不到這一步。這個理論實開西方哲學史上「三分法」（即把知識分成為「感性」、「知性」和「理性」的分法）之先河。不過，柏拉圖還沒有明確指出「知性」階段有形式邏輯的思維和分析法以及多樣性的認識等含義。

　　柏拉圖關於「理性」可以把握對立統一的學說，是唯心主義的，也是理性主義的，而不是神秘主義的。黑格爾早已指出了這一點。平常說的柏拉圖的神秘主義，主要是指他的「靈魂不死」和「知識就是回憶」。黑格爾認為，柏拉圖所謂「靈魂不死」、「知識就是回憶」之說，帶有比喻和寓言的性質，柏拉圖「只是用傳說（神話）的形式」⑥表述他的一種哲學學說，柏拉圖「並不是像神學家那樣地認真去問，靈魂是否在誕生以前，即已存在，以及存在在什麼地方。」⑦他的學說的真正意思不過是「把靈魂的本質認作是共相」，共相──理念是「不會被分解和毀滅」的「單純之物」，它不同於那些「會遭受分解和毀滅」的「復合的東西」。⑧

　　新柏拉圖派比柏拉圖本人更不滿足於「知性」的推論式的知識，更加強調對於多樣性的統一和對立面的統一的把握；但他認為只有神秘的直覺才能把握這種統一，它把柏拉圖的思想完全發展成了神秘主義。

　　新柏拉圖派早期主要代表人物普羅提諾（Plotinus，204—269）明確主張最真實的東西是無限的統一的整體，他稱之爲「太一」或「上帝」。一切具有多樣性的存在，都以「太一」爲源泉；沒有統一性就沒有多樣性，多樣性以統一性爲前提。「一切存在的東西，包括第一性的存在，以及任何方式被說成存在的任何東西，其所以存在，都是靠它的統一。……複合的有體積的物體中間如果沒有統一就不能存在。如果把它們分割開，他們既然失去了統一，也就改變了它們的存在。同樣情形，植物和動物的身體都各自是一個單位，如果把它們打碎了，它們就從一變成了多，就破壞了他們所具有的本質，就不再是原來的東西，而變成別的東西了——這當然只是就它們仍然是單位而言」。⑨

　　我們如何把握最高的統一體——「太一」呢？由於「太一」本身沒有對立和差異，而是絕對的一，是超驗的一，因此，對「太一」不能像對待通常的認識對象那樣可以用言語概念來表述。「我們對於『太一』的理解與我們對其它認識對象的知識不同，並沒有理智（理智又譯作知性——引者）的性質，也沒有抽象思想性質，而具有高於理智的呈現的東西。因爲理智借概念而進行，概念則是一種屬於多的東西，靈魂陷入數目和多的時候，就失去『太一』了。靈魂必須越出理智，而不在任何地方從它的統一中湧出。」⑩不能借助概念把握「太一」，那就只能是通過神秘的直覺，普羅提諾把這種直覺叫做「出神」，也就是一種完全主觀的「心醉神迷的狀態」。只有在這種心理狀態中，人才與「太一」合而爲一，才

把握了絕對眞理。

　　普羅提諾的神秘主義不同於柏拉圖的理性主義之處在於：在柏拉圖那裡「太一」（「至善」）是理念世界中最高的理念，而普羅提諾則把「太一」提升到超出「理念」之上，超出一切理性思維可以認識的對象之上，從而把「太一」看成是只有神秘的心理狀態才能把握的東西⑪。

　　此外，在柏拉圖那裡，「知性」與「理性」的區別顯然還不能被規定爲：一個是對多樣性的認識，一個是對統一性的認識；而在新柏拉圖派普羅提諾的哲學思想裡，「知性」是指對有限的多樣性的東西（多）的認識能力，比「知性」更高的「出神狀態」則是指把握無限的統一性（一）的能力。普羅提諾力圖超出「知性」的有限範疇和多樣性的認識之外，而達到把握無限的目的，這是對柏拉圖認識論的發展。

　　不過，在新柏拉圖派中，眞正深刻地研究了一與多的辯證法的人，是古希臘羅馬最後的一個大哲學家普羅克洛（Proclus，410—485）。

　　普羅提諾把「太一」看成是超驗的，因此，他對於一與多的關係的認識，尚非辯證的。普羅克洛比普羅提諾前進了一大步。黑格爾指出：「他（指普羅克洛——引者）和柏羅丁（即普羅提諾——引者）却很不相同，因爲在他這裡新柏拉圖派哲學整個講來至少已經達到一個較系統的排列和較發展的形式。他的出色之點在於，他對柏拉圖的辯證法有了較深刻的研究」。⑫「通過辯證法他可以把一切區別導回到統一。普羅克洛對於一與多的辯證法曾大加發揮，特別是在他的著名的『神學要素論』裡。」⑬

　　普羅克洛明確地主張，整個世界就是從「太一」流出多樣性，再從多樣性復歸於「太一」的「三一式」的發展過程。他在《神

學原理》一書中開宗明義就論述了一和多的關係。他提出了六個命題：「一、每一個多都以某種方式分享著一。」「二、所有分享一的東西既是一又是非一。」⑭「三、所有變成一的東西之所以成爲一，是由於分享了一。」「四、一切被統一的東西都不是一本身。」「五、每一個多都後於一。」⑮「六、每一個多或者是由被統一的諸群所組成，或者是由諸單一體所組成。⑯這裡，普羅克洛談到了一先於多，多又分享著一，一與多既有差異性，又有同一性。總之，在他看來，「太一」是一個「三一體」，即一與多的統一體或有限與無限的統一體，這是最具體最眞實的東西。黑格爾認爲普羅克洛的這個思想是普羅提諾的思想的深化和發展：「普羅克洛比柏羅丁說得更爲明確，走得也更爲深遠。我們可以說，從這方面看來，在新柏拉圖派中，他具有最優秀的、最發展的思想」⑰。

　　儘管普羅克洛詳細論述了一與多的辯證關係，但他仍然繼承了普羅提諾關於超驗的「太一」只能被直觀的神秘主義思想。普羅克洛關於一多的辯證關係的論述，是很不全面的，他雖然肯定多分享一，多因一而存在，但他否定一享有多，否定一受多的影響。就前一方面言，他有「內在論」的思想，就後一方面言，他又有「超驗論」的思想。他在斷言「太一」不能被認識時，更多地強調「超驗論」的方面。

　　有意思的是普羅克洛關於存在物的認識理論。他主張「太一」超乎存在物之上，是不可認識的。但他主張存在物是可以認識的。他把關於存在物的知識分爲三個等級：第一種知識看到存在物是「感性的東西」，是把存在物當作「意見的對象」；第二種知識看到存在物既是存在，同時又是過程，是把存在物當作「推論式的理智的對象」，這是「科學知識」；第三種知識看到存在物是「眞

實的存在」，是把存在物當作「心智的對象」。⑱普羅克洛認為存在物越具有統一性，就越接近「太一」，也就越具有眞理性；反之，越缺少統一性，（反過來說，也就是越具有多樣性）就是距離「太一」越遠，也就是越沒有眞理性。「眞實的存在」是「最接近太一」的存在，是「太一」之下「具有最高統一性」的存在⑲，因此，它是第三種知識的對象。普羅克洛的第二種知識就是西方哲學史上一般所說的「知性」，第三種知識則相當於一般所說的「理性」。可以看到，普羅克洛比起柏拉圖和普羅提諾來，更加明確地提出了認識上的「三分法」，只不過他在三者之上又加上了一層對「太一」的直觀，這就成了神秘主義。

新柏拉圖派把最眞實的東西看成是最高的統一性，是對立面的統一，是具體眞理，而哲學的最高目標就是要把握這種眞理。這個思想，頗受黑格爾的讚揚。他甚至為新柏拉圖派的神秘主義作辯護⑳。

中世紀經院哲學的先驅約翰·司各脫·愛里更那（John Scotus Erigena，約810—877），是一個繼承新柏拉圖主義而又把它更多地發展成泛神論的神秘主義哲學家。

他在其名著《自然區分論》中，把自然劃分為四類：(1)「能創造而不被創造的東西」，(2)「被創造同時又能創造的東西」，(3)「被創造而不能創造的東西」，(4)「既不創造也不被創造的東西」，第一類是上帝，是一切的創造者；第二類是潛存於上帝之中的柏拉圖式的理念，上帝以理念為原型創造世界；第三類是時間與空間中的事物；第四類仍然是上帝，其不同於第一類之處只是第一類是就上帝之為萬物的創造者而言，第四類則是就上帝之為萬物的歸宿而言㉑。

愛里更那認為上帝就是最高的統一性，而時間空間中的萬事

萬物是多樣性的東西,「理念」則是統一性和多樣性之間的橋樑,它使統一性發展成為多樣性,復使多樣性回歸到統一性。愛里更那主張上帝與造物,統一性與多樣性,是一而二,二而一的東西,前者處於後者之中,是後者的始點、中點與終點,後者也處於前者之中,是前者的顯現與產物,兩者渾然一體。愛里更那的這種泛神論思想,使得他主要地成為一個「內在論者」,而不是一個「超驗論者」,這是他區別於新柏拉圖主義的地方。但他也有超驗論的思想成份,他認為上帝本身是單一不可分的整體,一切多樣性和對立都在其中融合了。

神秘主義者愛里更那斷言:最高的統一體(上帝)超出一切思想範疇之外,非言語所能形容,人只能在神秘的忘我精神狀態中才能直觀到這個統一體。誠然,愛里更那也承認,上帝或最高統一體可以在他的顯現中,在存在物或多樣性中得到某種程度的表述:例如在諸事物的存在中可以看到上帝的「存在」(上帝的存在是「聖父」);在諸事物的有秩序的分類安排中可以看到上帝的「智慧」(上帝的智慧是「聖子」);在諸事物的經常運動中可以看到上帝的「生命」(上帝的生命是「聖靈」)。但是,他認為這樣的表述、論斷也只能是象徵性的,是不恰當的。斷定上帝是此,就會遺忘了說他是彼,反之亦然,而上帝則是彼與此兩對立面的消融。愛里更那在這裡實際上是把我們對於對立面統一的認識作了神秘主義的解釋。

十二世紀到十四世紀,經院哲學內部興起了一股反神學的神秘主義思潮,其要旨是希望同上帝建立超「知性」的關係,認為不要推論式的知識,專靠神秘的冥想,即可達到與上帝同一,亦即達到把握最高統一性的目的。十四世紀日爾曼的神秘主義者艾克哈特大師(Meister Eckhart, 1260—1327)是此派最大的代表。

　　艾克哈特也把上帝看成是最高的統一性，上帝是世界的最初原因或基礎，它孕育著永恒的理念世界，正如藝術家心中孕育著藝術品一樣。就艾克哈特把理念世界與造物區分開來而言，他不能算作是泛神論者或內在論者；但就他主張理念是造物的原型，沒有理念世界就沒有上帝而言，他又可以說具有泛神論或內在論的思想，也正因為如此，他認為上帝即在萬物之中，最高統一性即在多樣性之中。

　　他認為靈魂的最高能力是**認識**，認識能力按排除多樣性的程度之高低而分為感性、理性和超理性三種，只有超理性的知識才算是與上帝同一。艾克哈特把最高的認識能力叫做「火花」，最高的認識能力不滿足於多樣性的認識，而要求越過多樣性和對立，達到沒有多樣性、沒有對立的所謂「寂靜的荒蕪之地」，亦即最高的統一性（上帝）。艾克哈特認為靈魂到達這一步才算獲得真正的知識。和艾克哈特同屬一派的蘇索甚至把真正的知識界說成「對於統一在同一主體中的兩個對立面的理解。」⑫

　　和新柏拉圖主義一樣，艾克哈特認為上帝是不可思議、不可言傳、不可規定的，所謂最高的認識並不是對上帝有所論斷、有所陳述，而是對它的一種沉思冥想。所以，這種認識實際上是神秘的信仰。儘管如此，艾克哈特認為，對統一性的認識程度越低，真理性就越少；對統一性的認識程度越高，真理性就越多。艾克哈特的這個思想包含著把認識看成是一個由多樣性上升到統一性的過程的思想因素，這是很有意義的。

　　庫薩的尼古拉（Nicolaus Cusanus, 1401—1464）是中世紀經院哲學到近代哲學的過渡時期的哲學家，他也從新柏拉圖主義出發走到了泛神論，當然，他的泛神論也還沒有達到上帝和世界完全合一的地步。

　　尼古拉在認識論方面的獨特之處，是他比前人更加明確地提了「三分法」，更加明確地把認識對立統一看成是最高的認識。他說：「人的靈魂有三部分，即「理性」、「知性」和「感性」，就像人的身體有頭、手和腳三部分一樣。「感性」只提供渾沌的模糊的映象；「知性」按照形式邏輯的同一律對事物進行分析，在分離和對立中思維；「理性」則能把握對立面的統一或一致，使對立面得到融解。但他對「理性」作了神秘主義的解釋。他斷言，最高的統一體只有靠神秘的直覺；即一種所謂「出神」狀態才能把握，他所謂「理性」就是指這種「出神」狀態，他把這種狀態叫做「有學識的無知狀態」，頗似艾克哈特的「火花」。他的神秘主義就是受艾克哈特的影響而來的。

　　十七世紀初最大的神秘主義者是德國的通神學者波墨（J. Boehme, 1575—1624）。他的特點是主張上帝（最高統一體）本身就包含有對立和矛盾，上帝不僅是善，而且也是惡，惡是上帝自我表現的必然階段；認識就是以這樣的最高統一體為對象。

　　波墨說：「當你窺見深處，窺見星星和地球時，你就是窺見上帝；你就在上帝之中，你生活於上帝之中；這同一個上帝也統治著你，你的感覺來源於同一個上帝，你是在上帝之中的造物，也是來於上帝的造物；否則，你就什麼也不是」㉓。「因此，我們決不能說上帝的本質是某種遙遠的東西，不能說他佔有任何特殊的地點，因為自然和造物的深淵就是上帝自身。」㉔但是，波墨並不滿足於一般的泛神論，他並不把惡簡單地看成是否定的東西，而是把它看成「絕對自存的東西」。波墨認為善和惡是潛在於上帝之內的彼此對立的可能性，但僅只是可能性，而非現實性，或者用波墨自己的術語來說，尚非「點燃了的東西」。可以看到，波墨的思想特點是他特別強調對立面潛在於最高的統一性之中。

更有意思的是，波墨認為上帝既然是對立面的統一，那麼，離開了對立面，就什麼也無法認識。「沒有對立面，任何事物都不能成為自我顯現的東西；因為如果一件事物沒有東西對抗自己，它就會繼續不斷地走向外面，而不再回復到自己。但是，如果它不再回復到自己，就像回復到自己的根源一樣，那它也就完全不認識它自己的最初存在。如果自然生命沒有對立面，沒有限制，那它就決不能追尋它的根基，而這樣一來，隱蔽的上帝對於自然生命來說就仍然是不可認識的。更進一步來說，如果生命中沒有對立面，那麼其中也就沒有感性，沒有意志，沒有效力，同時也沒有知性，沒有科學。……單獨的一個東西，不能認識這單獨一個東西之外的東西；即使它本身是善，它也既不認識惡，也不認識善，因為它自身中沒有東西能使其成為可認識的。」㉕

波墨主張最高統一體內部潛藏著對立矛盾，主張真理要通過對立面才能認識，這些思想是很出色的，是後來黑格爾「玄思哲學」的直接出發點。

康德是西方哲學史上不可知論的一個主要代表人物。

康德不僅明確地系統地闡述了認識論上的「三分法」，而且，按照黑格爾的說法，是「最初確定提出知性與理性的區別的人」。「他確定地指出，知性以有限的和有條件的事物為對象，而理性以無限的和無條件的事物為對象。」㉖康德雖然極力主張知識要以「自我意識的先驗統一」為前提，沒有「知性」的「綜合作用」或「統一作用」就不可能有知識，但他這裡所說的「統一」還不是對立面的統一或矛盾的統一。在康德看來，「知性」階段乃是形式邏輯的認識階段，在這個階段裡，人們的思維只需遵守形式邏輯的思維規律就足以夠矣。康德的偉大之處在於他看到了人的意識不滿足於「知性」的統一，而要求達到完全的最高的統一，這

種統一就是「理性」所要求的。

　　「理性」所追求的統一究竟是一種什麼樣的統一呢？康德關於「二律背反」的理論頗能回答這個問題。

　　康德認爲「知性」的範疇總是「非此即彼」的，只能應用於有限的、有條件的經驗事物即「現象世界」；而當「理性」超出經驗範圍，運用「知性」的範疇去規定超經驗的最高統一體時，則「彼」與「此」兩個正相反對的規定都可以成立，這就是自相矛盾，而這在康德看來，就證明最高統一體（「理念」）是不可認識的。儘管康德不承認矛盾是正常的，但康德關於「二律背反」的整個思想實無異於從消極方面宣佈了最高統一體是自相矛盾的，是亦此亦彼的東西。

　　康德看到了思維中矛盾的必然性與本質性，承認「理性」中出現矛盾是必然的，不可避免的。康德的這個思想對於破除他以前的舊玄學的形而上學方法來說，是一個很大的貢獻。舊玄學家萊布尼茨、沃爾夫等人都沒有看到思維過程中的辯證法，他們總是用一些片面的「知性範疇」去說明認識的對象，而排斥其反面，他們的觀點都是「非此即彼」的。康德看到這種觀點的片面性──「獨斷性」，他盡力證明，「非此即彼」的方法所得出的結論，總可以同樣必然地提出另外的結論予以否定：你說世界有限，我却可以說世界無限；你說世界無限，我又可以說世界有限。康德在列舉了四個「二律背反」之後說到：「於是發生了一種並非揣想的矛盾，這種矛盾按照通常獨斷論的途徑，是決不能調停的，……理性因而看到它自己被分裂爲二」㉗從這個角度來看，我們也可以說，康德實際上啓發了我們：世界不是片面的、「非此即彼」的，而是具有矛盾的，是對立的統一。事實上，黑格爾就受到了這個啓發。黑格爾在批評康德的不可知論時指出：「就康德

理性矛盾說之破除知性形而上學的獨斷，指引到思想的矛盾進展過程的方向而論，必須認作是哲學知識上一個很重要的貢獻。但同時亦須注意的，就是康德這裡僅停滯在物自身不可知的消極結果裡，而沒有更進一步達到對於理性矛盾之真正的積極意義的知識，理性矛盾的真實積極的意義乃在於認識凡一切真實之物都包含有相反的成份於其中。因此認識甚或把握一個對象，也就是要覺察到此對象為相反的成份之具體的統一。」㉘康德以前的舊玄學僅僅停留在「非此即彼」的「知性」認識階段，否認真實事物是矛盾的統一，否認思想認識是矛盾的統一；康德看到「理性」的認識階段中必然出現矛盾，但又否認真實事物是矛盾的統一，否認矛盾的統一的可知性；黑格爾則更進一步主張真實事物和思想認識都是有矛盾的，真實事物的矛盾統一不是不可知的，而是可以認識的。

　　康德之所以把對立統一推到不可知的「彼岸世界」，根本原因在於他脫離現象去追求本體，脫離有限的、相對的東西去追求無限的、絕對的東西，一句話，脫離多樣性去追求統一性。他不是把後者看成即在前者之中，而是把它看成在前者之外，這樣，康德所謂的最高統一體（靈魂、世界、上帝的「理念」）就很自然地成了超越於經驗之外的「彼岸世界」，而我們所能經驗得到的「此岸世界」，則只有對立、分離，只有「非此即彼」的多樣性。

　　和康德同時而稍晚的德國哲學家耶柯比（F. H. Jacobi, 1743—1819）是個神秘主義者，他的思想雖有和康德相同之處，但他主要是康德不可知論的反對者。

　　耶柯比的學說叫做「直接知識」說。他認為「知性」只能運用思想範疇進行認識，而思想、範疇本身是有限的、有條件的，靠思想、範疇進行認識，只能由甲推論到乙，由乙推論到丙，由

丙推論到丁，如此遞進，以至無窮，却永遠逃不出多樣性的有限事物的範圍。

耶柯比把這種靠推論得來的知識叫做「間接知識」。在耶柯比看來，最眞實的東西是活生生的統一的整體即上帝，「知性」雖然可以得到一些界限分明的、確定的知識，但它只能對最高的統一體進行割裂、支解，而不能把握上帝的本來面貌。上帝——無限的統一整體——只能憑「直接知識」去把握，這是耶柯比的「直接知識」說不同於康德不可知論的地方。所謂「直接知識」，就是指一個事實或一個眞理之直接顯現於意識之前，也就是一種個人主觀的體驗、靈感或啓示，耶柯比也稱之爲「信仰」，所以，耶柯比的學說又叫做「信仰哲學」。耶柯比說：「吾心存在著火光，但當我把它帶入知性之中的時候，這火光就會熄滅。究竟哪種照明是眞正的照明呢？是知性的照明嗎？它誠然可以展示很明確的固定的形象，但在這些形象背後還隱藏著一個深淵；是心的照明嗎？它誠然可以發出向上的希望之光，但它不能滿足確定的知識的需要。」㉙「知性的照明」，指「知性」的認識，它可以得到明確的、固定的知識，即「間接知識」，但不能把握其背後的「深淵」即上帝：「心的照明」指「直接知識」，它可以見到上帝，但得不到確定的知識。耶柯比這段話最明白不過地指出了「直接知識」與「間接知識」的對立。正是基於這個觀點，耶柯比稱他自己「在知性方面是異教徒，在精神方面是基督教徒。」㉚就是說：「知性」使他認識不到上帝，「精神」或「直接知識」使他相信上帝。

耶柯比的信仰不同於康德所說的信仰。在康德那裡，信仰是「理性」的「公設」，是企圖解決世界和幸福的矛盾的一種要求；在耶柯比那裡，信仰則是神秘的直覺，所以康德是理性主義者，而耶柯比則是神秘主義者。同時，耶柯比所說的信仰也不同於基

督教的信仰：基督教的信仰包括信仰教會的權威和教義等等在內；耶柯比的信仰則只是個人主觀的啓示。

黑格爾批評了耶柯比的「直接知識」說，認爲耶柯比的最主要的缺點是割裂了多樣性與統一性，割裂了間接知識與直接知識，斷定直接知識中無間接性，間接知識中無直接性，這是「非此即彼」的形而上學觀點。在黑格爾看來，統一性不僅不排斥多樣性，而且就在多樣性之中。因此「知識的直接性不惟不排斥間接性，而且兩者是這樣結合著的：即直接知識實際上乃是間接知識的產物和結果。」㉛例如學者專家，在他所專長的科學範圍內，總有些思想觀點或成果「毫不費力地直接呈現」在他心中，他把握了這些思想觀點的統一性，能從整體上把握它們，但這些「直接知識」都是「由於複雜異常間接思索步驟所得到的結果，」㉜亦即由於「知性」一步一步進行了推論式的多樣性的認識的結果。耶柯比所主張的「直接知識」，缺乏思想，缺乏「間接性」，因而也是空疏的、神秘主義的、主觀的和不可靠的。另一方面，思想也不像耶柯比所說的那樣只是單純地認識「間接性」，它並不是同「直接性」絕對對立的。黑格爾指出，當思想認識多樣性時，又能揚棄多樣性，認識統一性，亦即揚棄「間接知識」達到「直接知識」。思想，在黑格爾看來是「間接知識」與「直接知識」的矛盾統一過程，思想能認識多樣性與統一性的統一。

黑格爾是馬克思主義以前西方哲學史上集唯心主義之大成的哲學家。在關於多樣性統一的認識論方面，他既不同意康德的不可知論，而主張統一性是可以認識的，對統一性的認識即寓於對多樣性的認識之中；也不同意新柏拉圖主義的神秘主義的路線，而主張統一性憑思想、概念即可認識，不是靠神秘的直覺，他的認識論基本上是理性主義的。他在唯心主義基礎上最明確地肯定

了：人的理性認識的高級階段是把握多樣性的統一以至對立面的統一。

　　黑格爾不僅像過去的一些哲學家一樣，把理性認識分為「知性」與「理性」，而且第一次把「理性」細分為「消極理性」與「積積理性」。

　　黑格爾給「知性」下了最明確的定義，認為「知性」就是按形式邏輯的思想律進行分析和推論的活動：「知性的定律為同一律，為單純的自我相關」。「就思想之為**知性**言，堅執著固定的特性，和各特性間彼此的分別。知性式的思想將每一有限的抽象概念當作本身自存或存在的東西。」㉝「知性」對於自己的對象「持分離和抽象的態度」㉞，所以「知性」思維的結果，只能是分離的、抽象的、「非此即彼」的東西。「知性」的優點是使思想具有「堅定性和確定性，」㉟使我們「對每一思想」都能「加以充分確切的把握，而決不容許有絲毫空泛和不確定之處。」㊱「知性」是思維或理性認識中必經的一個階段，但「思想不僅是老停滯在知性的階段」。㊲黑格爾說：「理智（即知性——引者）並非究竟至極之物，而乃是相對有限之物，且理智的發揮，如果到了極點，必至轉向它的反面。……有生活閱歷的人，決不容許抽象的『非此即彼』的觀點之闌入，而保持其自身於具體世界之中。」㊳這就是說，「知性」只是思維的低級階段，認識必須進入辯證思維即所謂「理性」的階段，才能看到真實的具體的事物不是「非此即彼」的，而是「亦此亦彼」的對立統一。

　　「理性」的最高目標是把握對立統一，但這個目標也不是一蹴即就的。「理性」階段的第一步是「將知性的規定消解為無」，㊴亦即「有限的概念揚棄它們自身，並且過渡到它們的反面。」這種「過渡」是一種「**內在的超越**」，「由於這種**內在的**超越歷程，

知性概念的片面性和狹隘性的本來面目，換言之，知性概念的自身否定性就表明了。」⑩黑格爾把理性階段的第一步驟叫做「消極的理性」或「辯證的階段」。知性只能斷言此物是此物，而不能指明此物必然轉化爲他物；只能斷言正就是正，而不能斷言正必然轉化爲反。「消極的理性」則能看出「知性概念的片面性與狹隘性」，看出「知性概念的自身否定性」，指出此物必然「內在地」超出此物而轉化爲彼物，「正」必然「內在地」超出「正」而轉化爲「反」。在「知性」階段中，此與彼，正與反是彼此孤立的，沒有明白的內在聯繫；在「消極理性」的階段（「辯證的階段」）則兩者間有明白的內在、必然的聯繫。黑格爾在說明了「辯證階段」是「內在的超越」之後接著說：「凡有限之物莫不揚棄其自身。這樣看來，辯證法構成科學進步之推動的命脈。惟有憑藉辯證法，科學內容才能達到**內在聯繫**和**必然性**，並且惟有由於辯證法，知識方面或實在方面，才能有眞正的超出有限，而不只是外在的超出有限。」⑪總之，「知性」是僅只認識到正反雙方互相隔離、非此即彼的階段；「消極理性」則是認識到正反雙方（因內在聯繫而）矛盾轉化的階段。這就是兩者的區別。

　　但是，黑格爾認爲，思想也不能停滯於「消極理性」的階段，不能僅僅認識到「反」對「正」而言「只是單純的否定」，而且還要更進一步認識到「反」是對「正」的積極的、更深入的規定或肯定，而這樣的認識就是「理性」階段的第二步，黑格爾稱之爲「積極理性」的階段或「玄思的階段」。「積極理性」的階段「於概念的對立中而認識到它們的統一，或於對立雙方的分離和過渡中，而認識到它們所包含的**肯定**。」⑫說得更明白些，「積極理性」就是把對立雙方看成是同一個統一體的不可分離的兩個組成因素，而這也就是把握了對立面的統一。黑格爾的原話：「理性的

玄思眞理即在於將對立的雙方統攝在自身之內，作爲兩個構成的環節。」㊸

從黑格爾關於「知性」、「消極理性」與「積極理性」的區分可以看到，只認識「非此即彼」的東西固然是低級的思維，即使是認識到對立面相互排斥、矛盾和轉化，也還不是達到最高級的思維階段。最困難、最高級的思維是能認識到相互矛盾、相互轉化的兩個對立面是不可分離地統一在一起的。

在實踐方面，黑格爾首先批評了那種停滯於「知性」階段的思想方法：他不僅認爲一般地孤立片面看問題的人是持的這種方法，他還深刻地看到，詭辯論者也是持的這種方法。「辯證法切不可與**詭辯**相混淆，詭辯的本質乃在於承認孤立的片面的抽象原則本身即是對的，只要這些原則能夠適合個人當時特殊情形下的利益。譬如，就我生存和我有生存的工具爲行爲之一主要動機來說，假如我單注重考慮我個人福利的本身，而排斥其它的原則，就推出這樣的結論，說爲維持生存起見，我可以偷竊別人的物品，或可以出賣祖國。這就是詭辯」。㊹

更有意義的是，黑格爾還分析批評了那種停滯於「消極理性」階段的思想方法——懷疑主義。他說：像「眞正的懷疑主義」那樣，「對於知性所執著爲堅定不移者加以完全徹底的懷疑」，也是哲學「自身之一環節」，誠屬「高尚」，「但哲學不能如懷疑主義那樣，僅停留在矛盾辯證的消極結果。懷疑主義沒有認清它自己的眞價值，它堅以爲懷疑的結果只是單純的否定。」㊺黑格爾所稱爲最高思維階段的「積極理性」並不排斥「知性」和「消極理性」，而是包括它們在內。黑格爾說：「積極理性」是「眞正的理性」「眞正的理性」是「精神」，「精神比知性和理性二者都高，它是知性的理性或理性的知性。」㊻因此，思維的最高階段，在黑格

爾看來，就是旣認識到正、反兩面界限分明，又揚棄了這種界限，不爲它所囿；旣認識到正面必然轉化爲自己的反面，又能視反面爲正面的進一步規定和深入，使「被否定的東西包含在結果中」，而不把反面當作對正面的「單純的否定」，以致採取懷疑主義的態度：今天用一種行動簡單地否定另一種行動，明天又用另一種行動簡單地否定這一種行動。「積極理性」所走的道路是一條否定之否定的過程，這條道路是「認識的絕對方法，同時也是內容本身的內在靈魂」。㊼我們無論在理論上在實踐上，只有運用否定之否定的思想方法，才能達到「具體的眞理」，把握對立面的統一。

　　認識對立面的統一，是一件很困難的事，但是不是很神秘呢？黑格爾回答了這個問題：「玄思眞理」並不神奇奧妙，不可思議，「只有對於那以抽象的同一爲原則的知性，神秘的眞理才是神奇奧妙的；而那與玄思眞理同義的神秘眞理，乃是知性認以爲眞之分離的對立的概念之具體的統一。」㊽宗教上虔誠的神秘主義者倒是重視把握對立面的統一，但他們由於把**思想**片面地理解爲「以抽象的同一爲原則的知性」，於是對具體眞理「不加思想地發揮，」而用神奇奧妙的直覺去把握；有些所謂「思想開明」的人，把神秘主義簡單地看成是「迷信和虛妄」，其實也是由於他們把**思想**片面地理解爲「以抽象的同一爲原則的知性」，根本見不到對立面的統一，見不到具體眞理。黑格爾斷言，就神秘主義者重視把握對立統一而言，他所主張的「玄思眞理」也可說是「神秘的」，或者說與神秘主義「相近」，但「這只是說這種眞理是超出知性範圍的，而並不是說全然非思想所能接近，所能把握。」㊾黑格爾在這裡旣對神秘主義有所肯定，也從理性主義的角度批評了神秘主義。

　　黑格爾關於「知性」、「消極理性」和「積極理性」的理論，使馬克思主義以前西方哲學史上關於多樣性統一的認識理論達到

了頂峰：這不僅是指他分析批評了神秘主義和不可知論，而且還在於：㈠他指出了，從「知性」經過「消極理性」到「積極理性」，是一個由認識多樣性和對立性到越來越認識多樣性的**統一**和對立**統一**的過程，是一個由片面的、抽象的、貧乏的認識到越來越全面的、具體的、豐富的認識過程。把關於多樣性的統一的認識看成是一個不斷矛盾發展的**過程**，這在西方哲學史上是一次創舉。神秘主義者和不可知論者都只是不滿足於多樣性的認識，而要求認識統一性，他們歸根結底都是以各式各樣的方式或者在不同程度上，把多樣性的認識和統一性的認識分裂開來了。㈡黑格爾以前雖然有許多哲學家都談到了矛盾和對立面的統一，但像黑格爾這樣專門地、系統地從**矛盾**和**對立**統一的角度來講多樣性統一的認識，在西方哲學史上也是第一次，他之所以把「理性」細分為「消極理性」與「積極理性」，其根本原因在此。

　　總括起來看，在關於對立統一的認識理論上，多數哲學家都是神秘主義者，少數哲學家採取不可知論的態度，這兩派都不承認理性認識或概念思維可以把握對立面的**統一**，唯有黑格爾明確地主張此說，並作了系統的深刻的論述。但黑格爾是唯心主義者。馬克思主義的認識論第一次在科學的唯物主義基礎上，肯定理性認識可以通過辯證思維而認識對立面的統一，這是馬克思主義哲學不同於以前一切哲學的根本區別之一。根據歷史的經驗，我們現在在講解馬克思主義的認識論方面，似亦不宜停留於一般地把認識分成感性認識和理性認識兩個階段，而應該考慮把理性認識再明確地分為形式邏輯思維的階段和辯證思維的階段。至於辯證思維的階段是否可以作更細緻的區分，我覺得也是值得研究的一個問題。此其一。

　　其次，康德「二律背反」的理論固然是為不可知論作論證的，

但他的這個理論「融解」了「知性」所作的「非此即彼」的僵硬區別，指出了每一抽象的「知性概念」，如果單就其自身的性質而論，必然會轉化爲它的反面。這在辯證法的發展史上是一個進步。正如黑格爾所說：「他使得辯證法復興，且重新恢復它光榮的地位。」⑩

　　第三，對立面的統一不可能憑神秘的直覺去把握，神秘主義關於認識對立統一的方法本身是荒謬的。當然，神秘主義者並不簡單地排斥多樣性和對立性的認識而主張不學不知，他們甚至把學與知列爲認識的一個階段，這一點從尼古拉所謂「有學識的無知狀態」可以看得更清楚。但各種神秘主義的學說最終都要求擺脫多樣性和對立性的認識，擺脫學與知而進入神秘的境地，就此而論，神秘主義則是極端錯誤的。儘管如此，神秘主義不滿足於「知性」的推論式的抽象認識，重視和要求把握**統一性**，重視和要求把握「具體眞理」，這却是很有意義的。哲學史上的神秘主義學派有時起了破除「知性形而上學」的積極作用，其原因在此。（關於西方哲學史上神秘主義與「知性形而上學」或其他學派相互批評、相互滲透的具體歷史，俟有機會，另文論述。）此外，神秘主義本身也有一個曲折前進的發展過程。例如在多樣性、對立性與統一性的關係問題上，在認識階段的區分問題上，都存在著後來的學說比先前的學說更深刻、更明確、更全面的步驟，這種前進，對人類認識史的發展也是有貢獻的。

　　第四，黑格爾雖然認爲統一性的整體可以憑理性認識或思維概念來認識，而且他的確承認這個整體是無限的、永恒發展的，我們對統一性的認識也是沒有止境的，是不斷矛盾發展的：今天認爲是全面了、統一了的東西，明天又成爲片面的、不統一的，或者不那麼全面、不那麼統一的了；在較小的正反合範圍內是全

面的真理,是達到統一性了,到了較大的正反合範圍內,又可以不是全面的真理,不是那麼統一了。統一性離不開多樣性,多樣性不斷擴大,對統一性的認識也隨之而不斷深廣。但他用最完滿的「絕對」來涵蓋和結束其全部哲學體系,強調「絕對」是唯一真實的,這就容易引導人們去仰慕玄遠的「絕對」,從而輕視有限的具體的東西及其發展過程。這不能不是一個缺點。

第五,哲學史的經驗,特別是黑格爾的認識論告訴我們:要認識多樣性的統一或對立統一,決不能離開對多樣性或對立面的認識。要下苦功夫多方了解,多方認識。這樣把握到的統一性或者說結論,才是有內容的、紮實的、客觀的。我們掌握的多樣性、對立面越多,對統一性的認識就越有內容、越紮實、越客觀;否則,所抓到的統一性或結論必然是空洞的、浮泛的、主觀的,極而言之,甚至有可能重蹈神秘主義的覆轍。

第六,我們又必須高度重視對統一性的認識。一部哲學史清楚地說明:在分離、對立中思維,只抓住現象,是比較容易的事;要進一步深入本質,認識到多樣性中有統一,對立中有結合,這就比較困難。正因為如此,哲學家們才對如何把握多樣性的統一和對立統一的問題進行了幾千年的長期摸索。神秘主義也好,康德的不可知論也好,黑格爾的客觀唯心主義的認識論也好,它們都在探討同一個問題,即如何把握統一性的問題。我們平常不也是比較容易從「非此即彼」,從分離、對立的角度看問題嗎?不也是不善於在分離、對立中把握統一性嗎?這也說明哲學史上長期留下來的一個問題在我們一般人的頭腦裡並沒有真正解決。馬克思指出:「有一個愛好虛構的思辨體系,但思想極其深刻的研究人類發展基本原則的學者一向認為,自然界的基本奧妙之一,就是他所說的對立統一〔Contact of extremes〕規律。在他看來,

『兩極相逢』這個習俗用語是偉大而不可移易的適用於生活一切方面的眞理，是哲學家不能漠視的定理，就像天文學家不能漠視開普勒的定律或牛頓的偉大發現一樣。」[51]馬克思所稱讚的這個學者就是黑格爾。我們如何做到不停滯於從「非此即彼」和分離、對立的觀點看問題，而能認識到對立中的統一性，認識到「兩極相逢」，這確實是一個困難的問題，但也是一個極需重視的問題。

（原載《社會科學戰線》1981 年第 4 期；原題爲「西方哲學史上關於多樣性統一的認識理論」）

註　釋

① 柏拉圖：《國家篇》第六章，譯文抄自《古希臘羅馬哲學》三聯書店 1957 年版，第 199—202 頁。
② 參見羅素：《西方哲學史》上卷，商務 1963 年版，第 166—167 頁。
③ 黑格爾：《哲學史講演錄》第 2 卷，三聯書店 1957 年版，第 198 頁。
④ 同上書，第 206 頁。
⑤ 同上書，第 202—213 頁。
⑥ 同上書，第 185 頁。
⑦ 同上書，第 190 頁。
⑧ 同上書，第 192、193 頁。
⑨ 《古希臘羅馬哲學》，第 459 頁。
⑩ 同上書，第 463 頁。
⑪ 參看余柏威：《哲學史》，莫里斯英譯本，紐約 1903 年版，第 1 卷，第 240 頁。
⑫ 黑格爾：《哲學史講演錄》第 3 卷，第 209 頁。
⑬ 同上書，第 213 頁。
⑭ 普羅克洛：《神學原理》，多茨英譯本，牛津 1933 年版，第 3 頁。
⑮ 同上書，第 5 頁。

⑯　同上書，第 7 頁。

⑰　黑格爾：《哲學史講演錄》第 3 卷，第 215 頁。

⑱　普羅克洛：《神學原理》，第 109—111 頁。

⑲　同上書，第 79 頁。參看第 59 頁。

⑳　黑格爾：《哲學史講演錄》第 3 卷，第 229 頁。

㉑　參看余柏威：《哲學史》第 1 卷，第 361 頁。

㉒　同上書，第 473 頁。

㉓　轉引自波墨：《論神聖本質的三個原則》，約翰·史帕羅英譯本，「導論」，第 53—54 頁。

㉔　波墨：《通神論的六個論點和其他著作》，厄里英譯本，第 193—194 頁。

㉕　同上書，第 167—168 頁。

㉖　黑格爾：《小邏輯》，三聯書店 1957 年版，第 137 頁。

㉗　康德：《未來形而上學導論》，萊比錫 1920 年版，第 107 頁。

㉘　黑格爾：《小邏輯》，第 144 頁。

㉙㉚　轉引自余柏威：《哲學史》第 2 卷，第 200 頁。

㉛　黑格爾：《小邏輯》，第 172 頁。

㉜　同上書，第 171 頁。

㉝㉞㉟㊱㊲　同上書，第 183—187 頁。

㊳　同上書，第 187 頁。

㊴　黑格爾：《大邏輯》。《黑格爾全集》格洛克納本，第 4 卷，第 17 頁。

㊵　黑格爾：《小邏輯》，第 187 頁。

㊶　同上書，第 187—188 頁。

㊷　同上書，第 192 頁。

㊸　同上書，第 195 頁。

㊹　同上書，第 188 頁。

㊺　同上書，第 191—192 頁。

㊻㊼　黑格爾：《大邏輯》。《黑格爾全集》格洛克納本，第 4 卷，第 17 頁。

㊽　黑格爾：《小邏輯》，第 195 頁。

㊾　同上書，第 195 頁。

㊿　同上書，第 190 頁。

○51　馬克思：《中國革命和歐洲革命》。《馬克思恩格斯全集》第 9 卷，第 109

頁。

附錄二　新黑格爾主義論人

一

　　現代西方哲學流派，名目繁多，派別林立，但從研究的內容和對象來看，大體上可分兩類：一類比較注重研究認識方法的問題，注重自然科學，如實證主義、分析哲學等；一類比較注重人的意義和價值問題，注重人文科學，如唯意志論、存在主義、人格主義等，當然，這樣的劃分不是絕對的。

　　當代歐美思想界，比較流行的派別，據說，最主要的有分析哲學和存在主義。這兩派哲學恰恰代表上述兩類傾向。美國晚近的一個新黑格爾主義者布蘭夏德（B. Blanshard, 1892—1964）說過：分析哲學和存在主義是當代美國很時興的兩派哲學，分析哲學現在在美國很受尊重，其主要根據地在大學，都是學者們講的，存在主義沒有什麼了不起的東西，主要盛行於神學院；但分析哲學也有缺點，它把哲學降低爲語言分析，貶低了人生的價值，是蒼白無力、枯燥無味的。他認爲，如果把存在主義對玄學的興趣與分析哲學的謹嚴明晰結合起來，那麼「一個新的偉大的哲學浪

潮將會使美國振興起來」。的確，分析哲學和存在主義不僅代表美國而且代表整個西方當代兩種主要的哲學傾向，或者說，代表當代哲學思想的兩個主要方面：一方面是重分析、重自然科學，而這一方面單獨發展的結果似乎是越來越使人們感到人生蒼白無力、枯燥無味；人們不滿足於這種哲學，於是另一方面，一種要求探討人的內心生活、探討人生意義和價值的哲學如存在主義也越來越盛行。這兩種哲學，在一定意義下、一定範圍內，方向相反，卻同時並進，同時盛行。

　　新黑格爾主義在當前不是什麼流行的派別，在英美，它主要盛行於十九世紀末二十世紀初，在德國，主要盛行於二十世紀前期；但一直到現在，此派仍有些代表人物。新黑格爾主義大體上和存在主義屬於同一類傾向，著重研究人文科學，研究人的意義和價值。

　　新黑格爾主義重視對人的研究，重視人的意義，這個基本思想來源於黑格爾。有一種意見，認為黑格爾只重視認識論的研究而忽視人，忽視倫理學的問題，這種看法不符合黑格爾哲學的實際情況。黑格爾強調哲學就是哲學史，就是認識史，就是理念自我認識的歷史行程，正是要把人和人的精神推崇到哲學頂端的地位。黑格爾把心理學、倫理學、美學、歷史哲學，一句話，關於人的學問，統稱之為「精神哲學」，而大家都知道，「精神哲學」是他的全部哲學體系的頂峰。他明確宣稱：「邏輯學」和「自然哲學」各自都是抽象的、片面的，只有作為兩者的結合的「精神哲學」才是「最具體的，因而是最高的和最困難的」①。當然，黑格爾在關於個人與全體的關係問題上，主張全體優於和先於個體，但這是他關於人的觀點和看法問題，決不表示他忽視人的意義和價值，決不表示他忽視人的學問、忽視倫理學、美學等學科。

　　德國最大的新黑格爾主義者克洛納（R.Kroner）說過：「德國唯心論者都一致看到，在事物的本質之內，有一種神性的東西，分歧只在於這個東西能被認識的程度及如何被決定。因此他們顯然無疑地與那些認爲絕對中無神性的思想家有別，……。在這一切體系中，占中心地位的乃是意識、自我、主體、心智、精神，或其他這類名稱所指的東西。」②大家知道，文藝復興時期所提倡的人文主義的特點就在於把人提到首要地位，使人從神的桎梏下解放出來，可以說，文藝復興以後，近代哲學之精神就是人的發現。但人文主義並未從哲學理論上論證人的尊嚴究在何處。康德是西方哲學史上第一個從哲學理論上論證人（即主體、自我、精神等）的本性和尊嚴在於人的自由，在於人不單純受自然規律支配的哲學家。他認爲人有二重性：一方面有肉體，有感性的欲求、嗜好，就這方面說，人隸屬於由自然規律支配的現象世界；在這個範圍內，人是被動的、受決定的。但另一方面，人有意志，有實踐理性，就這方面說，人是自由的主體，他不受自然規律的支配，如果沒有這一方面，他就不成其爲有理性的人。——的確，人如果像機器一樣，完全是受決定的，完全沒有自由意志，那就失去了人之爲人的特點。康德看到人的自由意志的方面，是他在哲學史上的一大貢獻。不過康德歸根結底還是割裂了自由與必然。黑格爾站在客觀唯心主義的立場上克服了康德的這個缺點，強調了自由與必然的結合。但黑格爾重視人的精神力量，重視對人的研究，這一點和康德的觀點却是共同的。

　　新黑格爾主義者和康德、黑格爾一樣重視對人的研究。在關於人的問題上，和整個哲學一樣，新黑格爾主義不同於黑格爾本人的哲學的地方，主要的一點在於，黑格爾哲學基本上是理性主義的，而新黑格爾主義是神秘主義的。

任何事物都是多樣性的統一，歸根結底是對立面的統一。只有對立面的統一才是事物的真實面貌，思維如果停留在對立、分離的狀態中，則不能把握真實。問題是人如何把握對立面的統一。黑格爾認為人可以通過漫長曲折的理性認識的過程，——通過從形式邏輯的思維到辯證邏輯的思維過程以達到對立面的統一；神秘主義者則把思維、理性認識狹隘地理解為只是形式邏輯的思維，即西方哲學史上一般所說的「知性思維」，他們否認辯證思維（即黑格爾所說的「理性思維」），於是他們主張事物的真實面貌——對立面的統一不能靠思維、靠理性認識來把握，而只能靠一種神的直覺（不管各個神秘主義者對這種神秘的直覺有各不相同的理解，或者有各種不同的稱謂）來把握。黑格爾肯定思維可以把握對立面的統一，這個基本思想是正確的，但他站在唯心主義的立場，因而不可能徹底解決這個問題；神秘主義者認為對立統一只能靠神秘的直覺去把握，這個結論本身是錯誤的，但他們不滿足於分離、割裂中思維，不滿足於單純的分析，不滿足於停滯在「知性思維」的階段，不滿足於僅僅獲得一些零散的、割裂的、推論式的知識，他們要求超出這個低級的思維階段，要求直趨事物的核心，這個要求卻是正當的，就這一點來說（**僅僅**就這一點來說），他們的思想比起那種只滿足於「知性思維」的形而上學觀點來，要深刻得多。

關於人的問題，也是如此；而且人比任何其他的東西更為複雜，人是一個更為複雜的對立面的統一體。靠割裂、分離的思維和抽象的名詞概念是決不足以把握人特別是人的內心生活的。我們今天所處的時代，從思想方面來說，一方面是重分析的時代，但越分析，人們又越不滿足於分析，人們越要求從統一的、綜合的角度去把握人生的意義和價值，而在未能理性主義地解決這個

問題之前，便只有求助於神秘主義，這就是當前爲什麼一方面盛行著分析哲學，一方面又盛行著像存在主義這樣的神秘主義的重要原因之一。今天，不僅在哲學領域盛行著神秘主義，就是在文學領域也有這種情況。文學是人學，文學當然應當寫人，寫人的性格和人的內心世界，富有魅力的文學作品應當拉開心靈的帷幕，深入到人的靈魂深處。但如何達到這個目的呢？是撇開人的外部行爲和外部表現呢？還是不離開這些外部行爲和外部表現呢？西方現代派文藝特別是「意識流」小說和電影，實際上是企圖撇開人的外部行爲和外部表現，讓「沉思默想的現實」「獨立發言」。③這種小說必然十分撲朔迷離、晦澀難懂，有它的缺點，因爲內心生活也是有必然性的。高爾基說過，文學作品中的每一個人物「都有自己生物的和社會的行動邏輯，都有自己的意志」。④但「意識流」小說企圖寫出人的精神生活的**自由**的特點，寫出非形式邏輯的思維規律所能表達的特點，其用心是可取的。文學上的這種傾向有其哲學上的基礎，這就是現代西方哲學中的神秘主義派別如弗洛伊德、柏格森等人的神秘主義的哲學理論，即否定或貶低理性思維的作用，認爲只有通過神秘的直覺才能把握眞實，把握人生的眞諦。柏格森說：「藝術的目的，都在於清除傳統的社會公認的概念，一句話，清除把實在從我們障隔開來的一切東西，從而使我們可以直接面對實在本身」。⑤新黑格爾主義從一方面說，是與此類似的一個現代哲學派別。文學上的「意識流」派與哲學上的新黑格爾主義都不是當前盛行的派別，但它們所代表的神秘主義的基本傾向，當前無論在文學領域還是在哲學領域都還是很時髦的思潮，例如前面說過的存在主義哲學，其神秘主義就是和新黑格爾主義一脈相通的。

二

　　新黑格爾主義者中，最明確地主張和強調人的神秘性的哲學家是德國的克洛納。

　　克洛納很重視黑格爾關於對立統一是最真實的東西的思想，但他認為最高的真實最終只能靠宗教的啓示和信仰才能把握。他在《信仰的首要地位》(1943) 一書中說：「理性需要天啓宗教作補充」，「思想和信仰並不矛盾，而是相輔相成」，但在兩者的關係中，「信仰居於首位，它超出理性的力量之上並完成理性的事業」。⑥他所謂「理性」、「思想」就是指通過概念進行思維，他認為「理性」不能達到和把握「一切事物的最高的或絕對的統一性」。「理性」不可避免地要求和渴望這種「最高的統一性」，但「理性」在「最高的統一性」這個概念中「仍然遭到不可克服的障礙：最高的神秘（即是說，最真實的東西、「最高的統一性」是「最高的神秘」——引者）。神秘是理性尚不能解決的問題；而最高的神秘則是理性永遠不能解決的問題。」⑦「**最高者**是不能由共相來把握的，它不能由概念來理解」。⑧

　　「最高的統一性」在克洛納看來，只能靠宗教信仰來把握：在《信仰的首要地位》中他寫道：「最高知識，如果說有這樣一種東西的話，必然超乎科學的和哲學的、經驗的和形而上學的知識之上，**超乎一切基於邏輯程序的知識之上**」⑨。「科學力求減少未知的領域，宗教強調有一個不可知的領域，……當然，這種不可知性的方面僅僅屬於宗教的一個側面。宗教還有另一個側面。就科學知識的意義來說，宗教並不提供知識，但宗教打開了接近

不可知領域的大門，它甚至提供了關於廣包一切的神秘之物的某種知識：它教導我們用敬畏、信念、希望、愛和信仰來接觸這種神秘」。⑩「信仰是一種皈依、信念、忠誠、崇敬。」「信仰既非理性的活動，也非理性的產物。它完全超出了理性」。⑪總之，「最高的統一性」就是「最高的神秘」，只有神秘的宗教感情才能把握到它。

克洛納和一般神秘主義者一樣，認爲理性（思想）只能認識對立、分離的東西，不能把握統一。他認爲宗教信仰以「想像」爲主要成份，只有「想像」才能**把能思的心靈所分離開的東西結合在一起**；或者更精確些說，**它堅持**抽象思想所分離開來的諸因素的**原始統一**」。⑫克洛納根據統一性、全體性比對立性、分離性更眞實的基本原則，認爲，信仰——想像既能把握統一性、全體性，則「想像比感官或理性都更接近眞實的生活」。他說：「感官和理智在生活中誠然都起著重要的作用，但它們既不能包含全體，也不能達到生活的深處」。⑬克洛納甚至從他的這種認識論出發，公開主張人的神秘性。《信仰的首要地位》一書的第五章，標題就叫做「人的神秘」。他說：「人不僅是一種理性的存在，不僅是賦予了理性的動物，他同時也是一種超理性的存在。他面對一種超理性的領域（指「最高的統一性」——引者），並且，他之所以是人，就因爲他有能力面對這個領域」。還說：「理性並不是人的頂點。人，整個人，超越於理性：他的意識參與最高的神秘。」⑭「人之所以是人，並不因爲他是一個理性的存在，而是因爲他能前進到理性的極限，在那裡，面對最高的神秘（即面對「最高的統一性」——引者）。所以人本身就是一個神秘。在面對最高的神秘時，人就不再是由理性來決定的了」。⑮「人能直觀到這種統一性（指「最高的統一性」——引者）而不能借思想去把握它，

這就是人的神秘」。⑯簡單一句話，人只是靠想像而不是靠理智，靠非理性的宗教信仰而不是靠理性，就能直觀到「最高的統一性」，直觀到人的生活深處，就像「意識流」小說那樣不通過故事情節、人物的行動而企圖讓人的內心深處的沉思默想「獨立發言」，這就是人的神秘之所在，也是人之所以為人之所在。我們平常說，人之所以為人，在於有思想、有理性；克洛納的觀點正與此相反，他認為人之所以為人，在於人的神秘性，在於人有信仰。

康德看到了人之超出「知性思維」的方面、自由意志的方面，看到了人的能動的方面，他把這個方面推到不可知的信仰領域，但他所說的信仰畢竟還是理性主義的。克洛納雖然也重視人的這個特殊的、能動的方面，但他却把這個方面看成是非理性主義的；他不懂得人的這一方面也是可以作理性主義的解釋的。

另一個新黑格爾主義者，美國的魯埃士（J. Royce, 1855—1916），也認為人之為人的眞實性，或者說，人生的眞諦，是不可言說的。魯埃士認為經驗世界有兩種：一種是可以描寫、可以言說的，這種經驗世界具有常住性（Permanence）和普遍性（Community），所謂對象之常住性和普遍性，係指「我們對私人經驗的各不同部分間的相互關係所給予的共同描寫」。⑰唯其具有常住性，故可重演；唯其具有普遍性，故可用概念範疇加以規定。「自然科學的王國就是這樣」。⑱「自然科學之所以可能也是由於這些」。⑲另一種經驗則是不可描寫、不可言說，而只可體驗、只可意會的。例如患傷風後的那種難過的奇怪感覺，就是無法說明的，只有你也患過傷風，你才能有這種感覺。又如一對戀人久別重逢時的感情，或者我個人的美感，我個人或你個人的內心生活，這也都是無法言說、無法描寫而只能意會、只能自己體驗的。「我們不能描寫唯一無二的經驗，如席勒所說『在春風中的感覺』

等等。那是必須由我們去體驗（Appreciate）的，因此它不是科學經驗的對象」。⑳可是凡能用幾何圖形、數目、時間、長度、形狀、或規律來規定的經驗，我卻可以用言語說出來。如「鐘鳴十下」，「向右兩英尺」，「風雨有規則地來復」，「所有這些都是描寫的短語」。㉑

　　魯埃士認爲，在這兩種經驗的**區別**中，我們暫時陷入「一場由於我們的有限性而產生的悲劇」，也就是說，陷入了人生的矛盾之中：一方面，「我們的描寫意識冷冰冰地、沒有感情地致力於我們經驗的典型的、相對普遍的結構，好像因此倒能把握住眞實的永久的東西。例如數目和原子能在時間上長在」；而另一方面，「使我們的一瞬間的感受成爲這樣親切的東西，有價值的東西，卻是不能描寫的，因而本質上是個人性質的和轉瞬即逝的」。「這就使科學成爲常常是那末冷酷，事實成爲那末無生氣，而有光有熱的感受世界顯得終究是幻想的和空虛的」，㉒這就像歌德的《浮士德》所說的「親愛的朋友，一切理論是灰色的，綠色的是金樹的生活」。

　　爲了解決這個矛盾，魯埃士提出了所謂「體驗世界」（The world of appreciation）的理論。他認爲，有光有熱的剎那感受和個人感受，並不是孤立的，並不是彼此隔絕、互不相通的。整個世界，在魯埃士看來，是一個精神性的「大我」，我們這些個人或有限的「小我」都不過是「大我」這個有機體的一份子。根據這個基本觀點，魯埃士認爲，個人的內心生活與感受雖不能言傳，卻可以互想「體驗」，這大概也就是我們平常所說的「心心相應」吧。例如我雖然不能用言語概念等抽象的形式描寫你的內心生活或內心感受，但我卻可以用我自己的感受來**體驗**你的感受。如果沒有這種彼此間心照不宣的「體驗」，則人與人之間實無法溝通，

有如對牛彈琴。「體驗」是人們溝通內心生活的特殊形式。

　　魯埃士認為，從有限的觀點看事物，則世界的各部分是「沒有窗戶的」，是彼此互不相通的，但從無限的觀點看事物，則我們都是無限的「大我」的一份子，我們彼此間的關係，正像我們每個人自己的每一剎那與另一剎那之間的關係一樣：「我們生活中的每一剎那，在時間中都是互相分離的，正像各個有限的自我是彼此孤立的一樣，可是在反省中，我們的各個剎那在我們自身之內溝通了。……我能『瞻前顧後』，在一個意識中結合許多時間中的經驗，這種意識比每一數學上的剎那所包含的要多」。㉓個人與個人之間的相互體驗、相互溝通、相互結合，就和個人生活中的一個剎那與另一個剎那之結合於同一個意識中一樣。這也就像平常所說的，一滴水如何才能不乾，只有投入大海裡。其實，聽音樂也是如此，我們並不是聽一個一個孤立的音節，只有從整體上、從統一中聽，才能欣賞音樂。同理，個人要不孤立、要彼此溝通，也只有照魯埃士所謂的投入「大我」之中。除魯埃士之外，一般新黑格爾主義者幾乎都主張個人只有投身於社會集體之中，人生才有意義。

　　魯埃士認為，描寫的世界是受因果律支配的必然性世界，體驗的世界是自由的王國。每個「小我」都是「大我」的一份子，「大我」體現其人格於「小我」身上。此「小我」體驗到彼「小我」，這說明兩個「小我」都生活於「大我」之中，因此，此「小我」體驗到彼「小我」，並不表示此「小我」與彼「小我」發生因果關係，而只是表示兩者互為體驗的對象。「大我」並不迫使我發生任何思想，「小我」作為「大我」的一份子，願意如何想就如何想，故「自我世界徹底地是一個自由的世界」。㉔「你的一舉一動，從時間的觀點來看，絕對地是受限制的；而從永恒的觀點來看，

絕對地是自由的」。㉕「大我」是無限的整體，它就是現在這樣，它是「自然的偉大的任性」。㉖它是不受束縛的，充分自由的。它是「最高的理性」，「更沒有外在於他的理由來說明他，就此而言，他是任性」。當有限之我清楚意識到自己的選擇，意識到自己是體驗世界的一份子，是「大我」自由意志的一份子時，則有限之我也是自由的。㉗

　　在魯埃士看來，描寫的世界、可以言傳的世界，不是實在世界之全部，不是最真實的東西，體驗世界才是最真實的，它不是靠知性範疇所能把握的。描寫的世界以體驗的世界為前提，體驗的世界是整體，是本體；描寫的世界是部分，是現象。靠體驗才能把握世界之整體和真實面貌。「體驗的世界是更為深刻的實在。與之相對的可描寫的世界本質上乃是人類有限觀點下的產物。」㉘我們每一步的描寫都得預先承認體驗世界中的相互交流是真的；描寫的世界固然也表示真理，但只表示「我們精神交流事實的一面」。㉙「沒有體驗的事實，就不會有描寫的規律」。「破壞了體驗世界的有機的、可體驗的統一性，可描寫的對象便完全消失」。「自我的統一性是徹底自足的，因而是屬於體驗的東西」。㉚一句話，最真實的東西是統一性，描寫不過是以此為對象，對它加以割裂、抽象。這就是魯埃士關於體驗世界高於描寫世界的中心思想。魯埃士和一般新黑格爾主義者一樣看到了「知性思維」之不足，看到了單純運用知性概念描寫事物，不足以把握事物的真實面貌，這一點可以說還是很深刻的。但他企圖用建立在精神性的「大我」基礎之上的「體驗」來把握事物的真實面貌和人的真實生活，他脫離言詞、概念而談「體驗」，這却是神秘主義的。

　　無論克洛納也好，或者是魯埃士也好，可以說，新黑格爾主義者一般都認為，人，人生的真諦，人的內心生活，和一切最真

實的東西一樣，都有其非單純的言語概念、思想範疇或「知性思維」所能表達、描寫的方面，克洛納把這方面叫做「人的神秘」，魯埃士把這方面叫做「體驗」。新黑格爾主義者強調人有超出單純「知性」概念所能表達的方面，這個思想有其合理之處。前面已經提到，人除了有其自然的方面之外，還有其特殊的方面。把人束縛於神權之下，固然不對；把人看成是完全受自然的因果必然性支配的機器或動物，那也不符合實際，也是對人的蔑視。問題是，對人的這個特殊方面，究竟作何解釋，如何看待？康德、黑格爾的解釋和態度且撇開不談，這裡所要著重提出的問題是，對待人的這個特殊方面，究竟是應該像克洛納那樣把它看成是宗教信仰，是簡單的神秘，或者像魯埃士那樣把它看成是「大我」中諸「小我」的相互體驗呢？還是對它作出唯物主義的理性主義的解釋呢？

　　人的內心生活和一切真實的東西一樣，是多樣性的有機統一體，歸根結底是無數對立面的有機統一的整體，其中包括無限多的小的對立統一。對於這樣活生生的、內容極其複雜的整體，從一方面看，單用「知性概念」有限的言詞是不可能窮盡其內蘊的，因為僅僅停滯在這個階段，我們的認識必然還是分離、割裂、支離破碎的，必然達不到統一，達不到真實。但另一方面，這個統一的整體又必須通過名詞概念，通過外部行為來表現和認識。脫離了外部行為，無所謂內心生活、內心意識之本身。例如武松這個人的內心生活和獨特的品格就不能脫離打虎、殺嫂、醉打蔣門神和血濺鴛鴦樓；林黛玉這個人的內心生活和獨特的品格就不能脫離琴棋書畫、葬花焚稿。但是武松和林黛玉的內心生活，或者用哲學的語言來概括，人這個複雜的統一整體，又不僅僅是這些情節足以窮盡的，我的和你的內心生活也不僅僅是外部表現可以

窮盡的。哲學上的神秘主義、非理性主義（新黑格爾主義是其一例）實際上企圖一下子窮盡地把握這個統一體，窮盡地把握人的內心生活，便只好脫離言詞概念，脫離思想理性，脫離人的外部行為。本來，企圖把握統一體，企圖深入人的內心生活，這是哲學和文學的必然要求；但要做到窮盡地把握和深入，則是不可能的。對事物的真實面貌和人的內心生活的認識，只能是一個無止境地追逐的過程，只能是越來越深入、越全面的過程。這並不是說對事物或人的認識原則上不可能，而是說，認識是可能的，但不可能窮盡。要求窮盡，只能陷入神秘主義。美國哲學史家庫西曼（Herbert E. Cushman）說得好：神秘主義者認為最真實的東西可以不通過言詞概念、外部表現而直覺到，所以他們所直觀的實在或統一體是「一種極浮泛而又抽象的東西」。庫西曼舉例說，在 $1+\frac{1}{2}+\frac{1}{4}+\frac{1}{8}$……趨近於 2 的無窮級數中，如果以「2」代表整個統一體，以此級數「$1+\frac{1}{2}+\frac{1}{4}+\frac{1}{8}$……」代表這個統一體的外部表現和表現此統一體的言詞概念，那就可以說，神秘主義者的觀點是，可以撇開無窮級數而直接把握到「2」；「2」（統一體）即在當下。我們認為，「2」雖然最真實，雖然不是原則上不可知，但它的內容乃是無窮級數　「$1+\frac{1}{2}+$……」，永遠不能窮盡；我們的認識就是無窮地向「2」（最真實的東西，或者說，「絕對真理」）接近的過程。同理，對人這個複雜的統一體，對人的內心生活，一方面不能脫離外部行為、名詞概念去表達和認識；但另一方面，這種表達和認識又是無窮無盡的，不是一蹴即就。我們平常說的體驗，也不是沒有過程的、一蹴即就的神秘直觀。

　　事物的統一體，人的內心生活，其因素、方面或環節雖然無窮無盡，但總可分為本質的方面和非本質的方面，重要的方面和次要的方面，我們平常的認識，只要求愈深刻地抓住本質的、重

要的方面。例如我們對武松、林黛玉這個人，只需通過他們的主要行爲，通過主要故事情節就可以把握其人的本質方面，而用不著窮盡他們的一切行爲、一切表現。當然，本質方面與非本質方面的區分不是機械的，而且本質的東西也有高低深淺之分，我們的認識只能是在由低到高、由淺入深的過程中不斷前進。

此外，個人的內心生活，個人的品格，包括思想、情感、意志、欲望等等，固有其獨立自主的、能動的方面，但又不是什麼不可解釋的神秘之物，而是由無窮的客觀因素作基礎的。這些客觀因素在對人的主觀的、能動方面起作用時，其中有的起著本質的、重要的作用，有的起著非本質的、次要的作用；兩種作用又是互相聯繫的。爲什麼各個人的思想各不相同，各個人的愛好千差萬別？就是由於在各個人進行自由選擇的背後，實際上有著各個人所直接間接遭遇到的各種錯綜複雜的客觀因素在起作用。否認人有獨立自主的、能動的方面，固然不對；把人的這個方面像新黑格爾主義那樣看成是沒有客觀基礎的、不可解釋的神秘，也是荒謬的。

註　釋

① 　《黑格爾全集》格洛克納本，第 10 卷，第 9 頁。
② 　克洛納：《從康德到黑格爾》，圖賓根 1977 年版，第 1 卷，第 9 —10 頁。
③ 　轉引自《文藝研究》，1980 年第 1 期，第 90 頁。
④ 　轉引自《外國理論家、作家論形象思維》，第 148 頁。
⑤ 　轉引自《西方文論選》，下冊，第 278 頁。
⑥ 　克洛納：《信仰的首要地位》，紐約 1943 年版，「序言」第 8 頁。
⑦ 　同上書，第 90—91 頁。
⑧ 　同上書，第 92 頁。

⑨　同上書，第 93 頁。重點是引者加的。

⑩　同上書，第 3 頁。

⑪　同上書，第 65 頁。

⑫⑬　同上書，第 138 頁。

⑭　同上書，第 90、92 頁。

⑮　同上書，第 91 頁。

⑯　同上書，第 110 頁。

⑰　魯埃士：《近代哲學的精神》，紐約 1924 年版，第 388 頁。

⑱　同上書，第 391 頁。

⑲　同上書，第 392 頁。

⑳　同上書，第 398 頁。

㉑　同上書，第 391 頁。

㉒　同上書，第 394 頁。

㉓　同上書，第 410 頁。

㉔　同上書，第 414 頁。

㉕　同上書，第 430 頁。

㉖　同上書，第 429 頁。

㉗　同上書，第 426 頁。

㉘　同上書，第 411 頁。

㉙　同上書，第 408 頁。

㉚　同上書，第 410 頁。

國立中央圖書館出版品預行編目資料

```
+--------------------------------------------------------------------+
|                                                                    |
|   論黑格爾的精神哲學 / 張世英著. -- 初版. --                        |
|     臺北市 ：唐山，民84                                             |
|        面 ；   公分. -- (研究與批判叢書 ；2)                        |
|     ISBN 957-8900-22-8(平裝)                                       |
|                                                                    |
|                                                                    |
|                                                                    |
|                                                                    |
|   1. 黑格爾(Hegel, Georg Wilhelm Friedrich                         |
|   , 1770-1831) - 學術思想 - 哲學                                    |
|                                                                    |
|   147.51                              84012403                     |
|                                                                    |
+--------------------------------------------------------------------+
```

李文富

陳山.

2004. 6. 27